HEYNE <

Das Buch

»Ich verlange die sofortige Einführung der Zwangs-Brandmarkung für alle verlobten, verheirateten oder sonstwie gebundenen Männer. Ein schönes, fettes, rotes, vernarbtes ›B‹ für ›Besetzt‹. Nicht wie bei Kühen auf den Hintern, denn wenn ich den erstmal zu Gesicht bekommen habe, ist es sowieso schon zu spät. Nein, ein für die Öffentlichkeit stets zugänglicher Körperteil müsste es sein. Ich bin für die Stirn. Von mir aus auch den Handrücken, aber darunter gehe ich nicht.« (Luzie, 31 Jahre)

»Jana Voosen ist ein echtes Ausnahmetalent.« *Hamburger Morgenpost*

Die Autorin

Jana Voosen, Jahrgang 1976, studierte Schauspiel in Hamburg und New York. Es folgten Engagements an Hamburger Theatern. Daneben war sie in TV-Produktionen wie *Tatort, Stahlnetz* und *Im Tal der wilden Rosen* zu sehen. Jana Voosen lebt und arbeitet in Hamburg. Neben ihren Romanen schrieb sie das erfolgreiche Jugendtheaterstück »Hunger«.

Lieferbare Titel
Venus allein zu Haus – Er liebt mich …

JANA VOOSEN

Zauberküsse

Roman

WILHELM HEYNE VERLAG
MÜNCHEN

Personen und Handlung sind frei erfunden.

FSC
Mix
Produktgruppe aus vorbildlich bewirtschafteten Wäldern und anderen kontrollierten Herkünften

Zert.-Nr. SGS-COC-1940
www.fsc.org

Verlagsgruppe Random House
FSC-DEU-0100
Das für dieses Buch verwendete
FSC-zertifizierte Papier *München Super*
liefert Mochenwangen.

2. Auflage
Vollständige Erstausgabe 08/2007

Printed in Germany 2007
Umschlagfoto: © T. Kruesselmann / zefa / Corbis
Umschlaggestaltung: Eisele Grafik-Design, München
Satz: KompetenzCenter, Mönchengladbach
Druck und Bindung: GGP Media GmbH, Pößneck
ISBN: 978-3-453-58037-4

www.heyne.de

Für M.P.

Es gibt immer einen besseren Mann,
es gibt immer einen besseren Job,
es gibt immer eine bessere Stadt,
aber es gibt nur dieses eine Leben!

Aus »Gabrieles Universum« von Lucie Völcker

Danke!

Lucie für Gabriele, die zu mir kam, als ich sie brauchte!
Stormi vom »Freudenhaus«, für gastronomisches Know-how!
Steff dafür, dass du an mich glaubst, wenn ich es nicht mehr tue!
Natalie für kreativen Input und Inspiration!
Wiebke für Beistand, selbst wenn bei dir die Hütte brennt!

Prolog

»Irgendetwas ist in letzter Zeit gründlich schiefgelaufen«, fährt es mir durch den Kopf, als ich plötzlich einen Stoß im Rücken spüre, der mich zu Boden reißt. Jemand drückt mir sein Knie unsanft in den Rücken. Er hält mich mit seinem ganzen Körpergewicht am Boden, sodass mir die Luft aus den Lungen gepresst wird.

»Gregor«, versuche ich mich ihm zu erkennen zu geben, doch es kommt nur ein heiseres Flüstern aus meiner Kehle. Jetzt dreht er mir mit einer schnellen Bewegung beide Arme auf den Rücken, sodass ich einen Schmerzenslaut von mir gebe.

»Hab ich dich«, herrscht er mich an und ich komme mir vor wie in einem wirklich schlechten Film. »Anna«, ruft er dann mit erhobener Stimme in Richtung des oberen Stockwerkes, »ich habe ihn. Ruf die Polizei.«

»Nein, bitte nicht«, presse ich hervor. Das fehlt mir gerade noch.

»Halts Maul«, fährt er mich an und drückt meine Handgelenke noch ein Stückchen weiter in Richtung Schulterblätter. Gequält gebe ich meinen Widerstand auf und lege mein Gesicht auf das kühle Holz des Parkettfußbodens. Mein Blick fällt auf das Gemälde an der gegenüberliegenden Wand. Bis vor einer Minute räkelte sich dort noch eine nackte Schöne mit wallender, dunkler Lockenmähne auf einem Diwan. Jetzt sind von ihr nur noch ein Paar wohlgeformte Füße und ein schlanker, weißer Arm zu erkennen. Fasziniert beobachte ich die rubinrote Farbe, die zähflüssig über die zwei Meter breite Leinwand läuft und träge auf das darunterstehende, schwarzlackierte Klavier tropft.

»Ich habe angerufen. Ist alles in Ordnung, Liebling?«, ertönt eine weibliche Stimme aus dem Nebenraum und es läuft ein Adrenalinstoß durch meinen Körper.

»Ja,«, antwortet Gregor und lockert seinen Griff ein kleines bisschen. »Bleib lieber, wo du bist, vielleicht ist der Kerl bewaffnet.«

»Ist gut«, zwitschert Anna verschreckt und findet ihren Ehemann gerade wahrscheinlich sehr heldenhaft. Und er sich auch. Ich ziehe empört die Luft ein. Mir reicht es nämlich langsam. Gut, das Zimmer mag ja nicht gerade hell erleuchtet sein, aber im Mondlicht, das durch die gläserne Fassade hereinscheint, hätte er nun wirklich langsam erkennen können, dass es sich bei »dem Kerl« um eine Frau handelt. Eine kaum einen Meter siebzig große Frau mit langen blonden Haaren. Um mich, Luzie Kramer. Die Wut mobilisiert meine Kräfte, ungeachtet seines Polizeigriffs bäume ich mich auf und drehe mich unter seinem Körper auf die Seite. Sehe ihn an. Gregor zuckt zurück.

»Der Kerl ist nicht bewaffnet«, zische ich ihn an, »aber vielleicht sollte deine Frau trotzdem besser bleiben, wo sie ist. Oder was meinst du? Liebling?« Mit offenem Mund starrt mein Freund mich an.

»Was zum Teufel machst du denn hier?«, stammelt er hilflos, während ich mich nun vollends seinem Griff entwinde.

»Das wollte ich dich auch gerade fragen«, erwidere ich wütend und reibe mein schmerzendes Handgelenk.

»Ich wohne hier«, verteidigt er sich.

»Du weißt ganz genau, was ich meine«, fauche ich ihn an und will gerade damit beginnen, ihm so richtig die Meinung zu sagen, als es an der Tür klingelt. Wir fahren beide erschrocken zusammen, während von draußen ein erleichterter Aufschrei Annas zu hören ist, gefolgt von dem Tapsen nackter Füße auf dem Holzfußboden.

»Da sind Sie ja schon. Das ging aber wirklich schnell.«

»Ich war gerade mit meinem Einsatzfahrzeug in der Nachbarstraße, als Ihr Notruf einging«, antwortet eine tiefe Männerstimme.

»Was für ein Glück! Bitte kommen Sie herein. Mein Mann hat den Einbrecher im Wohnzimmer überwältigt.« Hilflos lauscht Gregor nun den Schritten, die sich der angelehnten Wohnzimmertür nähern. Mein Blick fällt erneut auf das ruinierte Bild an der Wand. Der Schwerkraft gehorchend fließt die Farbe weiterhin munter in Richtung Boden und hat mittlerweile die Tastatur des Klaviers erreicht. Wer lässt denn auch so ein Instrument einfach offen rumstehen? Mir ist alles andere als wohl in meiner Haut und ich verfluche mal wieder mein überschäumendes Temperament.

»Sag kein Wort. Lass mich reden«, flüstert Gregor mir hektisch zu und packt erneut mein Handgelenk.

»Aua«, sage ich empört.

»Du lässt mich reden, verstanden? Verstanden?«, wiederholt er in drängendem Tonfall und sieht mich fast flehend an. »Bitte«, fügt er hinzu und legt seine Hand kurz an meine Wange. Sein Gesicht ist jetzt ganz nah an meinem, sein geschwungener Mund Millimeter von meinem entfernt. Ich sehe in seine schönen braunen Augen und habe plötzlich einen Kloß im Hals. Als die Tür mit einem Ruck aufgestoßen wird, nicke ich ergeben.

Wie konnte ich nur in diese Situation geraten? Vor ein paar Tagen war das Leben noch so einfach. Und so schön. Als ich letzten Freitagmorgen die Augen aufschlug, war ich verliebt. Und glücklich. Bis der Mann in meinem Bett meinte, mir ein nicht ganz unwichtiges Detail seiner Lebensumstände nicht länger vorenthalten zu dürfen. Ich frage mich, ob Ehrlichkeit in Beziehungen nicht grundsätzlich überschätzt wird …

Drei Tage zuvor:

1.

B wie besetzt

Ich verlange die sofortige Einführung der Zwangsbrandmarkung für alle verlobten, verheirateten oder sonstwie gebundenen Männer. Ein schönes, fettes, rotes, vernarbtes »B« für »Besetzt«. Nicht wie bei Kühen auf den Hintern, denn wenn ich den erstmal zu Gesicht bekommen habe, ist es sowieso schon zu spät. Nein, ein für die Öffentlichkeit stets zugänglicher Körperteil müsste es sein. Ich bin für die Stirn. Von mir aus auch den Handrücken, aber darunter gehe ich nicht.

Doch auf dem Körper meines Gegenübers ist beim besten Willen nirgendwo ein B zu entdecken. Und das kann ich mit ziemlicher Sicherheit sagen, denn er liegt nackt in meinem Bett. Genauer gesagt: In meinen Armen, die ich, ebenfalls im Evakostüm, neben ihm liege. Verschwitzt vom leidenschaftlichen morgendlichen Beischlaf, den wir vor wenigen Minuten beendet haben. Leider bin ich aber überhaupt nicht entspannt. Nicht im Geringsten. Das liegt nicht daran, dass der Herr neben mir ein zweitklassiger Liebhaber wäre. Ehrlich gesagt ist er der Beste, der mir bisher passiert ist. Doch die Entspannung, die sich nach dem großartigen Orgasmus gerade in meinem ganzen Körper auszubreiten begann, ist jetzt wie weggeblasen. Einfach ausgelöscht durch den schlichten Satz:

»Ich bin verheiratet.«

Mit einem Ruck setze ich mich im Bett auf, grabsche nach der mit blauem Satin bezogenen Decke und halte sie mir schützend vor die Brust. Albern, ich weiß, aber im Moment habe ich das dringende Bedürfnis nach Verhüllung.

»Du bist was?«, frage ich mit einem Zittern in der Stimme und hoffe immer noch, mich verhört zu haben. Aber das schlechte Gewissen in Gregors Augen spricht Bände. Er muss gar nichts sagen, ich weiß schon, dass ich ihn richtig verstanden habe.

»Ich bin verheiratet«, wiederholt er dennoch. Stumm sehe ich ihn an und rücke ein Stück von ihm ab. Er robbt hinter mir her und versucht, einen Arm um mich zu legen.

»Ich wollte es dir schon vorher sagen …«, beginnt er.

»Das wäre eine gute Idee gewesen«, sage ich schnippisch. »Und warum hast du nicht?« Hilflos sieht er mich mit seinen sanften braunen Augen an, fährt sich nervös mit der Hand durch die blonden Locken, die ihm wie immer kreuz und quer vom Kopf abstehen.

»Na ja, also, ich …«, druckst er herum und ich sehe ihn wütend an.

»Ja? Du …«, frage ich unwirsch.

»Ich dachte, dann würdest du sicher nichts mit mir anfangen.« Seine Dreistigkeit verschlägt mir für einen Moment die Sprache. Mit großen Augen starre ich ihn an und versuche zu verarbeiten, was er da gerade von sich gegeben hat. Meine Gedanken rasen. Ich habe jetzt zwei Möglichkeiten: Entweder raste ich aus oder ich bleibe ganz cool. Eigentlich wäre mir mehr nach ausrasten, aber in diesem Fall kann ich für nichts garantieren. Ich bin nämlich leider ein ziemlich temperamentvoller Mensch, um es mal positiv zu formulieren. Und um mich stehen einfach zu viele harte Gegenstände herum, die ich in meiner Wut nach Gregor werfen könnte. Vielleicht würde ich ihn mit dem Radiowecker, der neben mir auf dem Nachttisch steht, tatsächlich treffen. Ich glaube, auf Körperverletzung stehen schlimme Strafen. Das ist ein Grund, weshalb ich mich jetzt zusammenreiße und tief durchatme. Der zweite Grund liegt immer noch an meiner Seite und sieht mich mit einem Dackelblick an, der mir ins Herz schneidet. Ich könnte ihm nie wehtun. Denn ich liebe diesen Mann.

»Da hast du verdammt recht. Dann hätte ich nichts mit dir angefangen«, sage ich so ruhig wie möglich und wickele mich noch fester in die Decke. Mir ist plötzlich kalt. Mein heimlicher Traum von der gemeinsamen Zukunft mit Gregor bricht zusammen wie ein Kartenhaus. Na schön, wir kennen uns erst seit knapp einem Monat, dennoch war ich davon überzeugt, dass er der Mann meines Lebens ist. Und dabei bin ich für ihn anscheinend nichts als eine kleine Affäre.

»Kannst du mir sagen, wo deine Frau in den letzten vier Wochen war?«, bringe ich mühsam hervor. »Ich meine, hat sie dich nicht vermisst? Du warst doch fast ununterbrochen hier bei mir.«

»Sie war auf Geschäftsreise in den USA.« Ein weiterer Dolchstoß in mein geplagtes Herz. Natürlich ist sie erfolgreiche Geschäftsfrau, die das ganze Jahr über durch die Welt jettet und eine Menge Kohle verdient. Dass sie in ihrer Abwesenheit fröhlich von ihrem Mann betrogen wird, und zwar mit mir, kann mich nicht trösten. Sofort fühle ich mich hoffnungslos unterlegen.

»Und wann kommt sie wieder?«

»Äh.«

»Lass mich raten. Heute?« Ich muss gar nicht hinsehen. Ich weiß, dass er nickt. »Tja, dann …« Meine Augen beginnen, teuflisch zu brennen. Eine eiserne Faust legt sich um mein Herz und drückt langsam zu. »Dann war es das wohl«, quetsche ich endlich hervor. Diesmal ist es Gregor, der sich mit einem Ruck aufsetzt.

»Was?«, fragt er und sieht mich verständnislos an. Dann reißt er mich in seine Arme und legt den Kopf an meine Brust.

»Deshalb wollte ich es dir nicht sagen. Weil ich Angst hatte, dass du mit mir Schluss machst. Bitte, bleib bei mir«, flüstert er und ich schiele verwundert zu ihm herunter. Eine seiner Locken kitzelt mich an der Nase und ich versuche, sie möglichst unauffällig in eine andere Position zu pusten. »Bleib bei mir«, unterbricht Gregor mich in meinen Bemühungen. Ich gebe auf, befreie meinen linken Arm aus seiner Umklammerung, streiche die Haare zur Seite und reibe ausgiebig an meiner Nase herum, bis der Juckreiz verschwindet. Der Mann um meinen Hals hebt den Kopf und sieht mich an. Zum Steinerweichen. »Bleib bei mir«, sagt er zum dritten Mal und nimmt mein Gesicht in beide Hände. Er legt den Kopf ein wenig zur Seite, sein Mund mit den weichen, geschwungenen Lippen kommt auf mich zu, berührt schließlich meinen. Seine Augen schließen sich, während er beginnt, mich leidenschaftlich zu küssen. Ich liebe diesen Anblick. Der dichte Wimpernkranz seiner geschlossenen Augen. Er sieht dann so friedlich aus, und so hingebungsvoll. Seine linke Hand fährt unter die Decke, die noch immer schützend meinen Körper umhüllt und schiebt sie zur Seite. Er schmiegt sich an mich, seine Beine umschlingen meine, ich dränge mich dichter an ihn. »Er ist verheiratet, hast du eben nicht zugehört«, schreit eine Stimme in mir empört auf, aber ich höre sie nur noch aus weiter Ferne. »Ist mir egal«, bringe ich sie zum Schweigen, »im Moment gibt es nur ihn und mich.«

Danach fühle ich mich furchtbar. Sicher, ich habe den ganzen letzten Monat über mit einem verheirateten Mann geschlafen, aber da wusste ich schließlich noch nichts davon. Diesmal schon. Und es fühlt sich schrecklich an. Obwohl es gut war. Wie immer. Vielleicht sogar noch besser, aber darüber will ich jetzt nicht nachdenken. Schwer atmend lösen wir uns voneinander und sofort ist der Gedanke wieder da. Er ist verheiratet. Sein betont unauffälliger Blick auf den Radiowecker neben mir tut ein Übriges. Er denkt, ich hätte es nicht mitbekommen, aber schließlich bin ich eine Frau. Und ich habe die Veränderung, die durch seinen Körper gegangen ist, sehr wohl bemerkt. Er wirkt angespannt. Anscheinend ist es später, als er erwartet hat. Und ich kann die Gedanken in seinem Kopf förmlich rattern hören: Wie komme ich so schnell wie möglich aus diesem Bett heraus, ohne unhöflich zu wirken? Er legt seinen Kopf auf meine Brust und flüstert:

»Ich liebe dich.« Ja, sicher. Einige Augenblicke liegen wir still da, dann erbarme ich mich.

»Wenn du gehen musst, dann geh ruhig. Ist schon okay.« Überrascht hebt er den Kopf und sieht mich an. Und jetzt setzt er auch noch seinen Unschuldsblick auf. »Tu doch nicht so. Ich weiß, dass du unter Zeitdruck stehst. Wahrscheinlich kommt ihr Flieger gleich an und du hast versprochen, sie abzuholen. Richtig?« Gregor sieht jetzt aus, als hätte er eine Erscheinung.

»Woher weißt du das«, fragt er verblüfft. Männer! Nur weil sie eins und eins nicht zusammenzählen können, und eine Schwingung im Raum selbst dann nicht wahrnehmen, wenn die Fliegen schon tot von den Wänden fallen, denken sie, wir Frauen wären genauso unsensibel.

»Ich weiß es eben«, sage ich geheimnisvoll und lächele wissend. Soll er ruhig glauben, ich hätte irgendwelche seherischen Fähigkeiten. So was ist immer Respekt einflößend. Und so sieht er mich jetzt auch an: Ehrfürchtig. Für eine Sekunde habe ich Oberwasser. »Nun geh schon«, fordere ich ihn auf und er springt so schnell aus dem Bett, dass mein Triumphgefühl im Bruchteil von Sekunden in sich zusammenfällt. Ich klammere mich schon wieder an meiner Decke fest, während ich durch die geöffnete Schlafzimmertür beobachte, wie Gregor im Flur seine verstreuten Klamotten zusammenklaubt. Jetzt ärgere ich mich über mich selbst, dass ich es ihm so leicht gemacht habe. »Nun geh schon.« Ja, bin ich denn noch zu retten? Jetzt erscheint Gregor im Türrahmen und schlüpft hastig in seine hellblauen Boxershorts.

»Kleiner Tipp«, sage ich süffisant, »auch wenn du es noch so eilig hast, du solltest vorher vielleicht duschen. Ich glaube, sie wird dir schon verzeihen, wenn du eine Viertelstunde zu spät kommst. Wenn du pünktlich bist, aber nach Sex riechst, habe ich da so meine Zweifel.« Gregor zieht erschrocken die Luft ein.

»Oh mein Gott, du hast Recht.« Mit diesen Worten dreht er sich um und läuft meinen kleinen Flur hinunter. Ich höre die Badezimmertür klappen und kurz darauf die Dusche rauschen. Normalerweise duschen wir immer gemeinsam. Danach. Aber ich bin im Moment viel zu sehr damit beschäftigt, mich für das größte Schaf der Welt zu halten. Was ist denn heute bloß los mit mir? Mein Freund belügt mich vier geschlagene Wochen lang. Dann erzählt er mir die Wahrheit, und statt ihm sofort die Tür zu weisen, lasse ich mich erstmal gepflegt von ihm durchvögeln. Danach darf er sofort zu seiner Frau eilen und zu guter Letzt gebe ich ihm auch noch Tipps, damit sie ihn nicht erwischt.

Wenige Minuten später steht Gregor fix und fertig angezogen vor meinem Bett, während ich noch immer wie paralysiert vor mich hin glotze.

»Tja, dann, also … Ich ruf dich an.« Damit beugt er sich zu mir herunter und drückt mir einen Kuss auf die Lippen. Es ist ein bisschen wie bei Schneewittchen. Als sein Mund meinen berührt, erwache ich endlich aus meiner Starre. Gregor ist schon fast aus dem Zimmer raus, als ich ihn zurückrufe:

»Moment mal. Bleib stehen!« Überrascht über meinen Befehlston dreht er sich zu mir um.

»Was ist denn?« Mit einem Satz bin ich aus dem Bett. Jetzt ist es mir egal, dass ich splitterfasernackt vor ihm stehe. Wütend funkele ich ihn an.

»Was los ist? Du hast sie wohl nicht mehr alle! Glaubst du wirklich, du kannst jetzt einfach so gehen?«

»Na ja, ich …«, meint er achselzuckend, aber ich schneide ihm das Wort ab.

»Das war eine rhetorische Frage. Ich will darauf keine Antwort haben.«

»Ich weiß, was rhetorisch bedeutet«, sagt er grinsend und ich schnappe empört nach Luft.

»Sehr witzig! Deine blöden Scherze kannst du dir sonst wohin stecken. Ich will wissen, warum du mich angelogen hast. Warum du die Sache mit mir überhaupt angefangen hast. Warum sagst du, dass du mich liebst? Warum …?« Ich breche ab, weil mich irgendetwas am Reden hindert. Verwundert registriere ich, dass mir Tränen das Gesicht herunterlaufen und ich heftig schluchze. »Warum, warum«, stammele ich und Gregor sieht richtig erschrocken aus. Er nimmt mich in die Arme und drückt mich an sich, ich weine herzzerreißend an seiner Brust.

»Es wird alles gut, ich verspreche es dir«, murmelt er an meinem Ohr und seine sanfte Stimme beruhigt mich etwas.

»Ja?«, frage ich kläglich und er nickt.

»Ganz bestimmt.« Er schiebt mich auf Armeslänge von sich weg und mustert mich besorgt. »Geht's wieder?« Ich schniefe, nicke aber tapfer. Mit dem Daumen seiner rechten Hand fährt er mir leicht über die Wange und wischt meine Tränen weg. Dann schließt er mich noch mal in die Arme und ich schmiege mich an ihn, vergrabe mein Gesicht an seinem Hals und atme seinen Geruch ein. Es geht mir ein bisschen besser. Es wird alles gut werden. »Wir werden über alles sprechen, versprochen«, flüstert er in mein Ohr. »Beim nächsten Mal. Ich muss jetzt wirklich gehen.« Er lässt mich los und sieht mich bedauernd an. »Es tut mir leid. Ich rufe dich an.« Er drückt mir erneut einen Kuss auf die Lippen, den ich nicht erwidere. »Ciao, ich liebe dich.« Damit verlässt er mit eiligen Schritten meine Wohnung. Wie betäubt stehe ich mitten in meinem Schlafzimmer. Nackt. Ein ganz leichter Windhauch streicht durch das geöffnete Fenster über meinen Körper, der Laminatfußboden scheint unter meinen Füßen zu schwanken. Sehr lange stehe ich so da. Und als mir endlich ein gequältes »Ich liebe dich auch« über die Lippen kommt, ist Gregor wahrscheinlich längst am Flughafen und schließt seine heimkehrende Frau in die Arme. Wie heißt sie überhaupt?

Sie heißt Anna. Liegt es an mir, oder ist das ein blöder Name? Das kann mir Loretta auch nicht sagen, dabei weiß sie doch sonst immer alles. Loretta ist Scheidungsanwältin, hätte aber auch eine echt gute Privatdetektivin abgegeben. Sie ist nämlich ein Ass in jeder Art von Recherche. Praktischerweise ist sie zudem seit Kindertagen meine beste Freundin. Zu ihr bin ich geflüchtet, nachdem Gregor meine Wohnung verlassen hat. Ich erwische sie gerade noch an ihrer Wohnungstür, als sie sich in ihrem schicken, grauen Nadelstreifenanzug, der sich um ihren langen, schlanken Körper schmiegt, die kurzen, schwarzen Haare akkurat frisiert und die dunklen Augen durch dezentes Make-up betont, auf den Weg in die Kanzlei machen will. Ein Blick in mein Gesicht reicht und schon zieht sie mich in ihre schicke Vier-Zimmer-Altbauwohnung hinein und sagt telefonisch die ersten zwei Termine des Morgens ab.

»Das ist doch nicht nötig«, protestiere ich schwach, bin aber dann doch dankbar, als sie meine Einwände mit einer Handbewegung vom Tisch fegt. Nachdem ich mich ausgeheult habe, drückt Loretta mir meinen mit grünem Tee gefüllten Lieblingsbecher in die Hand, den mit den rosa Rosen drauf, aber selbst der kann mich heute nicht aufheitern. Ich sitze neben Loretta in ihrem Arbeitszimmer und betrachte die langen Reihen von Gesetzesbüchern, die sich in den weißen Regalen an der Wand befinden, während meine Freundin in die Tasten haut und in Windeseile alles Wissenswerte über SIE herausfindet. Über Anna Landahl. Seinen Namen hat sie also auch angenommen. So eine Gemeinheit! Insgeheim hatte ich ja schon meine neue Unterschrift geübt. Luzie Landahl. Ich weiß, vielleicht etwas voreilig, wenn man den Typen erst seit vier Wochen kennt. Aber ich sage doch, er ist meine große Liebe. Der Mann meines Lebens. Dachte ich jedenfalls. Bevor ich wusste, dass es schon eine Frau Landahl gibt. Und zwar eine, die nicht seine Mutter ist.

»Sie wohnen in Halstenbek«, gibt Loretta mir einen Zwischenstand bekannt, aber das wusste ich ja bereits. Und dabei fällt mir auf, wie ausgesprochen dämlich und blind ich eigentlich den ganzen letzten Monat über gewesen sein muss. Es ist mir nicht einmal aufgefallen, dass er mich nie mit zu sich genommen hat. Nicht mal auf eine kleine Führung durch die Wohnung. Das hätte mich doch misstrauisch machen müssen, oder? Aber er hat sich ständig damit rausgeredet, dass Halstenbek ja doch ziemlich weit draußen liegt und dass bei ihm mal wieder nicht aufgeräumt ist. Und dann hat er angefangen rumzuschleimen, wie ungeheuer süß und gemütlich er meine Wohnung findet und dass er sich dort so wahnsinnig wohlfühlt. Ich bin wirklich naiv.

Frau Landahl ist übrigens »Direktionsassistentin« bei Esso. Auch nichts anderes als eine Sekretärin. Hat sich was mit erfolgreicher Geschäftsfrau. Was eine Sekretärin macht, das wissen wir ja alle. Vorzugsweise Kaffee und Fotokopien. Ach ja, und meistens bumst sie mit dem Chef. Hoffentlich! Meine Güte, ich habe heute wirklich furchtbar schlechte Laune. Eine ganze Weile ätze ich noch so vor mich hin, bis es Loretta reicht und sie mich unterbricht:

»Ja, ja, und Rechtsanwälte sind alle skrupellose Arschlöcher. Jetzt komm mal wieder runter.« Beleidigt mache ich den Mund zu. »Außerdem gibt es doch einen feinen Unterschied zwischen Sekretärin und Direktionsassistentin«, klärt meine Freundin mich auf. »Sie hat nämlich drei Jahre lang an einer Fachhochschule studiert und spricht drei Sprachen fließend.« Mit großen Augen schaue ich sie an. Wirklich? Na ja, versuche ich mich zu beruhigen. Zumindest mein Englisch ist dank eines mehrjährigen Auslandsaufenthaltes perfekt. Vom Französischunterricht aus der Schule weiß ich nicht mehr so wahnsinnig viel, aber ich schätze, ein kleiner Intensivkurs an der Volkshochschule würde mir da sicher auf die Sprünge helfen. Zusammen mit meinen Deutschkenntnissen spreche ich also auch fast drei Sprachen. »Englisch, Spanisch und Italienisch«, fährt Loretta fort. Ach, Deutsch ist noch gar nicht dabei?

»Sag mal, willst du mich fertigmachen?«, herrsche ich Loretta an und sie zieht erschrocken den Kopf ein.

»Sorry, ich wollte doch nur … Du hast recht. Vergiss es.«

»Das kann ich jetzt nicht mehr. Das hättest du dir ruhig vorher überlegen können, bevor du mir sagst, dass sie ein Sprachgenie ist«, rege ich mich auf.

»Tschuldigung.«

»Ich glaub, ich habe genug erfahren. Du kannst das Ding jetzt ausmachen.« Sie schließt mit einem schuldbewussten Gesichtsausdruck ihren Laptop. Dabei wollte sie mir doch nur helfen. »Ich weiß, du wolltest mir nur helfen«, sage ich versöhnlich und lege ihr die Hand auf den Arm. »Aber vielleicht ist es doch keine so gute Idee, allzu viel über die Tussi zu erfahren. Stell dir mal vor, wir finden ein Foto von ihr und sie sieht aus wie Catherine Zeta Jones.«

»Die find ich ja nicht so toll.«

»Aber du weißt doch, was ich meine«, sage ich ungeduldig.

»Ja, ich weiß, was du meinst. Aber tu mir einen Gefallen und sieh es auch mal so: Selbst wenn sie aussehen sollte wie ein Model, dazu noch klug, reich und liebenswert ist, so ist sie doch nicht zu beneiden.« Was? Das sehe ich aber ganz anders.

»Warum denn nicht«, erkundige ich mich begriffsstutzig und Loretta haut mir mit der flachen Hand gegen die Stirn.

»Weil sie von ihrem Mann betrogen wird. Darum.«

Da hat sie schon recht, das ist nicht schön. Trotzdem, es will mir beim besten Willen nicht gelingen, Mitleid für diese Frau aufzubringen. Dazu tue ich mir selbst viel zu sehr leid. Es ist mittlerweile halb sechs und in einer Stunde fängt meine Schicht im »L'Auberge« an. Das ist ein nobles Restaurant in der Hamburger Innenstadt, nahe dem Thalia-Theater gelegen. Dort arbeite ich seit fast fünf Jahren als Kellnerin. Ich habe schon mit vierzehn Jahren in der Gastronomie gearbeitet und kann mir nicht vorstellen, jemals etwas anderes zu tun. Klar, manche Leute rümpfen die Nase, wenn sie hören, dass ich einunddreißig Jahre alt und Kellnerin bin. Anna würde bestimmt pikiert dreinschauen, möchte ich wetten. Solche Leute denken immer, dass kellnern so eine Art Notlösung für Leute ist, die ihr Studium nicht geschafft haben und auch sonst nichts können. Aber ich wollte nie etwas anderes machen. Mein größter Traum ist es, ein eigenes, kleines Café mit wenigen, ausgesuchten Speisen auf der Karte zu eröffnen. Dafür spare ich seit Jahren eisern und tatsächlich habe ich mittlerweile eine hübsche Summe zusammen. Bis vor vier Wochen war ich jeden freien Nachmittag auf Location-Suche und habe mir sämtliche leer stehenden Ladenlokale angeschaut, die Hamburg zu bieten hat. Als ich Gregor kennengelernt habe, haben sich meine Prioritäten dann allerdings etwas verschoben.

Seufzend schließe ich die Tür zu meiner Wohnung auf, um mich für die Arbeit umzuziehen. Während ich meinen kurzen, schwarzen Rock und eine frisch gebügelte weiße Bluse anziehe, wandern meine Gedanken zu dem Tag vor vier Wochen, als Gregor und ich uns zum ersten Mal begegnet sind. Es war der dreiundzwanzigste August, einer der letzten wirklich heißen Sommertage. Fast dreißig Grad und kein einziges Wölkchen am Himmel. Ich hatte mich mit einem guten Buch in einen der hölzernen Liegestühle an der Alster gelegt. Er saß wenige Meter von mir entfernt an den Stamm eines Baumes gelehnt im Schatten und zeichnete etwas mit Kohle auf einen Block. Mich, wie sich eine halbe Stunde später herausstellen sollte, als er zu mir rüberkam und mir die Zeichnung schenkte. Die mir nicht nur unglaublich ähnelte, sondern auch noch schmeichelte. Gregor ist nämlich Maler, wie er mir gleich darauf erzählt hat, als ich begeistert sein Werk gelobt habe. Und normalerweise malt er mit Ölfarbe. Auf riesengroße Leinwände. Ein echter Künstler. So einen hatte ich bis dahin noch nie persönlich kennengelernt. Der Rest ist Geschichte.

Schnell schiebe ich den Gedanken an Gregor beiseite und eile ins Badezimmer. Wo mich das nasse rote Handtuch, das da zerknüllt auf den Fliesen liegt, sofort wieder an ihn erinnert. Seufzend hebe ich es auf. Dann beginne ich, meinen aalglatten, blonden Haaren mit Hilfe des Lockenstabes zumindest einen leichten Schwung zu verpassen. Dabei erscheint vor meinem inneren Auge wieder das Bild, das ich mir von Anna gemacht habe, obwohl ich keine Ahnung habe, ob es auch nur im Entferntesten der Wirklichkeit entspricht: Dicke, dunkelbraune Locken umrahmen ein Gesicht mit hohen Wangenknochen und funkelnden schwarzen Augen. Eine Sanduhrfigur mit üppigen Brüsten und geschwungenen Hüften. Das Lächeln enthüllt herrliche weiße Zähne, aufgereiht wie Perlen. Das Gegenteil von mir eben: Blond, grünäugig, mit gerade mal einer knappen Handvoll Brust. Wenn die Hände nicht allzu groß sind. Ich schneide meinem Spiegelbild eine Grimasse und fahre mit der Zungenspitze über meine Vorderzähne. Zum tausendsten Mal verfluche ich mich dafür, dass ich die Zahnspange als Kind nicht regelmäßig getragen habe. Die deutliche Lücke zwischen den vorderen Schneidezähnen hatte ich nämlich schon damals. Der Rest meines Gebisses war auch ziemlich krumm und schief. Ich war unglaublich stolz, als ich mit neun Jahren endlich die ersehnte Klammer bekam und lief ständig mit der klappernden, pinkfarbenen Dose um den Hals herum. Bis ich aufs Gymnasium kam. Da waren Zahnspangen total uncool. Megaout. Und ich trug meine nur noch nachts. Eigentlich kann ich von Glück sagen, dass mein Gebiss dennoch relativ ansehnlich geworden ist. Aber die Lücke vorne ist geblieben. Irgendwann habe ich mich damit angefreundet. Und mir von Gregor sagen lassen, dass er sie supersexy findet. Kann ich eigentlich auch mal zwei Minuten lang nicht an den Mistkerl denken?

Ich ringe mir so etwas wie ein Lächeln ab, als ich eine halbe Stunde später das Restaurant betrete und meinen Chef Norbert begrüße.

»Oh, Luzie, Gott sei Dank, dass du da bist«, wispert er mir zu, als ich zu ihm hinter den Tresen trete. Seine sonst so fröhlichen braunen Augen haben einen gehetzten Ausdruck und auf seiner »hohen Stirn«, wie er seine Halbglatze nennt, glänzen feine Schweißperlen im Licht der Kronleuchter über uns.

»Was ist denn los«, frage ich alarmiert und greife nach der bereitliegenden Schürze.

»Alle haben mich im Stich gelassen. Ich bin verzweifelt«, jammert Norbert, während er in Windeseile vier bauchige Weingläser mit unserem erstklassigen Merlot füllt. »Julia und Katja haben die Grippe. Alle beide, kannst du dir das vorstellen? Daniel ist im Urlaub und Claudia erreiche ich auch nicht. Du bist meine letzte Rettung.«

»Aber wer ist denn ...«, beginne ich und nicke in Richtung der schlanken, blonden Frau am Ecktisch ganz links, von der ich nur den Rücken sehen kann, die aber ganz eindeutig eine Bestellung aufzunehmen scheint. Mir bleibt das Wort im Halse stecken, als sie sich umdreht. »Oh nein«, ächze ich und Norbert fällt in mein Stöhnen ein:

»Ich weiß!« Er dreht die Augen gen Himmel, als seine Frau Tanja auf uns zu kommt.

»Hallo Luzie«, begrüßt sie mich strahlend und ich umarme sie. Tanja ist nämlich eine sehr süße Person, mit Ende Zwanzig gut fünfzehn Jahre jünger als Norbert und herzensgut. Nur als Kellnerin ist sie leider eine totale Niete.

»Also, für Tisch sieben zwei Merlot und eine Flasche Perrier. Dann einmal das Rindercarpaccio und die Steinpilzsuppe und als Hauptgang ... hmm.«

»Ja?« fragt Norbert angespannt.

»Ähm, was hab ich denn hier geschrieben? Kannst du das lesen«, fragt Tanja mich ratlos und ich werfe einen Blick auf den Notizblock.

»Weiß nicht? Rumpsteak?«, tippe ich ins Blaue hinein.

»Nein, ich glaube nicht.«

»Tanja, du hast es doch gerade erst aufgeschrieben. Daran musst du dich doch erinnern«, sagt Norbert mit sanfter Stimme, aber in seinen Augen flackert es bedenklich.

»Ich weiß es wirklich nicht mehr«, meint Tanja kopfschüttelnd und macht sich auf den Weg, um den Hauptgang erneut aufzunehmen.

»Das ist übrigens nicht Tisch sieben, sondern Tisch acht«, flüstere ich ihr zu, als sie an mir vorbeigeht.

»Ach so, genau. Dankeschön!« Ich kann mir ein Grinsen

nicht verkneifen, als Norbert ihr verständnislos hinterhersieht.

»Weißt du, Luzie, ich liebe sie wirklich, aber in meinem ganzen Leben habe ich noch keine unbegabtere Kellnerin gesehen.«

»Ich weiß«, nicke ich und lasse meinen Blick über die noch spärlich belegten Tisch gleiten. »Wie viele Reservierungen haben wir für heute Abend?«

»Na, was denkst du denn? Es ist Freitag.«

»Voll ausgebucht?« Norbert nickt und ich lächele ihm aufmunternd zu. »Keine Sorge! Das schaffen wir.«

»Du hattest recht. Zweimal Rumpsteak«, trällert Tanja und tritt an den Kassencomputer, um die Bestellung einzugeben, die dann automatisch auf dem Monitor unten in der Küche erscheint.

»Dann mal los«, sage ich, atme noch einmal tief durch und schnappe mir mein Tablett. Während ich in Richtung Eingang gehe, um die soeben eintretenden neuen Gäste zu begrüßen, höre ich Norbert fragen:

»Wollen sie es medium oder durch?«

»Ähm …«

Als ich mich um zwei Uhr morgens von Norbert und Tanja verabschiede, bin ich fix und fertig, aber glücklich. Mein Chef küsst mich schmatzend auf beide Wangen.

»Du bist ein Goldstück«, schwärmt er, legt dann schnell seinen Arm um seine Frau und drückt sie an sich. »Und du bist ein ganzer Goldschatz«, beteuert er, »und für deine Verhältnisse warst du heute gar nicht so schlecht.« Tanja strahlt ihn verliebt an und ich verspüre einen Stich, denn plötzlich muß ich wieder an Gregor denken, den ich bei all dem Stress heute Abend tatsächlich kurzzeitig vergessen hatte.

»Gute Nacht, ihr beiden«, sage ich müde. Mit meinem uralten Fiat-Panda gurke ich nach Hause. Meine Fußsohlen brennen wie Feuer, ich schleppe mich die vier Stockwerke zu meiner Wohnung hinauf und kicke fluchend meine Schuhe in die Ecke. Dann schäle ich mich aus meinen Klamotten, lasse fünfe gerade sein und gehe ins Bett, ohne mich abzuschminken.

Als ich am nächsten Morgen die Augen aufschlage, ist draußen schon heller Tag. Durch das Schlafzimmerfenster schaue ich in den perfekten, blauen Septemberhimmel, an dem nicht eine einzige Wolke zu finden ist. Die Sonne scheint warm auf meine Bettdecke. Ich räkele mich ausgiebig und befinde eine ganze Sekunde lang, dass es ein herrlicher Tag ist. Bis mir die Wahrheit wieder einfällt. Vor meinem inneren Auge erscheint das Bild von Gregor mit einer gesichtslosen Unbekannten, in meinem Ohr hallen seine Worte wider: Ich bin verheiratet, verheiratet, verheiratet. Plötzlich ist der Tag alles andere als herrlich. Ob er heute Nacht mit ihr geschlafen hat? Natürlich. Alles andere zu glauben wäre naiv. Sie war wochenlang unterwegs, sie werden sich völlig ausgehungert aufeinander gestürzt haben. Obwohl er streng genommen nach vier sexuell äußerst aktiven Wochen mit mir nicht ausgehungert sein dürfte. Stöhnend drehe ich mich auf die andere Seite und ziehe mir die Decke über den Kopf. Ich will nicht darüber nachdenken. Lieber noch ein bisschen schlafen. Natürlich funktioniert das nicht. Nachdem ich mich mehrere Minuten mit Gedanken an Anna und Gregor in diversen Stellungen gequält habe, stehe ich lieber auf und mache mir einen Kaffee.

Eigentlich weiß ich doch gar nicht genau, was überhaupt los ist, versuche ich mich selbst zu beruhigen. Wir sind ja noch gar nicht dazu gekommen, uns mal in Ruhe und vernünftig über alles zu unterhalten. Er hat mich schließlich kennengelernt, als sie auf Geschäftsreise war. Und wir haben uns unsterblich ineinander verliebt. Das kann ich mir nicht eingebildet haben, ich bin ganz sicher nicht nur eine Affäre für ihn gewesen. Ich weiß, er liebt mich. Das hat er doch gesagt. Wahrscheinlich will er sich von ihr trennen. Und kein Mensch kann verlangen, dass er das am Telefon tut. Von Hamburg nach Amerika. Das wäre doch unmenschlich. Nein, er ist ein anständiger Kerl. Natürlich will er das persönlich machen. Von Angesicht zu Angesicht. Schließlich gibt es da ja eine Menge zu klären, wenn man verheiratet ist und zusammenwohnt und alles. Wer weiß, vielleicht hat er es ihr schon gesagt? Möglicherweise sogar schon gestern Abend. Das könnte doch sein. Plötzlich fühle ich mich unglaublich erleichtert. Er liebt mich. Das ist alles, was zählt. Er wird mit ihr Schluss machen. Und dann wird er mich anrufen, so wie er es versprochen hat.

Das Wochenende verbringe ich, abgesehen von meinen Schichten im »L'Auberge«, auf der breiten Fensterbank meiner Küche, meine geblümte Kaffeetasse in der Hand, das Telefon vor mir. Ich fixiere es, beschwöre es, aber es will und will nicht klingeln. Am Sonntagabend halte ich es nicht mehr aus. Ich überwinde meinen Stolz und wähle todesmutig seine Handynummer. Nach zweimaligem Klingeln antwortet er:

»Ja, hallo?«

»Hallo, ich bin's«, sage ich krächzend.

»Hallo?«, kommt es fragend zurück. Ich räuspere mich und wiederhole mit klarerer Stimme:

»Ich bin es.«

»Hallo? Wer ist denn da? Hallo?«

»Hier ist Luzie, Gregor«, rufe ich in den Hörer, »kannst du mich nicht hören? Warum hast du mich nicht …«

»Hallo? Hmm.« Es klickt in der Leitung und die Verbindung ist unterbrochen.

»Verdammt«, fluche ich und wähle erneut.

»Hier ist die Mailbox von Gregor Landahl. Sie können nach dem Signal eine Nachricht hinterlassen.« Überrascht lege ich auf. Ach so, wahrscheinlich versucht er gerade, mich zurückzurufen. Hat sich wahrscheinlich schon gedacht, dass ich es bin. Ich warte ein paar Minuten, aber nichts passiert. Dann rufe ich noch mal an.

»Hier ist die Mailbox von Gregor Landahl. Sie können nach dem Signal eine Nachricht hinterlassen.«

»Hallo, ich bin es, Luzie«, sage ich zögernd nach dem Piepton, »tja, das war ich eben am Telefon, du hast mich wohl nicht gehört. Na ja, jetzt ist dein Handy aus. Bitte ruf mich zurück, ja? Ich liebe dich«, füge ich nach einer kurzen Pause noch hinzu und lege dann auf.

Aber er ruft mich nicht zurück, den ganzen Abend nicht.

»Der hat dich ganz genau gehört«, meint Loretta, als ich ihr mein Leid klage. »Vermutlich saß seine Frau bloß gerade neben ihm.«

»Meinst du wirklich?«, frage ich fassungslos.

»Na, was denkst du denn, was passiert ist?«

»Dass er mich nicht gehört hat, weil er in einem Funkloch steckte. Und dann ist vermutlich … sein Akku leer gewesen.«

»Na schön, das ist auch möglich«, räumt meine Freundin ein, »aber ich glaube es eigentlich nicht.« Natürlich nicht, wie könnte sie auch? Loretta hat schon vor einer halben Ewigkeit aufgehört, an das Gute in den Männern zu glauben. Seit Marc aus ihrer Staatsrechtsvorlesung ihr zu Beginn des Jurastudiums das Herz gebrochen hat. Seitdem hangelt sie sich von einer Affäre zur nächsten, was ich, nebenbei gesagt, wirklich schade finde. Aber egal, wie sehr ich mir auch den Mund fusselig rede, ihr Herz bleibt seit jener Zeit unter Verschluss. Und die Scheidungsschlachten, mit denen sie tagtäglich zu tun hat, sind natürlich der perfekte Nährboden, ihre schlechte Meinung über Männer immer wieder aufzufrischen.

Ich höre die ganze Nacht nichts von Gregor. Am nächsten Morgen weckt mich das schrille Klingeln der Türglocke aus meinen Träumen, aber die waren sowieso alles andere als schön. Müde schlurfe ich zur Gegensprechanlage und werfe einen Blick auf die Wanduhr im Flur. Es ist kurz nach neun. Wer wagt es, mich zu dieser nachtschlafenden Zeit aus den Federn zu holen?

»Hallo«, frage ich unwirsch in den Hörer hinein, »wer ist da?«

»Ich bin es«, ertönt Gregors Stimme und mein Herz setzt einen Schlag aus. Mir wird plötzlich so schwindelig, dass ich mich gegen die grün gestrichene Wand lehnen muss. Bin wahrscheinlich einfach zu schnell aus dem Bett gesprungen. »Hallo, hörst du mich nicht«, kommt es aus dem Hörer. Am liebsten würde ich sagen: Nein, genauso wie du gestern Abend. Aber natürlich tue ich es nicht. Ich drücke wortlos die weiße Taste mit dem Schlüsselsymbol, hänge den Hörer zurück auf die Gabel und renne hektisch ins Badezimmer, um mein Spiegelbild zu überprüfen. Der Anblick erfreut mich überhaupt nicht. Ich befeuchte meinen Zeigefinger, wische die schwarzen Wimperntuschespuren unter meinen verquollenen Augen notdürftig weg und spritze mir ein wenig kaltes Wasser ins Gesicht. Dann kneife ich mir mit Zeige- und Mittelfinger in die Wangen, um ein wenig Farbe auf meinen leichenblassen Teint zu zaubern und fasse die strähnigen Haare mit einer Klemmspange am Hinterkopf zusammen. Da klopft es auch schon an der Tür. Ich blicke an mir herunter. Ausgeleiertes Snoopy-Shirt und rosa Boxershorts. Zu spät, jetzt kann ich nicht mehr in einen verführerischen Seiden-Pyjama schlüpfen. Was soll's? Ich atme tief durch und öffne die Tür. Da steht er: Verstrubbelte blonde Locken, grüne Jacke, helle Jeans. In der Hand eine langstielige rote Rose, die er mir mit einem unsicheren Lächeln entgegenstreckt. Ich versuche, ihn feindselig anzusehen. Falls Lorettas Theorie stimmen sollte. Und selbst wenn nicht. Was fällt ihm ein, am Freitagabend so eine Bombe platzen zu lassen und sich dann das gesamte Wochenende nicht mehr zu melden? Eine Frechheit ist das! Aber meine Gefühle für ihn hauen mich um. Statt ihn böse anzufunkeln, füllen sich meine verdammten Augen mit Tränen. Ich greife nach der Rose und atme ihren Duft ein.

»Danke«, flüstere ich. Mit einem einzigen langen Schritt ist er bei mir, umschließt mich mit seinen Armen und bedeckt mein Gesicht mit Küssen.

»Du hast mir so gefehlt. Ich liebe dich«, flüstert er. Er gibt der Wohnungstür mit dem Fuß einen Schubs, sodass sie krachend ins Schloss fällt, dann sinken wir gemeinsam auf den Laminatfußboden.

Wo es auf die Dauer dann doch etwas unbequem wurde, weshalb wir uns schließlich zu meinem Bett vorgearbeitet haben. Jetzt liegen wir nebeneinander, ich auf dem Rücken, Gregor auf der Seite, den Kopf auf meine Brust gelegt. An den Händen wie immer einige Reste von Ölfarbe, streichelt er zärtlich meinen Bauch.

»Gregor?«

»Ja, Engel?«

»Können wir jetzt vielleicht endlich mal reden?« Er richtet sich halb auf, stützt sich auf die Ellenbogen und sieht mich aufmerksam an.

»Natürlich. Worüber denn?« Ich haue ihm auf den Arm.

»Aua«, ruft er empört und reibt sich mit vorwurfsvollem Blick über die gerötete Stelle.

»Über deine Frau zum Beispiel.«

»Es tut mir leid, dass ich es dir nicht schon vorher gesagt habe. Ehrlich.« Er sieht mir tief in die Augen. Na gut, Entschuldigung angenommen. Und weiter? »Weißt du, zwischen Anna und mir läuft es schon seit fast einem Jahr nicht mehr so gut. Vielleicht hätte ich mich längst von ihr trennen sollen. Aber ich habe immer gezögert. Und irgendwie hatte ich ja auch nie einen wirklich wichtigen Grund.«

»Und jetzt hast du einen?«, frage ich atemlos und er lächelt mich an.

»Natürlich«, sagt er und gibt mir einen Kuss auf den Mund, »ich liebe dich. Das weißt du doch. Ich werde mich von ihr trennen.« Mein Herz macht bei diesen Worten vor Freude einen Hüpfer und ich schlinge die Arme um ihn. Ich wusste es, ich wusste es! Er liebt mich. Wir befinden uns schon mitten in einer wilden Knutscherei, als mir plötzlich etwas einfällt:

»Und wieso hast du es nicht schon getan? Du hattest doch das ganze Wochenende Zeit dafür.«

»Sie war total kaputt von dem Langstreckenflug. Und der Jetlag. Der ist in diese Richtung viel schlimmer als umgekehrt.« Stimmt, das hab ich auch schon mal gehört. »Na ja, sie hat jedenfalls fast die ganze Zeit nur geschlafen. Es war einfach nicht der richtige Zeitpunkt.«

»Na gut«, brumme ich, aber so richtig überzeugt bin ich nicht. Gibt es überhaupt den richtigen Zeitpunkt für eine Trennung? »Hast du mit ihr geschlafen«, frage ich so gleichgültig wie möglich, aber wahrscheinlich sprühen meine Augen vor lauter Eifersucht grüne Funken. Gregor lacht jedenfalls ziemlich belustigt auf:

»Huh, guck mich nicht so an, da bekomme ich ja Angst.«

»Hast du?«

»Natürlich nicht. Wir haben seit einer Ewigkeit keinen Sex mehr. Außerdem haben wir getrennte Schlafzimmer.«

»Echt?«

»Ja.« Na dann.

Zwei Stunden später verabschiedet sich Gregor im Flur von mir, weil er zurück zu seiner Leinwand muss. Ich muss zugeben, dass ich es sehr sexy und aufregend finde, mit einem echten Maler zusammen zu sein. Ich würde ihm zu gerne mal bei der Arbeit zusehen. Das ist bestimmt ein toller Anblick, wie er mit den Farben herumpanscht, sich in Erwartung der Muse die lockigen Haare rauft und dann schließlich voller Inspiration zum Pinsel greift. Bei dem Gedanken schmelze ich dahin wie Butter in der Sonne, aber auf dieses Vergnügen werde ich wohl noch ein wenig warten müssen. Gregor arbeitet nämlich bei sich zu Hause. Besser gesagt, bei sich und seiner Frau. Sie bewohnen dort in Halstenbek keine popelige Wohnung, sondern ein Häuschen mit Wintergarten, in dem das Licht zum Malen einfach ideal ist. Dort hat er sich sein Atelier eingerichtet. Nicht schlecht, was? Wenn ich da an meine winzige Zwei-Zimmer-Kabuzze denke. Na ja, wenn ich erst mein Café eröffnet habe und der Laden richtig läuft, kann ich vielleicht auch in was Größeres umziehen. Vielleicht sogar mit Gregor zusammen?

»Ich melde mich, sobald ich es getan habe. Vertrau mir«, flüstert er mir beim Abschied ins Ohr und seine Bartstoppeln kratzen dabei leicht über meine Wange. Ich rieche den vertrauten Geruch seines Aftershaves. »Egoiste« von Chanel.

»Das tue ich«, flüstere ich zurück.

»Talk is cheap«, lautet Lorettas einziger Kommentar, als ich am frühen Abend mit einer Tasse Tee in ihrem Wohnzimmer auf der riesengroßen, orangefarbenen Couch lümmele und von meinem Gespräch mit Gregor erzähle.

»Was meinst du damit?«

»Nur, dass ich ihm erst glaube, wenn er sich wirklich von seiner Frau getrennt hat«, meint sie schulterzuckend und schenkt uns nach.

»Na, du machst mir ja Mut«, sage ich verstimmt.

»Entschuldige, Süße, es ist nur so … Ich habe einfach schon zuviel Mist gesehen.« Das weiß ich ja nun mittlerweile. Aber ist es meine Schuld, dass Loretta sich seit Jahren nur noch mit der Schattenseite der Liebe beschäftigt? »Ich möchte einfach nicht, dass du enttäuscht wirst.« Sie nimmt meine Hand in ihre und schaut mir in die Augen: »Glaub mir, wenn Gregor wirklich der Mann ist, den du liebst und haben willst, dann wünsche ich mir nichts mehr, als dass er sich trennt und zu dir kommt.«

»Danke«, sage ich und lächele zaghaft. Das wünsche ich mir auch so sehr.

»Meine Berufspraxis zeigt mir nur leider, dass so etwas selten passiert, verstehst du? Deshalb mache ich mir Sorgen. Männer gehen fremd. Aber sie trennen sich nicht.« Doch irgendetwas in meinem Kopf weigert sich, diese Möglichkeit auch nur in Erwägung zu ziehen.

»Aber er hat es mir versprochen«, sage ich heftig und springe so schnell vom Sofa auf, dass das Geschirr auf dem kleinen, gläsernen Couchtisch empört klappert. »Er liebt mich. Du kannst ihn doch nicht mit all deinen Mandanten in einen Topf werfen.«

»Das tue ich doch gar nicht«, versucht Loretta mich zu beruhigen. »Ich meine doch nur, dass rein statistisch gesehen …«

»Die blöde Statistik interessiert mich nicht die Bohne«, fauche ich, grabsche nach meiner Handtasche und stürme in Richtung Flur davon. In der Wohnzimmertür drehe ich mich noch mal um: »Vielen Dank für deine Unterstützung«, sage ich bitter, »du bist eine wahre Freundin.« Ihre Antwort geht in dem Knallen der Haustüre unter.

Auf dem Weg von Eppendorf zu mir nach Hause ins Univiertel trete ich mein armes Autochen vor lauter Wut an die Grenzen seiner Belastbarkeit. Warum muss Loretta immer alles mies machen? Kann ich nicht ein wenig Optimismus von ihr erwarten in einer so schweren Zeit wie dieser? Wer soll mich denn bitte schön sonst aufbauen und bei Laune halten, während ich auf Gregors Anruf warte? Ich mich selbst etwa? Das

Blut rauscht in meinen Ohren, aber nicht laut genug, um Lorettas Statement zu übertönen: »Männer gehen fremd. Sie trennen sich nicht.« Schwungvoll biege ich in meine Straße ein und trete, als ich einen Parkplatz direkt vor meiner Haustür entdecke, so abrupt in die Bremsen, dass mein Wagen empört aufjault. Nachdem ich ausgestiegen bin, fliegt mein Blick suchend über die geparkten Autos. »Sei nicht albern«, schelte ich mich selbst, »so schnell wird das mit der Trennung auch nicht funktionieren, dass er am selben Abend mit gepackten Koffern vor deiner Tür steht.« Trotzdem bin ich enttäuscht, als ich keinen schwarzen BMW entdecken kann. Doch, da hinten. Mein Herz setzt für eine Sekunde aus und eine Welle freudiger Erregung überschwemmt mich. Bis mein Blick auf das Berliner Kennzeichen fällt. Fehlalarm. So ein Mist. Warum müssen eigentlich alle Autos gleich aussehen? Zärtlich lasse ich den Blick über meine alte Möhre gleiten, auf deren weiße, zugegebenermaßen schon etwas durchgerostete Lackierung ich schwarze Kuhflecken aus Klebefolie geklebt habe. Keine Frage, in ganz Hamburg sieht kein Gefährt so aus wie meins. Seufzend gehe ich auf meine Haustür zu, doch die Aussicht, meinen einzigen freien Abend alleine in meiner Wohnung zu verbringen und mich zu fragen, was Gregor jetzt gerade macht, erscheint mir plötzlich nicht mehr besonders verlockend. Prüfend schaue ich in den Himmel, über den jetzt langsam die Abenddämmerung hereinbricht. Für Ende September ist es wirklich noch ziemlich warm und nach Regen sieht es auch nicht aus. Ich beschließe, mein Fahrrad aus dem Keller hervorzuholen und ein wenig durch die Gegend zu radeln. Mir den Wind um die Nase und den Kopf freipusten zu lassen. Alle negativen Gedanken abzustreifen. Gregor liebt mich. Und ich habe versprochen, ihm zu vertrauen.

Wie durch ein Wunder finde ich mich etwa vierzig Minuten später in Halstenbek wieder. Es ist mir ein absolutes Rätsel, wie ich hier hergekommen bin, ausgerechnet ich, die ich ohne Stadtplan normalerweise nicht einmal die Hamburger Innenstadt finden würde. Einen kurzen Moment lang denke ich, dass es besser wäre, auf der Stelle umzukehren. Doch die Neugier siegt. Wo ich jetzt schon mal hier bin. Was ist denn schon dabei, wenn ich mir mal ansehe, wie das Ehepaar Landahl so wohnt? Ich tue ja nichts Verbotenes. Ein einsamer Spaziergänger, der mit seinem graumelierten Rauhaardackel den Bürgersteig entlang wandert, gibt mir bereitwillig Auskunft und einige Minuten später biege ich auf meinem Drahtesel in eine possierliche Siedlung ein. Mit einem Schlag fühle ich mich in eine andere Welt versetzt. Und irgendwie auch in eine andere Zeit. Vereinzelt spielen noch Kinder im Halbdunkel der verkehrsberuhigten Straße, die Vorgärten der kleinen, weißen Häuser mit den roten Dächern sind ausnahmslos topp gepflegt, hier und da sogar mit einem zierlichen Gartenzaun versehen. Glücklich lächelnde Frauen mit blütenweißen Schürzen sehen zum Küchenfenster hinaus und halten ein Auge nach draußen, während sie wahrscheinlich Eintopf oder Apfelstrudel zubereiten. Der dunkelblaue Mercedes vor mir hält vor einem buntgestreiftem Garagentor und ihm entsteigt ein Mann Ende Dreißig im tadellos sitzenden Nadelstreifenanzug, der von seinen zwei süßen Töchtern lärmend begrüßt wird. Kein Zweifel, ich bin mitten in einem Bilderbuch gelandet. Einem aus den Fünfzigern. Unbehaglich setze ich meine Fahrt im Schneckentempo fort, vorbei an vorbildlichen Blumenbeeten, frisch gewaschenen Autos ohne einen einzigen Kratzer im Lack, strahlenden Mutter-Vater-Kind-Familien. Und ich frage mich, warum Gregor mit seiner

Frau in diese unwirkliche Welt gezogen ist. Und was er eigentlich von mir will. Wer hier wohnt, der hat einen klaren Plan für sein Leben: Haus, Garten, Passat-Kombi, Benno Wachhund, Tibby Schmusekatze und die reizenden Zwillinge Jonathan und Sophia. Für einen Augenblick kriecht mir das schlechte Gewissen kalt die Wirbelsäule hoch. Aber dann schiebe ich es schnell von mir. Die Ehe von Gregor ist doch sowieso schon seit langem kaputt, das hat er mir selbst gesagt. Es hat nicht einmal etwas mit mir zu tun. Mein Blick fällt auf die große, kupferne Nummer 54, ich ziehe instinktiv den Kopf ein und beschleunige meine Fahrt, aber es sieht niemand zum Fenster hinaus. Wenige Meter weiter steige ich vom Rad und stelle es hinter einer vorbildlich gestutzten, saftig grünen Hecke ab, die mich ziemlich gut vor Blicken schützt, durch die ich den Hauseingang aber noch beobachten kann. Und dann warte ich. Es wird halb zehn, dann zehn. Mittlerweile ist die Sonne untergegangen und über Bilderbuchland legt sich die Stille der Nacht. Die spielenden Kinder wurden von ihren Müttern ins Haus gerufen, Fahrräder in Garagen geparkt, Gute-Nacht-Geschichten vorgelesen und Lichter gelöscht. Um viertel nach zehn ist es stockdunkel um mich herum, und fast gespenstisch ruhig. Seit über einer Stunde sitze ich jetzt hier auf den roten Pflastersteinen, den Rücken gegen einen Hydranten gelehnt und spüre meinen Hintern nicht mehr. Empfindlich kalt ist es mittlerweile auch geworden und ich friere in meiner dünnen, blauen Sweatshirtjacke, unter der ich nur ein enges, weißes Spaghettishirt trage. Meine Knie geben ein ungesund knirschendes Geräusch von sich, als ich mich mühsam aufrappele, um mir die steifen Beine ein wenig zu vertreten. Behutsam gehe ich ein paar Schritte auf und ab. Ich sollte besser nach Hause fahren, denke ich mit einem unschlüssigen Blick auf mein Fahrrad. Was bringt es denn, hier stundenlang vor Gregors Haus zu hocken und zu warten? Ich komme mir vor wie ein verliebter Teenager. Während mein Kopf beschließt, meine unwürdige Situation auf der Stelle zu beenden, sind meine Beine ganz anderer Meinung. Ohne mich um Erlaubnis zu fragen, bewegen sie sich auf das Haus mit der Nummer 54 zu. Durch das Milchglas der weißen Eingangstür dringt ein schwacher Lichtschein nach draußen, die Küche, die nach vorne liegt, ist jedoch nicht beleuchtet. Wahrscheinlich sind die beiden im hinteren Teil des Hauses. Und was machen sie da? Ich sehe durchs Küchenfenster hindurch Licht auf dem Flur, aber ich kann nichts erkennen. Also schleiche ich um das Haus herum und stehe vor einer kleinen Holzpforte, die mir gerade mal bis zur Mitte des Oberschenkels reicht und zum Garten des Grundstückes führt. Ich steige darüber hinweg, verstecke mich hinter dem Stamm eines Baumes und luge auf eine Grasfläche, die von bunten Blumenbeeten umschlossen wird. Hinten links befindet sich eine kleine weißgetünchte Bank mit passendem Tischchen. Du meine Güte, das ist wirklich alles oberspießig. Einen Moment lang versuche ich, mein Bild von Gregor, der kreativen, wilden Künstlerseele mit dieser Beschaulichkeit in Einklang zu bringen, da nehme ich aus dem Augenwinkel eine Bewegung wahr. Ich presse mich dichter an den Baumstamm und luge in Richtung des gläsernen Wintergartens, der anstatt einer Terrasse vor das Haus gebaut ist und von dem Gregor mir schon erzählt hat. Ich erkenne mehrere, mit Laken verhüllte Leinwände und eine riesige Staffelei. Gregor kommt gerade herein, in den Händen je einen großen Farbtopf, die er polternd auf den Boden stellt. Mein Herz klopft bis zum Hals. Ich bin hier draußen, ich bin hier, versuche ich per Telepathie Kontakt zu ihm aufzunehmen, aber Männer sind ja leider nicht besonders sensibel für derlei Dinge. Er steht einfach da und sieht für einen Augenblick durch die verglaste Front in den nächtlichen Himmel hinaus. Ob er an mich denkt? Ich betrachte ihn, wie er dasteht mit seinen wirren Locken, nur mit einem T-Shirt und Boxershorts bekleidet und mein Herz zieht sich vor Liebe zu ihm zusammen. Wenn er wüsste, dass ich ganz nah bei ihm bin. Keine vier Meter entfernt. Ich kann sogar erkennen, dass er lächelt. Und ich sehe zwei Hände, die sich von hinten auf seinen Bauch legen und darüber streichen. Er dreht sich um und die weiblichen Hände, die nicht meine sind, gleiten seinen Rücken hinunter und in die Boxershorts hinein. Ich schnappe nach Luft. Gregors Lockenkopf neigt sich nach unten. Der wird sie doch jetzt wohl nicht etwa küssen? Ich verrenke mir den Hals und gebe fast die schützende Deckung des Baumes auf, aber da verschwinden die beiden bereits in das gemütlich eingerichtete Wohnzimmer mit der sauteuer aussehenden Sitzgarnitur aus hellem Leder und einem Kamin in der Ecke. Mit offenem Mund beobachte ich, wie sie Hand in Hand die Treppe zur ersten Etage hinaufgehen. Dann erlischt das Flurlicht und ich sehe nur noch mein eigenes, schwaches Spiegelbild in der Fensterscheibe, das ziemlich schockiert aussieht. Das kann nicht sein, das kann doch einfach nicht sein, hämmert es in meinem Kopf. Als ich ein Geräusch höre, blicke ich nach oben zu dem großen Fenster im ersten Stock. Es wird geöffnet und ich flüchte mit einem Hechtsprung hinter den schützenden Baum. Dort kauere ich mich auf den Boden, den Rücken an den Stamm gelehnt und das Gesicht in den Händen vergraben. Ich weiß nicht, wie lange ich dort regungslos sitze. Meine Gedanken rasen. Er hat mich angelogen, der Mistkerl! Wie ich es auch drehe und wende, was ich da eben beobachtet habe, waren ganz sicher nicht Szenen einer kaputten Ehe. Und was mache ich jetzt? Lorettas Gesicht erscheint vor mir. Sie lächelt mich mitleidig an, streichelt sanft über mein Gesicht und sagt: »Aufstehen, duschen, weitermachen.« Das ist nämlich ihre Standardantwort, wenn wieder mal eine meiner Beziehungen den Bach runtergegangen ist. Fragt sich nur, wo ich hier mitten im Niemandsland eine Dusche herkriegen soll. In diesem Moment höre ich einige Meter links von mir ein Knarren und fahre erschrocken zusammen. Wie von Geisterhand öffnet sich die Glastür des Wintergartens. Ein Zeichen? Ich kneife die Augen zusammen. Aber da kommt des Rätsels Lösung in Form einer Katze mit geschmeidigen Bewegungen auf mich zu. Gregor hat mir gar nicht gesagt, dass er ein Haustier hat. Na ja, seine Frau hat er ja auch vier Wochen lang unterschlagen. Kaum einen halben Meter von mir entfernt bleibt sie stehen und mustert mich durchdringend aus glühenden, grünen Augen. Ihr Fell ist kurz und grau, aber das sind Katzen ja bekanntlich nachts immer. Ohne den Blick von mir zu wenden, setzt sie sich nieder und fängt an zu maunzen.

»Shhh«, mache ich und lege einen Finger auf den Mund. Ihr Miauen klingt ziemlich laut durch die Stille. Sie hört tatsächlich auf, schaut mich nur unverwandt an. Ich schaue zurück. Haus, Garten, Tibby Schmusekatze. Langsam wende ich meinen Kopf nach links und starre die Fassade des Hauses an. Jonathan und Sophia erscheinen vor meinem inneren Auge. Aber diesen Gedanken verwerfe ich sofort wieder. Er kann keine Kinder haben. Schließlich war er die letzten vier Wochen fast ununterbrochen mit mir zusammen. Wer sollte sich also um die Kinder gekümmert haben, wenn seine Frau geschäftlich unterwegs war?

»Aber wer sagt mir denn, dass das nicht auch bloß eine Lüge war«, wispere ich Tibby zu, deren Gesicht jetzt einen mitleidigen Ausdruck angenommen hat. Das bilde ich mir zumindest ein. Sie erhebt sich geschmeidig von ihren Hinterpfoten und schreitet langsam in Richtung Wintergarten. Wie in Trance stehe ich auf und folge ihr. Sie hebt die linke Vorderpfote und gibt der Tür damit einen leichten Schubs, so dass sie nach innen aufschwingt. Tibby dreht den Kopf in meine Richtung und gleitet dann durch den Spalt. Zögernd trete ich näher. Ich bin überrascht, dass Gregor und Anna einfach so die Türe auflassen. Aber natürlich, hier, hinter den sieben Bergen bei den sieben Zwergen, da muss man natürlich keine Einbrecher fürchten. Ich mache noch einen weiteren Schritt, da schließt sich die Tür fast geräuschlos vor meiner Nase. Ich lege die Hand auf das kühle Metall des Türknaufs, drücke dagegen und betrete mit angehaltenem Atem das Haus. Das ist Einbruch, kreischt eine Stimme in meinem Kopf. Wieso, frage ich bissig zurück, die Tür ist schließlich offen. Das ist natürlich Schwachsinn, ist mir auch klar. Aber ich kann nicht anders. Irgendetwas zieht mich in dieses Haus hinein. Die Frauenhände mit den rotlackierten Fingernägeln, die vor meinen Augen in Gregors Boxershorts verschwunden sind, reichen mir nicht. Im Moment denke ich zwar, er ist ein Lügner und ein Betrüger, und so einen will ich gar nicht haben, aber spätestens morgen früh werde ich mir das alles wieder anders zurechtlegen. Was habe ich denn schon gesehen? Es war dunkel. Sie standen mehrere Meter von mir entfernt. Wahrscheinlich alles ein riesiges Missverständnis. Er liebt mich. Also muss ich da jetzt rein. Auf Zehenspitzen schleiche ich über die hellen Fliesen des Wintergartens, betrete dann das Wohnzimmer und sehe mich forschend um. Nirgendwo steht ein Laufställchen, keine Puppen, Stofftiere oder Rasseln liegen verstreut auf dem Parkett herum. Tibby wartet am Fuß der Treppe auf mich und geht voran. Atemlos lausche ich nach oben und folge ihr todesmutig in den ersten Stock hinauf. Bei jedem Schritt erwarte ich, dass die Stufe knarrt und mich verrät, aber ich gelange lautlos nach oben. Der Treppe gegenüber liegt das Badezimmer, links zwei geschlossene Türen, die rechts steht halb offen. Zielstrebig geht die Katze darauf zu, ich schleiche hinterher und linse in das Zimmer. Ein riesiger Kleiderschrank mit verspiegelten Türen, ein mit champagnerfarbenem Satin bezogenes Ehebett, zwei eng aneinandergeschmiegte Körper, die ruhig und gleichmäßig atmen. Gregor liegt mit dem Gesicht zu mir und schläft friedlich, von seiner Frau sehe ich nur einen schlanken Arm, der sich von hinten um ihn und auf seine Brust gelegt hat. Mit einem Satz springt Tibby auf das Bett und rollt sich am Fußende der beiden zusammen. Verletzt sehe ich sie an. Jaja, ich verstehe schon, ihr seid eine glückliche Familie und ich darf jetzt sehen, wie ich damit klarkomme. In diesem Moment gibt Gregor ein leichtes Grunzen von sich und dreht sich auf die andere Seite. Ich zucke zurück, haste die Treppe wieder hinunter und ringe keuchend nach Luft. Vor lauter Schreck habe ich völlig zu atmen vergessen. Wir haben getrennte Schlafzimmer, getrennte Schlafzimmer, getrennte Schlafzimmer, hallt Gregors Stimme in meinem Kopf wider. Dieser Lügner, dieser Dreckskerl, dieser …! Die Tränen schießen mir in die Augen. Ich würde sagen, meine Mission hier ist erfüllt. Nichts wie raus! Doch dann fällt mein Blick auf die rechte Wand, die vom Garten aus nicht zu sehen war.

Über einem glänzenden, schwarzen Klavier hängt ein riesiges Bild, etwa zwei Meter breit und einen Meter hoch. Wie paralysiert starre ich auf den wohlgeformten, nackten Frauenkörper, der sich, einen Arm hinter den Kopf gelegt, den anderen anmutig auf der Lehne postiert, auf einer Art Diwan räkelt. Lange, dunkle Haare verdecken halb die vollen, weichen Brüste, sinnliche Lippen, geschwungene Hüften. Das ist sie, wird mir sofort klar. Sie sieht genauso aus, wie ich es mir vorgestellt habe. Und Gregor hat auch noch die Frechheit, sie nackt zu malen und hier aufzuhängen.

Der Raum um mich herum beginnt sich zu drehen. Das fehlt mir gerade noch, dass ich jetzt hier bewusstlos umfalle und morgen früh von dem sauberen Pärchen vom Wohnzimmerfußboden gekratzt werde. Ich versuche, meinen Blick zu fokussieren und gleichmäßig ein- und auszuatmen. Tatsächlich wird meine Sicht klarer und ich kann erkennen, auf was ich da meinen Blick gerichtet habe: Auf die aufgerichteten, rosa Nippel der Leinwandschönheit. In diesem Moment setzt irgendetwas bei mir aus. Ich fühle mich, als würde ich mich selber verwundert beobachten: Mit zwei langen Schritten bin ich im Wintergarten, hocke mich vor einen von Gregors Farbtöpfen und hebele den Deckel herunter. Blutrot. Zufrieden wuchte ich den Eimer mit beiden Händen hoch und baue mich damit vor dem Gemälde auf. Einmal Schwung holen, zweimal, dreimal. Ein leuchtendroter Schwall fliegt durch die Luft und landet mit einem Klatschen auf dem makellosen Frauenkörper. Von dem Schwung mitgerissen, stolpere ich über meine eigenen Füße. Um den Sturz mit den Händen abzufangen, werfe ich den Farbeimer von mir, der mit einem lauten Poltern gegen die pseudo-antike Gipssäule kracht, auf der sich eine meiner Meinung nach ungeheuer hässliche Vase ohne Blumen darin befindet. Mit angehaltenem Atem beobachte ich, wie das Ding zu schwanken beginnt. Noch bevor ich mich aufrappeln und hinhechten kann, geht sie klirrend zu Boden. Instinktiv reiße ich die Arme hoch, um mein Gesicht vor den wild im Zimmer umherfliegenden Scherben zu schützen. Als ich sie wieder sinken lasse, fällt durch den schmalen Spalt der angelehnten Wohnzimmertür ein Lichtstrahl über den Fußboden. Verdammt. Ich überblicke schnell das Chaos, das ich angerichtet habe, die in tausend Stücke zerschellte Vase, die zwar hässlich, aber sicher nicht billig war, das ruinierte Bild und beschließe, dass es eine gute Idee wäre, schleunigst Land zu gewinnen. Ich habe mich gerade wieder aufgerappelt, als mich ein Stoß in den Rücken erneut zu Boden reißt.

2.
Verbrechen aus Leidenschaft

Und so kommt es, dass Gregor und ich nebeneinander auf dem Fußboden seines Wohnzimmers hocken und in unbehaglicher Erwartung in Richtung Tür blicken, die jetzt aufgestoßen wird und in deren Rahmen ein dunkelhaariger Polizist erscheint. Obwohl er mit seiner Waffe in meine Richtung zielt, kann ich nicht umhin, der Einführung der dunkelblauen Polizeiuniformen hier in Hamburg insgeheim Beifall zu klatschen. Wie einem amerikanischen Actionfilm entsprungen sieht er aus. Jetzt löst sich seine linke Hand von der Pistole und tastet die Wand neben der Tür nach dem Lichtschalter ab. Geblendet blinzele ich zu ihm hoch, sehe in zwei stahlblaue Augen, die mich streng mustern.

»Sind Sie bewaffnet?«, fragt er und macht einen vorsichtigen Schritt auf mich zu.

»Nein.« Heftig schüttele ich den Kopf und strecke ihm zum Beweis meine Hände entgegen. Sein Gesichtsausdruck verändert sich, er steckt seine Waffe zurück ins Halfter und kommt auf Gregor und mich zu.

»Wer ist verletzt? Wessen Blut ist das?« Ich brauche eine Sekunde, um zu kapieren, wovon er spricht. Dann blicke ich hinunter auf meine farbverschmierten Hände und schüttele den Kopf.

»Aber nein, das ist doch kein Blut, das ist Farbe.« Und

weil er immer noch ziemlich ungläubig dreinschaut, bleibt mir nichts anderes übrig, als mit dem Finger auf das verunstaltete Bild an der Wand zu zeigen.

»Was zum Teufel …«, höre ich Gregor in meinem Rücken unterdrückt fluchen und ich fahre so heftig zu ihm herum, dass er zusammenzuckt.

»Möchtest du was sagen?«, blaffe ich ihn an, als ich aus den Augenwinkeln eine Bewegung wahrnehme. In der Wohnzimmertür steht eine schlanke, blonde Frau im rotkarierten, übergroßen Flanellhemd und starrt mich an. Und ich starre zurück.

»Wer ist das? Was machen Sie hier? Wollen Sie sie nicht verhaften?« Gregor rückt kaum merklich ein Stückchen von mir ab, was ich mit einem bösen Blick in seine Richtung quittieren würde, wäre ich nicht so sehr damit beschäftigt, die Frau im Türrahmen anzugaffen. Ich kann es nicht fassen. Sie sieht vollkommen anders aus, als ich sie mir vorgestellt habe. Schulterlanges, blondes Haar, eher zierlich, mit Sommersprossen und grünen Augen. Verdammt, die Frau sieht genauso aus wie ich. Und überhaupt nicht so wie die Frau auf dem Bild. Während ich mich bemühe, diese neuen Erkenntnisse in meinem Hirn irgendwie sinnvoll zu verknüpfen, kommt Gregor neben mir wieder auf die Füße und geht seiner Frau entgegen. Ich registriere jetzt erst, dass er einen grau-weiß-gestreiften Pyjama trägt. Wie spießig! Schützend legt er den Arm um Annas Schultern.

»Was ist denn hier bloß passiert?«, fragt diese fassungslos und schaut sich um. »Meine Vase«, wimmert sie und macht einen Schritt ins Wohnzimmer hinein.

»Nicht«, hält Gregor sie ab, »hier liegen überall Scherben herum und du bist barfuss.« Sie nickt gehorsam und bleibt stehen, während ich innerlich zu kochen beginne. Nicht genug damit, dass ich ihn mit ihr im Bett gesehen habe, jetzt muss ich auch noch seine Fürsorglichkeit ertragen? Ohne mich! Mit einem Satz bin ich auf den Füßen und stürze in Richtung Garten davon.

Zum zweiten Mal in der letzten Viertelstunde werde ich von der Wucht eines männlichen Körpers zu Boden gestreckt. Eine Mischung aus herbem Aftershave und einem Hauch von Männerschweiß umfängt mich, als sich der junge Polizeibeamte auf mich wirft.

»Hier geblieben, wo wollen Sie denn hin?«, fragt er in süffisantem Tonfall.

»Ich wollte nur mal frische Luft schnappen«, gebe ich aufsässig zurück und er lacht leise an meinem Ohr. »Gehen Sie runter von mir«, fordere ich ihn empört auf, »Sie zerquetschen mich ja.«

»Damit Sie dann wieder stiften gehen? Ich denke nicht.«

»Ich laufe nicht weg«, japse ich, denn allmählich wird die Luft in meinen Lungen tatsächlich knapp. »Ehrlich.« Er beugt sich zu mir herunter und eine der längeren, braunen Haarsträhnen über seiner Stirn fällt auf mein Gesicht.

»Ich würde Ihnen wirklich gerne glauben …« Während er mich mit einem Arm auf dem Boden festnagelt, greift er mit der anderen Hand hinter sich. » … aber Vorsicht ist besser als Nachsicht. Vor allem in meinem Beruf. Sie verstehen.« Ein metallisches Klicken ertönt, das ich bisher immer nur im Fernsehen gehört habe. Ich schnappe nach Luft, als ich erkennen muss, dass der freche Kerl mir allen Ernstes Handschellen angelegt hat. Er steht auf, greift mit beiden Händen unter meine Arme und stellt mich zurück auf die Füße. Wütend funkele ich ihn an.

»Sie verdammter …!«

»Halt«, mit einer Handbewegung bringt er mich zum Schweigen, »bevor Sie jetzt Ihrer Wut freien Lauf lassen, sollte ich Sie darauf aufmerksam machen, dass Beamtenbeleidigung teuer ist und nichts bringt. Ich habe schon alles gehört, mich kann nichts mehr schocken.« Das wollen wir doch erstmal sehen! »Lassen Sie es«, sagt er streng, »wie ich die Situation einschätze, haben Sie auch so schon genug Schwierigkeiten.« Da könnte er recht haben.

Wenige Minuten später sitze ich, noch immer mit Handschellen fixiert, auf einem der mit heller Seide bezogenen Esszimmerstühle. Michael Lange, so heißt unser Freund und Helfer, an meiner Seite und das Ehepaar Landahl mir gegenüber. Anna bot Herrn Lange sogar ein Glas Apfelsaftschorle an, von mir, der Delinquentin, hält sie sich fern.

»Ich beiße nicht«, erkläre ich ironisch, als sie das Getränk auf der Tischplatte abstellt und dann schnell die Hand zurückzieht.

»Du solltest dir vielleicht etwas anziehen«, sagt Gregor und legt seiner Frau die Hand auf den Arm, »du bist ja schon ganz durchgefroren.« Während Frau Landahl ins obere Stockwerk marschiert, um sich umzuziehen, nimmt Michael Lange meine Personalien auf. Trotzig beantworte ich seine Fragen.

»Also, Frau Kramer, gehe ich recht in der Annahme, dass das hier«, er macht eine weit ausholende Handbewegung durch das Wohnzimmer, »Ihr Werk ist?«

»Wenn Sie die Farbe auf dem Bild und die kaputte Vase meinen, haben Sie recht. Mit der Yuppie-Einrichtung habe ich nichts zu tun.« Seine Mundwinkel zucken kurz, als müsste er sich das Grinsen verkneifen, dann hat er sich wieder unter Kontrolle.

»Und dürfte ich erfahren, ob es einen bestimmten Grund für diesen Vandalismus gegeben hat?« Trotzig presse ich die Lippen aufeinander und werfe Gregor einen wütenden Blick zu, den dieser mit einem hilflosen Schulterzucken und bedauerndem Augenrollen beantwortet.

»Kennen Sie einander?«, folgert Herr Lange sofort messerscharf, was Gregor erschreckt zusammenzucken lässt. Noch ehe er antworten kann, ertönt Annas Stimme aus Richtung Treppe:

»Du kennst diese Frau?«

»Ähm, nun, ja«, gibt Gregor schließlich zu und windet sich unter dem forschenden Blick seiner Frau, die sich mittlerweile eine kuschelige, braune Strickjacke übergeworfen hat.

»Woher?«, ertönt es zeitgleich aus Annas und Herrn Langes Mund. Ja, woher? Da bin ich ja nun auch sehr gespannt. Ich schaue ebenso neugierig wie die beiden anderen auf Gregor, dem nun so langsam aber sicher der Schweiß ausbricht.

»Nun, also …«

»Ja?«

»Na schön, also, ich habe Luzie in den letzten Wochen als Putzhilfe beschäftigt.«

»Was?«, fragt Anna erstaunt.

»Was?«, echoe ich empört, woraufhin Gregor mir einen beschwörenden Blick zuwirft. Na schön. Ich fühle mich zwar nicht wirklich an mein Versprechen gebunden, ihn reden zu lassen, aber dennoch bin ich gespannt, was er sich für eine Geschichte zusammenspinnt. Deshalb halte ich den Mund und lausche fürs Erste seinen Erklärungen:

»Ja, es tut mir leid«, wendet er sich an Anna, »du siehst, ich habe mich kein bisschen geändert. Ich bin noch derselbe Chaot wie immer. Ich bin einfach viel zu unorganisiert, um einen Haushalt in Schuss zu halten.« Hilfesuchend schaut er zu Herrn Lange hinüber, wahrscheinlich, um von ihm ein verständnisvolles Nicken zu erheischen. Aber dieser sitzt nur mit regungslosem Gesicht da und hört zu. »Na ja, ich wollte trotzdem, dass das Haus in Ordnung ist, wenn du wiederkommst, also habe ich Luzie eingestellt.«

»Luzie?«, hakt Anna nach, einen misstrauischen Unterton in der Stimme.

»Frau Kramer«, verbessert er sich schnell.

»Und wo hast du sie her?« Ich ziehe hörbar die Luft ein. Bin ich ein Hund, oder was?

»Vom … Arbeitsamt.«

»Du lässt einfach irgendeine wildfremde Frau hier rein, um unser Haus zu putzen?«

»Sie hat immer sehr gut gearbeitet«, verteidigt sich Gregor.

»Danke«, werfe ich zynisch dazwischen, »ich bin ja so froh, dass Sie mit meinen Diensten zufrieden waren.«

»Stimmt das so weit«, mischt sich jetzt auch Herr Lange wieder ein und sieht mich forschend an. Ich nicke widerwillig. Was soll ich machen? Meine Version der Geschichte ist schließlich auch nicht besser. Wobei ich immer noch nicht weiß, worauf Gregor eigentlich hinaus will.

»Na schön, Sie sind also die Putzhilfe«, wendet sich Anna an mich, »dann erklären Sie mir doch bitte, warum Sie mitten in der Nacht in unser Haus eindringen, um eine antike Vase sowie ein wertvolles Gemälde von Knut Gernading zu zerstören.«

»Knut wer?«, erkundige ich mich ratlos, während plötzlich Leben in den Uniformierten neben mir kommt.

»Dieses Bild ist von Knut Gernading?«, fragt er begeistert und als Anna mit frostigem Gesicht nickt, erlischt das Strahlen in seinen Augen. »Wie konnten Sie das nur tun«, meint er kopfschüttelnd.

»Was denn? Ich verstehe nur Bahnhof.«

»Sie zerstören mutwillig ein Kunstwerk, ohne auch nur zu wissen, was Sie da tun?« Er klingt jetzt ehrlich entrüstet. »Knut Gernading ist einer der größten deutschen Künstler unserer Zeit. Er lebt hier in Hamburg in einer Villa an der Alster. Ich glaube, mittlerweile ist keines seiner Bilder unter fünfzigtausend Euro wert. Nicht wahr?« Drei Köpfe nicken einverständlich, während sich meiner mehr und mehr zwischen meine Schultern zurückzieht. Fünfzigtausend? Für ein Bild?

»Ich dachte, das Bild hättest du gemalt«, versuche ich mich, an Gregor gewandt, zu verteidigen.

»Ich wünschte, es wäre so«, gibt dieser zurück. Dann schweigen wir alle vier eine Runde, bis es Herrn Lange zu bunt wird.

»Na schön, wie auch immer«, meint er und macht Anstalten, sich zu erheben. »Wir haben hier also eindeutig Einbruch, Hausfriedensbruch und Sachbeschädigung. Sie erstatten Anzeige und ich nehme Frau Kramer jetzt erstmal in Gewahrsam.«

»Wie bitte?« Fassungslos sehe ich ihn an. »Wie meinen Sie das?«

»Ich bringe Sie ins Untersuchungsgefängnis.« Das Blut sackt mir mit einem Schlag in die Füße und ich werfe Gregor einen verzweifelten Blick zu.

»Moment, ist das wirklich nötig?«, wendet dieser sich nun an den Ordnungshüter, was der Frau an seiner Seite einen empörten Aufschrei entlockt.

»Was soll das denn bitteschön heißen?«

»Na ja, ich meine doch bloß. U-Haft?«

»Diese Frau ist mitten in der Nacht in unser Haus eingedrungen und hat unser Wohnzimmer in ein Schlachtfeld verwandelt. Du kannst doch unmöglich wollen, dass diese Irre weiterhin frei herumläuft.« Wenn Blicke töten könnten, würde Frau Landahl unter meinen auf der Stelle zusammenbrechen.

»Wenn wir keine Anzeige erstatten, lassen Sie Frau Kramer dann laufen?«, erkundigt sich Gregor jetzt bei Herrn Lange, der erstaunt die Augenbrauen hochzieht.

»Dann könnte man die Sache auf sich beruhen lassen«, antwortet er sachlich. Anna betrachtet mit offenem Mund ihren Mann von der Seite und kann es anscheinend überhaupt nicht fassen.

»Hast du mir nicht zugehört?«, faucht sie.

»Hör zu, ich muss dir da etwas erklären«, wendet er sich an sie und holt tief Luft. Ich auch. Nicht mal zu blinzeln traue ich mich, aus Angst, irgendetwas zu verpassen. Er wird ihr doch nicht jetzt alles gestehen? In dieser Situation? Vor meinen Augen und denen eines unbeteiligten Zeugen?

»Was denn?«

»Nun, ich«, er wirft einen unsicheren Blick in meine Richtung, »vielleicht wäre es besser, wenn Frau Kramer derweil ins Nebenzimmer ginge.«

»Wieso das denn?«, frage ich aufsässig.

»Ich habe wirklich nicht die ganze Nacht Zeit«, wirft Herr Lange genervt dazwischen, »gehen Sie in die Küche, sprechen Sie mit Ihrer Frau und lassen Sie mich Ihre Entscheidung wissen. Am besten in den nächsten fünf Minuten.« Gregor greift die Hand seiner Frau und verschwindet mit ihr durch die Wohnzimmertür, während ich mit Herrn Lange zurückbleibe. Ich halte den Atem an und lausche angestrengt, ob ich irgendetwas von der Unterhaltung in der Küche aufschnappen kann, aber anscheinend hat das Haus schalldichte Wände.

»Und was machen Sie sonst so?«, erkundigt sich mein Sitznachbar bei mir und nimmt einen tiefen Schluck Apfelschorle aus seinem Glas.

»Haben Sie doch gerade gehört. Ich putze die Häuser anderer Leute«, gebe ich schnippisch zurück und starre auf die hölzerne Tischplatte vor mir.

»Ich glaube, wir wissen beide genau, dass das nicht wahr ist«, grinst er. Verblüfft sehe ich ihn an:

»Woher wissen Sie das?«

»Ist ziemlich eindeutig«, meint er achselzuckend. »Zwei Frauen, die einander verblüffend ähnlich sehen, völlig irrationaler Vandalismus, ein Mann, dem trotz leichter Bekleidung in einer kühlen Nacht die Schweißperlen auf der Stirn stehen.«

»Wow, Sie sind wohl die Reinkarnation von Sherlock Holmes, was?«, spotte ich.

»Spuren von Wimperntusche unter dem rechten Auge der Täterin«, fährt er ungerührt fort, »dies hier ist eindeutig ein Verbrechen aus Leidenschaft.« Schnell hebe ich meine gefesselten Hände zum Gesicht und versuche, besagte Spuren mit dem Handrücken wegzuwischen. Ein bisschen beeindruckt bin ich schon, das muss ich zugeben.

»Können Sie mir auch sagen, was er ihr da«, mit dem Kopf nicke ich in Richtung Küche, »jetzt für eine Geschichte auftischt?« Doch bevor er noch zu einer Antwort ansetzen kann, erscheinen Gregor und Anna wieder im Türrahmen.

»Wir verzichten auf eine Anzeige«, verkündet Gregor und man kann förmlich sehen, welche Last ihm dabei von den Schultern fällt. Genauso wie mir übrigens.

»Da bin ich aber froh«, lächele ich erleichtert und halte Herrn Lange die Handschellen entgegen, »wenn ich Sie dann bitten dürfte ...?«

»Nicht so schnell«, geht Anna dazwischen, »unter zwei Bedingungen.«

»Die da wären?«

»Erstens müssen Sie natürlich für den entstandenen Schaden aufkommen.« Ich spüre, wie mir das Blut aus dem Gesicht weicht. Wie war das noch gleich? Kein Bild von Knut Dingsdabums ist unter fünfzigtausend Euro wert? Der Traum von meinem eigenen Café zerplatzt wie eine Seifenblase. Das kann doch nicht wahr sein. Ich bin ein solcher Vollidiot. »Die Vase ist fast tausend Euro wert und die Restauration des Gemäldes wird sicherlich auch einige Tausend kosten. Wir werden uns da erkundigen.« Einige Tausend? Restauration? Das klingt schon ein bisschen besser. Ich werfe einen unsicheren Blick an die Wohnzimmerwand und frage mich, wie man dieses Bild noch retten will. Anna folgt meinem Blick. »Oh, das Klavier«, fällt ihr dabei ärgerlicherweise auf, »die Reinigung wird sicher auch einiges kosten.«

»Aber das kann ich nicht bezahlen«, protestiere ich schwach, »wissen Sie, was eine Putzfrau heute verdient?« Dabei werfe ich Gregor einen hämischen Blick zu. Wenn der mich schon zur Putze macht, dann will ich wenigstens etwas davon haben. Anna guckt konsterniert auf mich herunter. Wahrscheinlich hat sie etwas mehr Dankbarkeit von meiner Seite erwartet. Gregor bricht schon wieder der Schweiß aus:

»Sie finden schon eine Lösung«, meint er und rollt beschwörend mit den Augen. »Sie könnten zum Beispiel einen Kredit aufnehmen.« Fragend sehe ich ihn an und er nickt kaum merklich.

»Okay, es wird schon gehen«, schwenke ich sofort um. Dass ich da nicht eher drauf gekommen bin. Natürlich muss ich den Krempel nicht bezahlen. Gregor weiß doch selber am besten, dass er an allem schuld ist. Und wenn ich mich hier in der Hütte so umschaue, dann hat er weiß Gott keine Geldsorgen. »Können wir dann«, frage ich Herrn Lange fast gut gelaunt, doch schon wieder macht Anna mir einen Strich durch die Rechnung.

»Moment, nicht so schnell! Die zweite Bedingung«, sie stützt sich mit den Händen auf der Tischplatte ab und lehnt sich zu mir herüber, »lautet, dass wir Sie nie wieder zu Gesicht bekommen. Verstanden? Lassen Sie uns in Ruhe.«

»Geht klar«, knirsche ich zwischen den Zähnen hindurch, »kann ich jetzt gehen?«

»Dieser Mann«, fährt sie ungerührt fort, »ist glücklich verheiratet, wie er Ihnen ja schon wiederholt zu erklären versucht hat. Es tut mir leid für Sie, dass Sie sich in ihn verliebt haben und ich verstehe, dass eine Abfuhr immer kränkend ist, aber …« Sie macht eine bedeutungsschwangere Pause und erklärt dann feierlich: »Liebe kann man eben nicht erzwingen.« Fassungslos blicke ich von einem zum anderen, meine Hände beginnen, unkontrolliert zu zittern. Betäubt sitze ich da und sehe in Annas grüne Augen, die mich mit einer Mischung aus Kälte und Mitleid ansehen, während Gregor, der Pantoffelheld, neben ihr immer kleiner und kleiner zu werden scheint. Dieser Mistkerl! Er hat mich verraten! Ich kann mir ganz genau zusammenreimen, was er ihr im Nebenzimmer für eine Geschichte aufgetischt hat:

»Die arme Frau scheint total in mich verliebt zu sein. Ich habe ihr niemals Hoffnungen gemacht, das musst du mir glauben, Schatz. Sie hat sich wohl in die Sache hineingesteigert.«

»Ich ... ich ...«, stammele ich, ohne zu wissen, was ich eigentlich sagen will.

»Gut, damit ist die Sache dann ja wohl erledigt. Alles bestens«, unterbricht mich Herr Lange in ekelhaft frischem Ton. »Sie sind sich einig, und die Rechnung schicken Sie dann einfach an Frau Kramer.« Er schreibt meine Adresse, die er vor wenigen Minuten aufgenommen hat, auf einen Zettel und schiebt ihn Anna über den Tisch zu. »Und Sie werden zahlen?«

»Ja«, bringe ich mühsam über die Lippen und dann befreit er mich endlich von meinen Handschellen.

Nach einer frostigen Verabschiedung schließt sich die Tür des Landahlschen Anwesens hinter mir und ich stehe allein mit Herrn Lange vor seinem silber-blauen Polizeiwagen.

»Soll ich Sie ...«, setzt er an, doch ich schneide ihm das Wort ab.

»Danke, mein Fahrrad steht um die Ecke.«

»Tja dann: Auf Wiedersehen.« Ich übersehe die mir dargebotene Hand und wende mich zum Gehen.

»Lieber nicht«, rufe ich ihm über die Schulter hinweg zu.

Der Mond schaut auf mich herab, während ich mit meinem Fahrrad die menschenleeren Straßen hinunterfahre. Die kühle Nachtluft weht mir um die Nase und die Ereignisse des Abends brechen plötzlich mit aller Wucht über mich herein. Das war sie also, seine Frau. Und obwohl er behauptet hat, mich zu lieben und sie nicht, hat er sich auf ihre Seite geschlagen. War besorgt um ihre nackten Füßchen, auf dass sie sich ja nicht an dem bösen, bösen Porzellan die Sohlen zerschneiden. Ich lag mitten drin in dem verdammten Scherbenhaufen. Keine Rede davon. Erstaunt registriere ich, dass mir unaufhörlich Tränen das Gesicht herunterlaufen und mein Körper von Weinkrämpfen geschüttelt wird. In diesem Moment wird die Straße um mich herum plötzlich in blaues, flackerndes Licht getaucht. Sekunden später überholt mich ein Polizeiwagen, aus dessen Fenster mir ein wohlvertrautes Gesicht entgegensieht.

»Sagen Sie mal, sind Sie betrunken?«, schnauzt er mich an, sobald er die Scheibe heruntergelassen hat.

»Nein«, schluchze ich und wende ihm mein Gesicht zu.

»Halten Sie an«, sagt er in sanfterem Tonfall, doch ich trete weiter in die Pedale.

»Es geht schon«, heule ich. Kann der mich nicht einfach in Ruhe lassen?

»Sie fahren seit geraumer Zeit Schlangenlinien und haben nicht einmal bemerkt, dass ich die ganze Strecke über hinter Ihnen hergeschlichen bin. In diesem Zustand kann man Sie kaum als verkehrstüchtig bezeichnen.«

»Wollen Sie mich vielleicht wieder verhaften?«, frage ich aggressiv.

»Nun kommen Sie schon. Ich möchte doch nur, dass Sie sicher nach Hause kommen. Bitte.« Ich gebe meinen Widerstand auf, bremse und stehe heulend mitten auf der Straße. Herr Lange hält ebenfalls an, steigt aus und verfrachtet erst mein Rad in den Kofferraum und dann mich auf den Beifahrersitz. Ich lasse es geschehen, heule nur still vor mich hin. Ist mir jetzt auch schon egal.

»Cola?« fragt er, als ich mich etwas beruhigt habe und angelt aus der grünen Kühlbox in meinem Fußbereich eine Dose hervor.

»Danke.« Zusammengesunken hocke ich da, nuckele an meinem Getränk herum und beobachte verstohlen den Mann an meiner Seite. Plötzlich fällt mir auf, dass er unverschämt gut aussieht. Mehr Windsurfer als Polizist, mit dunkelbraunen Haaren, strahlendblauen Augen und gebräunter Haut. Er kann nicht viel älter als Anfang, Mitte Dreißig sein. Mist! Jetzt hat er bemerkt, dass ich ihn angeschaut habe. Schnell richte ich meinen Blick wieder durch die Windschutzscheibe und zähle die Laternen am Straßenrand.

»Macht es Sinn, Ihnen einen gut gemeinten Rat zu dem Thema zu geben?«, erkundigt sich Herr Lange und ich verziehe das Gesicht.

»Das kommt ganz auf den Rat an.«

»Vergessen Sie den Typen.« Das war eindeutig der falsche.

»Ich bin mit Gregor zusammen. Was seine Frau da gefaselt hat, war ausgemachte Scheiße«, sage ich heftig. »Er hat mir versprochen, sich von ihr zu trennen …«

»Nun beruhigen Sie sich mal, das glaube ich Ihnen doch alles«, versucht er mich zu beschwichtigen.

»Tatsächlich?«

»Ja.«

»Und warum?«

»Man sieht es zwei Menschen an, wenn sie intime Beziehungen zueinander führen. Zumindest, wenn man einen gewissen Grad an Menschenkenntnis besitzt«, wirft er sich in die Brust. Was für ein schrecklicher Angeber!

»Na, dann ist es ja gut«, versuche ich, das Gespräch an dieser Stelle abzuschließen. Jedenfalls hält er mich nicht für eine Frau im Liebeswahn. Aber was für ein toller Kerl und Menschenkenner er ist, das muss ich mir jetzt nicht unbedingt anhören.

»Nur Sie sollten ihm nicht glauben«, plappert er ungefragt weiter, »dass er sich trennt.«

»Sie haben doch keine Ahnung. Sie kennen uns nicht einmal«, fahre ich ihn an. »Es geht Sie zwar nicht das Geringste an, aber das zwischen uns ist etwas Besonderes. Eine ganz große Liebe. Ich habe so etwas noch nie zuvor erlebt«, schon wieder treten mir die Tränen in die Augen, »und wenn Sie wirklich so eine gute Menschenkenntnis hätten, wie Sie behaupten, dann würden Sie das erkennen.« Wortlos hält er mir ein Taschentuch hin, das ich ergreife und mir ausgiebig die Nase putze. Verdammte Heulerei!

»Was ich erkennen kann, ist, dass Sie ein Mensch sind, der zu großer Leidenschaft und Liebe fähig ist. Und wahrscheinlich liebt er Sie auch.« Ich nicke heftig mit dem Kopf. »Aber er wird sich nicht von seiner Frau trennen. Es tut mir leid für Sie, aber so ist es.« Bedauernd zuckt er mit den Schultern. »Männer sind vor allem eins: Feige. Und Ihr Gregor hat das heute lebhaft unter Beweis gestellt.« In diesem Moment beginnt es in meiner Tasche zu vibrieren. Statt wütend aufzubegehren, fummele ich hektisch mein Handy aus der Tasche. Eine SMS. Von Gregor.

»Bitte verzeih mir. Ich liebe nur Dich. Es wird alles gut werden. Und mach Dir keine Sorgen, ich bezahle den Schaden. Komme morgen zu Dir. Gute Nacht, mein Engel.«

»Lassen Sie mich raten«, unkt Herr Lange nach einem Blick auf mein verklärtes Grinsen, »von ihm.«

»So ist es«, sage ich schnippisch.

»Er liebt nur Sie. Er wird sich trennen. Blablabla.« Ich funkele ihn zornig an und er lächelt bedauernd. »Jetzt sehen Sie mich doch nicht so an, als wollten Sie mich fressen. Ich will Ihnen doch nichts Böses. Es ist nur einfach so …« Er macht eine nachdenkliche Pause. »Ich kenne Männer. Ich bin einer. Und ich würde jede Wette mit Ihnen machen, dass dieser Mann sich nicht von seiner Frau trennen wird.« Herausfordernd hält er mir seine Hand vor die Nase, die ich betrachte, als sei sie ein Stück schimmeliger Käse. Auf mein Unglück will er also wetten. Dazu fällt mir wirklich nichts mehr ein. Ich verschränke demonstrativ die Arme vor der Brust und sehe aus dem Fenster, bis Herr Lange endlich die Flosse aus meinem Gesicht und wieder ans Steuer nimmt. Ich lese die SMS von Gregor noch einmal. Er liebt mich. Er kommt morgen zu mir. Und auch um das Geld brauche ich mir keine Sorgen zu machen. Eigentlich ist doch alles gar nicht so schlimm. Wenn dieser blöde Miesmacher da an meiner Seite nicht die ganze Zeit rumstänkern würde, könnte ich diesen Abend einfach als Erfahrung zu den Akten legen. Hasserfüllt betrachte ich ihn von der Seite, als wir gerade in meine Straße einbiegen.

»So, da wären wir«, sagt er und lächelt mich freundlich an. Ich steige wortlos aus dem Auto und sehe ihm dabei zu, wie er mein Fahrrad aus dem Kofferraum wuchtet und vor mich hinstellt. In diesem Moment habe ich einen Einfall.

»Finden Sie Ihren Job eigentlich spannend?«, erkundige ich mich und schenke ihm ein zuckersüßes Lächeln. Erstaunt sieht er mich an und lächelt zurück:

»Nun, diese Nacht war schon besonders aufregend, das muss ich zugeben, aber mir macht die Arbeit eigentlich immer Spaß.«

»Wirklich?«, hake ich neugierig nach. »Auch, wenn Sie

beleidigt werden? Sie haben doch erzählt, dass Sie schon alles an Beleidigungen gehört haben, was man sich vorstellen kann. Das kann doch kein gutes Gefühl sein.«

»Na ja, an der Tagesordnung ist so etwas nun auch nicht. Die Leute haben einen gewissen Respekt. Allerdings wahrscheinlich eher vor den Strafen als vor mir«, scherzt er.

»Muss man dafür ins Gefängnis?«, frage ich und schaue mit kugelrunden Kinderaugen zu ihm auf.

»Nein, dafür gibt es nur eine Geldstrafe. Und die richtet sich nach dem Einkommen. Ich würde sagen, für einen Durchschnittsverdiener kostet zum Beispiel ›Arschloch‹ knapp zwei Mille.«

»Tatsächlich?« Er nickt und schmunzelt in sich hinein.

»Letztens hat jemand meine Partnerin als Pappnase beschimpft. Ist mit hundert Euro davongekommen.« Ich schaue ihn durchdringend an und nicke nachdenklich. Dann strecke ich ihm meine Hand hin.

»Danke fürs Nachhausebringen«, sage ich artig und er lächelt.

»War mir ein Vergnügen.«

»Wissen Sie«, sage ich, »Gregor hat in seiner SMS vorhin versprochen, für den Schaden aufzukommen. Sie wissen schon, das Bild und so. Streng genommen habe ich heute Abend mehrere tausend Euro gespart.«

»Aha.«

»Jetzt kann ich also ein bisschen was verprassen. Sie verstehen?«

»Ehrlich gesagt nein.« Er lacht ein bisschen verlegen und ich lache auch, beuge mich vor, bis mein Gesicht ganz nah an seinem ist und flüstere:

»Sie sind ein Arschloch. Ein richtig dummes Arschloch.«

Das Lächeln fällt ihm aus dem Gesicht und seine Miene verfinstert sich. Ich lasse seine Hand los und marschiere mit meinem Fahrrad los: »Schicken Sie mir die Rechnung. Meine Adresse kennen Sie ja.«

3.

Liebe nine to five

In dieser Nacht träume ich von wild umherfliegenden Farbtöpfen, von nackten Frauen, die aus ihren Gemälden steigen und mich durch die Straßen jagen. Und von einem jungen Polizisten mit stahlblauen Augen, der mich wegen Beamtenbeleidigung zu einer lebenslänglichen Freiheitsstrafe verknackt.

Schweißgebadet schrecke ich auf und sehe mich verwirrt in meinem Schlafzimmer um. Gott sei Dank, es war nur ein Traum. Oder nicht? Siedendheiß fällt mir die letzte Nacht wieder ein und ich sinke schamesrot in die Kissen zurück. Was habe ich getan? Ich kann mich nicht entscheiden, welches meiner Vergehen ich am peinlichsten finde. Dass ich mitten in der Nacht in das Haus von Gregor eingedrungen bin? Dass ich meine Wut an einem wertvollen Gemälde ausgelassen habe? Dass ich den Künstler nicht kannte und mir seinen Namen immer noch nicht gemerkt habe, obwohl ich jetzt eines seiner Werke auf dem Gewissen habe? Oder dass ich einen Polizisten, der ziemlich nett zu mir war und auch noch sehr gut aussehend, als dummes Arschloch beschimpft habe?

Bei der Beantwortung dieser Frage hilft mir meine liebe Freundin Loretta, mit der ich mich zum Mittagessen im »Café unter den Linden« treffe. Ich bin bei ihr zu Kreuze gekrochen und habe mich für meinen unschönen Abgang am Abend entschuldigt. Weil das wirklich nicht sehr nett von mir war. Weil sie doch meine beste Freundin ist und es mit ihren Warnungen nur gut gemeint hat. Weil ich, wenn man den weiteren Verlauf des Abends betrachtet, wohl im Unrecht war. Und weil ich es mir mit meinem einzigen juristischen Beistand gerade in diesen Zeiten vielleicht besser nicht verderben sollte. Wie recht ich damit habe, erfahre ich, nachdem wir uns an einem kleinen Zweiertisch am Fenster niedergelassen, Kirschsaftschorle und jeweils einen Salat mit Schafskäse und Oliven bestellt haben. Nachdem ich mit meinem Bericht über den gestrigen Abend geendet habe, sieht Loretta mich schweigend an. Ohne mit der Wimper zu zucken. Sie nimmt einen Schluck aus ihrem Glas. Mein Mund wird ganz trocken, aber ich traue mich nicht, ebenfalls etwas zu trinken. Nicht, bevor das Urteil gesprochen ist.

»Jetzt sag doch endlich mal was«, drängele ich schließlich, nachdem meine Freundin fünf Minuten lang beharrlich geschwiegen hat.

»Dazu fällt mir nichts mehr ein«, sagt sie und schüttelt mit strenger Miene den Kopf. Betreten schaue ich auf meinen Salatteller und piekse meine Gabel mit aller Wucht in ein unschuldiges Stück Tomate. Eigentlich hätte ich mir eine andere Reaktion erhofft. Ein bisschen mehr Verständnis. Aber ich will sie nicht schon wieder anblaffen und Hals über Kopf davonstürmen. Unsicher sehe ich meine Freundin an, deren Mund sich jetzt zu einem Grinsen verzieht. »Okay, das war die Anwältin in mir«, sagt sie locker und stopft sich ein überdimensionales Salatblatt in den Mund. »Als deine Freundin kann ich dir nur zu deinem unverschämten Glück gratulieren.« Verständnislos schaue ich sie an.

»Wieso Glück?«

»Ganz einfach, wenn die Dinge anders gelaufen wären, hättest du nicht nur die gestrige Nacht, sondern vermutlich noch einige weitere im Gefängnis verbracht. Auch wenn du Gregor dafür hasst, dass er seiner Frau diese Geschichte aufgetischt hast, du solltest ihm dankbar sein. Und diesem Polizisten ... wie hieß er noch?«

»Michael Lange.«

»Ihm auch.«

»Und warum?«

»Ganz einfach«, meint sie genüsslich kauend, »Sachbeschädigung und Hausfriedensbruch sind Antragsdelikte. Aber Einbruch ist ein Offizialdelikt. Das bedeutet, dass Sachbeschädigung und Hausfriedensbruch nur verfolgt werden, wenn Anzeige vom Geschädigten erstattet wird. Einbruch wird aber von Amts wegen strafrechtlich verfolgt. Das heißt, eigentlich hätte dieser Herr Lange dich verhaften müssen. Anscheinend konnte er dich gut leiden.« Ich sinke immer mehr in mich zusammen.

»Ja, vermutlich hast du da sogar recht. Zumindest, bis ich ihn ein Arschloch genannt habe. Ein richtig dummes Arschloch«, flüstere ich kleinlaut.

»Ich würde auch denken, dass das kein besonders kluger Schachzug war«, stellt Loretta nüchtern fest. »Aber Moment mal, wie bist du eigentlich reingekommen ins Haus?«

»Durch die Tür vom Wintergarten.«

»Die hast du doch nicht etwa eingeschlagen?«

»Natürlich nicht«, weise ich diese Vermutung entrüstet von mir. »Sie stand offen. Eigentlich bin ich nur der Katze hinterhergelaufen.«

»Ach so, na dann ist ja alles in Ordnung. Dann ist es kein Einbruch. Nur Hausfriedensbruch.«

»Also ein Antragsdelikt«, falle ich ihr stolz mit meinen neuerworbenen Kenntnissen ins Wort. »Und weil Anna damit einverstanden war, keine Anzeige zu erstatten, ist die Sache damit erledigt.«

»Wenn du für den Schaden aufkommst«, dämpft Loretta meine Begeisterung.

»Das macht Gregor. Er hat es mir versprochen.«

»Talk is cheap«, lässt Loretta ihren Standardspruch los.

»Ich hab es schriftlich«, trumpfe ich auf, »als SMS.«

»Das wird dir vor Gericht nicht wirklich weiterhelfen«, unkt sie und ich mache ein beleidigtes Gesicht. Sie legt beruhigend ihre Hand auf meine. »Süße, ich hoffe, er hält sein Versprechen. Alle seine Versprechen. Und ich hoffe noch mehr, dass Anna sich das mit der Anzeige nicht noch mal anders überlegt. Das kann sie nämlich. Und zwar sechs Monate lang.«

Das sind ja tolle Nachrichten. Ich kann es nicht fassen. Sie hat es doch laut und deutlich und vor Zeugen gesagt. So geht das doch nicht. Natürlich, objektiv betrachtet ist eine solche Regelung sicher nützlich. Damit die misshandelte Ehefrau ihre Aussage revidieren kann, wenn der Kerl ihr nicht mehr im Nacken sitzt. Ist schon richtig so. Nur in diesem ganz speziellen Fall würde ich mir inständig wünschen, dass es anders wäre. In diesem Moment klingelt mein Handy. Ein Blick auf das Display beschleunigt meinen Pulsschlag.

»Das ist er«, sage ich atemlos. »Hallo?«

»Engel, wo bist du? Ich stehe vor deiner Tür«, ertönt Gregors Stimme aus dem Hörer.

»Ich bin in der Schanze zum Mittagessen. Mit Loretta«, erkläre ich bedauernd.

»Kommst du her? Ich warte auf dich.«

»Okay«, antworte ich und schaue mit schlechtem Gewissen auf die erst halbleer gegessenen Teller.

»Ich liebe dich.«

»Ich dich auch.« Ich verstaue mein Telefon wieder in der Handtasche und hole gleichzeitig mein Portemonnaie hervor. »Du, ich muss leider gehen. Gregor steht bei mir vor der Tür.«

»Und da musst du alles stehen und liegen lassen und zu ihm rennen?«, erkundigt sie sich in ruhigem Tonfall, aber ich kann sehen, dass sie sauer ist. Und irgendwie hat sie ja auch recht.

»Ich sollte das wohl nicht tun«, gebe ich zu.

»Aber du willst es unbedingt«, ergänzt sie seufzend.

»Ich weiß auch nicht«, hilflos hebe ich die Schultern, »ich muss ihn einfach sehen. Verstehst du?«

»Na schön. Ich verstehe. Aber«, fährt sie mit erhobener Stimme fort, »tu mir einen Gefallen. Spring nicht sofort mit ihm in die Kiste. Stell ihn zur Rede. Frag, warum er mit ihr in einem Bett geschlafen hat. Wie er sich das alles weiter vorstellt. Frag ihn«, sie sieht mich durchdringend an, »ob er wirklich mit dir zusammen sein will. Ob er die Konsequenzen tragen und sich von seiner Frau trennen will. Und sei darauf gefasst, dass die Antwort wehtun könnte. Okay?«

»Okay.«

Als ich vor meiner Haustür vom Fahrrad steige, umfangen mich von hinten zwei Arme und ein wohlvertrauter Geruch. Seine Locken kitzeln meine Wange, als Gregor sein Gesicht an meinem Hals vergräbt.

»Ich liebe dich so sehr«, flüstert er. »Ich bin fast wahnsinnig geworden, als du da gestern an meinem Esstisch gesessen hast, direkt vor mir, und ich dich nicht berühren durfte.« Ich muss all meine Willensstärke aufbringen, um mich aus seiner Umklammerung zu lösen. Dann schließe ich mein Fahrrad an einen Laternenpfahl und wende mich wütend an Gregor:

»Warum schläfst du mit ihr in einem Bett? Ich dachte, ihr habt getrennte Schlafzimmer.« Mein Gegenüber zuckt ertappt zusammen.

»Aber wir …« Mit einer Handbewegung bringe ich ihn zum Schweigen.

»Erzähl mir nichts, ich habe euch gesehen«, sage ich scharf. »Ich habe euch nebeneinander im Bett liegen sehen. Aneinandergekuschelt.«

»Du warst in unserem Schlafzimmer?«, fragt er ungläubig.

»Meinst du wirklich, ich bin in euer Haus gekommen, um ein Bild von Knut Gernegroß kaputtzumachen?«

»Gernading«, verbessert er mich.

»Ist mir scheißegal«, schimpfe ich, »ich will wissen, warum du mich belogen hast.« Eine ältere Frau, die ihren weißen Zwergpudel auf der anderen Straßenseite Gassi führt, sieht irritiert zu uns hinüber.

»Komm«, sagt Gregor und nimmt meine Hand, »lass uns lieber drinnen weiterreden.« Ich will ihm meine Hand entreißen. Ihm sagen, dass er sich zum Teufel scheren, nie wieder bei mir auftauchen soll. Aber ich schaffe es nicht. Alle Kraft entweicht plötzlich aus meinem Körper und ich lasse es zu, dass er mir den Schlüsselbund abnimmt, die Haustüre öffnet und mich in meine Wohnung führt. Im Wohnzimmer drückt er mich sanft in einen meiner weinroten Samtsessel und kniet sich vor mich hin.

»Hör mir bitte zu.« Ich hebe den Kopf und sehe mitten in seine braunen Augen, die mich offen anschauen. »Ich möchte dir erst einmal sagen, dass ich dich liebe. Und dass ich es dir nicht übel nehme, dass du in unser Haus eingebrochen bist.«

»Das war kein Einbruch«, flüstere ich müde, woraufhin er mich irritiert anschaut. »Es war Hausfriedensbruch. Weil doch die Tür offen stand«, füge ich noch hinzu.

»Wie auch immer. Ich liebe dich für deine Einfälle. Dein Temperament und deine Unberechenbarkeit. Du sahst so süß aus gestern mit den wirren Haaren, ganz mit Farbe beschmiert und in Handschellen.« Vor meinem inneren Auge erscheint Lorettas Gesicht:

»Er versucht, dich einzuwickeln«, raunt sie mir zu, »lass es nicht zu. Konzentrier dich. Warum lag er mit Anna im Bett?«

»Warum lagst du mit Anna im Bett«, frage ich folgsam und er seufzt tief.

»Anna hat schlimme Alpträume. Deshalb möchte sie, dass ich bei ihr schlafe. Aber ich schlafe nicht mehr mit ihr. Ich schwöre es dir. Hoch und heilig.« Er hebt die rechte Hand zum Schwur, doch ich lasse mich davon nicht beeindrucken.

»Willst du dich wirklich von ihr trennen?«, frage ich nüchtern. »Ich möchte es nur wissen. Wenn du merkst, dass das alles ein Fehler war und dass du es nicht fertigbringst, dann solltest du es mir jetzt sagen.« Meine Nerven sind zum Zerreißen gespannt, während ich ihm in die Augen sehe und seine Antwort abwarte. Ganz langsam öffnen sich seine Lippen. Was ist, wenn er jetzt sagt, es ist vorbei? Es war ein Fehler? Das überlebe ich nicht.

»Wie kommst du nur darauf? Du weißt doch, dass ich

dich liebe. Natürlich werde ich mich von ihr trennen. Und dann werden wir für immer zusammen sein.«

Einige Stunden später liegen wir nackt und eng aneinandergekuschelt in meinem Bett, mit den Fingern fahre ich durch Gregors dichte Brustbehaarung und seufze tief. Er legt die Arme um mich und drückt mich fest an sich.

»Nicht traurig sein«, flüstert er und drückt mir einen Kuss oben auf den Kopf. »Glaub mir, ich werde mich von ihr trennen. Ganz bestimmt. Aber du musst doch einsehen, dass ich sie gestern Nacht nicht einfach mit der Wahrheit überfallen konnte. Dann wäre sie bestimmt nicht damit einverstanden gewesen, auf eine Anzeige zu verzichten.« Ich nicke bedrückt. »Also, sie hat diese Woche unheimlich viel um die Ohren in der Firma und so, aber am Wochenende, ganz bestimmt …«

»Schon gut«, unterbreche ich ihn und hebe den Kopf, um ihn anzusehen, »hör zu«, ich mache eine Pause, um nach den richtigen Worten zu suchen, »vielleicht solltest du noch ein bisschen damit warten«, ringe ich mich schließlich durch zu sagen. Überrascht starrt er mich an.

»Wie bitte?«

»Es ist nämlich so, dass sie sich das mit der Anzeige noch überlegen darf«, beeile ich mich zu erklären, »und wenn du ihr die Wahrheit über uns erzählst, na ja.« Hilflos zucke ich mit den Schultern. »Vielleicht solltest du wenigstens warten, bis das Bild wieder restauriert ist.«

»Ja aber …« Verständnislos schaut er mich an, »was wird denn aus uns so lange?« Tja, was wird aus uns?

»Solange können wir uns dann wohl nur heimlich treffen.«

Und genauso passiert es dann auch. Wie unglaublich praktisch, dass Anna sich jeden Morgen um halb neun auf den Weg ins Büro macht und erst gegen sieben Uhr abends nach Hause kommt. Ungefähr zu dem Zeitpunkt, wenn ich meine Schicht im L'Auberge beginne. Täglich gegen halb zehn klingelt es an meiner Tür und Augenblicke später krieche ich gemeinsam mit Gregor zurück ins Bett. Wir genießen einander und das Leben, frühstücken ausgiebig, machen lange Elbspaziergänge und sind so verliebt wie eh und je. Den Gedanken an seine Frau schiebe ich weit von mir. Bis ich am Samstagmorgen aufwache, ohne einen warmen Körper neben mir zu spüren. Ein Blick auf den Radiowecker zeigt mir, dass es bereits nach zehn Uhr ist. Wo bleibt er denn nur? Aber er kommt nicht, auch am folgenden Tag warte ich vergeblich. Bei seinem Handy geht nur die Mobilbox dran und ich bin allmählich ganz krank vor Angst, es könne etwas geschehen sein, bis mir Loretta schließlich mit einem einzigen Satz alle Sorgen nimmt:

»Das Wochenende gehört der Ehefrau und die Woche der Geliebten.«

Geliebte? Wer? Ich etwa? So war das aber nicht gedacht. Zum wiederholten Male verfluche ich meine eigene Dummheit. Wieso musste ich unbedingt nach Halstenbek fahren? Wieso konnte Loretta mich nicht aufhalten? Wieso war die Gartentüre offen? Warum, warum, warum? Wenn diese unsägliche Sache nicht passiert wäre, dann hätte Gregor sich längst von seiner Frau getrennt. Wir wären zusammen. Glücklich, und das nicht nur Montag bis Freitag innerhalb der Bürozeiten. An diesem Wochenende fasse ich einen Entschluss: Ich will keine Geliebte sein. Ich muss eben das Risiko eingehen, dass Anna mich im Nachhinein doch noch anzeigt, aber vielleicht kommt sie ja gar nicht auf die Idee. Von dieser Sechsmonatsfrist habe ich jedenfalls vor meinem Gespräch mit Loretta noch nie etwas gehört. Gleich morgen früh werde ich Gregor grünes Licht geben.

»Ich kann mich nicht trennen, zumindest nicht jetzt.« Ich glaube, meinen Ohren nicht zu trauen.

»Wie bitte?«, frage ich fassungslos. »Aber warum denn nicht.«

»Es ist einfach nicht der richtige Zeitpunkt. Ich muss auf den richtigen Zeitpunkt warten«, beharrt er, woraufhin ich höhnisch auflache:

»Glaubst du allen Ernstes, dass es dafür einen richtigen Zeitpunkt gibt? Eine Trennung tut doch immer weh.«

»Trotzdem.« Was für ein Sturkopf! In meinem Inneren beginnt es zu kochen, aber ich beherrsche mich und sage ganz ruhig:

»Wenn du wirklich glaubst, auf den richtigen Zeitpunkt warten zu müssen, dann ist das wohl so.« Er nickt und ein erleichtertes Lächeln breitet sich auf seinem Gesicht aus. Ein bisschen vorschnell. »Allerdings«, fahre ich mit erhobener Stimme fort, »möchte ich dich erst wieder sehen, wenn du ein freier Mann bist.« Ich knie mich vor ihn und schaue ihm in die Augen: »Ich liebe dich, aber so geht es einfach nicht. Ich gehe kaputt an der ganzen Sache, verstehst du? Ich will dich nicht sehen, solange du dich nicht von ihr getrennt hast. Das verstehst du doch, oder?« Damit erhebe ich mich vom Sofa und mache einen Schritt in Richtung Flur. Ein Blick zurück zeigt jedoch, dass Gregor nicht die geringsten Anstalten macht, mir zu folgen. Stattdessen sitzt er einfach da und schaut mich mit offenem Mund an. »Wenn ich dich bitten dürfte, zu gehen?«, frage ich höflich und mache eine Handbewegung in Richtung Tür.

»Du wirfst mich raus?« Er rührt sich noch immer nicht vom Fleck.

»Ich werfe dich nicht raus, ich möchte dich nur erst wieder sehen, wenn du getrennt und für mich frei bist.«

»Also wirfst du mich tatsächlich aus deiner Wohnung«, wiederholt er wütend, springt auf und schnappt sich seine Jeansjacke von der Garderobe.

»Jetzt verdreh doch nicht alles«, bitte ich ihn, aber da liegt seine Hand schon auf der Türklinke.

»Ich habe dich verstanden«, schneidet er mir brüsk das Wort ab und verlässt meine Wohnung. Ich stürze hinter ihm her und sehe, über das Geländer gebeugt, zu, wie er immer zwei Stufen auf einmal nehmend die Treppe hinunterjagt.

»Gregor«, rufe ich ihm verzweifelt hinterher, »bleib stehen. Bitte. Ich liebe dich.« Meine Worte klingen gellend durch das Treppenhaus, doch als Antwort schallt nur das Zuschlagen der Haustür zu mir hinauf. Erschöpft lehne ich mich gegen meinen Türrahmen, als sich die Klinke der gegenüberliegenden Wohnungstür bewegt und meine neugierige Nachbarin Frau Saalberg, eine Mittvierzigerin mit dünnem, mausbraunem Haar, ihren Kopf herausstreckt. Manchmal denke ich, sie lauert den ganzen Tag hinter ihrer Tür, um ihre spitze Nase in Dinge zu stecken, die sie nichts angehen. Fluchtartig verschwinde ich in meiner Wohnung.

In den nächsten Tagen höre und sehe ich nichts von Gregor. Dafür aber von seiner Frau, die mir eine detaillierte Rechnung über die entstandenen Schäden schickt, deren Endsumme mich nach Luft schnappen lässt: Siebentausendneunhundertundsechsundneunzig Euro. Mein lieber Mann, dafür muss eine Kellnerin aber lange Gläser durch die Gegend schleppen. Leider kann ich meinen Stolz nicht überwinden und Gregor wegen des Geldes anrufen. Ich bin nämlich ganz schön sauer auf ihn, dass er einfach so weggerannt ist und so getan hat, als sei ich an allem schuld. Ich finde, es ist an ihm, sich bei mir zu entschuldigen. Deshalb überweise ich zähneknirschend die Summe und reiße damit ein riesiges Loch in mein Geschäftskonto, das ich eigens für die Eröffnung meines Cafés eingerichtet habe. Gregor wird mir das Geld zurückzahlen, beruhige ich mich selber, während ich die TAN eingebe und mein eisern erspartes Geld mit einem Tastendruck auf die Reise schicke. Denn dass alles gut werden wird, dass Gregor und ich früher oder später glücklich vereint sein werden, daran glaube ich immer noch. Auch wenn der Mann sich im Moment wie ein Arschloch verhält. Das ist doch nur eine Phase.

Meine Geduld wird auf eine harte Probe gestellt. Die Woche vergeht ohne eine Nachricht von Gregor. Am Samstagnachmittag beginne ich mit der ersten Folge der letzten Staffel von »Sex and the City« und blicke sorgenvoll in die Zukunft. Was soll denn bloß geschehen, wenn Carrie, Miranda, Charlotte und Samantha nicht mehr für mich da sind? Muss ich mich dann mit meinen eigenen Problemen herumschlagen. Mit der Frage, ob ich jemals wieder etwas von Gregor hören werde? Ob es das war? Ob er mich nicht so liebt wie ich ihn? Ob ich eine Episode in seinem Leben war, die er nun hinter sich gelassen hat, um mit seiner Frau heile Welt zu spielen? Die ersten Takte von »I will survive« reißen mich aus meinen

Gedanken. Mir fällt auf, dass ich kaum einen unpassenderen Klingelton für mein Handy hätte wählen können. Aber damals, um nicht zu sagen: Vor einer Woche, war ich noch ganz anders drauf. Ich schaffs allein! Geh! Da ist die Tür! Aber mein Kampfgeist ist erloschen. Mein Handy hüpft auf dem Couchtisch durch den Vibrationsalarm auf und nieder und ich kann es gerade noch davon abhalten, sich über den Rand zu stürzen. Es ist nicht Gregor. Das wüsste ich. Dann würde nämlich »I still believe« aus dem Musical Miss Saigon erklingen. Was mittlerweile auch nicht mehr so recht passt. Leider. Ich werfe einen Blick auf das Display und hebe seufzend ab.

»Hallo«, sage ich mit Grabesstimme und lasse mich zurück in die flauschigen Kissen meines Sofas fallen.

»Das klingt ja nicht gut. Hat er sich nicht gemeldet?«, folgert Loretta messerscharf.

»Nein, hat er nicht.«

»Na ja, du hast es ihm ja auch verboten, oder?« Da hat sie recht, technisch gesehen. Und jetzt hält er sich dran. Dieser Mistkerl. Dieser verdammte …!

»Ich habe gesagt, dass ich ihn liebe. Dass ich es nicht aushalte, dass ich daran kaputtgehe. Verdammt, ich wollte doch nicht, dass er sich wirklich nicht mehr meldet. Ich will, dass er mit ihr Schluss macht. Und sich dann bei mir meldet.«

»Männer können nun mal nicht zwischen den Zeilen lesen. Wenn du denen sagst, meld dich nicht, dann melden die sich auch nicht«, versucht mir Loretta zum zwanzigsten Mal mit Engelsgeduld zu erklären. Mir will das einfach nicht in den Kopf.

»Was mache ich denn jetzt?«

»Du machst mir jetzt erstmal die Tür auf.« In diesem Moment schrillt die Türglocke.

»Was, du bist draußen?«

»Jawoll. Mach auf. Keine Widerrede.« Na schön. Zwei Minuten später steht Loretta vor mir und breitet die Arme aus.

»So geht das nicht weiter mit dir«, stellt sie fest, nachdem sie mich ausgiebig geknuddelt hat. »Guck dich doch mal an.« Statt mir zu erläutern, was denn nun eigentlich so schlimm an meinem Anblick ist, schiebt meine Freundin mich kurzerhand ins Badezimmer und fordert im Befehlston: »Ab unter die Dusche mit dir. Wir gehen nämlich jetzt raus.«

»Raus?«, frage ich betreten.

»Ja, raus. Weißt du, das ist der Teil der Welt, der sich außerhalb deiner Wohnung befindet. Da ist viel mehr Sauerstoff in der Luft als hier«, damit reißt sie energisch das Badezimmerfenster auf, »in diesem Pumakäfig muss man ja Depressionen kriegen.« Ich nöle ein bisschen rum, aber schließlich schafft Loretta es doch, mich aus der Wohnung zu schleppen. Als wir aus der Haustür treten, blinzele ich angesichts des hellen Lichts geblendet und krame in meiner Handtasche nach der Sonnenbrille. Dann seufze ich tief.

»Was ist denn los?«

»An dem Tag, als Gregor und ich uns das erste Mal geküsst haben …«

»Ja?«

»Da war auch so schönes Wetter.« Loretta verdreht die Augen und zieht mich mit sich in Richtung ihres dunkelroten Mazda MX5, den sie mal wieder im Parkverbot abgestellt hat.

»Tu mir einen Gefallen und versuch in den nächsten Stunden mal nicht mehr an den Blödmann zu denken. Wirklich, das Leben ist zu kurz für so einen Scheiß«, meint sie inbrünstig. Damit hat sie natürlich recht, rein theoretisch gesehen. Nur mit der praktischen Umsetzung hapert es.

»Und wohin geht's nun?«, frage ich.

»Das wirst du schon sehen.« Sie hat jetzt wohl beschlossen, meine liebeskummerige Laune einfach zu ignorieren und redet ohne Punkt und Komma auf mich ein. »Yasim fragt auch schon die ganze Zeit nach dir. Du hast doch nichts dagegen, dass ich ihm erzählt habe, was mit dir los ist, oder? Er sagt, du sollst unbedingt wieder zum Yoga kommen, das ist nicht nur gut für die Figur, sondern vor allem fürs seelische Gleichgewicht. Und bei Beziehungsproblemen hilft die Kamelhaltung besonders …« Ich unterbreche ihren Redefluss, indem ich das Radio auf maximale Lautstärke drehe. Die ersten Klänge von »I'm feeling good« schallen aus den Boxen.

»Genau, gute Wahl«, grölt Loretta gegen Nina Simone an und singt beherzt mit. Ich schließe entnervt die Augen und öffne sie erst wieder, als Lorettas Wagen mit quietschenden Reifen zum Stehen kommt. »Aufwachen«, ruft sie fröhlich und boxt mir spielerisch in die Seite.

»Och nö«, sage ich gedehnt und gebe mir gar nicht erst Mühe, meine Enttäuschung zu verbergen, als mein Blick auf das bunte Treiben fällt. Der Hamburger Dom, der dreimal im Jahr auf dem Heiligengeistfeld in St. Pauli seine Pforten öffnet, konnte mich noch nie besonders reizen. Ich habe nie verstanden, warum die Menschen in Scharen hierher strömen, um sich ungesundes Zeug reinzuschaufeln, das man mit etwas Pech nach der Achterbahnfahrt dann wieder von sich gibt. So ging es mir nämlich bei meinem letzten Besuch hier.

»Jetzt vergiss mal dein Dom-Trauma und lass uns ein bisschen Spaß haben«, fordert Loretta gutgelaunt, hakt mich unter und zerrt mich mitten rein ins Getümmel.

Auch nachdem ich dreihundert Gramm Schmalzkuchen, eine riesige Portion rosa Zuckerwatte und in Knoblauch geschwenkte Champignons gegessen habe, ist meine Laune nach wie vor auf dem Tiefpunkt.

»Das bringt gar nichts. Was soll ich hier?«, maule ich Loretta ins Ohr.

»Du sollst Spaß haben. Guck mal, da oben. Das müssen wir auch machen.« Begeistert zeigt sie mit dem ausgestreckten Arm zu einem hohen Turm hinauf, an dessen oberem Ende sich winzigkleine Menschlein mit baumelnden Beinen auf winzigen Sitzen befinden.

»Was ist das?«, frage ich, während meine Frage noch im selben Moment beantwortet wird. Der um den Turm gelegte Ring mit besagten Sitzen wird nämlich in diesem Moment losgekoppelt und saust in atemberaubender Geschwindigkeit Richtung Boden. Der Wind trägt die Schreie aus Dutzenden von Kehlen zu mir herüber, die sich in befreites Lachen auflösen, als der Fall kurz vor dem Aufschlag abgefangen wird.

»Los komm«, fordert Loretta mich auf und zupft an meinem Ärmel herum, doch ich rühre mich keinen Millimeter vom Fleck.

»Willst du mich umbringen?«, jammere ich.

»Sei doch nicht so feige.«

»Ich hab Bauchweh«, fällt mir gerade noch rechtzeitig ein und zur Bestätigung beginne ich, mir mit der Hand über das Bäuchlein zu reiben. »Ich hab's dir gleich gesagt, das Fett, in dem die die Schmalzkuchen backen, haben die bestimmt seit Tagen nicht mehr ausgetauscht«, steigere ich mich in die Sache rein und spüre jetzt tatsächlich ein böses Kneifen in der Magengegend.

»Dann halt nicht«, grummelt Loretta vor sich hin, »das macht aber keinen Spaß mit dir.«

»Ich wollte doch gar nicht hierher«, verteidige ich mich, »ich hätte dir gleich sagen können, dass du mich auf keins dieser Monsterdinger draufkriegst.«

»Ist ja gut. Und was ist das hier?« Sie bleibt interessiert stehen. Die Menschenmasse hat uns bis zum nördlichen Ausgang des Doms geschoben, wo ein wenig abseits und verlassen ein kleines, schrammeliges Wohnmobil steht.

»Madame Theklas Za …«, versuche ich die teilweise schon arg abgeplatzten, silberfarbigen Lettern auf lila Grund zu entziffern.

»Za … Zau … ist das ein b oder ein h?«, rätselt nun auch Loretta. Das spröde Klingen hunderter Glöckchen reißt uns aus unseren Betrachtungen, als sich der Vorhang vom Eingang des Wagens schiebt und ein faltiges Frauengesicht zum Vorschein kommt.

»Madame Theklas Zauberstube«, erklärt sie feierlich.

4.

Madame Theklas Zauberstube

Neugierig komme ich heran und nehme Madame Thekla etwas näher in Augenschein. Ihr molliger Körper ist in ein weites Gewand aus fließendem, lilafarbigen Stoff gehüllt, über das runde Gesicht unter der wilden, dunkelrot gefärbten Dauerwelle wurde anscheinend ziemlich wahllos ein Tuschkasten ausgekippt. Sie zwinkert mir zur Begrüßung freundlich zu und eröffnet dadurch ungehindert die Sicht auf ihre knallblau angemalten Liddeckel. Grauslich! Das war doch sogar in den Achtzigern schon hässlich. Die Schimmerpartikel finden sich im leuchtenden Pink ihrer Lippen wieder, die sie großzügig bis über den Rand hinaus übermalt hat. Dazu falsche Wimpern und eine ordentliche Ladung orangefarbenes Rouge auf den Wangenknochen. Das Alter der Dame ist schwer zu schätzen, denn die klaren, grauen Augen, die mich förmlich zu durchbohren scheinen, passen so gar nicht zu der faltigen Gesichtshaut und der mit Altersflecken und dicken, blauen Adern übersäten Hand, die sich mir jetzt entgegenstreckt.

»Herzlich Willkommen«, ertönt wieder diese volle, wohlklingende Stimme und vertrauensvoll lege ich meine Hand in ihre.

»Komm, wir gehen weiter«, flüstert Loretta und zupft mich am Ärmel. Ein Blick aus den unheimlichen Augen trifft sie, woraufhin sie wie ertappt den Mund schließt und angestrengt in eine andere Richtung schaut.

»Gehen Sie nur, mein Kind«, kommt es gleichmütig von Madame Thekla, »aber Sie«, damit meint sie mich, »kommen besser zu mir herein. Ich kann Ihnen helfen.« Damit lässt sie meine Hand los und verschwindet im Inneren ihres Wohnwagens. Ohne Umschweife will ich ihr folgen, doch Loretta hält mich zurück.

»Du willst doch nicht allen Ernstes da rein?«, fragt sie und sieht mich an, als sei ich nicht mehr ganz richtig im Kopf.

»Warum nicht?«

»Das ist eine Quacksalberin, die dir dein sauer verdientes Geld aus der Tasche ziehen wird. Komm, wir hauen ab.« Damit will sie mich in Richtung Feldstraße davonziehen, doch ich bleibe stehen wie ein sturer Maulesel.

»Sie hat gesagt, dass sie mir helfen kann. Woher weiß sie, dass ich Hilfe brauche«, gebe ich zu bedenken und Loretta seufzt gequält auf:

»Nimm es mir nicht übel, Luzie, aber du siehst nicht gerade aus wie das blühende Leben. Ein Blinder würde sehen, dass es dir nicht gut geht.« Unter normalen Umständen wäre ich jetzt beleidigt, aber dazu ist keine Zeit. Irgendetwas zieht mich zu diesem Wohnwagen hin. Ich kann nicht genau sagen, was es ist.

»Vielleicht ist es kein Zufall, dass wir beide heute auf den Dom gegangen sind. Und dass in genau diesem Moment unser Weg zu diesem Wohnwagen geführt hat. Gerade, als Madame Thekla hinausgeschaut hat.« Leider hat Loretta nur ein höhnisches Lachen für meine Theorie übrig:

»Genau, ganz zufällig hat sie hinausgeschaut, als wir gerade vorbeispazierten«, spottet sie, »dabei sitzt sie den ganzen

Tag hinter diesem Vorhang und lauert darauf, dass jemand stehen bleibt, den sie zu sich hereinlocken kann.« Plötzlich habe ich keine Lust mehr, mit meiner Freundin zu diskutieren. In diesem Moment nähern sich nämlich zwei junge, dunkelhaarige Frauen kichernd dem Wohnwagen.

»Hier ist es«, sagt die eine und nimmt ihre anscheinend zögernde Freundin bei der Hand, »los komm!«

»Ich gehe jedenfalls jetzt da rein«, sage ich schnell zu Loretta und verstelle den beiden Herankommenden den Weg. »Tut mir leid«, sage ich und hebe bedauernd die Schultern, »ich bin erstmal an der Reihe. Und wenn du nicht mitwillst, dann kannst du ja hier draußen warten.« Das will Loretta aber dann doch nicht, denn sie verdreht zwar noch ein letztes Mal übertrieben die Augen, folgt mir dann aber brav die zwei Stufen hinauf in Madame Theklas Reich.

Leise sphärische Klänge dringen an mein Ohr, sobald ich den Vorhang zur Seite geschoben habe, und ein durchdringender Geruch nach Moschus und Räucherstäbchen steigt mir in die Nase. Wir betreten den von Rauchschwaden durchzogenen Innenraum des Wohnmobils, dessen Wände ganz mit goldenen Tapeten ausgekleidet sind. Auf dem Boden befinden sich dicke, gemütlich aussehende dunkelrote Sitzkissen, die um einen flachen, runden Holztisch drapiert sind. Hinter diesem sitzt mit gekreuzten Beinen, den Blick gesenkt, Madame Thekla. Weiter hinten, vor der Fahrerkabine, befindet sich eine Art Altar, der von Grünpflanzen umgeben ist und auf dem sich allerlei Figürchen, Kerzen, Steine und Federn befinden. In der Mitte eine große, dunkelbraune Schale, aus der ununterbrochen dichter Qualm aufsteigt. Zögernd bleiben wir im Eingang stehen, bis uns die Magierin mit einer

Handbewegung einlädt, ihr gegenüber Platz zu nehmen. Also lassen wir uns auf jeweils einem der Sitzkissen nieder. Ich bin jetzt so aufgeregt, dass ich kaum atmen kann, während Loretta einen Laut von sich gibt, der verdächtig nach »Pfff« klingt. Verstohlen stupse ich ihr meinen Ellenbogen in die Seite und werfe ihr einen warnenden Blick zu. Dann richte ich meine Aufmerksamkeit auf Thekla, die mich gütig anlächelt:

»Welcher Art ist Ihr Problem, mein Kind«, fragt sie, faltet die Hände in ihrem Schoß und sieht mich konzentriert an.

»Sagen Sie es ihr doch«, wirft Loretta ein.

»Halt die Klappe«, flüstere ich wütend, doch Madame Thekla lässt sich nicht beirren.

»Ich bin Magierin, meine Liebe, und keine Wahrsagerin. Das ist ein großer Unterschied. Alle Frauen in meiner Familie waren mächtige Zauberinnen. Dies«, ihr Zeigefinger schnellt nach oben und weist auf ein Gemälde mit dem hässlichsten Goldrahmen, den ich je gesehen habe, »ist meine Urururgroßmutter Amanda, die im Jahre 1856 nur knapp der Verbrennung auf dem Scheiterhaufen entgangen ist.« Neugierig betrachte ich die rothaarige, junge Frau auf dem Bild, die mich, in ein schlichtes, weißes Kleid gehüllt, aus grauen Augen melancholisch anzusehen scheint. »Das Buch der Schatten«, wieder folgt mein Blick dem herumfuchtelnden Zeigefinger, »wird von Generation zu Generation weitergegeben. Wir verteidigen es mit unserem Leben.« Ehrfürchtig betrachte ich das riesige, in dunkelbraunes, rissiges Leder gebundene Buch mit den Seiten aus dünnem Pergament. Um Lorettas Mundwinkel zuckt es verdächtig, aber sie sagt nichts, sodass ich Madame Thekla nun endlich mein Problem vortragen kann. Konzentriert lauscht sie meinen Ausführungen.

»Zwei Frauen, ein Mann. Ein Problem, so alt wie die Menschheit selbst«, fasst sie zusammen, nachdem ich geendet habe. »Nun, da lässt sich schon etwas machen, denke ich, allerdings muss ich Sie warnen. Wenn dieser Mann Sie nicht wirklich liebt, dann kann ich nichts für Sie tun. Die Liebe steht über allem, selbst noch über der großen Kunst der Magie. Es ist unmöglich, jemanden in sich verliebt zu machen, wenn diese Gefühle nicht in ihm angelegt sind.«

»Aber nein, er liebt mich doch«, beteuere ich ernsthaft. »Sind Sie sicher?« Ich nicke eifrig und sie greift zu mir herüber, fasst meine Hand und tätschelt sie beruhigend. »Dann kann ich ihm den Weg zu Ihnen ebnen. Er wird zu Ihnen kommen«, versichert sie und ich lächele zaghaft. Schwerfällig erhebt Thekla sich und wackelt in Richtung ihres Altars davon, während Loretta und ich einen Blick tauschen. Meiner voller Hoffnung, ihrer voller Skepsis. Natürlich.

»Noch können wir gehen«, raunt sie mir zu, während Madame Thekla im Buch der Schatten blättert und leise vor sich hinmurmelt.

»Ich will aber nicht gehen«, beharre ich und sehe sie bittend an, »schaden kann es doch nichts.«

»Nein, das wohl nicht«, gibt sie zu, »ich halte es trotzdem für ausgemachten Blödsinn. Aber bitte, es ist ja schließlich dein Geld. Ach ja, was kostet der Spaß eigentlich«, wendet sie sich mit erhobener Stimme an Thekla, ehe ich es verhindern kann.

»Hundertfünfzig Euro für das komplette Ritual«, kommt es wie aus der Pistole geschossen zurück, woraufhin Loretta hörbar nach Luft schnappt.

»Hast du das gehört«, wispert sie, »nichts wie raus hier.« Hundertfünfzig Euro. Während ich mein Portemonnaie aus der Handtasche hervorkrame und die Scheine darin zähle, denke ich, dass das zwar eine Menge Geld ist, aber doch eigentlich nichts im Vergleich zu dem, was ich dafür bekomme. Gregor. Für mich ganz allein. Jetzt mal vorausgesetzt, dass es funktioniert. Was ja doch immerhin möglich wäre. Oder etwa nicht? Mit Sicherheit gibt es Dinge zwischen Himmel und Erde, von denen wir uns nichts träumen lassen würden. Davon bin ich heimlich schon immer überzeugt gewesen. Ungläubig beobachtet Loretta mich beim Geldzählen, aber ich habe meine Entscheidung getroffen. Es wäre mir zweitausend Euro wert gewesen, Herrn Lange als blödes Arschloch zu bezeichnen. Da ist mir die geringste Chance, Gregor endlich für mich zu haben, ganz sicher hundertfünfzig Euro wert. Entschlossen blättere ich die Geldscheine auf den Tisch.

»Träumerin«, wispert Loretta.

»Juristin«, kontere ich böse und dann sitzen wir schweigend nebeneinander, bis Thekla sich uns wieder zuwendet. Zunächst wuchtet sie das Buch der Schatten auf den Tisch vor uns und macht sich dann daran, allerhand Zeugs vom Altar heranzuschleppen. Kleine, tönerne Schälchen mit bunten Pulvern und Kräutern, verschiedenfarbige Kerzen und bunte Fläschchen. Währenddessen versuche ich, die verblassten, altdeutschen Buchstaben im Hexenbuch zu entziffern. Dass sie zudem auf dem Kopf stehen, erschwert die Sache noch und ich schaffe es gerade erst, die Überschrift zu lesen, als Thekla sich ächzend uns gegenüber niederlässt. Mit einem schrumpeligen Zeigefinger fährt sie die Zeilen entlang und murmelt vor sich hin. Gespannt verfolge ich jede ihrer Bewegungen.

»Wir werden Ihre Rivalin verschwinden lassen, damit der

Weg Ihres Liebsten zu Ihnen frei wird«, verspricht sie mir, »doch eins ist wichtig«, sie hebt den Blick und fixiert mich, »Sie müssen alle bösen Gedanken, die Sie gegen diese Frau hegen, eliminieren. Der Wunsch, sie von ihrem Mann zu entfernen, ist an sich neutral. Denn Sie sind ja überzeugt, dass nur Sie ihn wirklich glücklich machen können. Nicht wahr?« Sie macht eine Pause und ich nicke heftig. Natürlich. Nur ich kann ihn glücklich machen. »Verbannen Sie den Hass aus Ihrem Herzen«, fordert Thekla feierlich, »wünschen Sie ihr nur das Beste für die Zukunft. Auch wenn Sie beide den gleichen Mann lieben und Sie das zu Rivalinnen macht, so sind Sie doch Schwestern, Töchter der großen Muttergöttin.« Ohne hinzusehen kann ich spüren, dass Loretta neben mir mittlerweile schon gegen einen Brechreiz ankämpft, und mir wird das alles langsam jetzt auch ein bisschen zu abgehoben. Scheinbar bleibt mein Sinneswandel Madame Thekla nicht verborgen, denn von einer Sekunde auf die andere wandelt sich ihr Tonfall, der feierliche Singsang bricht abrupt ab. »Ich sehe schon, Sie sind scheinbar beide keine Freundinnen der großen Worte, jedenfalls sollten Sie sich von bösen Gedanken freimachen, denn die kommen siebenfach zu Ihnen zurück. Alles klar so weit?« Ich nicke. »Gut, dann beginnen wir. Befreien Sie Ihren Geist von unnützen Gedanken, öffnen Sie sich der Welt des … schon gut. Am besten, ich lege einfach los.« Sie schiebt einen unregelmäßig gefertigten Messingteller in die Mitte des Tisches und lässt feinen, weißen Sand aus einem kleinen Säckchen daraufrieseln, bis sich ein Hügel gebildet hat, auf dessen Spitze sie ein rundes Stück Kohle platziert.

»Sie haben übrigens instinktiv den richtigen Zeitpunkt gewählt, um zu mir zu kommen. Wir befinden uns in der Phase des abnehmenden Mondes. Genau richtig für jede Art von Bannungszauber. Wie heißt die andere Frau?«, erkundigt sie sich, während sie ein langes Streichholz entzündet und an das Kohlenstückchen hält.

»Sie heißt Anna. Anna Landahl«, gebe ich Auskunft, während die Kohle knisternd Funken sprüht und leuchtendrot zu glühen beginnt.

»Anna Landahl«, wiederholt Madame Thekla und schiebt mir ein Schälchen mit etwas hin, das aussieht wie getrocknete Blüten und Gräser. »Sie können mit der Räucherung beginnen, während ich die magischen Kerzen mit Annas Initialen versehe und danach mit magischem Öl salbe. Einfach immer eine kleine Menge auf die Kohle legen und abbrennen lassen«, erklärt sie und ich folge ihren Anweisungen. Dichter, würzig duftender Qualm steigt auf, während Madame Thekla eine rosa Kerze zur Hand nimmt, sie mit langen Strichen gleichmäßig einölt und dann auf dem Tisch befestigt. Sie nimmt ein schlichtes, weißes Baumwollbeutelchen zur Hand, und füllt es mit allerlei Zeugs aus den bunten Schälchen. Ich beobachte, wie sie eine Zimtstange zwischen ihren Handflächen zerreibt, als sie mich strafend ansieht:

»Lassen Sie den Rauch nicht versiegen«, befielt sie mir und schuldbewusst wende ich mich wieder meiner Aufgabe zu. Die Magierin beginnt nun, Worte vor sich hin zu murmeln, doch so sehr ich auch die Ohren spitze, ich kann sie nicht verstehen. Hört sich irgendwie fremdländisch an. Vielleicht lateinisch? Madame Thekla unterbricht sich und schiebt mir ein winziges Stück Pergament, einen altmodischen Federhalter und Tinte hin.

»Schreiben Sie Ihren Wunsch auf das Papier und falten Sie es dann«, fordert sie mich auf. Loretta verrenkt sich den Hals, um erkennen zu können, was ich schreibe, aber ich halte meinen Arm schützend um meine Worte und falte dann das Pergament dreimal. Thekla nickt zufrieden und hält mir das schon recht prall gefüllte Beutelchen unter die Nase. »Hier hinein.« Gehorsam stopfe ich meinen Wunsch obenauf. »Jetzt kommt das Wichtigste: Verknoten Sie den Beutel mit drei Knoten und konzentrieren Sie sich ganz fest auf die andere Frau. Versuchen Sie, Raum zwischen ihr und dem Mann … wie heißt er?«

»Gregor«, antworte ich atemlos.

»Zwischen Anna und Gregor zu schaffen. Damit sie ihn loslassen kann. Alles klar?« Ich nicke ernsthaft und mache mich daran, die Kordel um das Säckchen zu verknoten. Dabei konzentriere ich mich so stark auf meinen Wunsch, dass mir ganz schwindelig wird. Das könnte aber natürlich auch an dem Räucherwerk liegen, das immer noch direkt vor meiner Nase vor sich hin stinkt. Loretta ist auch schon ein wenig grün im Gesicht.

»So, fertig«, sage ich. »Und jetzt?«

»Sehr schön«, stellt Madame Thekla fest, nimmt die Kerze zur Hand und träufelt ein wenig Wachs über das Beutelchen. »Tragen Sie das Zaubersäckchen von nun an immer bei sich, bis sich Ihr Wunsch erfüllt hat und die andere Frau aus Gregors Leben verschwunden ist. Dann lösen Sie die Knoten und streuen die Kräuter in den Wind. Viel Glück!«

»Das«, stellt Loretta fest, als wir beide etwas steifbeinig und wackelig aus dem Wohnwagen klettern und den Weg für die zwei kichernden Mädchen frei machen, die tatsächlich die ganze Zeit draußen gewartet haben, »war der größte Schwachsinn und die schlimmste Geldverschwendung, die ich je erlebt habe.«

»Kannst du nicht einmal ein bisschen unterstützend sein?«, frage ich beleidigt und presse mein Zauberbeutelchen trotzig an die Brust. »Was meinst du«, frage ich nachdenklich, »soll ich es in meine Handtasche stecken? Oder muss man das wirklich direkt am Körper tragen? So mit einer Schnur um den Hals zum Beispiel.«

»Superidee! Das wird der neueste Modetrend«, spottet Loretta. Ich entscheide mich schließlich dafür, das Säckchen in die Geldscheintasche meiner Jeans zu stopfen. Die ist dadurch nur ein ganz kleines bisschen ausgebeult, das kann ich verkraften. Meine Freundin betrachtet mich kopfschüttelnd, als hätte ich jetzt vollkommen den Verstand verloren. »Süße, jetzt mal ganz im Ernst, du glaubst doch nicht wirklich an diesen Mist?«

»Und warum nicht?«, frage ich aggressiv.

»Weil das Humbug ist. Nichts als Humbug. Ich will gar nicht behaupten, dass es nicht vielleicht so etwas wie Magie auf dieser Welt gibt, aber eins weiß ich hundertprozentig: Diese komische Madame Thekla hat davon nicht mehr Ahnung als ich.« Es ist inzwischen dunkel geworden, tausende von Menschen stehen dicht gedrängt zwischen den Ständen herum und ich sehe meiner Freundin ernst in die Augen:

»Ich muss an irgendetwas glauben können, sonst werde ich noch wahnsinnig.«

»Dann glaub an seine Liebe. Wenn er dich wirklich liebt, dann wird er zu dir kommen. Egal, ob du einen Kräuterbeutel mit dir herumschleppst oder nicht.«

»Vielleicht hast du recht«, gebe ich zögernd zu und sie hakt mich grinsend unter.

»Na also. Ich habe ehrlich gesagt schon ein bisschen an deinem Verstand gezweifelt. Sag mal, hast du auch so einen Hunger? Dieser Magiekram hat mich völlig geschafft.«

»Mich auch. Komm, da hinten gibt es Crêpes.« Arm in Arm bahnen wir uns einen Weg durch die Menschenmasse und während Loretta laut darüber nachzudenken beginnt, ob sie Bananen und Nutella oder doch lieber Apfelmus mit Zimtzucker auf ihren Pfannkuchen haben will, taste ich noch mal verstohlen nach der kleinen Beule in meiner Hosentasche. Ja, vielleicht hat Loretta recht. Vielleicht aber auch nicht. Ich werde jedenfalls Theklas Anweisungen befolgen. Nur so zur Sicherheit. Ich sehe hinauf in den nächtlichen Himmel, atme die klare Luft ein und sende all meine Gedankenkraft zu Gregor, damit er den Weg zu mir findet. In diesem Moment erhellt ein rötlicher Schimmer die Dunkelheit. Verwundert reiße ich die Augen auf, als direkt über mir ein Dutzend Sternschnuppen vom Himmel fallen. Den Blick noch immer nach oben gerichtet, versuche ich Loretta auf dieses Wunder aufmerksam zu machen.

»Loretta, sieh doch nur. Zaubersterne«, flüstere ich ergriffen und auch wenn mir mein Verstand mittlerweile gesteckt hat, dass es sich um das allwöchentliche Domfeuerwerk handelt, möchte ich noch ein paar Sekunden daran glauben, dass mir der Himmel ein Zeichen geschickt hat.

Am nächsten Tag schlafe ich lange, mache mir meinen Morgenkaffee mit Vanillesirup und setze mich vor den Fernseher, um die allerletzte Folge von »Sex and the City« zu schauen. Danach geht es mir richtig gut. Carrie hat nach sechs Jahren endlich, endlich ihren Mister Big bekommen. Ich hoffe nur, dass ich auf Gregor nicht ganz so lange warten muss. Während ich mir die Zähne putze, klingelt mein Handy. »Unbekannter Teilnehmer ruft an«, steht auf dem Display. Von denen kenne ich ja nicht so viele.

»Ja, hallo?«, nuschele ich undeutlich und beuge mich über den Waschbeckenrand.

»Hier ist Anna. Gregors Frau«, kommt es von der anderen Seite der Leitung und statt den Mundvoll Schaum auszuspucken, was ursprünglich meine Absicht war, rutscht er mir jetzt vor lauter Schreck in die falsche Kehle. Keuchend huste ich die ganze Angelegenheit wieder hoch, was sich mit Sicherheit nicht wirklich schön anhört.

»Moment«, pruste ich, um Atem ringend, »eine Sekunde mal.« Dann gebe ich mich einem erneuten Hustenanfall hin und wische mir schließlich den Mund mit dem Handrücken ab.

»Äääähhh«, stammele ich ins Telefon. Was will die von mir? Das Geld müsste längst auf ihrem Konto gelandet sein.

»Hallo«, sagt Anna. Ja, die weiß, wie man ein zivilisiertes Gespräch führt. Allerdings war sie ja auch auf diese Konfrontation vorbereitet.

»Hallo«, krächze ich heiser. Mir kommt ein schrecklicher Gedanke und ich klammere mich am Waschbeckenrand fest. Sie hat es sich anders überlegt, sie will Anzeige erstatten, hämmert es in meinem Kopf. Was mache ich denn jetzt? Ich will nicht in den Knast!

»Wie geht's?«, kommt es eiskalt vom anderen Ende der Leitung. Wie es mir geht? Stehe kurz vorm Exitus.

»Na ja«, mache ich unbestimmt, aber es scheint sie auch gar nicht zu interessieren, denn sie fährt ohne Pause fort:

»Ich wollte dir nur sagen, dass du uns in Ruhe lassen sollst.« Es folgt eine bedeutungsschwangere Pause. Wie meint sie das denn jetzt? Gegen die Überweisung von fast acht Mille kann sie ja wohl nichts haben.

»Aber ich«, fange ich an, da schneidet sie mir das Wort ab.

»Du brauchst es nicht zu leugnen, ich weiß, dass du eine Affäre mit meinem Mann hast.« Ich spüre, wie Adrenalin in Sekundenschnelle durch meinen ganzen Körper schießt.

»Tatsächlich?«, gebe ich schwach zurück und lasse mich mitten auf meinen Badezimmerboden sinken. Haltsuchend umfange ich meine Knie mit den Armen und warte gesenkten Kopfes auf den Todesstoß.

»Ich habe zufällig seine Telefonrechnung in die Hände bekommen«, klärt sie mich auf. Ja, sicher, rein zufällig. »Und dann habe ich deine SMS in seinem Handy entdeckt. Wie lange geht das schon so mit euch?« Da ich nicht glaube, dass mich eine Antwort auf diese Frage vor dem Gefängnis retten wird, schweige ich lieber und warte auf meinen Anwalt. »Ich will es gar nicht wissen«, fährt sie da auch schon fort, »ich will, dass du ihn in Ruhe lässt. Keine SMS mehr. Und auch keine Anrufe.« Ihre Stimme hat jetzt einen militärischen Tonfall angenommen.

»Glaubst du im Ernst, dass ich dir das verspreche«, frage ich aufsässig. Ist doch wahr! Jetzt, wo sie es herausgefunden hat, werde ich doch wohl erst recht nicht auf ihn verzichten. Allerdings fürchte ich, dass man mir in der Haftanstalt sowieso das Telefon abnehmen wird.

»Nein, das glaube ich nicht.« Kluges Kind. »Aber er gehört mir. Wir sind verheiratet. Ich will, dass du ihn in Ruhe lässt.«

»Es ist nicht so, dass er sich mit Händen und Füßen gegen mich wehrt«, sage ich in süffisantem Ton.

»Ist mir scheißegal«, antwortet sie brüsk und wiederholt noch mal: »Ich will, dass du ihn in Ruhe lässt.«

»Ich habe es zur Kenntnis genommen, muss dir aber leider sagen, dass ich das nicht tun werde. Ich liebe ihn und er liebt mich.« Mann, komme ich mir kitschig vor. Das würde ich vermutlich nicht mal meinen Eltern gegenüber so formulieren.

»Er liebt mich«, schrillt es in mein Ohr.

»Dann brauchst du ja keine Angst zu haben«, stelle ich mit bemüht ruhiger Stimme fest. So wie die möchte ich mich nämlich nicht anhören.

»Ich habe keine Angst.« Ach ja? Dein Anruf zeugt von etwas anderem, Süße, kann ich mir gerade noch verkneifen zu sagen. »Du bist nichts als ein schnelles Abenteuer für ihn. Er hat es mir sogar gesagt. Und er hat mir versprochen, dich nie wiederzusehen. Also, mach's gut.«

»Halt, warte«, schreie ich in den Hörer, während ihre Worte in meinem Kopf widerhallen. Er will mich nie wiedersehen? Das hat er ihr versprochen? Ich kann es nicht glauben. Ich will es nicht glauben. Er hat sie angelogen. Ganz bestimmt.

»Was ist denn noch?«, fragt sie ungeduldig und ich räuspere mich ein wenig, bevor ich zu fragen wage:

»Was ist denn jetzt mit dem Bild?«

»Was meinst du?«, kommt es perplex zurück.

»Na, das Gemälde von Knut Gernading.« So unangenehm die Situation auch ist, ich bin irgendwie stolz auf mich, dass ich mir endlich, endlich diesen Namen gemerkt habe.

»Das hat er dir erzählt?«, fragt Anna verblüfft.

»Häääääh«, gebe ich nicht minder verblüfft zurück. Was ist denn mit der los? Wieso erzählt? Ich war doch dabei. Noch ehe ich sie darauf aufmerksam machen kann, fährt sie schnippisch fort:

»Ich weiß zwar nicht, was dich das angeht, aber das Bild ist restauriert und die Sache erledigt. Tschüß.«

»Tschüß.«

5.
Razzia

»Anna weiß über uns Bescheid!« Mit diesen Worten stürmt Gregor nur eine halbe Stunde später an mir vorbei in die Wohnung und lässt sich schwer atmend auf meine Couch im Wohnzimmer fallen.

»Na, das ist ja eine tolle Begrüßung«, schmolle ich und folge ihm kopfschüttelnd. Mit verschränkten Armen baue ich mich vor ihm auf und ziehe eine Schnute. »Wir haben uns seit einer Woche nicht mehr gesehen und ich kriege nicht mal einen Kuss?«

»Doch, natürlich.« Er springt auf und drückt mir einen schnellen Kuss auf die Lippen. Dann lächelt er. »Es tut gut, dich zu sehen«, sagt er mit sanfter Stimme und drückt mich an sich. Aha! Das hört sich doch schon viel besser an. »Es tut mir leid, ich bin total angespannt. Anna hat mir eine Riesenszene gemacht.« Ich nicke verständnisvoll, während Gregor mich aus traurigen Kinderaugen ansieht. »Sie hat das rausgekriegt mit uns beiden«, erklärt er und ich nicke erneut.

»Ja, ich weiß. Ich habe eben mit ihr telefoniert.«

»Du hast was?« Sein eben noch gespenstisch weißes Gesicht färbt sich jetzt puterrot. »Wieso, weshalb?«

»Nun setz dich doch erstmal«, fordere ich ihn mit sanfter Stimme auf und schiebe ihn behutsam zurück auf das Sofa. »Sie hat mich angerufen«, erkläre ich, sobald ich mich neben ihn gesetzt und seine Hände in meine genommen habe. Ich bemühe mich, ein der Situation angemessenes, ernsthaftes Gesicht zu machen. Innerlich strahle ich wie ein Honigkuchenpferd. Das unangenehme Gefühl, das ich während des Telefonats mit Anna hatte, fällt langsam von mir ab. Zurück bleibt die Erkenntnis, dass endlich etwas passiert in dieser bisher ausweglosen Situation. Natürlich wäre es mir lieber gewesen, wenn Gregor es ihr von sich aus erzählt hätte, aber das Ergebnis ist doch das Gleiche: Es wird endlich mit offenen Karten gespielt. Und sein Weg zu mir ist frei. Zauber hin oder her, ich halte das für eine gute Entwicklung.

»Was hat sie denn gesagt?«, drängelt Gregor und ich wiederhole in knappen Worten den Inhalt des Gespräches. Dann nehme ich sein von Sorgenfalten durchzogenes Gesicht in beide Hände. »Ich kann mir vorstellen, dass das alles schwierig für dich ist, aber bist du nicht auch ein kleines bisschen erleichtert? Jetzt ist es raus. Du kannst einen sauberen Schnitt machen und endlich bei mir sein.« Ich gebe ihm einen Kuss auf den kläglich verzogenen Mund.

So gut gelaunt wie schon lange nicht mehr schlage ich am nächsten Morgen die Augen auf und räkele mich schläfrig in meinem Bett herum. Von links nach rechts und wieder zurück. Ich nutze sie noch mal in ihrer vollen Breite aus, die Matratze, die ich ab jetzt mit Gregor teilen werde. Mit Freuden natürlich. Dennoch genieße ich es noch mal, all diesen Platz für mich ganz alleine zu haben. Vielleicht ist dies der letzte Morgen in meinem Leben, an dem ich alleine aufwache, sinniere ich vor mich hin und hüpfe beflügelt von diesem verlockenden Gedanken aus den Federn, obwohl mir der Radiowecker zeigt, dass es noch nicht einmal neun Uhr ist.

»He loves me, yeah, yeah, yeah«, gröle ich unter der Dusche vor mich hin und gönne mir einen Tagtraum über das wundervolle gemeinsame Leben mit Gregor, das nun zum Greifen nahe ist. Ich seife mich gründlich mit »Egoiste« ein, damit ich Gregor den ganzen Tag an mir riechen kann, bis er endlich zu mir kommt. Während ich in Jeans und T-Shirt schlüpfe, melden sich leider schon wieder erste Zweifel. Wird er es wirklich durchziehen? Schafft er es, sich von Anna zu trennen? Unsicher taste ich nach dem Zauberbeutelchen in meiner Hosentasche und konzentriere mich wieder auf meinen Wunsch. Ich will Gregor ganz für mich alleine haben. Das Herz hämmert mir plötzlich bis zum Hals. Ich muss mich irgendwie beschäftigen, ansonsten werde ich den ganzen Tag regungslos auf meinem Sofa sitzen und das Telefon anstarren. Mit Feuereifer mache ich mich daran, meine Wohnung zu putzen. Drei Stunden später blitzt und blinkt sie, als kämen meine Eltern zu Besuch. Zufrieden betrachte ich den spiegelblanken Laminatfußboden, kein Stäubchen ist mehr darauf zu entdecken. Im Flur warten ein großer Stapel Zeitschriften und das Altglas auf Entsorgung. Kopfschüttelnd zähle ich die leeren Rotweinflaschen. Dreiundzwanzig. Entsetzt frage ich mich, ob ich zur Alkoholikerin geworden bin, beschließe dann aber, dass ich einfach nur sehr lange nicht mehr beim Altglascontainer gewesen bin. Sehr, sehr lange. Ich stopfe die Flaschen in Plastiktüten, die ich dann in drei Fuhren die Treppen hinunter zum Auto schleppe.

»Tag, Frau Kramer«, ertönt eine krächzige Stimme hinter mir und ich fahre herum. Natürlich, Frau Saalberg! In einem knallroten Nicki-Jogginganzug steht sie in ihrer Wohnungstür und betrachtet neugierig die Plastiktüten in meiner Hand.

»Hallo, Frau Saalberg«, grüße ich eilig zurück und bemühe mich, die Tüten in meiner Hand möglichst wenig klirren zu lassen.

»Sie haben aber eine Menge Flaschen«, erklärt meine Nachbarin unverblümt und verschränkt die Arme vor der knochigen Brust.

»Ja, na ja, ich bin lange nicht mehr dazu gekommen, mein Altglas zu entsorgen, wissen Sie?«, lache ich aufgesetzt, wozu sie langsam und bedeutungsschwanger mit dem Kopf nickt.

»Verstehe«, antwortet sie gedehnt. »Und Sie sind sicher, dass Sie kein Alkoholproblem haben?« Forschend schaut sie mich an, die ich, verblüfft von ihrer Dreistigkeit, mitten auf der Treppe stehen bleibe.

»Das geht Sie einen feuchten Kehricht an«, würde ich gerne sagen, stattdessen schüttele ich vehement den Kopf und beteuere: »Absolut sicher.« Und als sie noch immer nicht überzeugt zu sein scheint, füge ich mit einem entschuldigenden Achselzucken hinzu: »Ich hatte Gäste.«

»Ja, das habe ich gehört«, kommt es vorwurfsvoll zurück.

»Tut mir leid, das nächste Mal werden wir leiser sein«, verspreche ich, während meine Arme von den schweren Tüten immer länger werden. Wie meine Nase übrigens wahrscheinlich auch. »Ich muss leider los.« Ohne ihre Antwort abzuwarten, flüchte ich die Stufen hinunter.

Auf dem Weg zum Altglascontainer nehme ich mir ernsthaft vor, meinen Alkoholkonsum einzuschränken. Dreiundzwanzig Flaschen. Das ist eine Menge Wein. Zuviel Wein für eine kleine Person wie mich. Aber wer weiß, vielleicht werde ich ja bald sowieso keinen Alkohol mehr trinken dürfen. Auch wenn Gregor und ich noch nie über das Thema gesprochen haben, plötzlich wird mir klar, dass er der erste Mann ist, den ich mir als Vater meiner Kinder vorstellen könnte. Und in diesem Moment habe ich eine Vision von einem kleinen Mädchen mit blonden Locken und braunen Augen. Selig lächelnd biege ich in die Max-Brauer-Allee ein, als mich das Aufblinken einer Polizeikelle aus meinen Träumen reißt. Nur fünfzig Meter vor meinem Ziel hat sich ein Streifenwagen postiert. Mist! Sofort beginnt mein Herz, schneller zu schlagen. Ich weiß nicht, warum, aber ich werde immer schrecklich nervös, wenn ich von der Polizei angehalten werde. Auch wenn ich mir keiner Schuld bewusst bin, man weiß ja nie. Schließlich kontrolliere ich nicht jeden Tag sämtliche Glühbirnen an meinem Wagen. Während ich vorschriftsmäßig blinke und auf dem Seitenstreifen zu stehen komme, atme ich tief durch. Nur keine Panik. Es ist heller Vormittag, das letzte Glas Wein liegt über zwölf Stunden zurück, der TÜV ist noch nicht abgelaufen und angeschnallt bin ich auch.

»Guten Tag. Allgemeine Verkehrskontrolle. Den Führerschein und die Fahrzeugpapiere einmal bitte.« Mit diesen Worten tritt eine schlanke, etwa vierzig Jahre alte Polizeibeamtin an mich heran. Nora Kinkel steht auf ihrer Brusttasche. Mit zitternden Fingern reiche ich ihr die gewünschten Papiere und lächele verkrampft, während sie diese mit strenger Miene prüft. In diesem Moment öffnet sich die Fahrertür des Polizeiwagens und ein hochgewachsener, dunkelhaariger Mann steigt aus. Das ist doch nicht … Das kann doch nicht wahr sein! Michael Lange. Mit ausladenden Schritten kommt er auf uns zu und stellt sich neben seine Kollegin. Herr Arschloch und Frau Pappnase, fährt es mir plötzlich durch den Kopf. Ich beiße mir auf die Unterlippe, um das aufsteigende Kichern zu unterdrücken, als mich ein scharfer Blick trifft. Von unten herauf blicke ich Michael Lange mit Unschuldsmiene an, ohne mein Grinsen unter Kontrolle zu bekommen. In seinen Augen blitzt es auf, kein Zweifel, er weiß genau, wen er vor sich hat. Und ganz im Gegensatz zu mir ist er überhaupt nicht amüsiert.

»Frau Kramer«, seufzt er und seine Kollegin wirft ihm einen verwunderten Seitenblick zu. »Wir kennen uns«, erklärt er knapp und wendet sich dann wieder an mich: »Was ist so komisch?«, fragt er in scharfem Ton und ich starre ihn entsetzt an. Einmal hat er mich mit der Beamtenbeleidigung davonkommen lassen, jedenfalls ist mir bisher keine Anzeige ins Haus geflattert. Allerdings bezweifle ich, dass ich als Wiederholungstäter ähnlich glimpflich davonkommen würde.

»Entschuldigung«, stammele ich daher hilflos, »aber das kann ich Ihnen beim besten Willen nicht sagen.« Michael und seine Kollegin werfen sich einen Blick zu. »Ich habe ganz sicher nicht über Sie gelacht, falls Sie das denken«, beteuere ich schnell.

»Sondern?«

»Einfach nur so«, sage ich bestimmt, weil mir auf die Schnelle nichts Besseres einfällt. »Es ist ein schöner Tag. Die Sonne scheint, die Vögel zwitschern.«

»Kann es sein, dass Sie auch schon einen gezwitschert haben?«, fragt Herr Lange mich und setzt wieder seinen bösen Blick auf. Ich pruste los.

»Der war gut«, sage ich anerkennend und seine dunklen Augenbrauen schieben sich über seinen schönen, blauen Augen zusammen, dass eine tiefe Falte dazwischen entsteht. »Entschuldigung, nein, ich habe nichts getrunken«, sage ich und ringe um Fassung. Vor allem, weil mir in diesem Moment die dreiundzwanzig leeren Weinflaschen in meinem Kofferraum einfallen.

»Steigen Sie doch bitte mal aus dem Wagen, Frau Kramer«, mischt sich Frau Kinkel jetzt ein und macht einen Schritt zurück. Na wunderbar! Jetzt haben die mich auf dem Kieker. Seufzend löse ich den Sicherheitsgurt und steige aus dem Fahrzeug. Und jetzt? Soll ich beide Hände auf die Kühlerhaube legen? Die Beine spreizen?

»Hauchen Sie mich mal an«, fordert Michael mich auf und ich sehe zu ihm auf. Vor meinem geistigen Auge erscheint die große Portion Knoblauchspinat, die ich gestern Nacht nach Feierabend bei dem Türken um die Ecke vom L'Auberge verdrückt habe. Ich zögere. »Na wird's bald«, fragt er mich ungeduldig und ich sehe ihn flehend an:

»Dürfte ich vielleicht lieber Ihre Kollegin anhauchen?«

»Warum wollen Sie nicht mich anhauchen?«, fragt er misstrauisch. Ach, was soll's? Angriff ist die beste Verteidigung.

»Um ehrlich zu sein«, platze ich heraus, bevor mich der Mut verlässt, »sind Sie ein schöner Mann und ich habe gestern Abend eine Menge Knoblauch gegessen. Deshalb will ich Sie nicht anhauchen.«

»Na toll«, kommt es von seiner Kollegin, »dann mal los. Mit mir kann man's ja machen.« Ich hauche ihr meinen Knoblauchatem ins Gesicht und sie zuckt kurz zurück.

»Puh. Also, wenn Sie Alkohol getrunken hätten, könnte man den jedenfalls nicht riechen.« Michael Lange mustert mich mit verschränkten Armen von oben bis unten. Sein Blick ist streng, aber mir kann er nichts vormachen. Sicher ist er ein bisschen sauer wegen der Arschlochgeschichte, aber eigentlich gefalle ich ihm. Das habe ich doch gleich von Anfang an gespürt. Ob er gerade überlegt, wie er mich heimlich fragen kann, ob ich mit ihm ausgehen will? Ich werde ganz verlegen, zupfe an meinen Haaren herum, trete von einem

Bein aufs andere und werfe ihm ein schüchternes Lächeln zu.

»Sagen Sie, haben Sie irgendwelche Drogen genommen«, fragt mich der Adonis in dunkelblau und mir bleibt der Mund offen stehen.

»Natürlich nicht«, sage ich entrüstet. Hat er etwa darüber die ganze Zeit nachgedacht? Nicht darüber, wie er mich vielleicht unauffällig zu einem Date einladen kann? Pah, ich wäre sowieso nicht mit ihm ausgegangen. Schließlich liebe ich Gregor.

»Hätten Sie etwas gegen einen Drogentest?«

»Allerdings«, sage ich, einfach nur so aus Trotz.

»Mal abgesehen vom Knoblauch riecht es in dem Auto auch ein bisschen merkwürdig«, ertönt gedämpft die Stimme der Polizistin hinter mir und als ich mich umdrehe, sehe ich, dass ihr Oberkörper in meiner Fahrertür verschwunden ist.

»Mein Auto riecht ganz normal«, begehre ich auf, aber niemand hört mir zu.

»Marihuana?«, fragt Michael mit ernstem Gesicht und Nora nickt knapp.

»Könnte sein.«

»Also jetzt mal halblang«, beginne ich, als Michael plötzlich einen Schritt auf mich zumacht und mich tatsächlich gegen meinen Wagen drängelt.

»Legen Sie bitte die Hände auf das Autodach«, fordert er mich auf und es kommt mir alles so absurd vor, dass ich schon wieder anfange zu kichern. »Wir werden jetzt Sie und Ihr Auto auf Drogen hin untersuchen«, erläutert Michael und dann ist auch schon Nora bei mir, um mich fachmännisch abzutasten, während Michael den Zündschlüssel aus dem Schloss zieht und sich an meinem Wagen zu schaffen macht.

Das kann doch wohl alles nicht wahr sein. Er zieht die Augenbrauen hoch, als er den Kofferraumdeckel hebt.

»Ich wollte gerade zum Altglascontainer da hinten«, versuche ich mich zu rechtfertigen und schiebe noch ein zerknirschtes: »Ich hatte Gäste« hinterher. Wie bin ich denn bloß in diese Situation geraten? Was habe ich falsch gemacht, dass aus einer einfachen Verkehrskontrolle eine Drogenrazzia geworden ist? Aber Gott sei Dank habe ich ja nichts zu befürchten. Gerade will ich freiwillig anbieten, ins Röhrchen zu pusten, da spüre ich Noras Hände an meiner Leiste und kichere.

»Entschuldigung, aber ich bin kitzelig. Nicht im Drogenrausch«, füge ich pampig hinzu.

»Was haben Sie da in Ihrer Hosentasche?«, fragt sie mich und drückt auf der Ausbeulung meiner Jeans herum. Mein Zauberbeutelchen. Das habe ich ja ganz vergessen.

»Das ist privat«, sage ich sehr bestimmt. Diesmal lacht sie, die dumme Kuh.

»Leeren Sie Ihre Tasche aus.« Seufzend fummele ich den kleinen Baumwollbeutel mit den rosa Wachsflecken aus meiner Jeanstasche hervor und halte ihn in der offenen Handfläche. Doch als Nora danach greifen will, schließe ich schnell die Finger um die Kostbarkeit.

»Geben Sie es mir.«

»Hören Sie, ich weiß, es klingt verrückt, aber ... Ich kann Ihnen den Beutel nicht geben.«

»Und warum nicht«, fragt sie und hebt spöttisch die Augenbrauen. Oh, ich kenne diesen Blick. Es ist der Blick der Schlange, die weiß, dass das Kaninchen ihr gehört. Noch stößt sie nicht zu, aber sie weiß, für das arme Opfer gibt es kein Entkommen mehr.

»Sie sind auf dem Holzweg, wirklich«, versuche ich sie zu überzeugen, aber natürlich glaubt sie mir kein Wort. Natürlich denkt sie, dass sich in dem Beutel, von dem ein intensiver Duft aufsteigt, eine ordentliche Portion Marihuana befindet. Noch immer krallt sich meine Hand um das Säckchen und sie sieht mich fast mitleidig an.

»Tun Sie sich und mir einen Gefallen und geben Sie es mir freiwillig.« Ihre Stimme klingt ganz sanft. Ich schüttele verbissen den Kopf. Den Bruchteil einer Sekunde später finde ich mich über der Kühlerhaube liegend wieder, den Arm auf den Rücken gebogen und fühle einen scharfen Schmerz im Handgelenk, das sie langsam verdreht, bis sich meine Finger unter dem Druck öffnen und das Corpus Delicti freigeben. Und dann lässt Nora mich wieder frei. Auf etwas wackeligen Beinen drehe ich mich um und schaue sie an, wie sie Michael triumphierend ihre Beute präsentiert.

»Na, was haben wir denn da?«, fragt dieser und kommt interessiert näher. Auch er trägt jetzt diesen sadistischen »Jetzt-haben-wir-dich«-Ausdruck zur Schau und ich frage mich, wie ich ihn jemals attraktiv finden konnte. Dann beginnen Noras Finger, die von mir im Ritual geknüpften Zauberknoten zu lösen.

»Nicht«, rufe ich, traue mich aber angesichts der körperlichen Überlegenheit, die die Polizistin eben zur Schau gestellt hat, nicht, mich dazwischenzuwerfen. Die beiden werfen mir einen mitleidigen Blick zu und sind dann wieder ganz auf das Beutelchen fixiert. Natürlich. Immer nur Knöllchen verteilen, so haben die sich das Leben als Hüter des Gesetzes natürlich auch nicht vorgestellt. Drogendealer dingfest machen, das ist schon eher nach ihrem Geschmack. Und jetzt glauben sie, einen Fisch an der Angel zu haben. »Bitte, bitte nicht aufmachen«, verlege ich mich aufs Flehen, »ich schwöre, das sind keine Drogen. Wirklich nicht.« Noras Wurstfinger haben den ersten Zauberknoten gelöst. »Es sind nur ein paar Kräuter darin.« Ich werde vollkommen ignoriert. Na schön. »Das ist ein Zaubersäckchen. Wenn Sie es aufmachen, dann wirkt es nicht«, schreie ich die beiden an, die jetzt ihre Aufmerksamkeit doch wieder mir zuwenden. Sie wechseln einen schnellen Blick. Wollen wahrscheinlich abchecken, ob die Lage außer Kontrolle geraten könnte, oder ob sie mit der Irren alleine klarkommen. Michael tritt auf mich zu und legt seinen Arm um meine Schulter. So sieht es zumindest von außen aus. In Wirklichkeit hält er mich wie in einem Schraubstock und sagt in sanftem Tonfall:

»Bitte beruhigen Sie sich, Frau Kramer.« Ich stehe in seinem eisernen Griff und muss zusehen, wie Nora auch den zweiten und dritten Zauberknoten löst und dann den Beutelinhalt auf die Motorhaube ausschüttet.

»Sie machen alles kaputt«, wimmere ich leise, »so kann er nicht wirken.« Nora und Michael betrachten ratlos die Mischung aus getrockneten Rosenblättern, Katzenminze, Zimt (für die Liebe), Fenchelsamen (für die Heilung erlittener Verletzungen), Pfeffer (für die Bannung weiteren Unglücks) und Reis (für gemeinsames Glück im Leben). Obenauf liegt das klein zusammengefaltete Wunschpapier.

»Was ist das?«, fragt Nora irritiert und sieht nicht mehr ganz so siegessicher aus.

»Das«, sage ich nüchtern, »ist jetzt, nachdem Sie den Beutel geöffnet und den Zauber zerstört haben, nichts mehr als ein Haufen zusammengemischter Gewürze.« Fragend sehen die beiden mich an. »Ich habe Ihnen doch gesagt, dass ich keine Drogen bei mir habe«, rege ich mich auf. »Aber Sie wollten mir ja nicht glauben. Vertrauen ist gut, Kontrolle ist besser, nicht wahr? Dieser Zauber war wichtig. Er sollte meine Beziehung retten. Jetzt haben Sie alles kaputtgemacht.« Tränen laufen mir die Wangen herunter, sodass Michael seinen Griff etwas lockert und mir stattdessen sogar mit der Hand ein wenig über die Schulter streichelt. Damit kann er mich aber jetzt auch nicht mehr trösten. Nora greift neugierig nach dem zusammengefalteten Zettelchen. »Wagen Sie das nicht«, sage ich so scharf, dass sie zurückzuckt. Dann greife ich schluchzend nach dem Stoffbeutelchen und beginne, Zettel und Zutaten wieder hineinzufüllen, während ich von zwei Polizeibeamten, denen es ganz offensichtlich die Sprache verschlagen hat, dabei beobachtet werde. Es ist noch nicht alles kaputt, tu einfach so, als wäre nichts passiert, versuche ich mir einzureden. Denk an Gregor. Glaub an eure Liebe.

Sorgsam verschließe ich das Beutelchen wieder mit drei Knoten und konzentriere mich dabei fest auf meinen Wunsch. Aber natürlich, hier so mitten auf der Straße, am helllichten Tag, unter Beobachtung und ohne Räucherwerk und Kerzenschein, wirkt das Ganze nicht unbedingt magisch. Eher lächerlich. Vielleicht sogar verrückt. Ich weiß es nicht. Ist mir auch egal. Ich verstaue den Beutel wieder in meiner Jeanstasche, wische mir die Tränen aus dem Gesicht und sehe Michael gerade in die Augen, während Nora betreten den Rückzug in Richtung Dienstwagen antritt.

»Kann ich jetzt gehen?«

»Natürlich.« Er hält mir doch tatsächlich die Tür von meinem Wagen auf. Ich werfe ihm einen vernichtenden Blick zu, während ich einsteige. Er beugt sich zu mir herunter, während ich den Sicherheitsgurt anlege.

»Frau Kramer?«

»Ja?«

»Es tut mir leid. Wirklich.« Ich nicke stumm. Ein »Schon gut« kommt mir nicht über die Lippen. Denn es ist nicht gut. »Sie ... Sie brauchen doch gar keinen Liebeszauber«, raunt er mir dann verlegen zu. Sprachlos sehe ich ihn an. Er holt ein kleines Kärtchen aus seiner Brusttasche hervor. »Dies ist meine Visitenkarte. Falls Sie sich über mich beschweren wollen.« Ich reiße ihm die Karte förmlich aus der Hand.

»Könnte gut sein«, sage ich schnippisch.

»Oder falls ich es wiedergutmachen darf. Mit einem Essen vielleicht.«

»Ist ja ein Ding«, lacht Loretta, als ich ihr die Geschichte erzähle. »Stell dir mal vor, aus euch beiden wird etwas!«

»Natürlich werde ich nicht mit ihm ausgehen«, sage ich bestimmt.

»Aber warum denn nicht. Ich denke, er war süß.«

»Also, erstens war er allerhöchstens passabel. Zweitens liebe ich Gregor«, an dieser Stelle seufzt Loretta schwer, »und drittens hat er meinen Liebeszauber zerstört. Wenn das kein schlechtes Omen ist.«

»Findest du nicht, dass du da jetzt ein bisschen sehr abergläubisch bist?«

»Ich weiß gar nicht, was ich jetzt machen soll«, jammere ich. »Ob ich den Zauber wiederholen kann? Meinst du, ich sollte Thekla mal kontaktieren?«

»Wozu? Um ihr noch mehr von deinem schwerverdienten Geld in den Rachen zu werfen?«

»Oh Gott, wahrscheinlich war er gerade im Begriff, sich zu

trennen«, sinniere ich weiter, »und dann kommt diese Bullenkuh mit ihren Wurstfingern und zerstört alles.«

»Bullenkuh. Das ist gut«, grinst Loretta.

»Du glaubst nicht daran, dass Gregor sich trennt, oder?«, frage ich kläglich und Loretta schüttelt traurig den Kopf:

»Nein, Süße. Ehrlich gesagt nicht.« Erschöpft lasse ich den Kopf auf die Tischplatte sinken.

An diesem Tag höre ich nichts mehr von Gregor. Keine SMS, kein Anruf, nichts. Die ganze Nacht, während ich mich schlaflos in den Kissen hin und her wälze, schwanke ich zwischen Wut, Angst und Verzweiflung. Mit mindestens zwanzig grauen Haaren mehr und um Jahre gealtert pelle ich mich am nächsten Morgen aus dem Bett. Im Badezimmer stelle ich mich vor den Spiegel und betrachte mein fahles Gesicht und die tiefen Ringe unter den Augen. Wieso tut er mir das an? Das habe ich doch nicht verdient, oder? So was hat keiner verdient. Während ich unter der heißen Dusche stehe und meine Lebensgeister langsam zurückkehren, fasse ich einen Plan: So geht es nicht weiter. Ich lasse so einfach nicht mehr mit mir umgehen. Das alles ist sowieso schon viel zu weit gegangen. Vermutlich hätte ich mich sofort trennen müssen, nachdem ich erfahren habe, dass Gregor ein gebundener Mann ist. Einer von »denen«. Für solche Leute sollte in Zukunft in Bars und Discotheken ein eigener Bereich eingerichtet werden. Neben Rauchern, Nichtrauchern und VIPs gibt es dann eben auch noch die Bs, die Besetzten. Und wenn wir gerade dabei sind, wie wäre es denn noch mit einer »Suche-One-Night-Stand«-Ecke? Wo sind meine Prinzipien hin? Gebundene Männer waren für mich doch sonst immer tabu. Das habe ich an diversen Girls-Out-Nächten lauthals kundgetan. Bloß funktioniert das mit den Prinzipien nicht mehr ganz so einfach, wenn man erst einmal verliebt ist. Dennoch: Wenn Gregor sich dieses Mal nicht von Anna getrennt hat, dann ist es aus. Schon bei dem Gedanken daran zieht sich mein Herz schmerzhaft zusammen. Ich muss plötzlich an Jennifer denken, eine ehemalige Kollegin aus London, das Verhältnis unseres verheirateten Chefs. Ich hatte für sie irgendwann nur noch Mitleid übrig. Gepaart mit einem ordentlichen Schuss: »Mann, ist die doof.« Weil sie auch nach Jahren immer noch daran geglaubt hat, dass der richtige Zeitpunkt schon noch kommen wird. Und nicht geschnallt hat, dass der Mistkerl sich natürlich nie im Leben von seiner Frau trennen wird. Warum sollte er auch, wenn er doch beide haben kann? Mann, ist die doof gewesen. Mann, bin ich doof.

Das eiskalte Wasser, das plötzlich aus meiner Dusche kommt, reißt mich aus meinen Gedanken. Erschrocken mache ich einen Satz und kann um ein Haar verhindern, dass ich in den Duschvorhang gewickelt zu Boden gehe und mir den Hals breche. Ich drehe das Wasser ab, lehne mich keuchend gegen die Fliesen und fasse einen Entschluss: Ich bin nicht doof. Na schön, ein bisschen doof vielleicht, aber damit ist jetzt Schluss. Gregor muss sich entscheiden. Und der richtige Zeitpunkt dafür ist jetzt.

»Engel, ich bin es, kann ich raufkommen?«, erklingt Gregors Stimme undeutlich aus der Gegensprechanlage.

»Nein, ich komme runter«, antworte ich knapp, werfe noch einen kurzen Blick in den Spiegel und nicke mir aufmunternd zu. Dann laufe ich mit klopfendem Herzen die vier Stockwerke hinunter und öffne die Haustür. Da steht er, wie immer mit verwuschelten Haaren, die Hände tief in den

Hosentaschen vergraben. Jetzt kommt er auf mich zu und nimmt mich in die Arme, küsst meinen Hals.

»Ich hab dich vermisst«, flüstert er.

»Ich dich auch«, kann ich mir nicht verkneifen zu sagen.

»Sollen wir frühstücken gehen«, fragt er und seine Lippen bahnen sich den Weg hinauf zu meinem Ohr, über die Wange bis zu meinem Mund. Sein Kuss schmeckt nach Vanille und Kaugummi.

»Nein«, sage ich und löse mich unter Aufbringung all meiner Willenskraft von ihm.

»Okay, was möchtest du machen?« Er lächelt mich an, zärtlich und unbeschwert.

»Hast du …«, beginne ich atemlos und greife nach seiner Hand, »hast du dich von ihr getrennt?« Hoffnungsvoll schaue ich in seine braunen Augen. Sag ja, bitte sag ja, flehe ich innerlich, aber er schüttelt langsam den Kopf.

»Nein, ich habe noch nicht mit ihr gesprochen.« Abrupt lasse ich seine Hand los und trete einen Schritt zurück. »Es ging nicht«, fügt er schnell hinzu und zuckt hilflos mit den Schultern.

»Verstehe. Es war wohl nicht der richtige Zeitpunkt, was?«, erwidere ich bitter und er nickt ernsthaft. »Es hat keinen Zweck, du wirst dich nie trennen.« Ich bemühe mich, das verdammte Zittern in meiner Stimme zu unterdrücken und bewege mich rückwärts auf die Haustür zu.

»Was redest du da? Natürlich werde ich mich trennen. Das habe ich dir doch gesagt. Ich liebe dich.« Er sieht mich ganz betroffen an und versucht, meine Hand zu ergreifen, doch ich ziehe sie schnell weg.

»Du liebst mich überhaupt nicht«, jaule ich auf. »Sonst hättest du es ihr gesagt.«

»Ich sage dir doch, es ging wirklich nicht.«

»Warum?«, fauche ich ihn an. »Warum konntest du es ihr nicht sagen? Warum war es mal wieder …« Ich hole tief Luft und lege alle Verachtung, die ich aufbringen kann, in meine Worte: » … nicht der richtige Zeitpunkt?«

»Weil Anna gestern einen Autounfall hatte, mit Schmerzmitteln vollgepumpt ist und sich kaum bewegen kann.«

»Oh.«

»Ja, oh.«

»Schlimm?«, erkundige ich mich und er wiegt unbestimmt den Kopf hin und her:

»Irgend so ein Idiot ist ihr fast ungebremst hinten drauf gefahren. Sie hat ein Schleudertrauma erlitten und ziemlich starke Schmerzen.«

»Oh«, sage ich erneut, als sich Frau Saalberg mit vorwurfsvollem Gesichtsausdruck an Gregor vorbeidrängelt.

»Junger Mann, Sie stehen mir im Weg.«

»Verzeihung.« Er geht einen Schritt zur Seite, während ich mich beeile, die Haustüre aufzuschließen.

»Morgen, Frau Saalberg.« Damit schiebe ich sie, die Sensationslust in ihren Augen ignorierend, ins Treppenhaus, ziehe die Tür zu und wende mich wieder an Gregor.

»Luzie, ich verstehe, dass du mir nicht glaubst und dass du ungeduldig bist, aber ich konnte es nicht tun. Ich kann ihr doch nicht unsere Ehe vor die Füße schmeißen, wenn sie kaum in der Lage ist, etwas zu sagen. Das geht doch nicht.« Hilfesuchend sieht er mich an.

»Nein, das geht wohl nicht«, gebe ich zu und er umarmt mich stürmisch.

»Lass uns nach oben gehen«, bittet er, doch ich entwinde mich ihm.

»Nein. Komm, wir gehen was frühstücken«, schlage ich vor, denn ganz so schnell möchte ich doch nicht von meinem Plan abrücken, der da lautet: Ich schlafe erst wieder mit Gregor, wenn er ein freier Mann ist. Ich gehe voran, doch er macht keine Anstalten, mir zu folgen. Verwundert drehe ich mich zu ihm um, wie er verlegen von einem Bein aufs andere tritt und die Hände in den Hosentaschen vergräbt.

»Ich muss in zwei Stunden wieder zu Hause sein«, rückt er mit der Sprache heraus, »Anna muss noch mal zum Arzt.« Ich kralle die Fingernägel meiner Linken in die rechte Handfläche, sage aber betont locker:

»Zwei Stunden? Das sollte für ein Frühstück wohl reichen.«

»Aber ich dachte …«

»Ja? Du dachtest?«

Ich bin ein schwacher Mensch. Und doof dazu. Statt in gebührendem Abstand zu Gregor an einem Tisch im Balzac-Café zu sitzen und Kaffee und Muffin zu verspeisen, wälze ich mich wenige Minuten später gemeinsam mit ihm durch die Laken. Was wie immer wundervoll ist. Ihn eineinhalb Stunden später an der Tür zu verabschieden ist weniger wundervoll. Ich sehe ihm hinterher, wie er sich Stufe um Stufe von mir entfernt. Wie er zu ihr geht, um sich um sie zu kümmern, sie zum Arzt zu begleiten. Er schaut noch einmal hoch zu mir und wirft mir einen Kuss zu. Ich verziehe meinen Mund zu so etwas wie einem Lächeln. Von dort unten kann er nicht sehen, dass meine Unterlippe dabei verdächtig zittert. Seine Gestalt verschwimmt vor meinen Augen, als mich ein Geräusch an der gegenüberliegenden Tür aus meinen Gedanken reißt. Eine Sekunde später steht mir Frau Saalberg gegenüber.

»Das war ja ein kurzer Besuch«, meint sie und mustert

mich ungeniert von oben bis unten, die ich, nur mit meiner langen, beigefarbenen Strickjacke bekleidet, vor ihr stehe. Ich ziehe den Gürtel fester um mich und wundere mich mal wieder über die Dreistigkeit meiner Nachbarin. Sie tut noch nicht einmal so, als hätte es einen Grund für sie gegeben, die Türe zu öffnen. Mal abgesehen von dem, in meinen Privatangelegenheiten herumzuschnüffeln. Nein, sie steht einfach da, heute in einem knallgrünen Trainingsanzug, lehnt sich gegen den Türrahmen und glotzt. »Lassen Sie mich raten, jetzt geht er zurück zu seiner Frau.« Fassungslos starre ich sie an. Woher weiß sie das? Ist es so offensichtlich? Und da sehe ich es schon in ihren Augen aufblitzen, das Mitleid. Gepaart mit einem Schuss: »Mann, ist die doof.«

»Das geht Sie einen feuchten Kehricht an«, will ich sagen, aber mal wieder bringe ich es nicht über mich. Stattdessen drehe ich mich abrupt um und flüchte in meine Wohnung.

»Sie hatte einen Auffahrunfall. Schleudertrauma«, erkläre ich Loretta etwas später am Telefon und die gibt einen verächtlichen Laut von sich.

»Und das glaubst du ihm?«

»Ja, natürlich. Oh Gott, meinst du etwa, er hat mich angelogen?« Wenn ich an diese Möglichkeit denke, wird mir ganz schwarz vor Augen.

»Na ja, vielleicht nicht«, lenkt meine Freundin ein, »aber wie ich Männer kenne, ist er ganz schön froh darüber, dass ihm das Schicksal so einen schönen Strich durch die Rechnung gemacht hat.«

»Weißt du, es ist nicht sehr aufbauend, mit dir zu telefonieren«, mosere ich und gebe ein weiteres Stück Kandiszucker in meinen Tee.

»Tut mir leid, Süße, ich sage doch nur, wie es ist.«

»Und du hältst mich für bescheuert, dass ich ihn entschuldige?« Schweigen am anderen Ende der Leitung. »Danke, das sagt mehr als tausend Worte. Er hatte doch keine Wahl«, rege ich mich auf, »man kann doch keine hilflos im Bett liegende Frau verlassen. Ganz ehrlich, würde ich einen solchen Mann überhaupt wollen?« fällt mir da ein. »Jemanden, der die schwache Position des anderen ausnutzt, um sich ohne lange Diskussionen aus dem Staub zu machen?« Da Loretta immer noch nicht ihre Sprache wieder gefunden zu haben scheint, antworte ich mir selber auf diese Frage: »Nein. So jemanden will ich nicht.«

»Du hast ja recht«, kommt es jetzt sanfter von Loretta zurück und ich atme erleichtert aus.

»Danke.«

»Hoffen wir nur, dass Anna jetzt nicht ein Unglücksfall nach dem nächsten trifft. Du hast nicht zufällig doch irgendwelche bösen Gedanken in ihre Richtung geschickt«, kichert sie, »du weißt schon, bei dieser Tussi vom Dom.«

»Nein, ganz bestimmt nicht«, antworte ich erschrocken.

»War nicht ganz ernst gemeint. Ich muss Schluss machen, es gibt mal wieder ein paar Eheleute zu scheiden. Übrigens, wenn Gregor eine Anwältin braucht ...«

»Ich empfehle dich weiter.«

»Danke.« Nachdenklich lege ich den Hörer auf und nippe an meinem Tee. Habe ich vielleicht doch negative Gedanken in Annas Richtung geschickt? Während des Rituals ganz sicher nicht, aber als sie mich da am Telefon so dumm von der Seite angemacht hat, da war ich schon ein klitzekleines bisschen sauer auf sie. Aber kann ich dadurch einen Unfall ausgelöst haben? So ein Quatsch! Ist doch alles Blödsinn.

Wenn Loretta nicht zum Gericht müsste, würde ich sie noch mal schnell anrufen, um mir von ihr sagen zu lassen, dass dieser ganze Hokuspokus nichts weiter als Quacksalberei ist. So muss ich mich selbst davon überzeugen. Ich krame das Zauberbeutelchen hervor, lege es vor mich auf den Küchentisch und starre darauf. Dabei komme ich mir selber unglaublich lächerlich vor. Ein wachsverschmiertes Baumwollsäckchen mit irgendwelchen Küchenabfällen darin. Ich scheine wirklich allmählich den Verstand zu verlieren. Gerade will ich das Ding in meiner roten Mülltonne versenken, als mir ein anderer Gedanke kommt: Jetzt nur mal angenommen, diese ganze Zauberei funktioniert tatsächlich. Und am gleichen Tag, an dem die Zauberknoten von der Bullenkuh gelöst werden, hat Anna einen Autounfall. Der zu einem Halswirbelsyndrom führt. Der sie ans Bett fesselt. Und Gregor an sie. Vor lauter Schreck halte ich den Atem an und betrachte das magische Beutelchen in meiner Hand entsetzt.

6.
Liebeszauber mit Nebenwirkung

»Um wieviel Uhr hatte Anna gestern den Autounfall«, frage ich Gregor per SMS.

»So gegen halb eins. Wieso? Ich vermisse dich.« Wenige Minuten später springe ich in mein Auto und mache mich auf den Weg zum Hamburger Dom. Über meine Entscheidung, Madame Thekla erneut aufzusuchen, schließe ich mich lieber nicht mit Loretta kurz. Wäre gut möglich, dass sie mich dann für vollkommen verrückt hält. Womit sie ja irgendwie auch recht hätte. Es ist vollkommen verrückt. Dennoch: die Polizeikontrolle, Annas Unfall, der fast auf die Minute genau zeitgleich passiert ist. Sicher, das könnte ein Zufall sein. Aber ein merkwürdiger Zufall.

Als ich das Heiligengeistfeld betrete, kann von regem Kirmesbetrieb keine Rede sein. Die Hälfte der Karussells und Buden ist bereits abgebaut, außer einigen in Grüppchen herumstehenden Schaustellern ist kein Mensch weit und breit zu sehen. Eine böse Vorahnung beschleicht mich, während ich meine Schritte beschleunige und über den knirschenden Kiesweg in Richtung Nordausgang trabe. Bitte sei noch da, bitte sei noch da, bete ich stumm und tatsächlich taucht vor mir das alte Wohnmobil mit der Aufschrift »Madame Theklas Zauberstube« auf. Erleichtert laufe ich darauf zu und klopfe an.

»Hallo«, rufe ich zaghaft, als sich im Inneren des Wagens

nichts regt und wummere erneut mit der Faust gegen die Tür. »Madame Thekla, sind Sie da? Machen Sie bitte auf.«

»Ist nicht da«, ertönt eine männliche Stimme mit stark nordischer Einfärbung zu meiner Linken.

»Können Sie mir sagen, wo sie ist?« frage ich den etwa vierzigjährigen Mann, der, mit einer dunkelblauen Latzhose und schwarzem Shirt bekleidet, in der nebenliegenden Preisbude steht, die unbeschreiblich hässlichen, baumelnden Stofftiere von ihren Haken befreit und in eine überdimensionale Plastikkiste wirft.

»Nein«, antwortet er kurz und wischt sich den Schweiß von der braun gebrannten Stirn. »Der Dom ist vorbei.«

»Das weiß ich, aber ich muss unbedingt mit ihr sprechen. Es ist wirklich sehr wichtig«, sage ich eindringlich. Er grinst auf mich hinunter und entblößt sein Gebiss, in dem der linke, vordere Schneidezahn fehlt.

»Hat sie Ihren Freund verhext und irgendwas ist schiefgegangen?«

»Woher wissen Sie das«, frage ich erstaunt und gehe einen Schritt auf ihn zu. Er zuckt nur mit den Schultern.

»Hab geraten.« Ein lilafarbiger Drache mit rosa Punkten fliegt durch die Luft und landet statt in der weißen Kiste, die mir bis an die Schultern reicht, mitten in meinem Arm. »Ups, tschuldigung.« Gerade will ich Fuchur zu seinen Leidensgenossen werfen, da lächelt mich der Schausteller erneut an und sagt: »Sie können ihn behalten, wenn Sie möchten.« Ich sehe in das Gesicht des Drachen mit den schiefen Kulleraugen und dem weitaufgerissenen Maul, aus dem eine überdimensionale, gelbe Zunge heraushängt. Ohne Zweifel ist er das hässlichste Kuscheltier, das ich je gesehen habe. Dennoch klemme ich ihn mir unter den Arm und sage:

»Danke.«

»Keine Ursache.«

»Bitte, wo kann ich Madame Thekla finden?« Er wendet sich seiner Arbeit zu, als hätte er meine Frage gar nicht gehört. »Es ist wirklich sehr wichtig«, versuche ich es erneut und presse Fuchur an mich, »können Sie mir nicht sagen, wo sie ist?«

»Vermutlich reitet sie mit ihrem Hexenbesen zum Brocken, um ein wenig auszuspannen.«

»Sehr witzig«, murmele ich und stehe noch ein paar Sekunden unschlüssig herum. Aber es sieht nicht so aus, als wollte der Mann sich noch um mich kümmern, er pflückt weiter Schlangen, Schweine, Drachen und Schildkröten von seinem Wagen und pfeift dabei vor sich hin. Hier komme ich nicht weiter. Ich werfe einen letzten Blick auf Madame Theklas Zauberstube und drehe mich dann auf dem Absatz um. Was soll's? Ist doch sowieso alles Humbug!

»Danke für den Drachen«, rufe ich dem Mann noch zu und trete mit hängenden Schultern den Heimweg an.

»Hey, warten Sie«, ruft er mich zurück und ich sehe mich überrascht um. Da steht er, die Hände in die Hüften gestützt und sieht nachdenklich auf mich herunter, wobei sich seine blonden, buschigen Augenbrauen vor Anstrengung fast über der Nasenwurzel treffen. »Lassen Sie mir doch Ihre Adresse da«, schlägt er schließlich vor, »dann meldet sie sich bei Ihnen. Vielleicht«, setzt er noch warnend hinzu, als er mein Gesicht aufleuchten sieht.

»Oh, vielen Dank, das ist sehr nett von Ihnen«, danke ich ihm überschwänglich und fummele einen Kugelschreiber aus meiner Handtasche hervor. Weil ich nichts anderes finde, kritzele ich meine Adresse und Telefonnummer auf die Rückseite eines alten Kassenbons vom Sparmarkt. »Sie retten mir vielleicht das Leben.«

»Schon gut«, antwortet er fast verlegen, als ich ihm das leicht zerknitterte Papier in seine riesige, schwielige Hand lege. »Nun aber. Ich muss weitermachen.«

»Natürlich. Ich danke Ihnen«, wiederhole ich und verlasse mit deutlich leichterem Herzen den Dom.

Meine Euphorie hält leider nicht lange vor. Den ganzen Tag warte ich darauf, dass Madame Thekla sich bei mir meldet. Ja, ich erwarte ihren Anruf so sehnsüchtig, wie ich sonst nur den von Gregor erwarte. Als dieser mich stattdessen anruft, bin ich fast ein wenig enttäuscht. Nachdem er mir den Grund seines Anrufes mitteilt, bin ich definitiv enttäuscht.

»Ich kann nicht zu dir kommen, Engel, Anna ist doch die ganze Zeit zu Hause. Was soll ich ihr denn sagen?«

»Dass du eine andere Frau liebst und dass du dich von ihr trennen willst zum Beispiel.« Langsam komme ich mir schon vor wie eine Schallplatte, die einen Sprung hat.

»Das hatten wir doch schon«, kommt es genervt vom anderen Ende der Leitung.

»Ja, ich weiß«, gebe ich patzig zurück, »du kannst niemanden treten, der schon am Boden liegt.«

»Nein, das kann ich nicht«, beharrt er.

»Und was ist mit mir? Denkst du vielleicht auch mal an mich?«, frage ich erbost. »Meinst du, für mich ist das einfach?«

»Nein, natürlich nicht. Engel …«, will er mich besänftigen, aber ich bin schon wieder auf hundertachtzig.

»Nenn mich gefälligst nicht Engel«, blaffe ich ins Telefon. »Bleib du ruhig zu Hause und pfleg deine kranke Frau. Bei mir brauchst du dich nicht mehr zu melden, bevor du dich nicht von ihr getrennt hast. Ist das klar?« Ich bekomme keine Antwort. Wütend schnappe ich nach Luft. Der wird doch nicht etwa aufgelegt haben? »Bist du noch da?«, frage ich etwas ruhiger.

»Ja«, kommt es knapp zurück.

»Und hast du mich verstanden?«

»Ja.« So wortkarg kenne ich ihn gar nicht. Ich wünschte, er würde ein bisschen mehr sagen. Aber er schweigt beharrlich, also bleibt mir nichts anderes übrig, als zu sagen:

»Gut, dann sind wir uns ja einig.«

»Ja.« Dieser Typ macht mich wahnsinnig.

»Du meldest dich, wenn die Sache ausgestanden ist«, wiederhole ich.

»Ich habe es verstanden«, kommt es gereizt zurück, dann ändert sich sein Tonfall von einer Sekunde auf die andere: »Ich muss Schluss machen«, wispert er, »Ciao.« Ein Klicken in der Leitung sagt mir, dass er aufgelegt hat, noch bevor ich mich verabschieden konnte. Betroffen sitze ich auf meiner Couch und starre vor mich hin, noch immer den Hörer an mein linkes Ohr gepresst, aus dem mir das Besetzt-Zeichen entgegentutet.

»Ich liebe dich«, flüstere ich unglücklich und lasse das Telefon sinken.

Loretta findet es ganz richtig, dass ich endlich mal ein Machtwort gesprochen habe. Ich bin mir da nicht so sicher. Ich glaube einfach nicht, dass man bei Gregor mit Druck irgendetwas ausrichten kann.

»Nur mit Druck, Luzie, und mit sonst gar nichts«, widerspricht sie mir, als wir am nächsten Tag gemeinsam ein

Ladenlokal in der Stresemannstraße besichtigen. Unschlüssig sehe ich mich in dem weitläufigen, heruntergekommenen Raum um, während die wasserstoffblond gefärbte Maklerin Frau Evelyn Brunke, deren knallenges, himmelblaues Kostüm so gar nicht zu dem verbraucht aussehenden Gesicht darüber passen will, unaufhörlich auf mich einredet.

»Die Lage ist einfach einmalig, sehr verkehrsgünstig. Und die Küche ist in sehr gutem Zustand, ebenso wie die sanitären Anlagen. Der Quadratmeterpreis ist unschlagbar niedrig, sehen Sie nur, wieviel Platz Sie hier haben.« Ich nicke nachdenklich, aber mit den Gedanken bin ich leider nicht so richtig bei der Sache. Das macht aber nichts, wozu habe ich schließlich meine beste Freundin mitgenommen? Fragend sehe ich sie an, die sie prüfend den Raum mustert. Ihr Blick erfasst jeden Schwachpunkt sofort, ich muss ihm nur folgen. Und jetzt sehe ich es auch: Den feuchten Fleck links oben in der Ecke, ganz hinten hängt die Tapete in Fetzen von der Wand, der Holzfußboden ist durchgetreten und morsch, alles in allem wäre hier noch viel zu tun.

»Vom unmöglichen Zustand des Ladens mal abgesehen«, fällt Loretta mit erhobener Stimme ihr Urteil, »ist die Aufteilung eine Katastrophe. Es würde ein Vermögen kosten, in diesen rechteckigen Kasten so etwas wie Gemütlichkeit reinzubekommen. Und was Sie verkehrsgünstig nennen«, mit zwei Schritten ist sie an der Tür und öffnet sie, »nenne ich schlicht und ergreifend laut«, brüllt sie über den Straßenlärm hinweg, der von außen hereindringt. Das strahlende Lächeln der Maklerin wirkt jetzt etwas verkrampft:

»Aber die Fenster und Türen sind sehr gut schallisoliert. Man muss sie nur geschlossen halten.«

»Das ist wirklich einladend«, fertigt Loretta sie kurz ab.

»Ich denke, wir können uns die Mühe sparen, Küche und Toiletten anzuschauen.« Damit ist sie auch schon draußen, während ich Frau Brunke verlegen die Hand hinstrecke.

»Vielen Dank für Ihre Mühe«, bedanke ich mich artig.

»Sie sind wirklich keine leichte Kundschaft«, äußert sie zaghaft, setzt dann aber ein tapferes Lächeln auf, »doch ich werde auch für Sie das richtige Ladenlokal finden. Ganz bestimmt.«

»Da bin ich sicher. Danke, Frau Brunke.«

»Danke, dass du deine Mittagspause geopfert hast«, sage ich, als wir uns kurz darauf mit zwei Milchkaffee auf den Stufen des Hamburger Rathauses niederlassen, um die Sonne zu genießen.

»Immer wieder gerne«, antwortet Loretta und nippt vergnügt an ihrem Becher. Kopfschüttelnd betrachte ich sie von der Seite.

»Ich werde nie verstehen, wie du so unfreundlich zu Leuten sein kannst.« Das soll kein Vorwurf sein, im Gegenteil. Aus meinen Worten spricht die allergrößte Bewunderung. Ich selber habe ja immer Angst, irgendwo anzuecken, nicht gemocht zu werden. Loretta ist da ganz anders, ihr macht das glaube ich sogar Spaß, den Buhmann zu geben.

»Dazu ist ein Anwalt da«, meint sie achselzuckend und grinst mich verschwörerisch an, »wir wollen schließlich nicht, dass Frau Brunke dich irgendwann nicht mehr mag und dir die besten Angebote vorenthält. Deshalb bist du immer schön nett und freundlich und wenn ich den Laden mal wieder in der Luft zerreiße oder bei Vertragsabschluss bis aufs Blut um jeden einzelnen gottverdammten Punkt kämpfe, kannst du lächelnd danebensitzen und sagen: ›Ich persönlich sehe das ja alles nicht so eng, aber, na ja, so sind die Anwälte‹.« Ich nicke nachdenklich und sie legt mir die Hand auf den Arm. »Das mit Gregor war genau richtig so«, wechselt sie abrupt das Thema und ich zucke ertappt zusammen. »Doch, mir ist schon klar, wo deine Gedanken die ganze Zeit sind.« Schuldbewusst lasse ich den Kopf hängen und sie streichelt mir über den Rücken: »Glaub mir, das ist die einzige Sprache, die Männer verstehen. Wenn du nicht langsam mal Klartext redest, dann gewöhnt er sich an die Situation und dann kriegst du ihn da nie raus.«

»Du meinst …«

»Genau, eine Geliebte in der Innenstadt, mit der er den Sex seines Lebens hat, und eine Ehefrau im beschaulichen Reihenhaus, die ihn bekocht, seine Wäsche macht und ihm ein Zuhause bereitet. Zumindest, wenn sie nicht gerade mit einem Schleudertrauma im Bett liegt.«

Ich weiß, dass sie recht hat. Deshalb widerstehe ich der Versuchung, mich bei Gregor zu melden, obwohl es mich in den Fingern juckt. Nur abends im L'Auberge bin ich einigermaßen abgelenkt, ansonsten sitze ich den lieben langen Tag in meiner Wohnung und hoffe, dass Gregor anruft. Oder zumindest Madame Thekla. Aber mein Telefon bleibt stumm.

Es ist Mittwochnachmittag, drei Uhr und der heutige Tag ist noch schlimmer als die anderen. Heute Abend habe ich nämlich frei. Ein schrecklicher Gedanke. Das heißt, ich werde solange hier vor meinem DVD-Player sitzen und Ally McBeal's verkorkstem Liebesleben zusehen, bis ich müde genug bin, um ins Bett zu gehen. Was frühestens in zwölf Stunden der Fall sein wird. Die Zeit zieht sich wie Kaugummi. Plötzlich klingelt es an der Tür. Gregor! Das Adrenalin, das mein Körper in diesem Moment ausschüttet, würde ausreichen, um eine Geburt schmerzfrei zu überstehen. Ich höre das Blut in meinen Ohren rauschen und als ich aufspringe, kollabiere ich beinahe. Jetzt nur nicht ohnmächtig werden. Ich schließe die Augen und atme tief durch. Dann renne ich zum Flur, drücke das Schlüsselzeichen auf meiner Gegensprechanlage und haste ins Badezimmer. Ich habe vier Stockwerke lang Zeit, mich für diesen Augenblick herzurichten. Für diesen Augenblick, auf den ich warte, seit Gregor mir von Anna erzählt hat. Ich mustere mich kritisch im Spiegel, fahre mit allen zehn Fingern durch meine blonden Haare, um sie ein wenig aufzulockern. Unter dem rechten Auge befinden sich Spuren von weggeweinter Wimperntusche. Sorgfältig entferne ich sie mit einem Q-Tip und umrande meine Lippen in einem zarten Rosenholzton. Gregor müsste mittlerweile im dritten Stock angekommen sein, als mir auffällt, dass die Tränenspur eigentlich etwas sehr Apartes an sich hatte. Die tragische Geliebte, die sich täglich die Augen ausweint vor Sehnsucht. Soll er ruhig merken, wie sehr ich gelitten habe. Wegen ihm. Kurzentschlossen drehe ich den Wasserhahn auf, befeuchte meinen Zeigefinger und lasse einen Tropfen durch meine getuschten Wimpern die Wange herunterlaufen. Sehr schön. In diesem Moment klopft es an meine Wohnungstür. Ich setze einen waidwunden Blick auf, öffne und … erstarre.

»Wie kann man nur im vierten Stock wohnen?« Vor mir steht eine schnaufende, in einen geschmacklosen Regenmantel mit Leopardenmuster gehüllte Thekla. »Oh Gott, oh Gott, mein Herz«, keucht sie theatralisch. Na, was soll ich denn bitteschön erst sagen?

»Ach, Sie sind es«, sage ich perplex und gebe mir gar nicht erst Mühe, meine Enttäuschung zu verbergen.

»Das ist ja eine nette Begrüßung. Wenn ich mich nicht irre, haben Sie die Pferde scheu gemacht, um mit mir zu sprechen«, sagt sie noch immer atemlos und ich nicke.

»Das stimmt.« Vorwurfsvoll schaut sie mich an:

»Kann ich vielleicht erstmal reinkommen?«

»Natürlich, Entschuldigung. Kommen Sie rein.« Während sie auf ihren ausgelatschten lila Pumps in meine Wohnung hineinwackelt, gesellt sich eine echte Träne zu der falschen auf meiner Wange. Und dann noch eine. Und noch eine. Ich bin doch wirklich zu dämlich. Habe ich allen Ernstes geglaubt, es könnte Gregor sein? Wie oft muss er mich noch enttäuschen, bis ich es endlich kapiere? Thekla schält sich derweil aus ihrer Katastrophe von einem Regenmantel und enthüllt einen goldenen Hosenanzug. Ihr gewaltiger Busen wogt noch immer auf und ab.

»Wo kann ich«, fragt sie, sich suchend umblickend. Ich nehme ihr den Mantel ab und hänge ihn an die Garderobe im Flur.

»Hier entlang, bitte«, sage ich schniefend und führe sie in meine kleine Küche, wo sie sich ächzend auf einen der himmelblauen Holzstühle fallen lässt. Der daraufhin ebenfalls zu ächzen beginnt. »Einen Tee vielleicht?«, bemühe ich mich um Gastfreundlichkeit und beginne, den Wasserkocher zu füllen.

»Gerne. Aber Kind, was haben Sie denn?«

»Was ich habe«, rufe ich aus und fahre zu ihr herum. »Was denken Sie, was ich habe? Warum war ich denn bei Ihnen? Warum habe ich denn diesen ganzen Quatsch gemacht mit der Kerze und den Zaubersprüchen und diesem dämlichen Beutel, der mich fast ins Gefängnis gebracht hätte?«

Ich hole mein Zaubersäckchen aus der Jeanstasche hervor und schleudere es vor sie auf den Küchentisch. »Wohl kaum, weil in meinem Leben alles glattgeht, oder?« Madame Thekla sieht mich ob meines Ausbruchs erstaunt an und ich bekomme für den Bruchteil einer Sekunde ein schlechtes Gewissen. Sie kann doch nun wirklich nichts dafür. Aber ich brauche einen Blitzableiter. Ist mir auch egal, wenn es die Falsche trifft. »Ich will doch nur, dass er zu mir kommt. Und ich kann nicht aufhören, darauf zu hoffen. Und auch wenn ich an diesen Hokuspokus überhaupt nicht glaube, kann ich mich trotzdem nicht dagegen wehren, dass ich hoffe, dass er funktioniert. Ich habe Ihnen eine Menge Geld dafür bezahlt.« Erschöpft lasse ich mich auf den Stuhl Thekla gegenüber fallen und vergrabe das Gesicht in den Händen. Ich spüre eine Hand auf meinem Kopf. Thekla streichelt mir sanft über das Haar. Ich hebe den Blick und schaue sie hoffnungslos an. »Er funktioniert nicht«, sage ich leise. Sie streichelt noch ein wenig mein Köpfchen, bis ich mich traue, damit herauszurücken: »Könnte es sein, dass es daran liegt, dass …« Hier stocke ich kurz, es kommt mir doch ein wenig merkwürdig vor, dass ich darüber spreche, als wäre an dem ganzen Quatsch tatsächlich etwas dran. »… dass die Zauberknoten gelöst wurden?«

In diesem Moment geht ein Lächeln über Theklas rundes, faltiges Gesicht und sie schüttelt so energisch den Kopf, dass die roten Löckchen fliegen.

»Nein«, sagt sie feierlich, »ein einmal ausgesendeter Zauber ist nicht mehr aufzuhalten, es sei denn durch ein Gegenritual.«

»Tatsächlich?«, frage ich und wage ein zaghaftes Lächeln.

Das würde ja bedeuten, dass … Ich komme nicht dazu, diesen erfreulichen Gedanken zu Ende zu denken, denn in diesem Moment verändert sich Theklas eben noch heiterer Gesichtsausdruck. Sie zieht sorgenvoll die Stirn in Falten und legt ihre rundliche Hand gegen die Wange.

»Ach herrje, ach herrje«, jammert sie, »ich wünschte, es wäre so einfach. Was ist denn genau passiert?«, erkundigt sie sich dann und ich erzähle ihr die ganze Geschichte.

»Es ist doch alles gut, oder?«, hake ich nach, als sie gedankenverloren das Säckchen in ihrer Hand wiegt. »Der Zauber wirkt nach wie vor. Gregor wird zu mir kommen?« Mit einem Ruck hebt Thekla den Kopf und sieht mich mit ihren eindringlichen, grauen Augen an.

»Ich bin froh, dass Sie mich kontaktiert haben«, sagt sie ernsthaft, »und dass mein Sohn da war, um Ihre Adresse entgegenzunehmen.«

»Das war Ihr Sohn?«, frage ich verblüfft. Sie nickt, geht aber nicht weiter darauf ein.

»Es ist etwas passiert. Etwas, das ich Ihnen dringend sagen muss. Was für ein Glück, dass ich wusste, wo Sie zu finden sind.«

»Um Himmels willen, was ist denn los?«, frage ich nun doch leicht beunruhigt. Langsam wird mir das Ganze unheimlich, dieser bohrende Blick, all diese rätselhaften Andeutungen. Mir läuft ein Schauer über den Rücken. »Nun reden Sie doch schon«, drängele ich und Thekla öffnet den Mund, nur um ihn gleich darauf wieder zu schließen. Der entschlossene Ausdruck in ihren Augen ist verschwunden, sie sieht sich in meiner Küche um und sagt in munterem Plauderton:

»Vielleicht hätte ich doch gerne vorher eine Tasse Tee.« Na

schön. Obwohl meine Nerven zum Zerreißen gespannt sind, koche ich uns einen Rotbuschtee mit Karamellaroma und setze mich dann wieder zu Thekla an den Küchentisch.

»Also, warum sind Sie hier?«, frage ich und puste in meine dampfende Teetasse. Sie greift nach ihrer und klammert sich daran fest.

»Nun, es ist so …«, beginnt sie und pustet ebenfalls.

»Ja?«

»Ähm, nun, also … Wie soll ich es ausdrücken? Nicht so einfach, gar nicht so einfach«, druckst sie herum und macht mich völlig hibbelig. Dann hebt sie den Blick und lächelt mich plötzlich strahlend an: »Sagen Sie, wollen wir uns nicht vielleicht duzen?« Verblüfft sehe ich sie an.

»Von mir aus.«

»Ich bin Thekla.« Als ob ich das nicht wüsste.

»Und ich Luzie.« Sie hält mir ihre Tasse hin, um mit mir anzustoßen.

»Luzie«, sagt sie feierlich.

»Thekla«, antworte ich ungeduldig.

»Ist doch viel persönlicher so«, sagt sie zufrieden und nippt an ihrer Tasse. Irgendwie riecht mir das Ganze nach Ablenkungsmanöver. Thekla schlürft zufrieden ihren Tee und denkt gar nicht daran, mit ihrer Geschichte zu beginnen.

»Thekla?«, frage ich zaghaft.

»Ja?«

»Wolltest du mir nicht was sagen?«

»Oh, richtig. Ja. Na ja«, sie lacht verlegen auf. »Weißt du, ich bin nicht mehr die Jüngste …«

»Das sehe ich«, sage ich erstaunlich unhöflich, weil sie schon wieder anfangen will, abzulenken. »Also, was wolltest du sagen?« Sie sieht mich betroffen an und schüttelt dann missbilligend den Kopf.

»Jaja, es stimmt schon. Du Idiot sagt sich einfacher als Sie Idiot.« Langsam aber sicher fange ich an zu kochen.

»Ich habe nichts von Idiot gesagt«, sage ich bemüht ruhig, »aber mir fällt bestimmt etwas Entsprechendes ein, wenn du mir jetzt nicht sofort sagst, was los ist. Was ist das Problem?« Sie hält noch kurz an ihrem beleidigten Gesichtsausdruck fest, dann gibt sie es auf und grinst.

»Na schön. Ich hoffe nur, du wirst mir nicht böse sein.« Und dann erzählt Thekla mir eine haarsträubende Geschichte. Um es kurz zu machen: Ich bin einer Hochstaplerin aufgelaufen. Dieser ganze Hokuspokus mit gemurmelten Beschwörungen, handgezogenen Hexenkerzen, Zauberutensilien, angeblich magischen Kräutermischungen: Nicht mal Thekla selbst glaubt an diesen ganzen Kram. Sie zieht eine Show ab. Mit offenem Mund starre ich sie an, als sie ihr Geständnis ablegt. »Ich habe all meine Hexenutensilien von meiner Mutter geerbt. Und die wiederum von ihrer Mutter. Meine Großmutter hat ihre beiden Kinder alleine durchgebracht, nachdem ihr Mann im ersten Weltkrieg gefallen war. Mit der Zauberei. Ich bin also auch Hexe geworden. Wie meine Mutter und meine Großmutter. Ich habe ihr Buch der Schatten geerbt und jede Menge Rituale. Und es hat mir Spaß gemacht. Und verdient habe ich damit auch ganz gut.« Na, das glaube ich. Bei den saftigen Preisen. Wut steigt in mir auf. Außerdem fällt meine Hoffnung jetzt gerade wie ein Kartenhaus zusammen. Eben hat sie mir doch noch gesagt, dass der Zauber nicht aufgehalten wurde. Na klar, wenn es gar keinen gab. Verfluchte Wortklauberei! Ich bin wirklich sauer.

»Krieg ich jetzt mein Geld zurück?«, frage ich dreist.

»Nein«, sagt Thekla nur.

»Nein?«

»Nein.«

»Und warum nicht?«

»Tja, jetzt komme ich zu dem eigentlichen Problem.« Na großartig.

»Das da wäre?«

»Jaaa«, macht sie langgezogen und starrt versonnen in die linke, obere Zimmerecke. »Du wirst es nicht glauben. Ich habe es auch nicht geglaubt. Aber ...« Sie beugt sich vor, bis ihr Gesicht ganz nah an meinem ist, und flüstert kaum hörbar: »Es funktioniert wirklich.«

Na, was denn nun? Funktioniert es oder nicht? Ich betrachte Thekla misstrauisch. Einmal in Schwung gekommen, redet sie jetzt wie ein Wasserfall. Erzählt mir von diversen Kunden aus der letzten Woche, bei denen die Zaubersprüche angeblich funktioniert haben. Die extra noch mal vorbeigekommen und sich tausendmal bei ihr bedankt haben.

»Das bin ich nicht gewöhnt, verstehst du? Das ist mir einfach noch nie passiert. Und in der letzten Woche gleich viermal.«

»Hmm«, mache ich unbestimmt und verschränke die Arme vor meinem Oberkörper. Mir kann man ja viel erzählen, wenn der Tag lang ist. »Was waren denn das für Zauber«, forsche ich nach.

»Nun, eine Frau zum Beispiel wollte unbedingt eine Beförderung in ihrer Firma erreichen, fürchtete aber, dass eine Kollegin diese bekommen würde. Nachdem sie bei mir war, hat sich besagte Kollegin bei einem Treppensturz beide Füße gebrochen und liegt seitdem im Krankenhaus.« Entsetzt sehe ich Thekla an. Sie nickt bestätigend. »Sie konnte nicht zu den erforderlichen Vorgesprächen gehen und meine Kundin wurde befördert.« Ich schlucke schwer. »Ein anderer Kunde wünschte sich einen Geldsegen und hat prompt eine entfernte alte Tante beerbt.«

»Sie ist gestorben?«, frage ich unsinnigerweise.

»Ich kann froh sein, dass seine Frau nicht eine hohe Lebensversicherung abgeschlossen hat. Sonst hätte die womöglich dran glauben müssen«, nickt Thekla düster.

»Und das kann nicht einfach nur Zufall sein«, frage ich mit zitternder Stimme.

»Ausgeschlossen. Ich habe noch weitere Geschichten. Eine junge Frau hat …«

»Schon gut, ich will nichts mehr hören«, wehre ich ab. Ist ja furchtbar! Lauter Unglücksfälle!

»Es ist wirklich schrecklich«, meint Thekla und nimmt noch einen Schluck aus ihrer Tasse, »ich hätte niemals gedacht, dass so etwas passieren könnte. Habe meine Mutter eigentlich immer für eine liebenswerte Spinnerin gehalten. Und diesen ganzen Humbug eben für … na ja, Humbug. Das Schlimme ist«, fährt sie aufgeregt fort, »dass alles, was man in der Magie aussendet, auf einen zurückkommt. Und ich weiß noch nicht einmal genau, seit wann es plötzlich funktioniert. Bis jetzt weiß ich nur von ein paar gebrochenen Füßen, einer toten Tante, einer Fehlgeburt …«

»Um Gottes willen«, schreie ich entsetzt auf.

»Na ja, und noch ein paar anderen Dingen«, lenkt sie ein. »Weißt du, wie schwer es mir fiel, diese vier Stockwerke zu dir hochzulaufen? Wie leicht hätte ich mir die Füße brechen können.« Sorgenvoll schüttelt sie den Kopf, sodass ihre dunkelroten Locken auf und nieder hüpfen. Ungläubig sehe ich sie an. So ist das also. Um ihr eigenes Wohl ist sie besorgt. Wahrscheinlich tut es ihr nicht mal leid um die verletzte Frau. Die tote Tante. Den Fötus. Nicht drüber nachdenken.

»Und was ist mit den Menschen, die den Zauber bei dir in Auftrag geben? Fällt es auf die auch zurück?«

»Laut Internet schon«, antwortet sie prompt und zuckt dann entschuldigend die Schultern: »Ich habe ein bisschen recherchiert. Vorher hat mich der ganze Kram herzlich wenig interessiert.«

»Aber mein Zauber hat doch niemand anderem geschadet, oder doch?«, frage ich nun unsicher. »Ich habe mir doch nur gewünscht, dass Gregors und meine Liebe gefestigt wird. Und zu einer festen Beziehung wird.«

»Stimmt.«

»Ich habe nicht seine Frau verflucht oder sonst irgendetwas.«

»Stimmt.« Auf einmal stiehlt sich ein leises Lächeln auf mein Gesicht. Zuerst will ich es noch zurückhalten in Anbetracht all der tragischen Vorfälle, von denen Thekla mir Bericht erstattet hat, aber es will mir nicht gelingen. Plötzlich fühle ich mich einfach wunderbar.

»Dann wird er ja zu mir kommen«, jubele ich und springe auf. »Du kannst wirklich zaubern, also wird es wahr werden. Er wird zu mir kommen.« Mein Herz hüpft vor Freude auf und nieder und ich hüpfe mit. Es hat sich gelohnt. Das Warten hat sich gelohnt. Die hundertfünfzig Euro haben sich gelohnt. Ich strahle Thekla an, doch ihr bedrückter Gesichtsausdruck gefällt mir gar nicht. Ich halte mitten in meinem kleinen Freudentanz inne:

»Dann ist doch alles gut?«, frage ich forschend.

»Nein, ist es nicht.«

»Aber wieso denn nicht?«

»Na ja, es gibt da noch ein klitzekleines weiteres Problem. Aber setz dich doch zuerst mal hin.«

»Nun sag schon«, drängele ich, doch sie beharrt darauf, dass ich mich hinsetzen soll.

»Glaub mir, es ist besser.« Ich setze mich. »Es ist so«, beginnt sie, »ach, was soll's, kurz und schmerzlos. Du bist nicht die Einzige, für die ich einen Zauber um Gregors Liebe ausgesprochen habe.« Meine Knie werden weich. Ich ahne Schlimmes.

»Wer noch«, frage ich kaum hörbar und weiß die Antwort schon, bevor Thekla sie ausspricht:

»Anna.«

7.

Du bist doch die Putzfrau!

»Ich kann's nicht glauben, ich kann es einfach nicht glauben«, schimpfe ich vor mich hin, als ich am nächsten Tag gemeinsam mit Loretta über einen schmalen Waldweg in Nienstetten laufe. Über Nacht ist es empfindlich kalt geworden und ich ziehe meinen viel zu dünnen Mantel fester um mich. In der Ferne taucht die Schrebergartensiedlung auf, in der Thekla lebt und wo sie auch ihr Wohnmobil abstellt, wenn sie damit nicht gerade auf dem Dom oder einem anderen Rummel ist. Um uns herum wachsen dicht an dicht schmale Nadelbäume bis in den Himmel, irgendwo im Unterholz knackt es. Ich öffne den Mund, um etwas zu sagen und atme dabei eine Mücke ein, die ich hustend und prustend wieder ausspucke. »Verdammt noch mal«, rege ich mich auf und beschleunige meine Schritte, um den Mückenschwarm, in den ich geraten bin, hinter mir zu lassen. »Weißt du was«, fahre ich Loretta so plötzlich an, dass sie erschreckt stehen bleibt und sich zu mir umsieht.

»Nein, was?«

»Du bist schuld. Du bist an allem schuld! Wenn du mich nicht auf den Dom geschleppt hättest, dann wäre ich ihr nie begegnet, dieser … Hexe.«

»Darf ich dich daran erinnern, dass du da unbedingt hineingehen wolltest? Und dass ich dir von vorneherein gesagt habe, dass ich von diesem Humbug rein gar nichts halte.«

»Aber das ist ja das Schlimme«, jaule ich auf. »Es ist kein Humbug. Hexen gibt es doch. Und jetzt habe ich den Salat. Es geht mir keinen Deut besser als vorher, dafür hat sich jetzt aber die Welt der Magie gegen mich verschworen.« Kopfschüttelnd kommt meine Freundin näher, stellt sich dicht vor mich und fasst mich an den Schultern.

»Beruhige dich«, sagt sie mit Nachdruck. »Niemand hat sich gegen dich verschworen. Bitte sag mir, dass du nicht allen Ernstes daran glaubst, dass dieser ganze Hokuspokus funktioniert. Bitte.« Sie sieht mich eindringlich an und ich zucke ein wenig unschlüssig mit den Schultern. Was soll ich dazu sagen? Natürlich glaube ich nicht daran. Nicht wirklich jedenfalls. Womit sich natürlich die berechtigte Frage aufdrängt, was ich dann eigentlich hier verloren habe.

»Aber Annas Unfall …«, beginne ich zaghaft, da werde ich schon von Loretta unterbrochen:

»Du sagst es, ein Unfall. Weiter nichts.« Damit nimmt sie meine Hand und zieht mich mit sich fort.

»Wenn du so wenig daran glaubst, wieso bist du dann mitgekommen?«, frage ich, während ich keuchend versuche, mit ihr Schritt zu halten. Grinsend dreht sie sich zu mir um:

»Ich habe deine erste Begegnung mit Anna verpasst, und das passiert mir kein zweites Mal.« Bei dieser Antwort rutscht mir das Herz in die Hose. Ich blicke vorsichtig über meine Schulter zurück, ob meine Rivalin uns möglicherweise schon auf den Fersen ist, aber der schmale Pfad schlängelt sich leer und unschuldig durch den Wald.

»Das kann doch kein Zufall sein. Wie viele Hexen gibt es in Hamburg? Wieso muss Anna denn ausgerechnet zu dieser gehen«, grummele ich noch vor mich hin, als wir durch das kleine Törchen in Theklas Garten treten, wo, auf der schon seit Ewigkeiten nicht mehr gemähten Rasenfläche, ihr Wohnmobil metallisch in der Herbstsonne funkelt. Unkraut überwuchert die längs dem Zaun angelegten Blumenbeete, das kleine Holzhäuschen wirkt morsch und heruntergekommen. Noch bevor wir an die Tür klopfen können, öffnet sich diese von selbst und Thekla tritt heraus. Hellseherei? Oder einfach nur aus dem Fenster geschaut?

»Da seid ihr ja, hereinspaziert, hereinspaziert«, begrüßt sie uns mit einem breiten Lächeln und geht vorneweg zu ihrem Wohnwagen.

»Hallo, Madame Thekla«, sagt Loretta so fröhlich, als würden wir zum gemütlichen Kaffeeklatsch vorbeikommen. Ich schüttele ihr mit düsterer Miene die Hand. Während ich mich an ihr vorbeiquetsche, werfe ich ihr einen giftigen Blick zu.

»Dafür, dass all das ausgesendete Unglück jeden Moment auf dich zurückfallen könnte, hast du aber erstaunlich gute Laune«, sage ich bissig.

»Was geschehen soll, wird sowieso geschehen«, meint sie achselzuckend und schiebt dann den violetten Vorhang mit den goldenen Troddeln dran zur Seite, um uns ins Allerheiligste zu führen. »Kommt herein.« Wir ziehen unsere Jacken aus und lassen uns jeweils auf einem der Sitzkissen um den flachen Tisch nieder, auf dem bereits eine Kanne Tee auf uns wartet.

»Eine Mischung aus Ingwer, Mandeln, Zimt und Kokos«, erklärt sie, während sie uns die Tassen mit dem dampfenden Getränk füllt. »Es hebt die Stimmung und schafft eine Atmosphäre von Vertrauen.«

»Pffhh«, mache ich leise. Vertrauen ist gut! Ich soll gleich meiner Erzfeindin gegenübertreten.

»Sie ist nicht deine Feindin«, sagt Thekla ruhig und ich zucke ertappt zusammen.

»Habe ich das laut gesagt?«, frage ich verwirrt und Thekla schaut erstaunt zurück.

»Wie meinst du das?«, fragt sie, während Loretta neugierig von einem zum anderen schaut.

»Habe ich gesagt, dass ich gleich meiner Erzfeindin gegenübertrete?«, frage ich sie und sie schüttelt den Kopf, während Thekla zeitgleich heftig nickt. Misstrauisch beäuge ich sie. Kann sie etwa Gedanken lesen?

»Apropos Gedanken lesen«, plaudert sie drauflos und klopft mit der Hand auf das große, goldene Buch neben sich, »ich habe gelesen, dass meine Urgroßtante Lieselotte eine große Begabung dafür hatte. Das ist alles so aufregend. Ich hätte mich viel früher einmal mit meinen Ahnen auseinandersetzen sollen. Anscheinend gehöre ich wirklich und wahrhaftig einer berühmten und mächtigen Hexendynastie an.« Stolz schaut sie in die Runde. »Leider wird das Talent von der Mutter an die Tochter weitergegeben und ich habe ja nur den Willi. Wenn der allerdings endlich eine Frau fände und mit ihr eine Tochter bekäme … Wie fandest du ihn eigentlich«, wendet sie sich an mich und ich zucke entsetzt zurück. Nur über meine Leiche.

»Kein Grund, unhöflich zu werden«, sagt sie gekränkt, bevor ich den Mund aufmachen kann.

»Verdammt noch mal, du kannst meine Gedanken lesen«, platze ich heraus und Loretta sieht mich an, als sei ich nicht mehr ganz richtig im Kopf.

»Tatsächlich?« Thekla klatscht in die Hände und freut sich wie ein kleines Kind.

»Probier es aus, wenn du mir nicht glaubst«, fordere ich Loretta auf.

»Sag mal, willst du mich veräppeln«, fragt diese in leicht

säuerlichem Ton, während Thekla sie konzentriert ansieht und dann mit dem Kopf schüttelt.

»Nein, bei ihr kann ich nichts hören«, meint sie nach einer Weile bedauernd. »Aber beim Kapitel über Gedankenlesen bin ich ja auch noch lange nicht. Vielleicht gibt es da irgendeinen Trick. Es gibt noch so viel zu lernen für mich.« Ich kann nur hoffen, dass sie ihre Hausaufgaben bezüglich des kollidierenden Liebeszaubers gemacht hat.

»Mach dir keine Sorgen«, beruhigt sie mich. Na wunderbar, in Lorettas Kopf kann sie nicht lesen, aber ich bin ein offenes Buch, oder was? Und ich kann noch nicht einmal beweisen, dass es wirklich stimmt.

»Zauberei ist keine Wissenschaft. Und deine Freundin hier«, damit tätschelt sie mütterlich Lorettas Arm, »möchte nur glauben, was sie sehen kann.«

»Kannst du jetzt bitte wieder damit aufhören, meine Gedanken zu lesen?«, nöle ich. »Das ist auf die Dauer ein bisschen nervig.«

»Ich kann es versuchen«, sagt sie und lächelt mich unsicher an. Eine Weile sitzen wir schweigend da und warten. Mein Herz klopft schon wieder bis zum Hals, wenn ich daran denke, dass ich Anna gleich gegenübertreten muss. Um mich abzulenken, sehe ich mich ein bisschen im Wagen um, atme den Duft verschiedener Kräuter und Öle ein. Durch das kleine Plastikfenster dringt ein Strahl hellen Sonnenlichts herein, in dem winzige Staubpartikel zu tanzen scheinen. Plötzlich ist mir all das so unheimlich, dass es mir kalt den Rücken runterläuft. Ich nehme einen Schluck Tee und verbrenne mir dabei die Zunge. »Autsch.« Der Tee schwappt auf meine schöne rosa Strickjacke und hinterlässt einen hässlichen Fleck. »So ein Mist! Die war gerade aus der Wäsche«, fluche ich. »Was ist denn bloß los mit mir? Heute Morgen habe ich mir schon den Kaffee auf die Hose geschüttet.«

»Tatsächlich?« Thekla sieht mich forschend an und neigt nachdenklich den Kopf zu einer Seite. In diesem Moment ertönt jenseits des Vorhangs ein gedämpftes Klopfen. Oh nein! Anna! Ich greife nach Lorettas Hand und kralle mich daran fest.

»Au, bist du verrückt geworden?« Thekla wirft mir einen beruhigenden Blick zu und erhebt sich.

»Sei ganz entspannt. Es wird alles gut werden.« Ganz entspannt sein ist gut. Meine Muskeln sind dermaßen angespannt, dass ich vermutlich einige Zentimeter kleiner bin als sonst.

»Loretta, das geht nicht. Wir müssen hier sofort raus«, sage ich panisch und schaue mich nach einem Fluchtweg um. Ich könnte die Glasscheibe zur Fahrerkabine einschlagen.

»Jetzt beruhig dich doch.«

»Ich will sie nicht sehen. Und vor allem darf sie mich nicht sehen.«

»Warum denn nicht?«

»Guck doch bloß mal, wie ich aussehe.« Allmählich werde ich hysterisch. Mit einem Ohr höre ich, wie Thekla die Türe öffnet und jemanden hereinbittet.

»Du siehst super aus. Hast ja auch zwei Stunden vor dem Spiegel gestanden. Brauchst du eigentlich auch so lange, um dich für ein Date mit Gregor fertig zu machen, oder ist das seiner Frau vorbehalten?« Sie grinst mich an.

»Wer dich zur Freundin hat, braucht keine Feinde«, herrsche ich sie an, »aber ich habe jetzt keine Zeit, mich mit dir zu streiten. Gib mir deinen Pulli.«

»Wie bitte?«

»Deinen Pulli, na los.« Hektisch öffne ich den Reißverschluss meiner rosa Jacke und beginne dann, Loretta ihren hellblauen V-Ausschnitt-Pulli über den Kopf zu zerren.

»Heeee.« Nun sitzen wir beide da, in Jeans und BH und ich beeile mich, den Pullover überzuziehen, damit Anna uns nicht in dieser Situation erwischt. »Du kannst doch nicht einfach …«, protestiert Loretta, aber ich höre ihr gar nicht zu, sondern drücke ihr meine Strickjacke mit dem nassen Fleck in die Hand.

»Hier, zieh sie an oder lass es bleiben. Ist sowieso alles deine Schuld.« Loretta zuckt die Achseln und entscheidet sich dann doch für das Kleidungsstück. Gerade zieht sie den Reißverschluss hoch, als Thekla durch den Vorhang tritt. Mein Herz rast vor Aufregung.

»So, ihr Lieben. Das hier ist Anna. Anna, das hier sind Loretta und … Luzie.« Damit tritt sie einen Schritt zurück und gibt den Blick frei auf Anna, die zögernd eintritt. Ich springe auf. Weniger aus Höflichkeit als vielmehr aus dem Gefühl, dringend auf Augenhöhe mit meiner Konkurrentin sein zu müssen. Mit einem arroganten Ausdruck auf dem Gesicht betritt sie das Zimmer und bleibt wie angewurzelt direkt vor mir stehen. Wortlos starren wir uns an. Unter ihrem knielangen, blauen Mantel trägt sie auch Jeans und einen V-Ausschnitt-Pullover. In weiß. Das schlechte Gewissen wallt in mir auf, als mein Blick auf die Halskrause fällt, die um ihren Nacken liegt. Die Arme, fährt es mir durch den Kopf, ehe ich es verhindern kann. Das muss schrecklich für sie sein, mir mit diesem hässlichen Ding entgegentreten zu müssen.

»Verdammt«, sagt sie langsam, »du bist die Putzfrau.« Ich brauche eine Sekunde, um zu kapieren, was sie meint. Ach so, bislang wusste sie also gar nicht, dass die irre Einbrecherin und Gregors Geliebte ein und dieselbe Person sind. Nun wird mir auch klar, warum sie am Telefon so verwirrt auf meine Frage nach dem Gernading-Gemälde reagiert hat.

»Nein, ich bin keine Putzfrau«, kann ich mir nicht verkneifen zu sagen, statt die Sache auf sich beruhen zu lassen.

»Ich erkenne dich doch wieder«, faucht sie mich an und ich weiche unwillkürlich einen Schritt zurück. Mein Mitleid ist schon wieder wie weggeblasen. »Du warst in unserem Haus. Du hast Farbe über unser Gemälde gekippt.« Aus dem Augenwinkel erkenne ich, dass Loretta und Thekla unser Aufeinandertreffen mit offenem Mund verfolgen. Na, Hauptsache, die Damen werden gut unterhalten.

»Ja, das war ich schon«, gebe ich zu und ihre Augen sprühen Gift und Galle, »aber ich bin keine Putzfrau.«

»Was bist du dann?«

»Ich bin Kellnerin«, quetsche ich unwillig hervor und wünschte, das Ladenlokal in der Stresemannstraße doch gemietet zu haben. Schimmelflecke an der Decke hin oder her, wenigstens könnte ich mich dann jetzt als Unternehmerin bezeichnen. Und müsste nicht das höhnische Lächeln ertragen, zu dem sich Annas Mund verzieht.

»Ach so, na dann«, meint sie ironisch. Und da sehe ich es.

»Nein«, keuche ich, weiche einen Schritt zurück und deute auf ihren Mund.

»Nimm den Finger aus meinem Gesicht«, sagt sie leise und so scharf, dass ich tatsächlich die Hand sinken lasse.

»Du hast auch eine«, flüstere ich.

»Was habe ich?«

»Eine … Zahnlücke.« Gequält entblöße ich mein Gebiss und präsentiere den Raum zwischen meinen Schneidezähnen. Unwillkürlich greift sie sich an den Mund. Ich drehe mich abrupt um, lasse mich wieder auf meinen Platz fallen und starre düster vor mich hin.

»Setzen Sie sich doch, Anna«, lädt Thekla sie freundlich ein und sie lässt sich vorsichtig auf dem am weitesten von mir entfernten Sitzkissen nieder.

Da sitze ich nun also, gegenüber der Frau, die den selben Mann liebt wie ich. Und die mir ähnlicher sieht als meine eigene Schwester. Thekla schenkt fleißig Tee aus, Loretta sieht immer noch fasziniert von einem zum anderen und Anna und ich starren düster vor uns hin.

»Wie alt bist du?«, fragt sie mich schließlich.

»Einunddreißig«, gebe ich zurück.

»Na, Gott sei Dank.«

»Wieso?«

»Wenigstens bist du keine jüngere Ausgabe von mir. Sondern eine ältere«, sagt sie mit einem triumphierenden Lächeln auf dem Lippen.

»Dafür sehe ich jünger aus«, trumpfe ich auf.

»Streitet euch nicht, Kinder«, gebietet Thekla, »wir haben Wichtigeres zu tun.« Na schön. Ich werfe Anna noch einen finsteren Blick zu und nehme einen großen Schluck aus meiner Teetasse. Leider gieße ich die Hälfte daneben.

»Verdammt«, rufe ich aus. Das erste Mal, seit sie den Raum betreten hat, wird Annas Gesicht von einem Lächeln erhellt, während Loretta in mein Geschimpfe mit einfällt.

»Mann, kannst du nicht aufpassen? Mein schöner Pulli«, nörgelt sie und beginnt hektisch, mit einer der roten Servietten an mir herumzuwischen.

»Meinst du, ich habe das absichtlich gemacht?«, fahre ich sie an.

»Damit machen Sie es nur schlimmer«, bemerkt Thekla und reicht Loretta ein weißes Papiertaschentuch.

Wirklich klasse! Da sitze ich hier mit Gregors Frau und demonstriere als Erstes, dass ich zu blöd bin, aus einer Tasse zu trinken. Großartig!

»Es ist wirklich wie verhext«, grummele ich. Plötzlich aufmerksam geworden schaut Thekla mich an.

»Du hast gesagt, dass dir das in letzter Zeit häufiger passiert ist?« Na prima. Luzie, die Kleckerliesel.

»Ja«, gebe ich widerwillig zu und auf einmal mustert Thekla Anna scharf.

»Anna?«

»Ja?«, flötet diese.

»Ich habe doch gesagt, keine negativen Gedanken.« Mit diesen Worten rappelt Thekla sich auf und humpelt zu dem großen Schrank, in dem sie all ihre magischen Zutaten aufbewahrt.

»Was ist denn?« Während Thekla beginnt, in ihren vielen Töpfchen und Tüten zu kramen, fällt bei mir der Groschen und ich starre Anna fassungslos an. »Du hast mir negative Gedanken geschickt?« Aber Anna scheint entschlossen, sich nicht ohne Anwalt zu diesem Vorwurf zu äußern. Sie starrt durch mich hindurch, als sei ich Luft. »Und ich Idiot habe dir nur positive Gedanken geschickt«, rege ich mich auf.

»Ach ja?«, fragt sie mit ironisch hochgezogener Augenbraue und deutet mit ihrer perfekt manikürten Rechten auf den hautfarbenen Schaumstoffring um ihren Hals. »Bist du dir da auch wirklich ganz sicher?« Also, da hört sich doch alles auf. Empört stemme ich die Fäuste in meine Hüften und funkele Anna wütend an. Ich lasse mich doch nicht dafür verantwortlich machen, dass die Frau nicht anständig Auto fahren kann. »Ich habe dir Erfolg im Job gewünscht und sogar eine neue, große Liebe«, erkläre ich aufgebracht.

»Ich will keine neue Liebe«, fällt sie mir ins Wort, »Gregor ist meine große Liebe und du wirst dich nicht zwischen uns stellen. Und ich glaube, ich habe alles Recht der Welt, dir die Pest an den Hals zu wünschen«, fährt sie mit erhobener Stimme fort. »Was fällt dir ein, meine Ehe zerstören zu wollen?«

»Aber ich wusste doch gar nicht ...«, beginne ich, aber Anna ist jetzt nicht mehr zu bremsen.

»Ist mir scheißegal. Ich will, dass du Gregor in Ruhe lässt. Er ist nicht dein Mann. Er ist meiner.« Zack, das hat gesessen. Ich senke den Blick, während diese Worte in meinem Inneren nachhallen. Natürlich, er ist ihr Mann. Nicht meiner. Aber ich liebe ihn doch. Mein Blick fällt auf den hässlichen Fleck auf meiner rechten Brust, und das aufflackernde Schuldbewusstsein weicht erneut dem Zorn.

»Weißt du, wie viele Kleidungsstücke ich mir ruiniert habe? Und meine Wildlederhose, da geht Kaffee nie mehr raus.« Anna tut so, als würde sie das alles überhaupt nichts angehen. »Ich schick dir die Rechnung«, fauche ich empört, und als sie nicht mit der Wimper zuckt, sehe ich rot. Ich reiße Loretta ihre noch volle Teetasse aus der Hand und schütte Anna den Inhalt über ihren blütenweißen Pullover. Jetzt haben wir also alle drei Flecken auf der Kleidung. Ich nenne das nur ausgleichende Gerechtigkeit. Anna zuckt zurück und stößt gleich darauf einen Schmerzenslaut aus, während sie mit der Hand an ihren Nacken greift.

»Au, verdammt.« Betroffen sehe ich sie an, wie sie sich auf die Unterlippe beißt und ganz vorsichtig den Kopf ein wenig hin- und herbewegt. Dann spüre ich auch noch Lorettas

Ellenbogen, den sie mir unsanft in die Seite rammt. Ich sehe erst sie und dann wieder Anna an und murmele:

»Tschuldigung.« Ein eiskalter Blick trifft mich.

»Du verdammtes Flittchen!«

»Miststück«, gebe ich zurück und einen Augenblick lang sieht es so aus, als wollte sie sich auf mich stürzen. Die soll nur kommen. Kampfeslustig funkele ich sie an, aber in diesem Moment dreht Thekla sich wieder zu uns um.

»Ruhe jetzt«, sagt sie in einem so bestimmten Tonfall, dass wir beide erstarren und uns nur noch feindselig über das kleine Tischchen hinweg anstarren. Sie mustert Anna von oben bis unten, die hektisch an ihrem Pulli herumreibt und sagt lächelnd:

»Habe ich es nicht gesagt? Es fällt alles auf Sie zurück.« Anna presst die Lippen aufeinander und schweigt, während Thekla einen goldenen Kelch in unsere Mitte stellt und sich neben uns niederlässt. Schadenfroh grinse ich Anna an. Ich hasse sie. Ich hasse sie! »Ja, du hasst sie und sie hasst dich«, wendet Thekla sich mir zu und ich werde ein wenig rot. »Aber Hass ist ein zerstörerisches Gefühl. Ihr solltet eine gemeinsame Basis finden. Aber das Wichtigste ist jetzt zunächst einmal, dass wir eure Zaubersprüche auflösen, damit nicht noch ein Unglück geschieht.«

»Was könnte denn eigentlich passieren«, erkundigt sich Loretta neugierig und ich sehe sie erstaunt an. Nanu? Glaubt sie jetzt etwa doch an den »Quatsch«? Sie bemerkt meinen Blick und verzieht den Mund zu einem spöttischen Grinsen, so, als sei die Frage ironisch gemeint gewesen. Dennoch hängt sie an Theklas Lippen, als diese mit düsterer Stimme erwidert:

»Schlimme Dinge, schlimme Dinge.«

»Zum Beispiel?«

»Äh, nun ja«, sie blättert ein wenig in ihrem Zauberbuch herum, um dann zuzugeben: »Das habe ich noch nicht herausgefunden, es gibt so viel zu lernen. Priorität war zunächst einmal, das Aufhebungsritual vorzubereiten.« Der spöttische Zug um Lorettas Mund verstärkt sich, als sie sagt:

»Na ja, ihr habt euch gegenseitig aus Gregors Leben weggezaubert. Würde mich nicht wundern, wenn er als Konsequenz aus euren Leben verschwindet.« Anna und ich tauschen einen schnellen Blick und plötzlich haben wir es beide sehr eilig, mit dem Ritual zu beginnen.

Wir schweigen verbissen, während Thekla einige getrocknete Blütenblätter in den Kelch wirft und ein Öl, das nach Rosmarin und Salbei riecht, darüberträufelt. Sie murmelt etwas, während sie die Blüten auf dem Tisch verteilt. Dann hält sie Anna auffordernd die geöffnete Hand entgegen, in die diese, nach einigem Zögern, schließlich eine grün-lila-marmorierte Wachskugel legt. Ich greife nach Lorettas Hand, die diese mitfühlend drückt. Dann muss ich mein Zauberbeutelchen hervorholen, die Knoten lösen und den Inhalt auf den Tisch streuen. Thekla schmilzt Annas Kugel über einer Kerzenflamme und fängt das flüssige Wachs auf einem goldenen Papier auf. Die Asche meines Wunschzettels streut sie darüber. Dann formt sie eine spitze Tüte aus dem Blatt, füllt meine Kräutermischung hinein und verschließt das Ganze sorgfältig.

»Pusten Sie darüber«, fordert sie Anna auf und hält ihr das kleine Päckchen unter die Nase. Widerwillig gehorcht sie und dann muss ich dasselbe tun.

»Ich auch?«, fragt Loretta grinsend.

»Wenn es Ihnen Freude macht«, lächelt Thekla und also darf Loretta auch mal pusten. »So, das wär's.« Damit lässt sie die Tüte in den Tischabfalleimer fallen. Etwas ernüchtert sehe ich sie an.

»Wie, das war's? Und das schmeißt du jetzt einfach in den Müll?«

»Wohin denn sonst? Der Zauber ist aufgelöst.«

»Dann war es das ja jetzt wohl«, meint Anna und erhebt sich etwas ungelenk von ihrem Platz. »Hoffentlich«, fügt sie mit einem scheelen Blick in meine Richtung hinzu. Sie zieht ihren Mantel wieder an und reicht Madame Thekla die Hand, die diese lächelnd ergreift und schüttelt.

»Alles Gute, meine Liebe. Denken Sie immer daran, es kommt alles so, wie es kommen soll.«

»Ja, danke«, erwidert Anna und während ich noch überlege, ob ich beleidigt sein soll, dass Thekla so nett zu ihr ist, muss ich beobachten, wie diese Schlange meiner besten Freundin ebenfalls die Hand hinstreckt. Wie in Zeitlupe sehe ich die beiden Hände sich aufeinanderzubewegen, einander umschließen. Das fasse ich ja nicht. Nun bin ich eindeutig beleidigt. Natürlich muss Thekla Anna als ihrer Kundin ein gewisses Maß an Höflichkeit entgegenbringen, aber Loretta hat diese Entschuldigung nicht. Ich bin empört. Fühle mich verraten und verkauft. Ich beobachte, wie die beiden sich voneinander lösen. Feindselig schaue ich Anna an, presse die Lippen fest aufeinander und verschränke meine Arme vor der Brust. Meine Hand bekommt sie nicht, und wenn sie sich auf den Kopf stellt. Und ihr Invalidenbonus hilft ihr auch nicht weiter. Trotzig sehe ich zu ihr hoch, warte auf ihre mir zum Gruß hingestreckte Rechte, um dann nachdrücklich den Kopf zu schütteln. Aber Anna würdigt mich keines Blickes, sondern dreht sich auf dem Absatz um und verlässt das

Wohnmobil. Mit offenem Mund sehe ich ihr hinterher. Da hört sich doch alles auf! In den Gesichtern um mich herum suche ich vergeblich nach einem Zeichen der Empörung, wie sie mich selbst gerade überfällt. Loretta grinst einfach nur harmlos in der Gegend herum, während Thekla schulterzuckend meint:

»Na und? Du hättest ihr doch sowieso nicht die Hand geschüttelt, oder?« Da hat sie natürlich recht. Trotzdem.

»Komm, wir sollten jetzt auch gehen«, hat Loretta es plötzlich eilig und zieht mich vom Boden hoch.

»Na schön.« Auf einmal fühle ich mich merkwürdig kraftlos. Und ich frage mich, wie es jetzt weitergehen soll. Im Grunde bin ich wieder in meiner Ausgangsposition. Die Geliebte eines Mannes, der es aus irgendeinem Grund nicht schafft, sich von seiner Frau zu trennen.

»Darüber solltest du dir Gedanken machen. Warum er das nicht schafft«, meint Thekla und tätschelt mir liebevoll die Wange. Ich bin zu erschöpft, um ihr zu sagen, dass sie aus meinem Kopf herausbleiben soll und nicke nur ergeben. Thekla geleitet uns zur Tür. Die Temperatur hat in der letzten Stunde noch mal merklich angezogen. Schaudernd ziehe ich die Schultern nach oben, als ich aus der gemütlich-warmen Zauberstube nach draußen trete.

»Kommt doch gerne mal wieder vorbei«, schlägt sie vor, »in den kalten Monaten ist es immer so schrecklich langweilig für mich. Auf dem Winterdom bin ich dann wieder mit meinem Wohnmobil, aber bis dahin findet ihr mich hier. Oh, Moment mal.« Sie verschwindet mit wehendem Gewand hinter dem Vorhang und kommt mit einem Stapel violetter Visitenkarten wieder, auf denen in goldener Schrift »Madame Thekla – Magierin« steht. Darunter eine Mobilfunknummer.

»Falls ihr jemanden kennt, der magischen Beistand braucht.« Loretta zückt ihrerseits ihr Kärtchen und drückt es Thekla in die Hand.

»Hier, falls Sie mal eine Anwältin brauchen«, sagt sie mit einem süffisanten Lächeln auf den Lippen.

»Macht's gut, ihr Lieben«, meint Thekla abschließend und hebt die pummelige Hand mit den blutrot lackierten Krallen.

Stumm wandern Loretta und ich den Waldweg zum Parkplatz hinunter, wobei meine Freundin es plötzlich sehr eilig zu haben scheint.

»Was ist denn mit dir los, warum rennst du so?«, frage ich atemlos, während ich mich bemühe, Schritt zu halten. Sie nimmt meine Hand und zieht mich hinter sich her, bis ich ganz am Ende des Pfades die Silhouette von Anna erkenne. Ihre Bewegungen wirken ein bisschen robotermäßig, wegen der Halskrause.

»Nun komm schon«, fordert Loretta mich auf, als ich wie angewurzelt stehen bleibe. Ich schüttele den Kopf und weise mit der Hand in die Ferne. Loretta sieht in die Richtung, in die ich zeige und nickt. »Ja, eben«, sagt sie unverständlicherweise und zerrt erneut an mir herum. Aber ich stehe da wie ein störrischer Esel, stemme die Fersen in den steinigen Waldboden und bin nicht von der Stelle zu bewegen. Meine Freundin verdreht genervt die Augen gen Himmel, dann legt sie beide Hände trichterförmig um ihren Mund und ruft, ehe ich es verhindern kann:

»Anna! Warte bitte!« Die Gestalt vor uns hält in ihrer Bewegung inne und dreht sich mit dem ganzen Körper zu uns um, während ich zur Salzsäule erstarre.

»Was soll das?«, frage ich Loretta hilflos, aber da grabscht sie schon wieder nach meiner Hand und spurtet los. In dem Wissen, dass Anna jede unserer Bewegungen beobachtet, bleibt mir nichts anderes übrig, als ihr zu folgen. Eigentlich möchte ich mich wie eine Dreijährige sträuben, auf den Boden werfen und zu schreien anfangen, aber diese Blöße will ich mir dann doch nicht geben. Als wir direkt vor Anna zum Stehen kommen, wird mir bewusst, dass ich anscheinend während des ganzen Weges den Atem angehalten habe. Jetzt schnappe ich nach Luft wie ein Fisch auf dem Trockenen, während Loretta sich ganz ruhig an Anna wendet:

»Danke, dass du gewartet hast«, sagt sie freundlich.

»Was gibt es denn noch?«, erwidert unser Gegenüber. Ihr Ton ist genauso kalt und hart wie noch eben im Wohnwagen, aber ihr Gesicht erzählt etwas anderes. Die großen grünen Augen sehen glasig aus, am unteren Lidrand entdecke ich verräterische Spuren verlaufener Wimperntusche. Wie sie so dasteht mit der schrecklichen Halskrause, in ihrem dunklen Mantel, aus dessen Ärmel irgendwie rührend die schmalen, kindlich anmutenden Hände herausschauen, die von der klaren Herbstluft rotgefrorene Nasenspitze, die trotzig aufgeworfene Unterlippe – plötzlich sieht Gregors Frau unheimlich verletzlich aus. Wie ein trauriges kleines Mädchen. Sie sieht so aus, wie ich mich fühle. Betreten sehe ich zu Boden, weil ich es nicht mit ansehen kann. Sie ist seine Frau, hämmert es in meinem Kopf. Sie ist der Grund, weshalb er nicht bei dir ist. Sie steht deinem Glück im Weg.

Ich bin nur leidlich überzeugt, als ich den Blick wieder hebe, weil Loretta zu sprechen beginnt:

»Ich glaube, es ist dringend notwendig, dass ihr zwei Hübschen mal miteinander redet. Oder glaubt ihr allen Ernstes, dass eine Tüte voller Kräuter und irgendwelche rumänischen

Zaubersprüche euer Problem lösen können?« Für den Bruchteil einer Sekunde kreuzen sich Annas und meine Blicke, dann sehen wir beide wieder angestrengt in eine andere Richtung. Natürlich, keine von uns beiden will zugeben, dass sie an den Mumpitz glaubt. »Wie auch immer«, fährt Loretta fort, »ein Gutes hatte die Geschichte wenigstens: Dass ihr beiden gezwungen wart, aufeinanderzutreffen. Und ich werde mich nicht vom Fleck bewegen, bevor ihr nicht miteinander gesprochen habt.« Wie ein Ringrichter steht sie in unserer Mitte, die Arme verschränkt und ihr Blick springt wach zwischen uns hin und her.

»Ich weiß wirklich nicht, was du von uns willst«, sage ich patzig, während Anna von einem Fuß auf den anderen wippt und verfroren die Schultern hochzieht.

»Verdammt noch mal, das kann doch wohl nicht wahr sein«, platzt Loretta der Kragen, »ich weiß, ihr hasst euch gegenseitig, du«, sie wendet sich Anna zu, »bist stinksauer auf Luzie, weil sie mit deinem Mann etwas angefangen hat, und du«, das bin ich, »bist sauer auf Anna, weil du denkst, dass sie deinem Glück mit Gregor im Weg steht.«

»Weil ich das denke? Du hast sie wohl nicht alle«, sage ich empört. »Gregor liebt sie nicht. Er liebt mich. Und sie versucht, ihn emotional zu erpressen.«

»Stopp!«, geht Loretta dazwischen, bevor ich richtig loslegen kann. Anna ist jetzt kreidebleich im Gesicht, ich kann die Muskeln ihres Kiefers arbeiten sehen. Regungslos hat sie den Blick auf mich geheftet und ich laufe wider Willen rot an. Ja, ich schäme mich, ihr diese Sachen so einfach ins Gesicht geschleudert zu haben. Und schon wieder kann ich nichts dagegen tun, mich für einen Augenblick in ihre Lage zu versetzen. Sie hat ihn geheiratet, ein Haus bezogen, vermutlich eine Familie geplant. Und jetzt liegt das alles in Schutt und Asche. Man will nicht hören, dass der Mann, den man liebt, nicht das Gleiche fühlt. Noch weniger will man es vermutlich von seiner Geliebten hören.

»Das ist nicht wahr«, quetscht sie mühsam hervor und ich sehe sie hilflos an.

»Wie es wirklich ist, das weiß nur einer allein. Und zwar Gregor«, zieht Loretta unsere Aufmerksamkeit wieder auf sich. »Ich weiß, ihr liebt ihn beide, ich weiß, es ist eine beschissene Situation, aber anstatt euch gegenseitig an die Gurgel zu springen, solltet ihr vielleicht einen kleinen Teil eurer Aggression auf den Menschen richten, der sie verdient.« Verständnislos sehen wir sie an, was sie zu einem erneuten Augenrollen veranlasst. »Gregor«, erklärt sie heftig. »Vielleicht dürfte ich euch mal kurz erklären, wie die Situation von außen aussieht.« Sie wendet sich mir zu: »Er fängt was mit dir an und erzählt dir erst von seiner Frau, als du dich schon hoffnungslos in ihn verliebt hast.« Neben mir zieht Anna hörbar die Luft ein. »Er beteuert wieder und wieder, dass er sich von Anna trennen wird und dir«, damit meint sie selbige, »erzählt er wahrscheinlich dasselbe über Luzie. Wenn man dann noch bedenkt, dass ihr beiden einander geradezu verblüffend ähnlich seht«, widerwillig mustern wir uns gegenseitig von Kopf bis Fuß, »gibt es nur eine Schlussfolgerung.« Während sie noch Atem holt, denke ich ernsthaft darüber nach, mir einfach mit beiden Händen die Ohren zuzuhalten. Aber ich tue es nicht, denn Anna steht unbeweglich da und stellt sich gefasst Lorettas These: »Der Typ ist ein Mistkerl und liebt euch beide nicht wirklich, sondern nur sich selbst.«

Wie betäubt stehen wir einander gegenüber, mir wird ein bisschen schwindelig und einen Augenblick ist es, als würde Annas Gesicht auf mich zukommen, ganz nah. Ich kann fast die Poren ihrer blassen Haut sehen, da entfernt sie sich wieder von mir. Die Geräusche des Waldes dringen wie durch eine Wattewand an mich heran, ein paar zwitschernde Vögel, knackende Äste und der Wind, der durch die Bäume streicht. Ich spüre etwas Kaltes, Nasses an meiner Nasenspitze und blinzele verwundert nach oben in den Himmel, von dem jetzt dicke, weiße Schneeflocken herunterfallen. Wie von weit her dringt Annas Stimme an mein Ohr.

»Ich sagte, ich werde ihn nicht aufgeben. Niemals!« Damit pustet sie sich eine Schneeflocke, die sich in ihren dichten, schwarzen Wimpern verfangen hat, aus dem Gesicht und wendet sich zum Gehen. Der jetzt heftiger fallende Schnee wirbelt um ihre zierliche Gestalt herum, wie sie mit sehr geradem Rücken den Parkplatz hinunterläuft und in einen mir wohlbekannten schwarzen BMW steigt.

»Sie wird ihn nicht aufgeben«, sage ich leise und sehe Loretta hilfesuchend an, die nur mit den Schultern zuckt.

»Tja.«

»Aber wieso nicht? Wieso hält sie an ihm fest? Du hast doch recht. Er ist ein Mistkerl.«

»Natürlich ist er das«, meint meine Freundin und legt tröstend den Arm um mich, »aber er ist ihr Mistkerl.«

Auf dem Rückweg redet Loretta auf mich ein wie auf ein krankes Pferd. In meinem Inneren sträubt sich alles gegen die Wahrheiten, die sie mir da so unverblümt ins Gesicht schleudert. Das kann doch alles nicht sein. Ist es doch nicht anders als bei den vielen dummen Frauen, über die ich früher nur den Kopf geschüttelt habe? Fängt was mit einem verheirateten Mann an und denkt tatsächlich, sie könnte gegen die Ehefrau gewinnen. Dabei ist alles, was er sucht, ein bisschen Abwechslung, ein bisschen Spaß außerhalb des ehelichen Schlafzimmers. Aber was er zu Hause hat, bei seiner Ehefrau, das wird er niemals aufgeben. Mein Herz krampft sich bei diesem Gedanken schmerzhaft zusammen. Ich will es nicht wahrhaben. Bei uns ist es anders. Wir lieben uns.

Mitten in der Nacht klingelt es bei mir an der Haustür. Schlaftrunken richte ich mich im Bett auf und sehe verwirrt um mich. Der fast volle Mond strahlt so hell zum Fenster hinein, dass ich mich problemlos in meinem Schlafzimmer orientieren kann. Die digitale Anzeige der Uhr neben meinem Bett springt gerade auf 2.43 Uhr um. Habe ich nur geträumt? Doch da schrillt schon wieder die Türglocke, länger diesmal und ich beeile mich, aus dem Bett zu kommen, bevor noch das ganze Haus aufwacht.

»Wer ist da?«, nuschele ich in den Hörer meiner Gegensprechanlage und drücke auf den Türöffner, nachdem Gregor sich zu erkennen gegeben hat. Ich bin zu müde, um vor den Badezimmerspiegel zu hechten und mein Äußeres zu kontrollieren. Habe mich vor einer guten Stunde endlich in den Schlaf geweint. Benommen lehne ich mich in den Türrahmen und beobachte, wie Gregor, immer zwei Stufen auf einmal nehmend, zu mir hinaufkommt.

»Siehst du süß aus«, strahlt er mich an und nimmt mich in die Arme. Auf seiner wasserabweisenden Jacke perlen die Tropfen herunter und dringen durch mein dünnes T-Shirt an meine Haut. Anscheinend hat es noch immer nicht aufgehört zu schneien. Gregor lässt mich los und schüttelt seinen blonden Lockenkopf, dass es nur so spritzt, dann beugt er sich hinunter und zieht seine patschnassen Stiefel aus. Die Arme schützend um meinen Körper geschlungen, betrachte ich ihn von oben. Kalte Zugluft streicht über meine nackten Beine, während mir eine ganz andere Art von Kälte die Wirbelsäule hoch kriecht. Gregor erhebt sich wieder, lächelt und drängelt mich in die Wohnung, wo er seine Jacke auszieht und die Arme um mich schlingt. Er küsst meinen Hals und flüstert mir zärtlich ins Ohr:

»Ich habe dich so vermisst, ich konnte es einfach nicht mehr aushalten. Du fehlst mir so sehr. Ich denke jede einzelne Minute des Tages an dich.« Ich stehe unbeteiligt da, mit träge am Körper herunterhängenden Armen und sage gar nichts. Es dauert eine ganze Weile, bis Gregor merkt, dass ich nicht bei der Sache bin. »Was ist los«, fragt er leise und presst mich noch fester an sich. Ich hole tief Luft, nehme noch einmal mit allen Sinnen seinen Körper auf, seinen Duft in meiner Nase, wie es sich anfühlt, wenn er seine Brust an meine drückt und seine Haare meine Wange kitzeln. Dann mache ich mich von ihm los und trete einen Schritt zurück.

»Und? Hat sie dich jetzt rausgeschmissen«, will ich wissen, obwohl ich die Antwort schon kenne. Sie wird ihn niemals aufgeben. Er schüttelt den Kopf. »Hast du sie verlassen?« Erneutes Kopfschütteln. »Wirst du es tun?«, frage ich und bemühe mich, dem Zittern in meiner Stimme einigermaßen Herr zu werden. Bevor er aber den Mund aufmachen und mir wieder das Blaue vom Himmel herunterzählen kann, fahre ich fort: »Ich will jetzt nicht hören: Ja, wenn der richtige Zeitpunkt da ist.« Ich mache einen Schritt auf ihn zu, mein Gesicht ist ganz nah an seinem und ich sehe ihm in die Augen: »Ich möchte, dass du einen Moment lang nachdenkst und mir dann eine ehrliche Antwort gibst«, bitte ich ihn. »Wirst du sie verlassen und zu mir kommen?« In seinen Augen passiert etwas, ein nervöses Zucken der Lider und dann ist da ein Ausdruck von Erstaunen, gefolgt von absoluter Ratlosigkeit. Er sieht mich an, hilflos.

»Ich weiß es nicht«, antwortet er schließlich. »Ich weiß es wirklich nicht.« Ich nicke, wobei mir mein Kopf bleischwer vorkommt. »Ich liebe dich«, beteuert Gregor und nimmt meine Hand, »aber ich liebe sie auch.« Der Boden unter mir beginnt zu schwanken, ich drehe mich um und tapse auf bloßen Füßen in mein Schlafzimmer, auf das Bett zu. Dort setze ich mich auf die Matratze und verstecke meine eiskalten Beine unter der Decke. Schutzsuchend ziehe ich sie bis zum Kinn hinauf. Gregor ist mir gefolgt, bleibt einen Moment zögernd vor mir stehen und macht dann Anstalten, sich neben mich zu legen.

»Untersteh dich«, fauche ich ihn an und er fährt erschrocken zurück. Wortlos sehen wir uns an. In meinem Kopf rasen die Gedanken. Er liebt sie auch. Das sind ja ganz neue Töne. Also ist sie nicht die verblendete Spinnerin, für die ich sie gehalten habe, die nicht wahrhaben will, dass ihre Ehe zu Ende ist, dass ihr Mann sie nicht mehr liebt. Doch, das tut er. Und ich frage mich so langsam, ob die verblendete Spinnerin nicht eher die Person ist, die mir morgens aus dem Badezimmerspiegel entgegensieht. »Das ist eine Information, die ich gerne ein bisschen früher bekommen hätte«, bringe ich mühsam hervor.

»Ich weiß doch auch nicht, was ich machen soll, Luzie«, mit diesen Worten setzt Gregor sich auf den Bettrand und fasst unbeholfen nach meiner Hand, »ich bin seit sieben Jahren mit ihr verheiratet, es ist nicht so einfach, alles hinzuschmeißen und von vorne anzufangen. Uns verbindet einfach sehr viel.« Sprachlos lausche ich seinen Ausführungen, um ihm dann mit einem Ruck meine Hand zu entziehen.

»Ich habe nie behauptet, dass es einfach ist. Du hast doch große Töne gespuckt, dass ich deine einzige große Liebe bin und dass du dich von Anna trennen wirst«, sage ich verzweifelt und kann die Tränen jetzt nicht mehr zurückhalten.

»Nun wein doch nicht«, bittet er mich, aber ich schüttele heftig den Kopf. Und ob ich weine.

»Doch, ich weine, und wie ich weine. Ich wünschte, ich hätte dich nie kennengelernt«, schleudere ich ihm ins Gesicht. Er zuckt zurück, als hätte ich ihm einen Schlag versetzt.

»Sag das nicht.«

»Hör auf, mir zu sagen, was ich tun oder sagen soll«, schluchze ich. »Verschwinde aus meiner Wohnung. Was fällt dir eigentlich ein, hier mitten in der Nacht aufzutauchen?«

»Ich hatte Sehnsucht«, ist alles, was ihm dazu einfällt. Ich hebe ruckartig den Kopf und funkele ihn an:

»Geh zu deiner Frau! Ich will dich nie wiedersehen! Du warst der größte Fehler meines Lebens!« Er sieht mich an, die Tränen kullern ungebremst aus meinen Augen, die Nase lauft und ich wische sie mit meinem Handrücken ab. »Nun geh schon«, sage ich heftig und schubse ihn von mir weg. Ich habe nur noch einen Wunsch: alleine zu sein und mich meinem Schmerz hinzugeben. Ich kann hier nicht vor seinen Augen zusammenbrechen, diesen letzten Rest Würde will ich mir erhalten, aber lange schaffe ich das nicht mehr. Mein Hals fühlt sich an, als hätte ich einen ganzen Apfel am Stück verschluckt, meine Lungen sind ein nasser Schwamm, durch den ich mühsam ein- und ausatme. Durch die Tränen in meinen Augen sehe ich Gregor verschwommen zu, wie er sich langsam erhebt und in Richtung Flur schleicht. Ich spüre förmlich, wie er darauf wartet, dass ich ihn zurückrufe, aber ich weiß, wenn ich das nächste Mal den Mund aufmache, dann werde ich schreien. Deshalb sage ich auch nichts von dem, was ich noch auf dem Herzen habe, als Gregor, jetzt wieder in Jacke und Schuhen, noch mal den Kopf durch die Schlafzimmertüre steckt. Sein Anblick tut mir körperlich weh. Ich möchte ihm sagen, dass ich ihn liebe, mehr als irgendetwas auf der ganzen Welt. Dann sehe ich seinen leidenden Gesichtsausdruck und möchte ihm am liebsten den Hals umdrehen. Er macht tatsächlich den Eindruck, als würde ich ihn verletzen und nicht umgekehrt. Er sieht mich an und sagt mit wehleidiger Stimme:

»Na gut, wenn du es so willst …« Er will dich nur provozieren, warnt mich eine innere Stimme. Ausnahmsweise höre ich auf sie und schweige. »Es tut mir leid«, kommt es gequält von Gregor. Ich sitze nur da und warte darauf, dass es vorbei ist. Dass er endlich geht. Und das tut er dann auch. Nicht ohne noch ein dramatisches, heiseres »Ich werde dich immer lieben« geflüstert zu haben. Vor mich hinstarrend höre ich, wie meine Wohnungstür krachend hinter Gregor ins Schloss fällt. Durch die Stille der Nacht klingen die Schritte seiner schweren Lederstiefel im Treppenhaus zu mir hinauf, immer leiser und leiser. Dann startet vor dem Haus der Motor eines schwarzen BMWs und fährt mit quietschenden Reifen davon, bis ich nichts mehr höre als den Lärm der Autos, die von Zeit zu Zeit die naheliegende Hauptstraße entlang brausen. Das Surren meines Kühlschranks, ein kaum hörbares Klopfen in der Heizung. Und dann zerspringt mein Herz in tausend Scherben.

8.

»Kann man an gebrochenem Herzen sterben?«

Kann man an gebrochenem Herzen sterben? Ja, ich glaube, man kann. Judith konnte es. Judith aus »Bianca – Wege zum Glück«, die Mutter aller deutschen Telenovelas. Diese bezaubernde dunkelhaarige Schönheit, die erfahren muss, dass ihr Mann und Vater ihres ungeborenen Kindes eine andere liebt. Bianca, die blonde Schlange. Okay, Bianca war die Hauptfigur und natürlich liebreizend und ganz und gar unschuldig an der ganzen verfahrenen Situation. Geht ja nicht anders. Das haben die Drehbuchautoren sich schon so zurechtgebastelt, dass niemand auf die arme Bianca böse sein konnte. Schließlich hieß das Ganze ja auch »Bianca – Wege zum Glück«. Und nicht »Judith – Weg in den Tod«. Und dass die arme Judith auf der Strecke bleiben musste, tja, so ist das nun mal im Leben, da kann man nichts machen. Armes Ding. Sie war schwanger. Und so verliebt in Oliver. Und so glücklich. Armes, unschuldiges, naives Ding. Sie war so süß, geradezu mit Zuckerguss überzogen. Wochenlang habe ich mich gefragt, wie die Autoren das wieder hinkriegen wollen. Wie soll die Heldin Bianca Oliver kriegen, ohne dabei die Sympathien des Fernsehzuschauers zu verlieren? Wie soll das gehen? Sie macht doch eine Ehe kaputt. Nimmt einem Ungeborenen den Vater weg. Ich war gespannt. Bis zu dem Autounfall, in dem Judith ihr Baby verlor. Zack, so schnell geht das. Dann liegt die Arme da im Bett, nicht lebensgefährlich verletzt, aber psychisch natürlich total labil, hat ja schließlich gerade ein Kind verloren. Und dann kommt Oliver auf die Idee, ihr doch am besten jetzt sofort zu beichten, dass er nicht sie liebt. Sondern eine andere. So frei nach dem Motto, wenn's dicke kommt, dann aber auch richtig. Und Judith hört sich das an und man konnte richtig sehen, wie es passiert. Wie ihr Herz in der Mitte einfach durchbricht. Da liegt sie mit ihrem gebrochenen Herzen, schließt ihre wunderschönen dunklen Augen und stirbt. Einfach so. Peng!

Und dann gibt es einen Zeitsprung von einem Jahr, in dem der Oliver dann anstandshalber um seine Frau und das Kind trauert, dann trifft er Bianca wieder, die beiden kommen zusammen, heiraten und werden bestimmt eine glückliche Familie haben. Ende. Alle sind zufrieden. Auch das Publikum. Und die arme Judith, an die denkt keine Sau mehr. Na, was soll's? Bisschen Schwund ist immer.

Ich bin da ganz anders als der gemeine Fernsehzuschauer. Ich habe Judith nicht vergessen. Ich betrauere noch immer ihren Tod. Und ich habe vor, ihr zu folgen. Denn mein Herz ist auch gebrochen. Eigentlich kann es nicht mehr lange gehen mit mir. Seit einer Woche liege ich jetzt hier im Bett, mit dem gebrochenen Herzen, aber der Tod will und will sich nicht einstellen. Na ja, im Fernsehen wird das ja alles immer verkürzt dargestellt, das ist mir schon klar. Im wirklichen Leben ist das nicht so schön, das merke ich ja jetzt selber. Die Haare werde immer fettiger, die Wohnung immer chaotischer und die Augenringe immer tiefer. Da liegt man, wenn es dann endlich geschafft ist, natürlich nicht mit makellosem Teint zwischen den Kissen. Ich sehe schon ziemlich scheiße aus. Und ich stinke wie ein Iltis. Sieben Tage ohne Dusche oder Deo, das hinterlässt seine Spuren. Ist mir aber egal. Ich will sterben, einfach nur sterben.

Seit einer Woche bin ich im L'Auberge krankgemeldet, aber ich glaube, ich kann sowieso nie wieder arbeiten. Ich kann nie wieder lachen, ich kann nie wieder lieben. Es geht mir einfach nur schlecht. Nachts wälze ich mich in meinem Bett hin und her, die Bilder in meinem Kopf von Gregor und Anna lassen mich nicht zur Ruhe kommen und wenn ich dann doch endlich einschlafe, verfolgen sie mich in meinen Träumen. Das Schlimmste aber ist das Aufwachen am Morgen. Wenn ich die Augen aufschlage und für eine Sekunde nicht weiß, was los ist. Ich spüre meinen Körper, der sich wie gerädert anfühlt, aber ich weiß nicht genau, warum. Es ist nur ein unbestimmtes Gefühl von Unbehagen, das in absolutes Grauen umschlägt, wenn mir Augenblicke später bewusst wird, was los ist. Dass ich die große Liebe meines Lebens verloren habe. Meistens heule ich dann erstmal eine Runde, liege stundenlang im Bett, es gleicht einem Kraftakt, mich irgendwann von dort auf meine Couch und vor den Fernseher zu schleppen. Ich stiere auf die Mattscheibe, ohne etwas mitzubekommen. An Lesen, Essen oder gar Rausgehen ist nicht zu denken, stundenlange Heularien am Telefon mit Loretta sind die einzige Abwechslung in meinem Tagesablauf. Ein paar Mal hat es an der Tür geklingelt, was mich jedes Mal mehrere Jahre meines Lebens gekostet hat, aber es war nicht Gregor. Natürlich nicht. Auch diesmal ist er es nicht. Ich schleppe mich zu meiner Wohnungstür, spähe durch den Sucher und sehe direkt in das verzerrte Gesicht meiner neugierigen Nachbarin. Ihre Nase wirkt noch größer als sonst. Sie klopft mit den Knöcheln an meine Tür und ruft:

»Frau Kramer, sind Sie da? Machen Sie die Tür auf!« Aber ich denke gar nicht daran. Auf Zehenspitzen schleiche ich zurück ins Wohnzimmer, während Frau Saalberg immer noch auf meine Tür einredet. »Ich höre doch Ihren Fernseher. Ist alles in Ordnung?« Mist, der Fernseher. Na ja, ist mir doch egal. Eine Zeit lang wummert es noch gegen meine Tür, dann hat sie endlich aufgegeben und ich falle zurück in meine todesähnliche Starre.

Ich weiß nicht, wie viele Stunden vergangen sind, als meine Türklingel erneut zu schrillen beginnt. Durchdringend diesmal, und endlos lang. Ich hätte nicht gedacht, dass neben der Trauer in meinem Herzen überhaupt noch Platz ist für ein anderes Gefühl, aber jetzt werde ich wütend. Erneut wummern Fäuste gegen meine Tür, was den letzten Zweifel ausräumt, dass es schon wieder meine nervige Nachbarin ist, die mich in meinem Liebeskummer stört. Was fällt der ein? Schwerfällig erhebe ich mich, um die Wohnzimmertür zu schließen. Dann stelle ich den Ton des Fernsehers noch ein bisschen lauter und tatsächlich kann ich damit das Geklopfe an meiner Tür weitgehend übertönen. Ich möchte einfach nur in Ruhe gelassen werden. Im Fernsehen läuft gerade eine Werbung für Nudelsoße und ich muss daran denken, wie Gregor und ich abends vor meiner Schicht immer gemeinsam gekocht haben. Wie glücklich wir dabei waren. Und wie verliebt. Meistens sind wir dann irgendwann knutschend auf dem Küchenfußboden gelandet, während die Nudeln im Kochwasser matschig wurden und die Tomaten in der Pfanne vor sich hin kokelten. Aber schön war es! Schniefend greife ich nach der Haushaltsrolle, die ich in Reichweite auf den Couchtisch positioniert habe und putze mir geräuschvoll die Nase. Als ich die Augen wieder öffne, erschrecke ich mich so sehr, dass ich mit einem markerschütternden Schrei vom Sofa hüpfe. Mitten in meinem Wohnzimmer steht ein Mann in einer blauen Uniform.

»Gott sei Dank, Sie leben«, stößt der Uniformierte hervor, in dem ich auf den zweiten Blick Michael Lange erkenne. Mein Herz pocht wie verrückt, zitternd wie Espenlaub lasse ich mich zurück auf mein Sofa fallen.

»Müssen Sie mich so erschrecken? Was machen Sie in meiner Wohnung?«, frage ich heiser, als Frau Saalberg neugierig den Kopf zur Wohnzimmertür hereinstreckt.

»Ach, Sie leben ja doch noch«, sagt sie und klingt dabei fast ein wenig enttäuscht.

»Tut mir leid«, sage ich ironisch, während Herr Lange auf mich zukommt und sich neben mich setzt.

»Geht es Ihnen gut«, fragt er mit einem besorgten Ausdruck und fasst mich behutsam am Arm.

»Das wäre die Übertreibung des Jahrhunderts«, bringe ich mühsam hervor und greife schon wieder nach einem Haushaltspapier. Auch Frau Saalberg kommt jetzt näher und sieht sich um.

»Aber wenn Sie nicht tot sind, woher kommt dann dieser Gestank, den man bis draußen riecht?«, fragt sie mit gerümpfter Nase und reißt erstmal unaufgefordert das Fenster neben mir weit auf. Nasskalte Herbstluft dringt in den miefigen Raum und erst jetzt fällt mir auf, dass ich tatsächlich nicht mehr gelüftet habe, seit … ja, seit Gregor diese Wohnung für immer verlassen hat. Als wollte ich seine Aura, seinen Geruch konservieren. Der hereindringende Sauerstoff weckt meine Lebensgeister allmählich wieder, zumindest so weit, dass mir das Chaos in meiner Bude unangenehm bewusst wird. Michael Lange sitzt noch immer neben mir und sieht mich mit seinen leuchtendblauen Augen forschend an. Und ich sitze hier in meiner filzigen, ausgebeulten Fleecehose, einem weißen Feinripp-Unterhemd und der Uralt-Strickjacke. Vollgerotzte Haushaltstücher übersäen den Fußboden und auch sonst sieht es aus, als hätte eine Bombe eingeschlagen.

»Woher kommt denn bloß dieser Gestank?«, hakt Frau Saalberg weiter nach. Erschrocken sehe ich auf und rücke ein Stück von Michael Lange weg.

»Äh, das könnte ich sein«, murmele ich peinlich berührt und schnüffele unauffällig an meiner Achselhöhle herum. Puh, ein Pumakäfig ist nichts dagegen!

»Nein, das sind Sie nicht«, beruhigt mich Herr Lange und streichelt immer noch an meinem Arm herum. Verwundert sehe ich auf die große, gebräunte Männerhand, die über meine Haut streicht. Dann sehe ich zu ihm auf.

»Was zum Teufel machen Sie hier eigentlich? Und sagen Sie nicht, Drogenrazzia«, ergänze ich noch mit Galgenhumor, woraufhin er vehement den Kopf schüttelt.

»Aber nein. Ihre Nachbarin Frau Saalfeld …«

»Saalberg«, erklingt der Ruf aus Richtung Flur, wohin sich meine Nachbarin verzogen hat.

»Verzeihung, also, Frau Saalberg hat sich Sorgen gemacht. Sie hat erzählt, dass Sie seit über einer Woche die Wohnung nicht mehr verlassen haben und dass es«, er macht eine kleine Pause, »nun ja, Probleme in Ihrer Beziehung gibt. Zusammen mit dem Geruch hat sie anscheinend befürchtet …«

»… dass ich mir etwas angetan habe und hier vor mich hingammele«, vollende ich den Satz für ihn und er nickt.

»Und wenn ich ehrlich bin, besonders weit entfernt davon sehen Sie nicht aus«, sagt er und lächelt mich entschuldigend an.

»Sie waren auch schon mal charmanter«, gebe ich zurück, da fällt mein Blick auf mein von Flecken übersätes Unterhemd. Waren es Annas negative Gedanken, war es meine eigene Nachlässigkeit, ich weiß es nicht genau. Ich weiß aber, dass ich aussehe wie ein Ferkel. »Ich gehe mich mal eben frisch machen, wenn Sie nichts dagegen haben«, sage ich so würdevoll wie möglich und erhebe mich. Im Flur pralle ich beinahe mit Frau Saalberg zusammen, die einen bestialisch stinkenden Pizzakarton vor sich herträgt.

»Hier haben wir den Übeltäter«, sagt sie befriedigt und lüftet den Deckel. Ein dicker, grüner Schimmelteppich überzieht eine große Pizza Bolognese, von der nur ein schmales Stück fehlt. Die Gestankswolke, die mir entgegenschlägt, raubt mir fast den Atem und löst auf der Stelle einen Würgereflex aus. Die Hand vor den Mund gepresst, flüchte ich mit zwei langen Schritten ins Bad, knalle die Tür hinter mir zu und falle vor der Toilettenschüssel auf die Knie. Röchelnd würge ich ein wenig Galle hoch, aber mehr ist aus meinem Magen, der seit Tagen keine feste Nahrung mehr gesehen hat, nicht herauszuholen. Ich versuche, das Bild der schimmeligen Pizza aus meinem Kopf zu verbannen, die ich mir am Tag nach Gregors Abgang in die Wohnung bestellt habe. Einunddreißig Jahre musste ich alt werden, um wahren Liebeskummer kennenzulernen. Und um zu erfahren, dass in diesem Zustand an Essen nicht zu denken ist. Mühsam ziehe ich mich am Waschbeckenrand hoch und sehe meinem Spiegelbild in die Augen. Der Anblick ist nicht viel besser als der der Pizza. Mir schießt das Blut in den Kopf, als mir klar wird, dass da draußen in meinem Flur zwei Menschen herumstehen, die mich in diesem Zustand gesehen haben. Die Haare kleben mir in fettigen Strähnen am Kopf, die unnatürlich großen, glasigen Augen liegen in tiefen Höhlen, die Gesichtshaut ist merkwürdig fahl und von fiesen, kleinen Unreinheiten übersät. Ungläubig schaue ich an meinem Körper herunter, um den die Klamotten herumschlackern. Ich verrenke mir den Hals, um meine Kehrseite betrachten zu können und muss feststellen: Mein Hintern ist weg. Einfach verschwunden. Ungläubig fasse ich mit beiden Armen um mich herum und lege die Handflächen auf das, was von meinen ehemals runden Pobacken übrig geblieben ist. Nämlich fast nichts. Der Rücken geht nahezu übergangslos in die Oberschenkel über.

»Ist alles okay?«, ertönt von draußen Herrn Langes Stimme. Ob alles okay ist? Das würde ich so nicht sagen. Ich habe mir den Hintern weggehungert. Und, wenn wir schon mal dabei sind, die Brüste gleich mit. Ich bin nichts mehr als ein kummervoller Strich in der Landschaft. Auf einmal bin ich froh, dass Gregor mich nicht so sehen muss. Einen kurzen Moment spiele ich mit dem Gedanken, mich einigermaßen herzurichten, bevor ich wieder hinausgehe, aber ein weiterer Blick in den Spiegel nimmt mir meine diesbezüglichen Illusionen. Um aus mir wieder einen einigermaßen sehenswerten Anblick zu machen, braucht es außer Wasser, Seife, Shampoo und Ladyshaver sicher auch einige zehntausende Kalorien. Ein weiteres Klopfen an der Tür. »Ja, doch«, rufe ich hinaus und öffne. »Ist die Pizza entsorgt?« erkundige ich mich und Herr Lange nickt. Erleichtert atme ich aus, um gleich darauf den nächsten Schock versetzt zu bekommen. Fassungslos sehe ich auf meine Wohnungstür, aus der das komplette Schloss herausgebrochen ist.

»Was soll das?«, frage ich entgeistert, woraufhin Herr Lange bedauernd die Schultern hochzieht.

»Na ja, wir dachten, dass Sie vielleicht Hilfe bräuchten. Und wenn der Schlüssel von innen steckt, kann der Schlüsseldienst nicht rein. Also mussten wir die Türe aufbrechen, tut mir leid«, entschuldigt er sich, während Frau Saalberg mit verschränkten Armen dasteht und lächelnd vorschlägt:

»Vielleicht sollten Sie mir nun doch endlich einen Schlüssel geben. Fürs nächste Mal.«

»Nur über meine Leiche«, sage ich heftig, woraufhin sie beleidigt das Gesicht verzieht. »Ich schätze, Sie haben jeden Winkel meiner Wohnung zur Genüge begutachtet, wenn ich Sie dann jetzt bitten dürfte, mich wieder alleine zu lassen.« Damit schiebe ich meine sich sträubende Nachbarin aus meiner Wohnung hinaus und wende mich dann an Herrn Lange: »Und Sie, könnten Sie mir sagen, wie ich jetzt, an einem Sonntag, zu einem neuen Schloss komme?«

»Es ist Dienstag«, verbessert er mich grinsend. Tatsächlich? Oh, mein Fehler. Dennoch funkele ich ihn wütend an und sage:

»Wie auch immer. Sie haben meine Tür demoliert und jetzt kann hier jeder einfach reinspazieren, bis ich ein neues Schloss habe.«

»Ich bleibe gerne solange bei Ihnen und passe auf Sie auf«, bietet er lächelnd an und ich schnappe empört nach Luft.

»Sehen Sie mich an«, fordere ich ihn wütend auf, »sehen Sie genau hin.« Obwohl mir mein eigener Anblick unangenehm ist, lasse ich ihm ein paar Augenblicke Zeit, mich zu betrachten, bevor ich fortfahre: »Glauben Sie wirklich, das ist der Moment, in dem ich von Ihnen angebaggert werden will? Nachdem Sie mir Handschellen angelegt, mich des Drogenbesitzes beschuldigt und nun auch noch meine Tür zerdeppert haben?« Mit offenem Mund verfolgt Frau Saalberg, die noch immer in ihrer geöffneten Wohnungstür steht, die Szene. Michael Lange schüttelt betreten den Kopf.

»Ich wollte Sie nicht … », murmelt er und zückt sein Telefon. »Hören Sie, ich werde jetzt jemanden rufen, der Ihre Tür in Ordnung bringt und dann lasse ich Sie in Ruhe.«

»Ich bitte darum«, sage ich erschöpft.

Nachdem meine Tür wieder hergestellt ist und ich einen neuen Satz Schlüssel dafür in Empfang genommen habe, streckt mir Michael Lange zum Abschied die Hand hin.

»Es tut mir wirklich leid«, wiederholt er.

»Schon gut.«

»Nun sind wir uns schon so oft begegnet, was halten Sie davon, wenn wir uns das nächste Mal duzen, wenn sich unsere Wege kreuzen?«, schlägt er vor. Er hält noch immer meine Hand umschlossen. Ich sehe in seine freundlichen blauen Augen und nicke langsam.

»Von mir aus können wir auch sofort damit anfangen«, gebe ich zurück. »Ich bin Luzie.«

»Michael.« Einen Augenblick stehen wir einfach da und sehen uns an.

»Luzie«, beginnt er dann und kommt ein Stückchen näher, woraufhin bei mir sofort sämtliche Alarmglocken losgehen. Der soll mir bloß von der Pelle bleiben!

»Ja?«, frage ich abweisend.

»Es ist schrecklich, was dieser Kerl mit dir macht. Kein

Mensch ist es wert, dass du dich für ihn aufgibst. Auch nicht dieser G …«

»Sag nicht seinen Namen«, unterbreche ich ihn im letzten Moment.

»Auch nicht der, dessen Namen nicht genannt werden darf«, fährt er ernsthaft fort und tatsächlich spüre ich, wie in meinen Mundwinkeln ein winziges Bedürfnis entsteht, sich nach oben zu ziehen. Ich bin nämlich ein echter Harry-Potter-Fan. Sicher verunglückt dieser erste Anflug eines Lächelns eher zu so etwas wie einer Grimasse, aber immerhin. Michael strahlt mich an.

»Hey, war das ein Lächeln?«, fragt er aufgeregt und ich schüttele schnell den Kopf. »Ich glaube schon. Es wird dir wieder besser gehen, irgendwann«, sagt er im Gehen. »Glaub mir.«

»Ja, danke«, gebe ich erstickt zurück, ohne daran zu glauben. Ich beobachte Michael, wie er die Treppen hinuntersteigt und mir von unten herauf noch einmal aufmunternd zulächelt. Ich hebe grüßend die Hand, als ich hinter der Tür von Frau Saalberg ein Poltern höre. Wahrscheinlich hat sie mal wieder mit dem Auge am Guckloch geklebt. Kopfschüttelnd schließe ich die Tür.

Für etwas war die Invasion meiner Wohnung doch gut, denn immerhin erlaube ich Loretta, mich heute Abend zu besuchen.

»Gott sei Dank, ich muss zugeben, ich habe mir wirklich langsam ernsthaft Sorgen um dich gemacht«, sagt sie am Telefon und verspricht, in einer Stunde bei mir zu sein.

Als ich ihr die Tür aufmache, stößt sie einen Schrei aus, und gleich noch einen, als sie mich in die Arme nimmt.

»Verdammt, Luzie, du bist ja nur noch Haut und Knochen«, schimpft sie mich aus.

»Vorsicht, ich stinke«, sage ich in jammervollem Ton und sie grinst:

»Das stimmt. Aber ich will mal nicht so sein.«

»Danke, das baut auf«, nöle ich, während sie mich knuddelt und dann auf Armeslänge von sich wegschiebt. Ihr Gesicht legt sich in sorgenvolle Falten:

»Im Ernst, Luzie, das ist nicht mehr witzig. So geht das nicht weiter mit dir. Guck dich doch bloß mal an! Wann hast du das letzte Mal etwas gegessen«, fragt sie und kramt gleich in ihrer Handtasche nach dem Ohnmachts-Happen, den sie immer mit sich rumschleppt. »Willst du dich zu Tode hungern? Das ist er nicht wert«, sagt Loretta heftig und nötigt mir einen etwas zerknautschten Müsliriegel mit Nüssen und weißer Schokolade auf. Missmutig stopfe ich den Riegel in mich hinein, worauf mein Magen mit empörten Gurgellauten reagiert und sich schmerzhaft zusammenzieht.

»Aua, davon krieg ich Bauchschmerzen«, klage ich und fange unvermittelt an zu weinen, dabei hätte ich gedacht, dass ich in den letzten sieben Tagen für ein ganzes Leben geweint habe. Ich bin ehrlich erstaunt, dass überhaupt noch ein Tropfen Tränenflüssigkeit in mir ist. Loretta umarmt mich erneut und ihre Stimme klingt sehr besorgt, als sie sagt:

»Süße, ich weiß, du hast ihn geliebt und bist todunglücklich, aber du darfst nicht daran zugrunde gehen. Irgendwann wird es besser werden, auch wenn du nicht daran glaubst«, versichert sie mir und sie hat recht: Ich glaube nicht daran. »Du hast mir versprochen, auf dich zu achten, das war die Bedingung dafür, dass ich dich eine Woche lang in Ruhe lasse.

Essen, Trinken, Schlafen und ein Mindestmaß an Körperpflege habe ich gesagt«, fährt sie mit ihrer Standpauke fort.

»Ist ja gut, tut mir leid.«

»Wenn ich das gewusst hätte, hätte ich zur Not die Türe aufgebrochen.«

»Das hat aber schon jemand anderes getan«, gebe ich gelassen zurück und erzähle Loretta von dem Polizeieinsatz in meiner Wohnung. »Ach ja, hier ist der neue Schlüssel.« Sie lässt das Ersatzpaar in ihrer Handtasche verschwinden.

»Das gibt es doch nicht«, staunt sie, »schon wieder der gleiche Polizist? Ich meine, das kann doch kein Zufall sein.«

»Meinst du, er verfolgt mich?«

»Ich meinte eher, dass ihr vielleicht füreinander bestimmt seid«, grinst sie. »Und jetzt ab unter die Dusche mit dir.« Gehorsam schäle ich mich aus meinen Klamotten, die Loretta sofort mit spitzen Fingern im Wäschepuff versenkt, schüttele aber bezüglich ihrer Aussage heftig den Kopf:

»Ich werde nie wieder mit einem Mann zusammen sein. Mich nie wieder verlieben«, orakele ich düster.

»Natürlich wirst du das«, widerspricht sie, während sie gebieterisch den Duschvorhang zur Seite und mich unter die Brause schiebt. »Es gibt so viele Menschen auf der Welt, ungefähr sieben Milliarden, um genau zu sein«, fährt sie fort, »und von denen hat jeder zweite genau so ein Teil zwischen den Beinen hängen wie dieser blöde Gregor, der dich überhaupt nicht verdient hat.«

»Sag nicht seinen Namen«, pruste ich unter der Dusche hervor, »er ist von jetzt an der Unaussprechliche.«

»Ah, der, dessen Namen nicht genannt werden darf. Sehr gut«, findet sie und reicht mir den Ladyshaver hinein, den ich seufzend annehme, obwohl ich nicht weiß, für wen ich mir die Beine rasieren soll. »Mann, dreieinhalb Milliarden Penisse, da wird doch wohl der eine oder andere dabei sein, der dir zusagt.«

»Ich will keinen anderen Penis. Ich will Gre …, ich meine, den Penis des Unaussprechlichen.«

»Hättest du nicht lieber einen Penis für dich allein? Er steckt ihn doch in schöner Regelmäßigkeit in eine andere rein.«

»Musst du mich daran erinnern?«, jaule ich auf. Genau in diesem Moment fällt mir Gregors Duschgel auf den kleinen Zeh und ich jaule erneut auf. Vor Schmerz im doppelten Sinne.

»Was hast du denn?«, erkundigt sich Loretta.

»Das ist sein Duschgel«, erkläre ich leidend und halte es ihr durch den Duschvorhang hin.

»Egoiste, wie passend«, findet sie und entreißt es mir. »Jedenfalls gibt es eine Menge Penisse, die nur dir zu Diensten sein wollen.« Vor meinem inneren Auge sehe ich Dutzende von Penissen im Spalier stehen. Mir wird ein bisschen schlecht, denn:

»Verdammt, es geht doch nicht um den Penis. Sondern um den Rest.«

»Um den Typen, der dranhängt?«

»Natürlich.«

»Um diesen verlogenen, untreuen Vollidioten?« Es hat keinen Zweck. Durch den Duschvorhang lugt meine Freundin mit ernstem Gesicht zu mir hinein: »Im Ernst, Luzie, verschwende nicht deine kostbare Lebenszeit darauf, einem Schwein hinterherzuheulen. Überleg doch mal bitte: Dir stehen dreieinhalb Milliarden Männer zur Verfügung. Aber nur ein Leben!«

»Können wir das Thema wechseln?«, bitte ich entnervt, stelle das Wasser ab und steige aus der Dusche. Loretta betrachtet mich mit sorgenvoller Miene, bevor sie mir mein großes, rotes Badelaken reicht.

»Ja. Lass uns darüber sprechen, wie wir dir schleunigst wieder einen Hintern und ein Paar Brüste besorgen können.«

Ein bisschen besser fühle ich mich schon, nachdem Schweiß und Tränen einer ganzen Woche abgewaschen sind. Mit frisch gewaschenen Haaren, geputzten Zähnen und dick eingemummelt sitze ich auf meiner Couch, während Loretta mit ein paar Handgriffen das Chaos in meiner Wohnung zumindest etwas reduziert. Dabei redet sie ununterbrochen auf mich ein, wie wichtig eine gesunde Ernährung für meinen Körper ist und dass ich mir durch diese Hungerkur irreparable Schäden zuführen kann und dass sie mich sehr, sehr unvernünftig findet. Irgendwann platzt mir der Kragen und ich blaffe sie an:

»Es ist nicht so, dass ich das freiwillig oder bewusst tue. Ich bin einfach so traurig. Ich kann nichts essen. Ich kriege keinen Bissen runter.«

»Aber du musst. Komm, wir gehen raus und essen irgendwo eine Kleinigkeit.« Aber ich will nicht raus. In meinem Kühlschrank herrscht totale Ebbe. Gerade will Loretta sich auf den Weg zum Supermarkt machen, als es an meiner Tür klingelt.

»Das ist bestimmt wieder die Saalberg«, stöhne ich und lasse mich noch tiefer in mein Sofa sinken, »womit habe ich das verdient? Kannst du sie bitte abwimmeln?« Bereitwillig geht Loretta zur Tür, aber es ist nicht Frau Saalbergs Stimme, die ich höre, sondern die eines Mannes. Wenige Augenblicke später schleppt Loretta zwei prallgefüllte Einkaufstaschen ins Wohnzimmer.

»Wo hast du die denn jetzt plötzlich her«, frage ich erstaunt, während meine Freundin beginnt, die Tüten auszuleeren.

»Ein Lieferant hat sie gebracht, hier, das soll ich dir geben.« Damit reicht sie mir einen zusammengefalteten Zettel.

»Liebe Luzie, ich mache mir Sorgen um dich. Du glaubst, dass du keinen Bissen runterkriegen kannst, aber versuch es doch mal mit Flüssignahrung. Essen hält Körper und Seele zusammen, glaub mir, du wirst dich besser fühlen. Michael«, lese ich verwundert vor.

»Wow, guck mal«, freut sich Loretta, »Orangen und Pampelmusen, Dosensuppen, Trinkjoghurt, Kakao.« Ungläubig starre ich auf meinen mit Lebensmitteln übersäten Wohnzimmerboden. »Hier, trink das«, damit hält mir Loretta einen Becher Fruchtbuttermilch hin und verschwindet mit den restlichen Sachen in die Küche. »Ich press dir einen frischen Saft«, ruft sie mir zu, während ich den ersten Schluck Buttermilch nehme und gedankenverloren vor mich hin sehe. Mein Blick fällt wieder auf den Zettel in meiner Rechten. Ich folge Loretta in die Küche, die gerade damit beschäftigt ist, Orangen mit meinem großen Küchenmesser zu halbieren.

»Wieso macht der das?«, frage ich sie ratlos und sie grinst mich an:

»Anscheinend mag er dich.« Er mag mich? Wirklich? Ich frage mich, wieso. Mir fällt auf, dass ich mich Michael bislang weiß Gott nicht von meiner besten Seite gezeigt habe. Eher im Gegenteil. In seinen Augen muss ich eine völlig überdrehte, liebeskranke Person sein, deren unbezähmbare Gefühlsausbrüche sie ständig in Teufels Küche bringen. Und die sich schließlich ungewaschen, verwahrlost und abgemagert in ihre Höhle verkriecht. Wahrscheinlich hat er einfach nur eine soziale Ader, beschließe ich.

Am nächsten Morgen reißt mich das Klingeln meines Handys aus dem Schlaf.

»Hallo?«, nuschele ich in den Hörer und blinzele vorsichtig aus meinen verquollenen Augen hinaus in Richtung Fenster. Draußen herrscht eine ganz merkwürdige Stimmung, irgendwie wirkt das Licht verschleiert, als sei der Tag noch nicht ganz erwacht. Tatsächlich, es ist halb sieben Uhr morgens. Wer wagt es?

»Frau Kramer, hier spricht Evelyn Brunke«, flötet meine Immobilienmaklerin am anderen Ende der Leitung.

»Morgen, Frau Brunke«, krächze ich.

»Ich hoffe, ich habe Sie nicht geweckt«, fragt sie mit einem kummervollen Unterton und ich schüttele heftig den Kopf, obwohl sie das ja gar nicht sehen kann.

»Nein, nein«, versichere ich und richte mich im Bett auf. Was für ein Tag ist heute? Welcher Monat? Welches Jahr?

»Da bin ich aber froh, hören Sie, ich habe die Location für Ihr Café an der Hand. Ein Goldstück und ein absoluter Geheimtipp«, beginnt Frau Brunke mit sich überschlagender Stimme zu schwärmen, als mir plötzlich wieder einfällt, weshalb meine Augen sich anfühlen, als hätte ich mitten in einem Kornblumenfeld übernachtet und was es mit diesem unbestimmten Gefühl des nahenden Unglücks auf sich hat. Gregor. Wow! Es hat fast eine ganze Minute gedauert, ich mache Fortschritte. »Top gelegen mitten in der Hamburger Schanze. Und vergleichsweise günstig zu mieten«, plappert Evelyn weiter, »nur ein wenig renovierungsbedürftig ist es, das sollten Sie Ihrer Anwältin vielleicht vorher sagen.« Da hat jemand richtig Angst vor Loretta. »Aber Sie müssten so schnell wie möglich vorbeikommen und sich das Lokal anschauen. Am besten noch vor acht. Was sagen Sie?« Erwartungsvoll wartet sie auf meine Antwort.

»Es tut mir leid«, sage ich gedehnt in den Hörer, »aber ich kann heute nicht. Unmöglich. Ich bin krank«, füge ich hinzu und schniefe zum Beweis lautstark.

»Ja, aber –«

»Vielen Dank für Ihren Anruf.«

»Aber –«

»Auf Wiederhören.« Damit drücke ich das Gespräch weg und ziehe mir die Decke über den Kopf.

Ich laufe durch eine verschneite Winterlandschaft. Keine Menschenseele weit und breit, nur ich und die weiße Schneedecke, die in der Sonne glitzert und funkelt. Ich bin ganz allein und es ist merkwürdig still um mich herum. Ich kuschele mich tiefer in meinen dicken, braunen Wintermantel und stapfe durch den Schnee. Jeder Schritt wird von einem knirschenden Geräusch begleitet. Ich bleibe stehen und sehe mich um. Irgendetwas hat sich verändert. Ich schaue auf meine Füße hinunter und mustere meine rotlackierten Zehennägel, registriere, dass ich barfuss bin. Dass mir kalt ist. Bitterkalt. Ich bewege die blaugefrorenen Zehen. Etwas zerrt an meinem Mantel. Panisch sehe ich mich um, doch da ist niemand, auch kein Windzug ist zu spüren, dennoch zieht da etwas beharrlich an mir. Mit beiden Händen umklammere ich den dicken Kragen, doch mit einem Ruck wird mir der Mantel endgültig vom Leib gerissen. Sofort bildet sich eine Gänsehaut auf meinem gesamten Körper und ich kauere mich fröstelnd zusammen. Mein Mantel, wo ist er hin? Ich hebe den Kopf und öffne die Augen.

Vor mir steht, meine Bettdecke zusammengeknüllt vor der Brust, eine grinsende Loretta. Ich liege in meinem Bett, die Knie bis unters Kinn gezogen und schlottere vor Kälte.

»Aufstehen, du Schlafmütze«, fordert Loretta.

»Gib mir meine Decke zurück«, jammere ich kläglich und sie wirft sie mir an den Kopf. »Was machst du eigentlich hier«, frage ich, während ich versuche, den Deckenwust wieder gleichmäßig über meinen Körper zu verteilen, »ich finde es eine Unsitte, dass neuerdings Menschen einfach so in meine Wohnung eindringen.«

»Immerhin ist die Tür noch ganz. Ich habe meinen Zweitschlüssel benutzt.«

»Den hätte ich dir vielleicht lieber nicht geben sollen«, stöhne ich und tauche wieder unter meine Decke ab.

»Es gibt etwas, worüber ich mit dir sprechen will.«

»Und?«, frage ich wenig interessiert, da reißt sie mir schon wieder die Decke weg, was mich zu einem markerschütternden Schrei veranlasst. Langsam werde ich richtig böse. Wütend funkele ich zu Loretta hoch, aber die sieht mich ihrerseits so streng an, dass ich erschrocken den Kopf einziehe.

»Ich lasse nicht zu, dass du die Chance deines Lebens vorbeiziehen lässt«, sagt sie bestimmt und zerrt mich aus dem Bett. »Ich habe eben einen Anruf von Evelyn Brunke bekommen«, schneidet sie meinen Protestschrei ab und schubst mich den Flur hinunter in Richtung Badezimmer, »wir haben noch genau fünfundzwanzig Minuten Zeit, um den Laden als Erste zu sehen. Und ich habe gesagt, dass wir es in zwanzig Minuten schaffen.«

9.

Mit ein bisschen Phantasie

Tatsächlich halten wir neunzehn Minuten später mit quietschenden Reifen vor einem mit braunem Packpapier verklebten Schaufenster. Loretta schubst mich aus dem fast noch fahrenden Auto, ruft:

»Los, geh rein, ich suche einen Parkplatz«, und braust davon. Die Trinkjoghurtflasche der Sorte Pfirsich-Maracuja fest umklammert, steuere ich auf meine Immobilienmaklerin zu, die bereits wartend vor dem etwas in die Wand eingerückten Eingang steht. Wie immer trägt sie ein knallfarbiges Kostüm, diesmal in zitronengelb, und dazu passende Pumps mit schwindelerregendem Absatz.

»Guten Morgen, Frau Brunke«, sage ich artig und schüttele ihre Hand.

»Wie sehen Sie denn aus«, ruft sie statt einer Begrüßung, was mir angesichts ihrer zitronengelb lackierten Fingernägel dann doch etwas komisch vorkommt. »Wenn ich gewusst hätte, dass Sie so krank sind …« Sie lässt den Satz unvollendet und mustert mich mit sorgenvoller Miene. Na schön, sicher sah ich schon besser aus. Selbst meine kleinste Jeans, in die ich mich früher nur im Liegen hineinzwängen konnte, schlackert mitleiderregend um meine staksigen Beine herum und fünf Minuten reichen einfach nicht aus, um den Kummer unzähliger durchweinter Nächte in einem Gesicht zu überschminken. »Ist es ansteckend?«, fragt Frau Brunke und lässt meine Hand so schnell los, als handele es sich um eine heiße Kartoffel. Ach so! Hat sich was mit Mitgefühl! Dieser hypochondrische Kanarienvogel hat bloß Angst um sein eigenes Gefieder. Dennoch schüttele ich den Kopf und sage:

»Nein, Frau Brunke, keine Sorge.«

»Was ist es denn?«, erkundigt sie sich neugierig. Wo ist eigentlich Loretta, wenn man sie braucht? Suchend schaue ich mich um und entdecke sie am hinteren Ende der Straße im Galopp auf uns zusteuern. »Na?«, lässt Frau Brunke nicht locker und beugt sich vertraulich zu mir herüber.

»Liebeskummer«, sage ich kurz und sie nickt betroffen.

»Sie Ärmste!«

»Ja, danke. Können wir hineingehen?«

»Natürlich.« Sie kramt in ihrer lächerlichen, zitronengelben Handtasche nach dem Schlüssel, öffnet die Tür und lässt mich eintreten. Stickige Luft schlägt mir entgegen und noch bevor sich meine Augen an das dämmerige Licht im Inneren gewöhnen können, bekomme ich einen Hustenanfall. Keuchend und mit tränenden Augen ringe ich um Atem, während Frau Brunke mir hilfreich auf dem Rücken herumklopft und den grell geschminkten Mund zu einem entschuldigenden Lächeln verzieht.

»Ja, ein wenig staubig ist es hier, nun ja, geht's wieder?« Ich nicke tapfer und sehe mich um, während Evelyn Brunke über die dunklen Holzdielen zum gegenüberliegenden Fenster stöckelt und es weit aufreißt. Morgendliches Sonnenlicht flutet in den Raum und gibt den Blick frei auf – ein Chaos! In diesem Moment kommt auch Loretta endlich hereingekeucht. Sie bleibt wie angewurzelt im Türrahmen stehen und lässt ihren Blick über etwas schweifen, das wie die Entsorgungshalde eines Möbellieferanten aus den Fünfzigern aussieht. In der rechten Hälfte des Raumes stapeln sich, in jedem nur erdenklich hässlichen Muster, altmodische Sessel und Polstermöbel. Von lila-gelb-gestreift über leberwurstgrau bis hin zu bunten Blümchen auf grünem Grund ist wirklich alles an Geschmacklosigkeit vertreten. Zwischen den wild neben- und übereinander getürmten Sitzgelegenheiten entdecke ich riesige Spinnennetze, eine dicke Staubschicht bedeckt den dunkelbraunen Holzfußboden. Links von mir steht eine Bar aus rustikalem Eichenholz mit selten hässlichen, dunkelgrün bezogenen Barhockern davor. Und die Tapete – ein Traum in orange und braun. Ich trete in die Mitte des Raumes und drehe mich langsam um die eigene Achse.

»Nun ja, ich sagte ja, arg renovierungsbedürftig. Aber mit ein bisschen Phantasie …«, stammelt meine Immobilienmaklerin hilflos und ich nicke nachdenklich mit dem Kopf. »Aber wie ich schon sagte, die Lage und überhaupt. Nach hinten raus gibt es eine kleine Terrasse für den Sommer, ganz reizend im Innenhof gelegen unter Linden …« Unsicher sieht sie zu Loretta hinüber, die noch immer kein Wort gesagt hat, sondern jetzt langsam näher kommt, mit einem angespannten Ausdruck im Gesicht. Ich kann förmlich spüren, wie Evelyn Brunke kleiner und kleiner wird. Wahrscheinlich würde sie sich am liebsten auf das breite Fensterbrett schwingen und auf und davon fliegen.

»Und dafür holen Sie uns mitten in der Nacht aus dem Bett?« fragt Loretta drohend. Evelyn wimmert verschreckt auf und versteckt den Kopf noch tiefer im Gefieder. Während meine Anwältin meiner Immobilienmaklerin die Leviten liest, sehe ich mich noch immer aufmerksam im Raum um und plötzlich habe ich eine Vision. Von meinem

Café. Genau hier! In meinem Inneren beginnt es zu beben, ich spüre etwas, das ich seit langem nicht mehr gefühlt habe: Freude. Und Leben.

»Es ist großartig«, jubele ich los und führe einen kleinen Tanz auf. Zwei Gesichter wenden sich mir mit einem Ruck zu und sehen mich an, als hätte ich vollkommen den Verstand verloren.

»Bist du noch ganz dicht?«, fragt Loretta denn auch ganz charmant, aber ich knuffe sie nur gut gelaunt in die Seite.

»Ein bisschen Phantasie, meine Dame, ein bisschen Phantasie«, trällere ich und falle gleich darauf Frau Brunke um den Hals, die erschrocken zusammenzuckt. »Sie hatten recht, ein Goldstück, das ist es«, sage ich, nachdem ich sie wieder losgelassen habe. »Und vielen Dank, dass Sie uns die Chance gegeben haben, das Ladenlokal als Erste zu sehen. Gehört das Inventar«, mit einer ausholenden Handbewegung deute ich auf den Sesselwust zu unserer Rechten, »mit dazu?«

»Das wird natürlich entsorgt«, beeilt sich Frau Brunke zu versichern, »damit haben Sie nichts zu tun, der Eigentümer wird sich darum kümmern.«

»Einen Teil der Möbel würde ich gerne behalten«, entgegne ich unter dem fassungslosen Blick von Loretta.

»Sicher, das ist auch kein Problem«, nickt meine Maklerin eifrig und ich halte ihr meine ausgestreckte Rechte hin:

»Wir nehmen es«, erkläre ich feierlich. Doch noch ehe sie einschlagen kann, trifft mich ein gezielter Rippenstoß von Loretta und ich krümme mich stöhnend zusammen. »Auu«, heule ich auf und ringe keuchend nach Luft, »bist du wahnsinnig? Was soll das?«

»Tschuldigung«, macht sie zerknirscht und hilft mir beim Aufrichten, »ich hatte für eine Sekunde vergessen, dass du ein solcher Hungerhaken geworden bist.« Vorwurfsvoll sehe ich sie an und reibe mir die schmerzende Seite, während sie mich mit den Worten: »Frau Brunke, bitte entschuldigen Sie uns einen Moment«, zu der Tür im hinteren Bereich des Ladens zieht.

»Kein Problem«, zwitschert diese und lässt sich vorsichtig auf einem dunkelgrünen Samtsessel nieder. »Lassen Sie sich ruhig Zeit«, erklingt ihre Stimme aus der aufwirbelnden Staubwolke.

Die Tür führt uns hinaus in einen entzückenden Innenhof, in dem einige windschiefe Tischchen und Stühle stehen, von einer dünnen Schicht Puderzuckerschnee überzogen, denn inzwischen hat es schon wieder zu schneien begonnen. Kommt es mir nur so vor, oder fällt in letzter Zeit immer Schnee vom Himmel, wenn etwas Bedeutendes in meinem Leben passiert? Ringsherum strecken sich hohe, kahle Linden in den Himmel.

»Sieh mal, Loretta«, sage ich und zeige nach oben, »wenn die Bäume im Sommer Blätter haben, ergibt das sozusagen einen natürlichen Sonnenschirm.«

»Ja, sehr schön«, sagt sie kurz und hält mich am Arm fest. »Jetzt mal im Ernst, Luzie, hast du den Verstand verloren?« Ich sehe sie an und schüttele ernsthaft den Kopf.

»Ganz und gar nicht. Ich spüre, dass es richtig ist, verstehst du?«

»Der Laden ist eine Müllhalde«, schimpft sie.

»Aber ich hatte eine Vision«, beharre ich und bemerke jetzt die mit Efeu bewachsene Mauer zu meiner Linken, vor der sich ein leeres Blumenbeet befindet. »Guck mal, dort pflanze ich Rosenstöcke. Ein verwunschener Schlossgarten mitten in der Schanze«, freue ich mich und klatsche in die Hände. Kopfschüttelnd sieht Loretta mich an.

»Bist du dir ganz sicher?«, fragt sie zweifelnd und ich nicke heftig. »Ich muss dir sagen, dass ich das für eine ausgemachte Schnapsidee halte«, seufzt sie, »aber es gibt einen Grund, der dafür spricht.«

»Welchen?«

»Ich wette, du hast in der letzten Viertelstunde nicht einmal an den Unaussprechlichen gedacht.« Sie hat recht. Und wenn ich ehrlich bin, hätte ich nichts dagegen gehabt, nicht an ihn erinnert zu werden. Ich verdränge den Gedanken, so gut es geht und gehe gemeinsam mit Loretta wieder hinein, wo Evelyn Brunke uns mit gespanntem Gesichtsausdruck entgegenkommt.

»Und?«

»Meine Mandantin ist recht angetan von dem Objekt«, sagt Loretta in geschäftsmäßiger Zurückhaltung, die so gar nicht zu meinen glühenden Wangen und dem neugierig umherwandernden Blick passen will. »Allerdings müssten wir uns einmal darüber unterhalten, inwieweit der Vermieter bereit ist, uns entgegenzukommen.«

»Der Mietpreis liegt schon weit unter dem Durchschnitt. In dieser Lage …«, gibt Frau Brunke zu bedenken, aber Loretta wischt dieses Argument vom Tisch.

»Es wird viele tausend Euro kosten, diese Bruchbude einigermaßen in Schuss zu bringen. Maßnahmen, die den Wert des Objektes nachhaltig steigern werden.«

»Ich denke nicht, dass Herr Holzer mit seinen Preisvorstellungen nach unten ausweichen wird.« Sorgenvoll wiegt Evelyn Brunke den Kopf hin und her.

»Ich denke schon«, lächelt Loretta zuckersüß.

Beim Abschied wirkt Evelyn Brunkes Lächeln ein wenig gezwungen, aber ich bin so gut gelaunt wie schon lange nicht mehr. Mein eigenes Café. Davon träume ich schon, seit ich ein kleines Mädchen war und meinen Puppen in »Luzies Laden« Teichwasser-Cola und Gras-Salat serviert habe. Ein Vierteljahrhundert später sollte ich mir vielleicht einen etwas originelleren Namen ausdenken und die Speisekarte erweitern.

»Weißt du, was deine erste Amtshandlung als zukünftige Unternehmerin sein sollte?«, weckt Loretta mich aus meinen Gedanken, während wir Seite an Seite zum Auto zurückgehen.

»Eine Flasche Prosecco öffnen«, schlage ich vor, doch sie schüttelt den Kopf.

»Du rufst jetzt sofort im L'Auberge an und sagst, dass du ab heute wieder arbeiten kannst.« Sofort befällt mich eine bleierne Schwere und ich verziehe weinerlich das Gesicht.

»Nein, ich bin noch nicht wieder auf der Höhe«, fange ich an zu diskutieren, aber Loretta bleibt unerbittlich.

»Süße, das ständige Zuhausehängen und Grübeln bringt dich nicht weiter, im Gegenteil. Du musst dich ablenken, mal wieder unter Leute gehen.« Ich bemühe mich, auf Durchzug zu stellen, aber es will mir nicht so recht gelingen. »Außerdem brauchst du jeden Pfennig, wenn du aus dem Schrotthaufen da hinten wirklich einen Szeneladen machen willst«, bringt Loretta es schließlich auf den Punkt, »und wenn mich nicht alles täuscht, hat dich diese unsägliche Geschichte mit dem Bild ganze acht Mille gekostet, die du nie wieder sehen wirst. Oder hat er dir das Geld zurückgezahlt?« Ich gebe einen erschrockenen Laut von mir und bleibe wie angewurzelt stehen. Verdammt, sie hat recht.

»Nein, hat er nicht«, stelle ich empört fest und kann es nicht fassen. Seit einer Ewigkeit habe ich nicht mehr an das Geld gedacht. Ich bin ja eine schöne Geschäftsfrau, das muss ich schon sagen. Mist! Ich überschlage kurz im Kopf meine finanzielle Situation und zücke dann mein Handy, um mich bei Norbert wieder gesundzumelden.

»Wurde auch Zeit«, brummelt er in den Hörer und fügt hinzu: »Wir vermissen dich, Kleine.« Sofort schießen mir bei diesen Worten die Tränen in die Augen. Na ja, ich bin halt ein bisschen sehr empfindlich zur Zeit. Ist ja auch kein Wunder.

»Ich euch auch. Teil mich so oft ein wie möglich, ich habe einen kleinen finanziellen Engpass«, bitte ich ihn noch, bevor ich auflege.

»Engpass?«, fragt Loretta entsetzt. »Ich dachte, du sparst auf diese Gelegenheit hin, seit du fünfundzwanzig bist.«

»Dreiundzwanzig«, verbessere ich sie. »Ich kann doch meinem Chef schlecht sagen, dass ich Geld brauche, um meinen eigenen Laden aufzumachen.«

»Auch wieder wahr«, gibt sie zu und läuft mit einem Aufschrei auf ihren Wagen zu, unter dessen Scheibenwischer unübersehbar ein Zettel im Wind flattert. »Verdammter Mist«, flucht sie und stopft das Knöllchen wütend in ihre Handtasche.

»Wieso hast du nicht einfach …«, … einen Parkschein gezogen, will ich fragen, aber ihr Blick bringt mich vorzeitig zum Schweigen. »Schon gut.«

Wenige Minuten später setzt Loretta mich vor meiner Haustüre ab und verspricht, sich noch heute in die Verhandlung mit dem Vermieter zu stürzen.

»Verlass dich ganz auf mich, die werden uns nicht übers

Ohr hauen. Wäre gut, wenn du auch so bald wie möglich eine grobe Kostenkalkulation für die Renovierung machen könntest, damit ich was in der Hand habe.«

»Na klar, mache ich«, verspreche ich und drücke ihr einen Kuss auf die Wange. »Vielen Dank, dass du mich aus dem Bett geschmissen hast.«

»Keine Ursache! Luzie?«, fragt sie, als ich schon aus dem Auto gestiegen bin.

»Ja?«

»Ich bin so froh, dass du wieder Pläne machst. Ich habe mir wirklich Sorgen um dich gemacht, weißt du?« Ich schlucke schwer und sehe gerührt auf meine Freundin herunter.

»Ja, ich weiß. Danke.«

»Wenn was ist, ruf mich an«, sagt sie noch und schon fährt sie davon. Ich sehe ihr hinterher und mache mich dann langsam auf den Weg in meine Wohnung.

Mit jeder Treppenstufe scheinen meine Beine schwerer zu werden und die Energie aus meinem Körper zu entweichen. Als ich schließlich im vierten Stock ankomme, bin ich schon wieder kurz vorm Heulen. Ich schließe die Tür auf und betrete meine Wohnung. Oder soll ich sagen: eine Stätte der Erinnerungen? Ich stehe in meinem kleinen Flur und starre auf den Holzfußboden. Auf die Stelle, an der Gregor und ich uns geliebt haben, wenn wir es nicht mehr bis ins Bett geschafft haben. Ich weiß nicht, wie lange ich dort gestanden habe, aber plötzlich treffe ich eine Entscheidung. Ja, ich liebe Gregor und ja, ich bezweifle immer noch, dass ich irgendwann nicht mehr traurig darüber sein werde, dass ich ihn nicht bekommen habe. Aber nein, ich werde nicht mein

Leben wegwerfen. Und meine Träume, die ich schon hatte, lange bevor ich wusste, dass es überhaupt einen Mann namens Gregor Landahl gibt, der verwirrend krauses Haar, sanfte braune Augen und eine unerklärliche Schwäche für grüne Klamotten hat. Bevor ich wusste, dass dieser Mann mich tief in meinem Innersten berühren, mich glücklich machen würde wie niemand zuvor. Und der mich schließlich auch so unglücklich machen würde wie niemand zuvor. Bevor ich all das wusste, hatte ich einen Traum von »Luzies Laden« und diesen Traum werde ich wahr werden lassen!

Wie der Blitz laufe ich hinauf auf den Dachboden und komme mit einem leeren Umzugskarton zurück. Zielstrebig durchforste ich meine Wohnung nach Erinnerungen an Gregor. Ich verzichte darauf, besagte Holzdielen im Flur herauszureißen und in den Karton zu stopfen. Alles andere wandert jedoch in den Gregor-Erinnerungs-Sarg: die Soul-CD, die wir rauf und runtergehört haben, bis wir sie mitsingen konnten, getrocknete Blumensträuße, Gregors Duschgel, zwei T-Shirts, ein blauer Socken mit Loch am großen Zeh, die silberne Kette mit dem herzförmigen Anhänger. Ich stocke einen Moment, als ich den kleinen, braunen Teddy in die Hand nehme, den Gregor mir ebenfalls geschenkt hat und der in meinem Bett liegt. Mit seinen großen Kulleraugen schaut er mich mitleiderregend an.

»Behalt mich«, scheint er sagen zu wollen, »lass mich weiter bei dir schlafen. Ich bin doch so süß. Und ich habe nichts mit Gregor zu tun, wenn man es genau nimmt.«

»Du bist von ihm und heißt auch noch so wie er, tut mir leid«, entschuldige ich mich und versenke den protestierenden Bären im Umzugskarton. Seinen Platz in meinem Bett nimmt Fuchur, der hässliche lila Drache ein, der dankbar zu mir hochschielt. Und weiter geht's, ein Stück nach dem anderen befreie ich meine Wohnung von Gregor und schleppe eine knappe Stunde später die randvolle Kiste hoch auf den Speicher.

Danach entrümpele ich auch mein Handy und lösche schweren Herzens sämtliche SMS, die ich jemals von Gregor erhalten habe. Sechsundneunzig SMS, sechsundneunzig Liebesschwüre. Traurig lese ich jeden Einzelnen von ihnen ein letztes Mal. Mitteilung löschen? Ja! Dasselbe mache ich mit Gregors Telefonnummer. Nicht wirklich sinnvoll, weil ich die sowieso auswendig kenne, aber als symbolischer Akt unerlässlich. Als Letztes wandere ich mit gezückter Glasreinigungsflasche nebst Lappen durch meine Wohnung und mache sämtlichen Spiegelnachrichten von Gregor den Garaus. »Ich wünsche dir einen schönen Tag, mein Engel!« »Du bist wundervoll!« »Ich liebe dich bis in alle Ewigkeit!« Zweimal gesprüht, nachgewischt und schon gehört der romantische Sermon der Vergangenheit an. Traurig sehe ich in den Badezimmerspiegel, der jetzt nichts als mein Gesicht zurückwirft. Ganz bedröppelt sehe ich aus. Aufmunternd lächele ich mir zu und tatsächlich: Ich lächele zurück!

Mit einer großen Kanne Tee, Taschenrechner, Zeichenblock und Notizbuch bewaffnet lasse ich mich an meinem Schreibtisch nieder und vertiefe mich in mein neues Projekt. Als Erstes lasse ich mir von Evelyns Maklerbüro den Grundriss des Objektes emailen und vertiefe mich dann in die Zeichnung. Der Hauptraum hat etwa vierzig Quadratmeter, daneben die kleine Küche, der Innenhof, Vorratskammer und ein weiterer Raum von nur etwa neun Quadratmetern. Nachdenklich tippe ich mit der Spitze meines Bleistiftes darauf herum.

Irgendwie habe ich ein Gefühl bezüglich dieses Kämmerchens, ich weiß bloß nicht, was für eins. Auf jeden Fall bin ich sicher, dass es für irgendetwas nützlich sein wird.

Zunächst beschäftige ich mich mit dem Hauptraum, den ich in einem Mix aus Modern und Alt einrichten möchte. Ich skizziere eine schicke neue Bar aus Chrom und edlem dunklen Holz an der Stelle, wo jetzt das hässliche Eichending steht. Dazu entwerfe ich passende Hocker. Im Kontrast dazu bleiben gegenüber die am besten erhaltenen Sofas und Sessel bestehen, natürlich entmilbt, neu aufgepolstert und mit einem tollen Stoff bezogen, vermutlich in bordeauxrot. Oder auch königsblau, mal sehen. Die Tische zwischen den Sitzgelegenheiten passen stilmäßig wieder zur Bar. Die Tapete im Siebziger-Jahre-Muster fand ich zwar auch nicht schlecht, denke aber, dass einen das schnell erschlägt. Dunkelrot oder Gold auf die Hauptwand, Ocker an die anderen finde ich schöner. Dazu altmodische Kronleuchter und Kerzenständer, ein paar kitschige Bilder mit dicken, künstlichen Goldrahmen. Je länger ich über die Skizze gebeugt sitze, desto deutlicher erscheint mein Café vor meinem inneren Auge. Ich muss gar nicht mehr nachdenken, der Stift fliegt geradezu von alleine über das Papier. Der Innenhof ist an sich schon perfekt, wie er ist, da müssen nur neue Tische und Stühle her, gerne etwas Verschnörkeltes, antik Wirkendes. Ein paar Fackeln rundherum, Rosenstöcke gepflanzt und das Efeu gestutzt und schon ist es perfekt. Die Küche ist da schon problematischer. Funktional muss sie sein und das auf einem Minimum an Platz. Ich zeichne, radiere und verbessere, bis mir der Kopf raucht. So vertieft, wie ich bin, vergesse ich beinahe die Zeit und komme mit hängender Zunge gerade noch rechtzeitig zu meiner Schicht im L'Auberge an, wo ich mit lautem Hallo begrüßt werde. Norbert drückt mich an sich wie die verloren geglaubte Tochter und schiebt mich dann mit einem besorgten Kopfschütteln auf Armeslänge von sich:

»Du liebe Güte, Mädchen, dich hat es aber schwer erwischt. Nur noch Haut und Knochen. Aber warte, ich habe heute frische Ravioli mit Ziegenkäse-Ricotta-Füllung gemacht.« Damit stürzt er auch schon hinunter in die Küche, während ich ihm gerührt hinterhersehe. Meine beiden Lieblingskolleginnen Julia und Katja wissen natürlich, dass der Virus, der mich angeblich niedergestreckt hat, den Namen Gregor trägt.

»Du siehst echt schlimm aus. So ein Mistkerl«, flucht Julia inbrünstig und drückt mitfühlend meinen Arm.

»Schon gut. Wirklich, es geht mir ganz okay«, wehre ich ab und begrüße ein eintretendes Ehepaar um die Fünfzig mit einem strahlenden Lächeln, während ich meine blütenweiße Schürze umbinde.

»Guten Abend, herzlich Willkommen.« Ich geleite die beiden zum reservierten Tisch und plaudere dabei ein wenig mit ihnen.

»Ich übernehme die beiden, bis du aufgegessen hast«, meint Katja, als ich nach den Speisekarten greife, und deutet mit einem Kopfnicken auf den voll gehäuften Teller, auf dem die Raviolis appetitlich vor sich hindampfen.

»Wer soll das denn alles essen?«, protestiere ich, als Norbert mich in Richtung Personalraum schiebt. »Das ist aber alles andere als eine vornehme Portion.« Aber ich lasse mich gehorsam am Tisch nieder.

»Du kommst erst wieder nach vorne, wenn der Teller leer ist«, gebietet mein Chef und ich nicke brav. Dann lasse ich mir die köstliche Pasta schmecken. Ich merke jetzt schon, dass es eine gute Idee war, wieder zur Arbeit zu gehen. Und nicht nur wegen des Geldes. Dies hier ist einfach mein Zuhause. Meine Familie. Und bald werde ich meine eigene Familie gründen.

In den nächsten Tagen erstelle ich eine Liste aller Kosten, die auf mich zukommen: Anschaffungen, Handwerker für die Renovierung, Miete plus Nebenkosten, Personalkosten, Auffüllen des Warenlagers, Konzession beantragen, Versicherungen und so weiter und so fort. Ich telefoniere, bis mein Ohr glüht, um Angebote einzuholen und zu vergleichen. Ein sehr geduldiger Mensch beim Arbeitsamt hilft mir bei der Erstellung des Finanzierungsplanes. Ziemlich schnell wird mir klar, dass ein eigenes Café vor allem eins ist: Ein teures Vergnügen. Obwohl ich eisern gespart habe, wird das Geld nicht reichen. Jetzt nicht mehr!

»Wieso habe ich Gregor und seiner blöden Frau bloß achttausend Euro in den Rachen geworfen? Das schöne Geld« jaule ich, kaum dass Loretta sich am anderen Ende des Telefons gemeldet hat. Das ist doch wirklich nicht zu glauben! Ich bin einunddreißig Jahre alt und verdiene seit neun Jahren gutes Geld, dennoch fahre ich eine alte Rostlaube und lebe auf vierzig Quadratmetern, und warum? Weil ich jeden Pfennig für mein eigenes Café zurückgelegt habe.

»Ruf doch Gregor an und sag ihm, er soll dir das Geld jetzt endlich zurückgeben«, schlägt Loretta, pragmatisch wie sie ist, vor.

»Das werde ich auf keinen Fall tun, ihn um Geld bitten«, antworte ich heftig und haue mit der flachen Hand auf den Schreibtisch, dass meine Kostenkalkulation abhebt.

»Wer hat was von bitten gesagt? Er hat es dir doch versprochen, oder nicht?«

»Er hat mir auch versprochen, dass er mich lieben wird bis in alle Ewigkeit, ich hatte das sogar schriftlich von ihm«, sage ich bitter mit einem Blick auf meinen Flurspiegel und fahre, ohne auf Lorettas irritiertes Räuspern zu achten, fort: »Er hat mir tausend Dinge versprochen, die er nicht gehalten hat. Nur über meine Leiche rufe ich ihn an und frage nach dem Geld!«

»Gut, wenn du das nicht willst, dann müssen wir eine andere Lösung finden. Entweder du nimmst einen Kredit bei der Bank auf oder du schränkst dich in den Kosten ein.«

»Auf keinen Fall, es ist alles so perfekt«, sage ich in jammervollem Ton. »Und außerdem habe ich schon echt sparsam kalkuliert.«

»Dann musst du dir eben Geld leihen«, meint Loretta und ich seufze tief. »Mach dir keine Sorgen, andere Leute starten ihr eigenes Geschäft mit null Eigenkapital und das funktioniert auch. Ist schon toll, dass du überhaupt soviel Geld angespart hast«, versucht sie mich aufzuheitern. »Hör zu, ich muss zum Gericht. Bis später.«

»Ja, bis dann«, sage ich und lege auf. Sauer starre ich vor mich hin. Natürlich kann ich mir die achttausend Euro von der Bank leihen, aber so ganz einsehen kann ich das nicht. Das ist mein Geld! Und Gregor hat tatsächlich versprochen … Oh nein! Ich greife erneut nach meinem Telefon und mache mich unsinnigerweise in meinem restlos leeren Speicher auf die Suche nach besagter SMS. Ob ich sie nicht doch irgendwo anders hin verschoben habe. Leider ist sie jedoch nicht zu finden. Mein Handy ist absolut Gregor-freie Zone. Ich könnte mir selbst in den Hintern treten, dass ich nicht daran gedacht habe, ihn an das Geld zu erinnern. So einen Betrag zahlt der doch aus der Portokasse. Dabei fällt mir auf, dass ich Gregor noch nie gefragt habe, wieviel er eigentlich mit einem seiner Bilder so verdient. Aus gutem Grund. Einen Mann nach seinem Einkommen zu fragen klingt ja immer so ein bisschen verdächtig. Schlecht kann er jedenfalls nicht verdienen. Ein weiteres Mal fühle ich mich von ihm im Stich gelassen. Ein paar Tränen kullern meine Wange hinunter, dann wische ich sie energisch weg. Schluss jetzt mit der Heulerei!

In den nächsten zwei Wochen bin ich so beschäftigt, dass ich manchmal tatsächlich mehrere Stunden am Stück vergesse, dass es einen Herrn namens Gregor Landahl in meinem Leben gegeben hat. Und wenn ich an ihn denke, dann macht mich das eher wütend als traurig. Dieser Mistkerl! Wenn ich nicht über einen geeigneten Namen für mein Café nachdenke, dann male ich mir wüste Rachepläne aus. Aber die Idee, ihn von Madame Thekla verhexen zu lassen, habe ich dann doch schnell wieder aufgegeben.

»Alles fällt auf dich zurück, Luzie«, hat sie bekümmert gesagt und ich konnte förmlich durch den Hörer spüren, wie sie ihr rotbelocktes Haupt schüttelt, »und willst du wirklich, dass eine Naturgewalt kommt und dein neu eröffnetes Café dem Erdboden gleichmacht?« Zwar halte ich es für relativ unwahrscheinlich, dass in den nächsten fünfzig Jahren ein Tornado die Hamburger Schanze heimsuchen wird, dennoch habe ich meinen Plan daraufhin fallen gelassen. »Das Leben sorgt für Gerechtigkeit, mein liebes Kind«, hat Thekla mir noch versichert und mir das Versprechen abgenommen, sie bald wieder zu besuchen.

Zunächst einmal bekomme ich aber unerwarteten Besuch. Es ist Mittwochmorgen, acht Uhr früh, ich sitze todmüde am

Küchentisch und versuche, meine Lebensgeister mit einem starken Kaffee zu wecken. Meine Füße tun noch weh von der Schicht im L'Auberge. Ausgerechnet gestern hatten wir zwei Geburtstagsgruppen, deren klägliche Reste sich um halb zwei dann auch noch zusammentaten. Fast eineinhalb Stunden habe ich gebraucht, um auch den letzten Gast höflich hinauszukomplimentieren. Als dann heute Morgen nach nicht einmal vier Stunden Schlaf der Wecker klingelte, dachte ich, jemand wäre mit der Dampfwalze über mich drübergerollt. Aber ich habe mir vorgenommen, heute endlich das Pflichtseminar zum Thema »Lebensmittelreinheit und Ausschankgesetze«, den so genannten »Hackfleischkurs«, hinter mich zu bringen. Den muss jeder besuchen, der einen eigenen gastronomischen Betrieb eröffnen will. Nicht, dass ich denke, dass mir dort jemand irgendetwas Neues erzählen könnte. Aber ich brauche diesen Wisch nun einmal, und damit basta!

Da die Wirkung des Koffeins sich noch nicht einstellen will, trinke ich den nächsten Kaffee ohne Milch und schüttele mich nachdrücklich, als es an der Tür klingelt. Wer kann das denn sein? Schlurfend bewege ich mich zur Gegensprechanlage:

»Wer ist da?« Ich lausche in den Hörer, erhalte aber keine Antwort. »Hallo?«, frage ich erneut, doch als ich wieder nichts höre, lege ich auf. »Dann nicht«, murmele ich, als es erneut klingelt. Durchdringender diesmal. »Ja, wer ist denn da?«, versuche ich es erneut, aber wieder bleibt es unten still. Doch die Klingel schrillt immer wieder, in kurzen Abständen. Vielleicht stimmt was mit meiner Gegensprechanlage nicht und da unten schreit sich jemand die Kehle aus dem Leib? Na ja, es wird schon nicht Mackie Messer sein, beschließe ich und betätige den Türöffner. Aber vielleicht ist es Gregor, fährt es mir durch den Kopf und mein Herz setzt für einen Moment aus. Mit dieser Möglichkeit hatte ich ja eigentlich schon gar nicht mehr gerechnet. Aber wer weiß? Vielleicht hat er mich vermisst? Vielleicht hat er gespürt, dass ich mich emotional von ihm entferne? Dass ich wieder mein Leben in die Hand nehme und mich bemühe, ihn zu vergessen? Nervös fahre ich mir mit den Fingern durchs Haar, öffne meine Wohnungstür und spähe, indem ich den Oberkörper weit über das Geländer lehne, ins Treppenhaus hinunter. Aber es ist nicht Gregor, der da mit entschlossenen Schritten die Stufen zu mir hinaufklettert. Diese Person hat blondes, schulterlanges Haar und wenige Sekunden später bewahrheitet sich meine schlimmste Vermutung: In einem eleganten, dunkelgrünen Hosenanzug unter ihrem schwarzen Wintermantel, auf hochhackigen Pumps, das Gesicht dezent geschminkt, tritt mir Gregors Frau Anna entgegen.

10.

Vierlagig und weich und blau

»Guten Morgen«, wünscht Anna mir, aber ihrem Gesichtsausdruck nach wünscht sie mir etwas ganz anderes. Zum Beispiel die Pest an den Hals.

»Guten Morgen«, stammele ich. Ich werde mir schmerzlich meiner ungewaschenen Haare, dem ausgewaschenen Kapuzensweatshirt und der abgenutzten Jeans bewusst. Während ich beobachte, wie sie in ihrer schicken, schwarzen Aktentasche herumwühlt, frage ich mich, was ich jetzt tun soll. Sie etwa hereinbitten? Einen Kaffee anbieten? Was will sie von mir? »Anna, was willst du hier?«, frage ich.

»Ich will dir etwas zurückgeben«, erwidert sie und im gleichen Moment scheint sie gefunden zu haben, wonach sie gesucht hat. In hohem Bogen fliegt etwas Himmelblaues, Rüschiges durch die Luft, prallt an meinem überraschten Gesicht ab und fällt dann zu Boden, mir direkt vor die Füße. Erstaunt sehe ich auf das Häuflein glänzenden Stoffs am Boden und berühre es leicht mit der großen Zehe. Noch bevor ich fragen kann, um was es sich handelt, geht ein solcher Schwall von Beschimpfungen auf mich nieder, dass mir die Ohren schlackern. Vielleicht ist es gut, dass ich so müde bin und nur die Hälfte verstehe, denn sie benutzt Wörter, die ich nicht mal als pubertierende Göre meiner Schwester an den Kopf geworfen habe.

»Moment jetzt mal«, nutze ich eine kurze Atempause von Anna, um auch mal etwas zu sagen. »Kannst du mir sagen, was das soll?« Und bevor sie weiter rumschreien kann, fahre ich fort: »Ich verstehe, dass du sauer auf mich bist, aber ich habe Gregor seit über vier Wochen weder gesehen noch gesprochen. Ich habe mich von ihm getrennt und …«

»Du hast dich von ihm getrennt?«, fragt Anna scharf und ich nicke. Stumm steht sie da, während ich mich herunterbeuge und das hellblaue Etwas aufhebe, das sich als ein mit Rüschen besetzter Slip herausstellt. Mit spitzen Fingern halte ich das Ding von mir weg und Anna unter die Nase.

»Was fällt dir ein, mir das ins Gesicht zu werfen?«, frage ich nun meinerseits wütend und füge, nach einem genaueren Blick, hinzu: »Er ist verdammt noch mal gebraucht.«

»Ja, von dir«, gibt Anna zurück. »Ich habe ihn im Auto gefunden.«

»Das ist das dämlichste Klischee, das ich je in meinem Leben gehört habe«, fahre ich sie an. »Glaubst du allen Ernstes, ich wäre so blöd, meinen Slip irgendwo zu vergessen?« Ein verunsicherter Ausdruck huscht über ihr hübsches Gesicht. Sie bemüht sich tapfer, die Fassung zu bewahren, aber ihre Augen schwimmen bedenklich in Tränen.

»Komm rein«, sage ich plötzlich und gehe vorneweg in die Küche. Sie folgt mir zögernd und ich bin froh, dass ich Gregors Liebesschwüre von meinen Spiegeln eliminiert habe. »Setz dich«, fordere ich sie auf und versenke die Unterhose unbekannter Herkunft in einem Gefrierbeutel. So machen es die Kommissare im Tatort schließlich auch mit wichtigen Indizien. Dann wasche ich mir gründlich die Hände und schenke Anna einen Becher Kaffee ein. Sie nimmt ihn entgegen, schaut sich um und sagt noch immer kein Wort. Ich setze mich ihr gegenüber hin und hole tief Luft: »Ich kann dir versichern, dass das nicht mein Slip ist. Glaub mir. Hellblau steht mir nicht«, versuche ich einen Scherz, aber sie lächelt nicht. Na ja, das kann ich verstehen. Kopfschüttelnd sehe ich auf das Corpus Delicti, das mir von meiner Rivalin ins Gesicht geworfen wurde. Und ich dachte immer, so etwas passiert nur in wirklich schlechten Filmen. Bei denen ich mich immer frage, wie eine Frau so dämlich sein kann, ausgerechnet ihre Unterhose zu vergessen. Das spürt man doch, ob man untenrum was anhat. Oder etwa nicht? Nun, anscheinend war aber tatsächlich jemand blöd genug. Eine Frau. Nicht ich und nicht Anna. Aber wer sonst? »Du sagst, du hast ihn in Gregors Auto gefunden?«, erkundige ich mich und sie nickt schwach.

»Ja, auf dem Rücksitz.«

»Da lag er einfach so rum?« Ja, ist der Mann denn blind?

»Er steckte in der Ritze zwischen Sitzfläche und Lehne«, erklärt sie und ich nicke verstehend.

»Glaubst du mir, dass es nicht meiner ist?« Sie nickt zögernd. »Glaubst du mir, dass ich ihn verlassen habe?« Eigentlich kann es mir piepegal sein, aber je mehr Abstand ich zu Gregor bekomme, desto schlimmer plagt mich mein schlechtes Gewissen seiner Frau gegenüber. Ich hatte mich immer für einen äußerst loyalen Menschen gehalten. Frauen müssen zusammenhalten und so. Und habe nicht danach gehandelt.

»Er hat mir gesagt, dass er dich verlassen hat«, sagt Anna mit starrer Miene. »Das war also auch gelogen?« Mir bleibt nichts anderes übrig, als mit bedauernder Miene zu nicken. Die Arme! So langsam beneide ich sie nicht mal mehr um den Kerl. »Und wenn ich das richtig sehe, betrügt er mich schon wieder. Mit einer anderen«, fährt sie fort. »Oder wie würdest du das interpretieren?«

»Äh, ja, so ähnlich. Möchtest du vielleicht einen Saft?« stammele ich und springe auf. Irgendwie muss ich die sich aufbauende Spannung abschütteln. Hektisch renne ich zum Kühlschrank, greife nach dem Orangensaft und schenke ein Glas ein, als ich hinter mir ein Schluchzen höre. Oh nein, bitte nicht! Wie erstarrt stehe ich da, den Blick auf die roten Fliesen über dem Spülbecken geheftet, während Gregors Frau in meiner Küche sitzt und weint. Ich atme tief durch, einmal, zweimal. Ich weiß nicht, was ich machen soll. Noch immer stehe ich mit dem Rücken zu Anna, den Tetrapak in der Rechten, das gefüllte Glas in der linken Hand, und kann mich nicht rühren, bis ihre Stimme mich aus meiner Starre reißt:

»Hast du vielleicht mal ein Taschentuch?«, fragt sie leise und ich drehe mich endlich zu ihr um.

»Ja, natürlich, klar«, antworte ich hektisch, stelle den Saft vor ihr auf den kleinen Tisch, ohne ihr ins Gesicht zu schauen. Dann renne ich aus der Küche, ohne genau zu wissen, weshalb. Nur weg von der weinenden Frau. Ich kann mit dieser Situation einfach nicht umgehen. »Einen Moment, ich hab's gleich«, rufe ich über die Schulter zurück, während ich die Schubladen der Kommode in meinem Flur nach einer Packung Tempotaschentücher durchforste. Ohne Erfolg. Ich richte mich auf und stürze ins Wohnzimmer. Danach ins Schlafzimmer. Nichts. Man sollte meinen, nachdem ich einen Großteil meiner jüngsten Vergangenheit mit Heulen verbracht habe, sollte ich doch ein einziges läppisches Taschentuch im Haus haben. Aber nein. Wozu gibt es schließlich vierlagiges Toilettenpapier? Ich hole eine Rolle aus dem

Badezimmer. Aber was mir für meine eigenen Tränen gut genug war, ist mir vor Anna jetzt irgendwie peinlich. In diesem Moment höre ich sie in der Küche lautstark die Nase hochziehen und beschließe, dass Klopapier immer noch besser ist als nichts. Als ich zurück in die Küche komme, bietet sich mir ein Bild des Jammers. Die Wimperntusche läuft in schwarzen Bächen Annas blasses Gesicht hinunter, während sie krampfhaft versucht, ihr Schluchzen zu unterdrücken. Verlegen halte ich ihr die Rolle hin:

»Ich hab leider nur Klopapier.«

»Macht nichts. Danke«, schnieft sie und reißt ein paar Blätter ab.

»Es ist vierlagig«, plappere ich weiter, »und ganz weich. Und, äh, blau.«

»Das sehe ich«, sagt Anna, wischt sich die Tränen weg und putzt sich lautstark die Nase. Ich stehe unschlüssig herum und trete von einem Bein auf das andere. Als mein Blick auf die silberne Wanduhr fällt, zucke ich erschreckt zusammen. Verdammt, mein Seminar! Das hatte ich ja total vergessen. Noch kann ich es schaffen, aber dann müsste ich Anna jetzt auf der Stelle rauswerfen und aus irgendeinem Grund bringe ich das nicht über mich. Doch in diesem Moment erhebt sie sich von selbst und streckt mir die Hand hin, die ich ergreife.

»Entschuldige die Störung«, murmelt sie. »Ich glaube dir, dass du nichts mehr mit Gregor hast.«

»Danke«, sage ich und sie versucht ein zaghaftes Lächeln, während sie nach dem Gefrierbeutel greift.

»Das hier nehme ich wohl am besten mit. Vielleicht kann er mir ja sagen, wem es gehört.« Der wird natürlich behaupten, das sei mein Höschen, denke ich bitter. Er wird sich rausreden und lügen, dass sich die Balken biegen. Ich sehe

Anna hinterher, die mit gesenktem Kopf durch meinen Flur in Richtung Wohnungstür geht. Alle Kraft scheint aus ihrem Körper gewichen zu sein, nur die Plastiktüte hält sie so krampfhaft, dass die Knöchel an ihrer Hand weiß hervortreten.

»Warte«, rufe ich ihr hinterher und sie dreht sich überrascht zu mir um. »Sag ihm nichts. Wir sollten ihn auf frischer Tat ertappen.«

»Wir?«, fragt sie verwundert und ich halte einen Moment lang inne. Dann nicke ich heftig:

»Ja. Wir.«

Auf dem Weg zum Seminar über Lebensmittelreinheit und Ausschankgesetze schramme ich dreimal nur knapp an einem Auffahrunfall vorbei. Das ist aber nicht meine Schuld, sondern Lorettas, die mich durch das Telefon anschreit, kaum dass ich ihr von dem morgendlichen Besuch erzählt habe.

»Ja, bist du denn wahnsinnig geworden? Was soll das?« wettert sie, während ich gleichzeitig versuche, die Spur zu wechseln und mein Handy an die Freisprechanlage anzuschließen. Empörtes Hupen erklingt und der Fahrer des roten Golfs hinter mir zeigt mir den Stinkefinger.

»Ich kann doch nichts dafür, dass sie einfach so bei mir auftaucht. Sie hat nun mal meine Adresse«, verteidige ich mich, während ich entschuldigend den Arm hebe, um den Golffahrer zu beruhigen. »Und sie dachte, der Slip sei von mir.«

»Das habe ich kapiert. Ist er aber nicht. Basta!«

»Ja, aber weißt du, was das heißt?«, erkundige ich mich aufgeregt. »Er vögelt noch eine andere Frau.«

»Das ist aber nicht dein Problem«, beharrt Loretta. In diesem Moment springt die Ampel vor mir auf Gelb und ich steige in die Eisen. Ein erneutes Hupkonzert ertönt und im Rückspiegel sehe ich den Golf gefährlich näher kommen. Zentimeter von meiner Stoßstange entfernt kommt er dann doch zum Stehen. »Wieso willst du jetzt gemeinsam mit Anna –?« Plötzlich kann ich Loretta nicht mehr hören.

»Loretta? Bist du noch da? Ich verstehe dich nicht mehr.« Ich greife nach meinem Telefon und trenne die Verbindung zur Freisprechanlage. »Hallo?«

»Ja. Ich bin noch dran.«

»Oh. Dieses Mistding funktioniert schon wieder nicht.« Ich feuere meine Freisprechanlage in den Fußraum des Beifahrersitzes und beobachte, dass mein Hintermann es anscheinend nicht begrüßt, dass ich zusätzlich zu meinem Unvermögen jetzt auch noch ein Telefon am Ohr habe. Kann ich aber nicht ändern. »Was meintest du gerade?«, nehme ich das Gespräch wieder auf.

»Ich habe dich gefragt, warum du mit Anna zusammen Sherlock Holmes spielen und Gregor auffliegen lassen willst?«

»Keine Ahnung«, meine ich achselzuckend und gebe Gas. »Sie hat mir einfach leid getan, ich will ihr helfen. Und irgendwie sitzen wir doch jetzt gemeinsam in einem Boot.«

»Phhhffff«, kommt es langgezogen vom anderen Ende der Leitung.

»Was soll das jetzt heißen?«, frage ich entnervt und schiele gleichzeitig auf den aufgeschlagenen Stadtplan neben mir. Oh, hier muss ich rechts. Kaum habe ich die Spur gewechselt, braust Mister Golf hupend an mir vorbei und tippt sich mit dem Zeigefinger unmissverständlich an die Stirn. »Du

Blödmann«, schimpfe ich zurück. »Entschuldige, Loretta, nicht du. Also, was soll das heißen?«

»Das soll heißen, dass ich dich mit dem Argument der Nächstenliebe nicht davonkommen lassen werde«, gibt sie ruhig zurück. »Du hast dich mit Anna verabredet, weil das eine Möglichkeit für dich darstellt, Gregor in irgendeiner Weise nahe zu sein. Ihn wieder in deinem Leben zu haben.« Noch bevor ich empört protestieren kann, fährt sie fort: »Außerdem bist du sauer, dass er schon wieder eine Affäre hat, weil er damit das, was zwischen euch war, beschmutzt und klein macht.«

»Der Gedanke war mir noch nicht gekommen. Aber danke, dass du ihn aufbringst«, sage ich eingeschnappt.

»Vielleicht«, fährt sie ungerührt fort, »hoffst du aber auch, dass Anna ihn angesichts dieser neuen Umstände doch verlässt, was ich ihr übrigens dringend raten würde. Und dann wärest du zur Stelle, um ihn in deine tröstenden Arme zu schließen und wieder bei dir aufzunehmen.«

»Loretta, ich muss auflegen«, sage ich abrupt.

»Das kommt nicht in Frage. Nur, weil ich die Wahrheit sage und du sie nicht hören willst –«

»Ich muss wirklich auflegen«, wiederhole ich panisch.

»Untersteh dich! Leg jetzt nicht –« In diesem Moment werfe ich das Handy hinter mich auf den Rücksitz. Dann verlangsame ich mein Tempo und fahre brav rechts ran, so wie es mir die Leuchtschrift auf dem hinter mir fahrenden Polizeiwagen gebietet.

Langsam kurbele ich das Fenster hinunter und setze meine schönste Unschuldsmiene auf, während der Polizeibeamte hinter mir aus dem Wagen steigt und auf mich zukommt. Soviel wie in den letzten paar Wochen hatte ich in meinem ganzen bisherigen Leben nicht mit der Polizei zu tun, denke ich verstimmt und ziehe die Mundwinkel noch ein bisschen höher.

»Guten Morgen«, ertönt eine tiefe Stimme und ich sehe in zwei mir wohlbekannte, blaue Augen.

»Michael«, sage ich erstaunt.

»Luzie«, kommt es zurück. Er hat so einen Ton drauf wie meine Mutter früher, wenn sie mich mal wieder bei einer Dummheit erwischt hat.

»Verfolgst du mich?«, versuche ich ein bisschen zu flirten.

»Du lässt mir keine andere Wahl, wenn du mit kaputtem Bremslicht durch die Stadt fährst, dabei ohne Freisprechanlage telefonierst und ohne zu blinken die Spur wechselst.«

Au Backe! Schuldbewusst sehe ich zu ihm hoch.

»Aber ich habe eine Freisprechanlage, siehst du«, beginne ich aufgeregt, mich zu verteidigen, grabsche nach dem Kabelwust und halte ihn ihm unter die Nase. »Sie hat wirklich erst vor fünf Minuten den Geist aufgegeben. Davor habe ich sie benutzt«, beteuere ich.

»Wieso hast du das Gespräch dann nicht einfach beendet?«, erkundigt er sich und ich zucke ratlos mit den Schultern. »War er es?«, fragt er und ein Schatten huscht über sein Gesicht.

»Nein, nein«, versichere ich hektisch, »das war Loretta, meine beste Freundin. Sie war gerade dabei, mir eine Standpauke zu halten, weil ich Gregors Frau dabei helfen will, seine neue Affäre auffliegen zu lassen.«

»Was?«, fragt er verständnislos.

»Sie war heute bei mir. Und sie hat einen Slip im Auto gefunden. Nicht meinen übrigens«, beeile ich mich zu versichern, »ich wäre niemals so blöd, meinen Slip irgendwo zu vergessen. Es sei denn absichtlich.« In diesem Moment stocke ich. Natürlich! Mit der flachen Hand haue ich mir vor die Stirn. Wie konnte ich nur so blöd sein? »Sie hat ihn absichtlich dort hingelegt«, eröffne ich Michael, der mich irgendwie merkwürdig ansieht. »Ich habe nicht getrunken und auch keine Drogen genommen«, versichere ich ihm. »Vielen Dank für die Lebensmittel«, fällt mir ein und er nickt.

»Gern geschehen. Du siehst ein bisschen besser aus.«

»Es geht mir auch besser. Ich eröffne bald mein eigenes Café.«

»Wirklich? Das ist ja toll!« Er lächelt mich an und entblößt dabei ein schönes, weißes Gebiss. Ich lächele zurück und werfe einen Blick auf die Uhr. Mist! In zehn Minuten fängt mein Seminar an. Ich muss weiter und am besten ohne Strafzettel. Ich vertiefe mein Lächeln noch ein wenig und sehe mit großen Kulleraugen zu Michael hinauf, der plötzlich ein strenges Gesicht aufsetzt. Nanu. Was ist denn jetzt kaputt?

»Tja, Frau Kramer, das gibt ein saftiges Bußgeld«, sagt er und zückt seinen Block, als an seiner Seite eine weitere uniformierte Person auftaucht und neugierig in den Wagen hineinlugt.

»Tach, Frau Kinkel«, sage ich säuerlich und hebe lässig die Hand.

»Sie schon wieder«, gibt sie erstaunt zurück. »Wusste ich doch, dass es dieses Auto nur einmal in Hamburg gibt.«

»Ich schaff das hier schon«, unterbricht Michael sie und fährt mit strenger Miene fort, meinen Strafzettel auszufüllen. Während Nora Kinkel sich in Richtung Polizeiauto davon trolle, murmelt er: »Also, Mängel am Fahrzeug, Spurwechsel ohne Blinken, Telefonieren ohne Freisprech…«

»Ich sage doch, ich habe eine Freisprechanlage«, sage ich heftig und fuchtele mit dem nutzlosen Ding herum, doch sein Blick bringt mich zum Schweigen. So ein Idiot! Ich dachte, er mag mich. Warum sonst hat er mir denn die Lebensmittel geschickt? Und mir das Du angeboten? Aber schon klar, wenn es um Recht und Ordnung geht, kennt so ein Korinthenkacker natürlich keine Freunde.

»So, hier.« Schwungvoll setzt er seinen Hans-Willi unter den Strafzettel und reicht ihn mir.

»Danke«, sage ich säuerlich.

»Und Luzie?«

»Ja, Herr Lange«, sage ich betont und er lächelt ein wenig.

»Ich finde, deine Freundin hat recht. Du solltest ihn aus deinem Leben raushalten. Er tut dir nicht gut.« Na, das hab ich gern. Mir erst einen Strafzettel geben und dann auch noch unerwünschte Ratschläge.

»Ich glaube, ich komme ganz gut alleine klar«, antworte ich steif. »Kann ich jetzt bitte fahren? Ich habe einen wichtigen Termin.«

»Natürlich. Und lass das Bremslicht reparieren.«

»Ja doch«, gebe ich genervt zurück, während Michael einen Schritt nach hinten geht, um mich wegfahren zu lassen. Ich drehe den Zündschlüssel und gebe jaulend Gas. Mit einer übertriebenen Geste setze ich den Blinker und sehe Michael scheel von unten herauf an, bevor ich mit quietschenden Reifen wieder auf die Straße fahre.

»Bis bald«, ruft er mir hinterher.

»Hoffentlich nicht«, murmele ich. Jetzt aber schnell. Während ich zügig die Straße entlangfahre, höre ich plötzlich Geräusche auf meiner Rückbank. Was ist das denn? Ich lehne mich ein wenig zurück und lausche. Das kann doch wohl nicht wahr sein. Ich verrenke mir beinahe den Nacken, während ich mich nach meinem Telefon strecke, aus dem die Laute kommen.

»Luuuuuzie, hallooo!«

»Du bist immer noch dran?«, frage ich in den Hörer und Loretta lacht.

»Klar! Na, mal wieder in eine Polizeistreife gekommen, Frau Kramer?«

»Allerdings«, sage ich verstimmt und sehe mich hektisch um, ob nicht schon wieder irgendwo ein Streifenwagen auf der Lauer liegt, um mich des Telefonierens ohne Freisprechanlage zu überführen. Wobei mir auffällt, dass die pädagogische Wirkung eines Strafzettels anscheinend gegen Null geht. Zumindest bei mir.

»Hab ich richtig gehört? Schon wieder dieser Michael? Verfolgt der dich?«

»Keine Ahnung«, sage ich desinteressiert, während ich auf einen großen Parkplatz abbiege. Hier muss es sein. Richtig, dort ist die Hausnummer neun und ich habe noch genau neunzig Sekunden Zeit.

»Er liebt dich«, kichert Loretta mit hoher Fistelstimme, »er will dich heiraten und ganz viele Babys mit dir haben.«

»Dieses Ziel wird er nicht erreichen, indem er mir saftige Bußgelder aufbrummt«, kontere ich genervt.

»Wieviel ist es denn?« will Loretta neugierig wissen. Ich nehme unwillig den Strafzettel zur Hand und ziehe erstaunt die Luft ein. »Hat's dir die Sprache verschlagen? Nun sag schon, wieviel«, drängelt Loretta.

»Siebenmillionendreihundertsechsundzwanzigtausenddreihundertzwölf«, gebe ich ernsthaft zurück.

»Willst du mich veräppeln?«

»Ich sage dir, das ist die Zahl, die hier steht. Ach, warte, und darüber steht Folgendes: Ich kenne ein köstliches Restaurant, ideal für Zahnlose oder Liebeskummergeplagte. Würde dich dort gerne auf eine Suppe einladen. Wenn du Lust hast, ruf mich an unter 73 26 312.«

Loretta findet das mit der Suppe eine großartige Idee. Und das mit dem Heiraten und Kinderkriegen anscheinend auch.

»Auch wenn ich ihn nicht kenne, ist der mir jetzt schon tausendmal sympathischer als Gregor«, redet sie auf mich ein, während ich schnellen Schrittes in den zweiten Stock hinaufrenne. Vor einer grünen Tür steht bereits eine ganze Traube Menschen, die genau so übernächtigt wirken wie ich. Hier bin ich zweifellos richtig. Ich nicke in die Runde und stelle mich mit dem Rücken an die Fensterbank.

»Und wieso?«, erkundige ich mich bei Loretta.

»Nun, er scheint dich zu mögen, lässt sich von einer Abfuhr nicht entmutigen, ist unverheiratet und, was das Wichtigste ist, er hat erkannt, dass deine Freundin Loretta immer recht hat.«

»Haha. Ich muss auflegen.« Ich drücke sie weg und schalte mein Telefon gleich ganz aus, weil jetzt ein dicker Typ mit wenig Haaren in Jeans und weißem Hemd auftaucht, uns einen »Guten Morgen« wünscht und die Türe aufschließt. Gehorsam trotten wir in den Klassenraum und lassen uns an den Zweiertischen nieder. Ich setze mich nach ganz hinten ans Fenster und starre hinaus, während der Mann, der sich als Herr Clausen vorstellt, seinen Vortrag beginnt.

Am Nachmittag bin ich so schlau wie vorher. Das macht aber nichts, denn ich war schon ziemlich schlau. Zumindest was die Gastronomiegesetze angeht. Statt mir Dinge anzuhören, die ich sowieso schon wusste, habe ich die Stunden genutzt, um einigermaßen Ordnung in das Chaos meiner Gedanken zu bringen. Zunächst mal habe ich beschlossen, Michael Lange nicht anzurufen. Obwohl er mich vor einem sicheren Strafzettel bewahrt hat. Und vor einem Punkt in Flensburg. Und vor dem Hungertod. Und obwohl er ja eigentlich schon echt ganz süß ist. Ich beschließe aber, dass mein geschundenes Herz eine Ruhepause braucht. Dass ich mich auf mich selbst und meine Karrierepläne konzentrieren sollte. Dass es viel zu früh ist, einen neuen Mann in mein Leben zu lassen. Wo ich den anderen doch noch nicht einmal wirklich los bin. Und da bin ich auch schon bei meinem Hauptproblem. Hat Loretta möglicherweise recht? Ist mir jedes Mittel recht, um Gregor wieder zurück in mein Leben zu holen? Und warum bin ich so scharf drauf, ihn gemeinsam mit Anna des Seitensprungs zu überführen? Will ich mich rächen? Oder habe ich, ganz tief in meinem Unterbewusstsein, tatsächlich den Wunsch, ihn zurückzubekommen? Egal wie? Würde ich wirklich die Reste von ihm aufkratzen, nachdem Anna ihn rausgeworfen hat? Ich weiß es nicht. Eine leise Stimme in mir beschwört mich, die Finger von der ganzen Sache zu lassen.

Dennoch bitte ich Loretta am nächsten Morgen, mir ihren Wagen zu leihen. Wie Frau Kinkel gesagt hat, ein Auto wie meins gibt es in Hamburg nicht noch mal. Weshalb es für eine Verfolgungsjagd denkbar ungeeignet ist.

»Wieso? Ist deins kaputt?«

»In der Werkstatt. Das Bremslicht muss doch ausgetauscht werden«, lüge ich und sie sieht mich misstrauisch an.

»Was ist denn das für eine Werkstatt? Das können die dir doch an der Tankstelle in zwei Minuten auswechseln«, meint sie zweifelnd, gibt mir dann aber doch ihren Autoschlüssel. »Aber um spätestens halb sechs brauche ich ihn wieder. Heute Abend will ich endlich mal wieder zum Yoga.« Ich verspreche ihr, den Wagen bis dahin wieder im Parkhaus ihrer Kanzlei abzustellen und fahre dann hinaus nach Halstenbek, wo ich Anna in der wenige Straßen von ihrer Siedlung entfernten Bäckerei abhole. Kaum hat sie mich gesehen, erhebt sie sich und kommt heraus, in der Hand zwei Pappbecher mit Kaffee.

»Hier«, meint sie beim Einsteigen und hält mir einen davon hin.

»Danke«, sage ich erstaunt und fahre los.

»Gregor ist noch zu Hause«, informiert Anna mich mit angespanntem Gesichtsausdruck. »Ich habe eben noch mal mit ihm telefoniert.«

»Okay.«

Zwei Minuten später parke ich Lorettas Wagen hinter derselben Hecke, von der aus ich vor einiger Zeit schon einmal das Haus der Landahls beobachtet habe. Schweigend sitzen wir nebeneinander und nippen an unserem Kaffee.

»Fehlen nur noch die Doughnuts«, versuche ich mit einem kleinen Scherz die Stimmung aufzulockern, aber leider kapiert Anna ihn nicht. Anscheinend guckt sie nicht so leidenschaftlich gerne US-Polizeiserien wie ich. Ist auch egal. Verstohlen betrachte ich sie von der Seite und muss zugeben, dass sie wirklich eine hübsche Frau ist. Gerade will ich deswegen Komplexe bekommen, als mir einfällt, dass mir von allen Seiten bestätigt wurde, wie ähnlich wir uns sehen.

»Da ist er«, ruft sie plötzlich und vor lauter Schreck fällt mir beinahe der Kaffeebecher aus der Hand. Tatsächlich, da ist er. Gebannt beobachte ich, wie Gregor die Haustür hinter sich ins Schloss zieht und zu seinem schwarzen BMW geht. Eine wahre Gefühlswelle bricht über mich herein. Es kommt mir vor, als hätte ich ihn eine Ewigkeit nicht mehr gesehen und doch ist er mir so vertraut. Obwohl wir gut und gerne zehn Meter von ihm entfernt parken, sehe ich sein Gesicht deutlich vor mir. So deutlich, als würde er direkt neben mir im Bett liegen. Ich sehe die fächerförmigen, nach oben gerichteten Fältchen um seine Augen herum, den Leberfleck neben dem rechten Mundwinkel, die winzige abgeschlagene Ecke am Schneidezahn. Und plötzlich bilde ich mir sogar ein, seinen Geruch wahrzunehmen.

»Hier, setz das auf«, reißt Anna mich aus meinen Gedanken und hält mir eine dunkelblaue Baseballkappe hin, während sie sich mit der anderen Hand einen braunen Schlapphut aufs Haupt setzt. Erschrocken fahre ich zusammen.

»Oh, gute Idee«, stammele ich, setze die Mütze auf und starte den Wagen, weil Gregor gerade langsam davonfährt.

»Hinterher«, befiehlt Anna ruhig und ich gehorche. Aber in meinem Inneren herrscht ein absolutes Chaos. Während wir Gregor in gemessenem Abstand in Richtung Innenstadt folgen, rasen meine Gedanken. Und mein Herz. Was mache ich hier eigentlich? Loretta hatte recht, das war eine ganz, ganz blöde Idee! Aber jetzt ist es zu spät. Ich kann ja Anna schlecht zu Fuß hinter Gregor herlaufen lassen. Also Augen zu und durch!

Im »September« in der Feldstraße trifft Gregor sich mit seiner kleinen Freundin. Richtig geraten, sie ist ebenfalls blond und zierlich. Ob sie helle Augen und eine Lücke zwischen den

Schneidezähnen hat, kann ich von hier draußen nicht erkennen. Wir beobachten, wie Gregor an den kleinen Tisch hinten links geht und die Blonde mit einem langen Kuss auf den Mund begrüßt. Gleichzeitig schnappen wir nach Luft. Das war ziemlich eindeutig. Ich muss zusätzlich noch verdauen, dass er sich mit ihr in unserem Lieblingscafé trifft. Und an unserem Tisch. Typisch Mann! Es ist einfacher, die Frau zu wechseln, als die Gewohnheiten. Gerade will ich mich mit Anna beratschlagen, was als Nächstes zu tun ist, da packt sie unvermittelt meine Hand und zieht mich in Richtung Eingangstür.

»He, warte, was willst du«, versuche ich zu protestieren, aber die Frau ist nicht aufzuhalten. Wie eine Furie stürmt sie das Café und schleift mich dabei hinter sich her. Trippelnden Schrittes versuche ich gleichzeitig, mit ihr Schritt zu halten, mir die Kappe vom Kopf zu reißen und durch leichtes Aufschütteln ein wenig Volumen in meinen plattgedrückten Schopf zu zaubern. Immerhin hat Gregor mich seit Wochen nicht gesehen. Wir durchqueren das Kaffee und reißen dabei einer Kellnerin fast ihr schwer beladenes Tablett aus den Händen. Fluchend weicht sie uns aus und verhindert gerade noch das Schlimmste. Ich werfe ihr einen entschuldigenden Blick zu und lasse mich weiter durch den Laden zerren. Wenige Meter vor dem Tisch des Pärchens bleiben wir endlich abrupt stehen. Gregor und die Blonde halten über den Tisch hinweg Händchen und sehen sich verliebt in die Augen. Sie scheinen so ineinander versunken, dass sie nichts um sich herum wahrnehmen. Noch nicht einmal die beiden blonden Frauen, die sie fassungslos anstarren. Gott, ist mir plötzlich schlecht. Ein Blick in Annas grünliches Gesicht zeigt, dass es ihr nicht besser geht. Wohl eher schlechter.

Noch immer hält sie meine Hand umklammert und ich mache mir ernsthaft Sorgen, ob sie mir hier gleich umkippt. Das wäre ein denkbar schlechter Augenblick!

»Anna, ist alles in Ordnung?«, wispere ich leise und sie nickt kaum merklich. »Was machen wir denn jetzt?«, will ich wissen, aber sie sieht mich nur hilflos an. Ich sag's ja, wir hätten uns einen Schlachtplan zurechtlegen sollen. Jetzt stehen wir hier dumm in der Gegend rum. Mein Kopf ist plötzlich wie leer gefegt. In diesem Moment sieht die Blonde auf und schaut irritiert von Anna zu mir.

»Ist irgendwas?«, fragt sie lächelnd. Jetzt hebt auch Gregor den Kopf und schaut zu uns hoch. Er reißt die Augen auf und alle Farbe weicht aus seinem Gesicht.

»Anna«, stößt er hervor. Diese lässt nun meine Hand los und geht mit versteinertem Gesicht auf die beiden zu. Ich folge ihr auf den Fersen. Sie streckt der Blonden, die irritiert von einem zum anderen schaut, ihre schlanke Hand hin und sagt:

»Hallo, ich bin Anna. Gregors Frau.«

»Ich bin Melanie«, kommt es, nach einem kurzen Schockmoment, leise zurück.

»Und ich bin Luzie«, drängele ich mich dazwischen. »Seine Ex-Geliebte.«

»Ich dachte, du hättest deine Frau vor mir noch nie betrogen.« Drei grüne Augenpaare heften sich auf Gregor, der aussieht, als würde er am liebsten im Erdboden versinken. In diesem Moment erscheint die Kellnerin, die wir eben fast umgerannt hätten, mit zwei Milchkaffee. Unsicher bleibt sie ein wenig abseits stehen und kann sich wohl nicht entscheiden, ob es ein geeigneter Zeitpunkt ist, um Getränke zu servieren. Da dreht sich Anna plötzlich zu ihr um und greift nach den Getränken.

»Vielen Dank, ich mache das schon«, sagt sie und baut sich vor Gregor und Melanie auf, in jeder Hand einen Becher. Im Film würde sie den beiden vermutlich deren Inhalt ins Gesicht schütten. Ob sie das wirklich tut? Was für ein Klischee. Würde eigentlich ganz gut zu der Unterhosennummer passen. Gespannt beobachte ich Anna, die sich jetzt Melanie zuwendet: »Ich nehme an, du wusstest, dass Gregor verheiratet ist?« Ihr Gegenüber nickt, fügt aber schnell hinzu:

»Nicht von Anfang an.«

»Natürlich nicht«, kommentiere ich aus dem Hintergrund und werfe Gregor einen giftigen Blick zu.

»Na schön, anscheinend kann man so etwas wie Loyalität unter Frauen heute nicht mehr erwarten«, kommt es bitter von Annas Lippen, »jede nimmt sich, was sie kriegen kann.« Zwei blonde Köpfe senken sich schuldbewusst, während sie an Gregor gewandt fortfährt: »Aber du bist mein Mann.« Damit kippt sie den ersten Milchkaffee über Gregors Lockenkopf aus, der erschrocken zurückweicht.

»Au«, schreit er, als die zweite Ladung in seinem Schoß landet. Ich gebe einen erschrockenen Laut von mir und mache instinktiv einen Schritt auf ihn zu, als er mit wehleidigem Blick die Hände vor seinen Schritt hält, um sich vor weiteren Angriffen zu schützen. Als mich ein undefinierbarer Blick von Anna trifft, könnte ich mir selbst in den Hintern treten. Warum mache ich mir Sorgen um Gregors Familienjuwelen? Er sitzt da wie ein begossener Pudel, mit dampfendem Kopf und dampfender Hose. Mit einem Ruck dreht sich Anna auf dem Absatz um und verlässt das »September«. Insgeheim klatsche ich ihr Beifall für ihren gekonnten Abgang. Betreten sehen wir drei Übriggebliebenen einander an, dann springt Gregor plötzlich wie von der Tarantel gestochen auf.

»Anna, warte«, ruft er und rennt hinter seiner Frau her, dass der Milchkaffee nur so um ihn herumspritzt. Mit hängenden Armen stehe ich da und sehe dem hinausstürmenden Gregor hinterher. Meine Knie werden weich, aber gerade noch rechtzeitig entdecke ich die Kaffeepfütze auf dem Stuhl, auf den ich mich sinken lassen will. Mein Blick trifft den von Melanie, die ebenfalls ziemlich dumm aus der Wäsche schaut. Hier stehen wir nun, die beiden Geliebten, und gucken in die Röhre! In diesem Moment kommt die Kellnerin mit Brötchenkorb und Aufschnittteller und sieht die Sauerei.

»Ups, da hol ich wohl mal lieber einen Lappen«, sagt sie gelassen, während ich beginne, mit ein paar Papierservietten den Schaden zu beheben. Melanie starrt unglücklich auf den Tisch vor sich.

»Ich glaub, mir ist der Appetit vergangen«, sagt sie betreten und schiebt das Essen von sich weg.

»Iß lieber was«, gebe ich ihr einen freundschaftlichen Rat, »wenn dir bald keine deiner Klamotten mehr passen, geht's dir nur noch schlechter.« Hilfesuchend schaut sie mich an und greift zögernd nach einem Croissant. Sie beißt hinein und kaut lustlos, während ich sie nachdenklich betrachte. Wahrscheinlich ist sie ein bisschen jünger als ich, schätzungsweise so Mitte Zwanzig.

»Meinst du, er meldet sich wieder bei mir?«, erkundigt sie sich unsicher und ich zucke mit den Schultern.

»Vielleicht wäre es besser für dich, wenn er das nicht täte.«

»Aber ich liebe ihn.« Ihre Augen füllen sich mit Tränen und ich frage mich plötzlich, was dieser Mann mit einem unübersehbaren Hang zu Bauchansatz und (viel schlimmer) Untreue an sich hat, dass ihm die Frauen reihenweise verfallen.

»Ich weiß. Ich liebe ihn auch«, gebe ich nach einer Pause zu.

»Er hat mir versprochen, dass er sie verlässt.« Natürlich hat er das.

»Und um das Ganze ein bisschen zu beschleunigen, hast du aus Versehen deinen Slip in seinem Auto vergessen, richtig?«, erkundige ich mich und sie nickt ertappt. Seufzend lasse ich mich nun doch auf dem mittlerweile einigermaßen gereinigten Holzstuhl ihr gegenüber nieder und beuge mich zu ihr rüber.

»Ich habe eine Freundin, die sich mit Beziehungen wirklich auskennt«, beginne ich, »und die hat mir von Anfang an gesagt, dass es eine Schnapsidee ist, sich mit einem verheirateten Mann einzulassen. Männer gehen fremd, aber sie trennen sich nicht von ihren Ehefrauen«, zitiere ich Loretta und ich weiß nicht, wem diese Worte mehr wehtun, Melanie, deren Unterlippe gerade verdächtig zu zittern beginnt, oder mir selbst, die ich sie heute zum ersten Mal glaube.

»Ja, aber ...«, beginnt mein Gegenüber, doch ich stoppe sie mit einer Handbewegung.

»Glaub mir, ich weiß, was du sagen willst. Ich habe es selbst gesagt. Aber ich hatte Unrecht. Du hast Unrecht. Die Einzige, die Recht hat, und ich hasse es, das zuzugeben, ist meine Freundin Loretta.«

»Wirklich?«, fragt Melanie und sie sieht dabei so jämmerlich aus, dass ich plötzlich eine Mordswut auf Gregor bekomme.

»Wirklich«, bestätige ich und fühle mich genauso elend wie mein Gegenüber aussieht, »er wird sie nicht verlassen. Niemals.«

11.

Liebe geht durch die Nase

»Ich habe sie verlassen.« Mit zerstrubbelten Haaren und brennenden Augen stehe ich barfuss in meinem Flur und starre ungläubig auf mein Gegenüber, das soeben diese Worte gesprochen hat. Mit glühenden Wangen steht Gregor, mal wieder in seiner unvermeidlichen grünen Kapuzenjacke und mit einer prall gefüllten, schwarzen Sporttasche in der Hand, vor meiner Wohnungstür. Ich reibe mir noch verwirrt den Schlaf aus den Augen, als er plötzlich die Tasche fallen lässt und mich umarmt wie ein Ertrinkender den Rettungsring.

»He, warte mal«, wehre ich mich und stemme ihm die Arme gegen seine Brust. Auch wenn ich soeben von ihm aus dem Tiefschlaf gerissen wurde, so weiß ich doch noch, was vorgestern geschehen ist. »Was soll denn das?«, frage ich ernsthaft ungehalten, als er seinen Klammergriff nicht lockert.

»Ich hab sie verlassen, Luzie«, flüstert Gregor und vergräbt seinen Kopf an meinem Hals. Stocksteif stehe ich da, während seine Worte in meinem Ohr nachhallen. Verlassen? Das kann doch nicht sein. So ein Quatsch! Er lügt! Männer verlassen ihre Ehefrauen nicht für die Geliebte. »Ich liebe nur dich allein, das weiß ich jetzt«, wispert Gregor weiter und ich schüttele langsam den Kopf, versuche immer noch, mich aus seiner Umklammerung zu lösen. »Ich habe es vorgestern gemerkt. Als ihr alle drei vor mir standet.« Eine Welle des Unwohlseins schwemmt über mich hinweg, als er mich an diese Situation erinnert. Seine Frau, seine derzeitige und seine verflossene Geliebte, und er in der Mitte als Hahn im Korb. »Ich liebe nur dich«, wiederholt er und drückt mich noch fester an sich. In meinem Kopf beginnt sich schon alles zu drehen.

»Ich kriege keine Luft«, keuche ich und er lässt mich los.

»Entschuldige«, sagt er, schaut mir kurz in die Augen und umarmt mich dann mit einem Seufzer erneut. Vorsichtiger diesmal, das muss ich ihm lassen. »Ich habe dich nur so vermisst.« Hilflos stehe ich halbnackt in meinem Flur und hole tief Luft. Das hätte ich besser nicht getan, denn dabei steigt mir Gregors Duft in die Nase: Egoiste von Chanel in Kombination mit Minze, Vanille und Waschpulver. Dazu nur ein Hauch seines frischen Schweißes. Augenblicklich werden meine Knie weich. Gerade letztens habe ich irgendwo gelesen, dass unser Geruchssinn im Alltag stark unterschätzt wird. Wir halten ihn für bedeutungslos, dabei können wir intuitiv über zehntausend verschiedene Duftstoffe unterscheiden und uns angeblich auch viel besser daran erinnern als an Bilder oder Geräusche. Unbewusst beschwören Gerüche Emotionen herauf, ob wir wollen oder nicht. Das kann ich hiermit bestätigen. Als sein Geruch mich in der Nase kitzelt, überschwemmt mich eine Welle von Gefühlen, die ich eigentlich nie wieder haben wollte, jedenfalls nicht für Gregor. Mein Körper schüttet unvermittelt eine ganze Flut an Glückshormonen aus, mein Herz beginnt plötzlich heftiger zu schlagen und ich schmiege mich an ihn. Natürlich nimmt dieser die Veränderung sofort wahr, die in mir vorgeht. Er hebt den Kopf und schaut mich zärtlich an. Ich bemühe mich, einen verschlossenen Gesichtsausdruck zur Schau zu tragen, aber es will mir nicht gelingen. Eine Stimme in meinem Inneren, die sich verdächtig nach meiner Freundin Loretta anhört, schreit empört auf. Bist du wahnsinnig, ruft sie mir zu, während ich in Gregors braunen Augen mit den dunkelgrünen Sprenkeln zu versinken beginne. Dieser Mann hat dich belogen! Immer und immer wieder! Woher weißt du denn, dass er dich jetzt nicht auch belügt? Nein, das weiß ich nicht. Natürlich nicht. Und ich hasse ihn ja auch sehr für all das, was er mir angetan hat. Zumindest weiß ich rein theoretisch, dass ich ihn dafür hassen müsste. Dass ich ihn mit einem Tritt sowohl aus meiner Wohnung wie auch endgültig aus meinem Leben entfernen sollte. Mein Blick wandert von seinen Augen hinunter zu seinen geschwungenen Lippen, die ganz leicht geöffnet sind und nach Kaffee und Schokolade riechen. Sein Kopf neigt sich ein wenig zur Seite, kaum merklich, genau wie meiner, damit unsere Münder einander zum Kuss treffen können. Noch sind sie wenige Zentimeter voneinander entfernt. Ich spüre Gregors Herz in seiner Brust schlagen, fühle den sich verstärkenden Griff seiner Hände an meiner Hüfte. Hör auf, schubs ihn weg, gib ihm eine Kopfnuss, fordern die Stimmen in meinem Inneren und ich möchte auf sie hören. Wirklich. Rein theoretisch weiß ich, dass sie recht haben. Dass er nicht einfach hier auftauchen und mich küssen kann, nach allem, was gewesen ist. Aber ich bin wie paralysiert. Im Zeitlupentempo bewegen sich unsere Lippen aufeinander zu und obwohl sie noch Millimeter voneinander entfernt sind, kann ich die prickelnde Energie dazwischen spüren. Vor meinem inneren Auge erscheinen plötzlich zwei weibliche Gesichter, die meinem ähnlich sehen. Melanie, der ich vorgestern geraten habe, sich Gregor aus dem Kopf zu schlagen. Und Anna, der ich geholfen habe, ihn zu überführen. Die in meiner Wohnung, an meinem Küchentisch gesessen und sich die Augen aus dem Kopf geweint hat. Der ich mein blaues, vierlagiges Toilettenpapier gereicht habe, um sich damit die Tränen zu trocknen. Der gegenüber ich ein ehrlich schlechtes Gewissen gehabt habe. In diesem Moment berührt Gregors Mund meinen. Er schmeckt so vertraut und ich bin so voller Sehnsucht nach ihm, dass ich mich ihm entgegenlehne und seinen Kuss erwidere. Als ich meinen Mund öffne, um seine Zunge hineinzulassen, verzieht die Anna in meinem Kopf grimmig das Gesicht und sagt: »Jede nimmt sich, was sie kriegen kann.« Erschrocken ziehe ich meinen Kopf zurück und weiche einen Schritt vor Gregor zurück. Er reagiert nicht sofort auf meinen Rückzug und steht für den Bruchteil einer Sekunde noch mit geschlossenen Augen vor mir, bevor er sie überrascht aufschlägt.

»Was ist denn?«, fragt er mit weicher Stimme und folgt mir nach.

»Nicht«, wehre ich ab und drehe meinen Kopf zur Seite. »Ich … mir ist kalt, ich muss mir was überziehen«, stammele ich und flüchte ins Schlafzimmer, wo ich meine dicke Strickjacke und Wollsocken aus dem Schrank ziehe. Ich höre, wie die Wohnungstür ins Schloss fällt und sehe erschrocken in den Flur. Ist er jetzt etwa einfach so abgehauen? Aber nein, da steht er, mit der Schulter gegen die Wand gelehnt und seine gepackte Sporttasche neben sich. »Gregor, das geht so nicht«, sage ich mit aller Willenskraft, die ich aufbringen kann und ziehe den Reißverschluss meiner Jacke nach oben. »Du kannst doch nicht einfach hier auftauchen und so tun, als sei nichts gewesen.«

»Aber das will ich doch auch nicht«, beteuert er und will einen Schritt auf mich zu machen.

»Bleib lieber, wo du bist.« Schulterzuckend lehnt er sich wieder an die Wand.

»Ich weiß, es war schrecklich, wie ich dich behandelt habe. Ich habe gelogen. Und ich habe auf deinen Gefühlen herumgetrampelt.« Ich schlucke schwer.

»Allerdings. Das hast du.«

»Es tut mir leid«, sagt er reumütig und kommt jetzt doch auf mich zu. »Ich wusste einfach nicht, was ich tun sollte, wie ich mich trennen sollte.«

»Ach, und wieso ging das jetzt plötzlich?«, frage ich misstrauisch und er lächelt mich an.

»Weil ich lieber sie verliere als dich«, antwortet er.

Anna hatte leider recht: Es gibt keine Loyalität unter Frauen. Eine Stunde später liege ich nackt neben Gregor in meinem Bett und starre an die Decke. Er kuschelt seinen Lockenkopf an meine Schulter, streichelt meinen Bauch und wirkt ganz entspannt. Ganz anders als ich. Es war wunderschön mit ihm, dennoch fühle ich mich nicht glücklich. Warum habe ich das getan? Weil ich ihn liebe? Weil ich mich stunden-, tage- und wochenlang danach gesehnt habe? Ich weiß es nicht. Und ich frage mich, was Loretta wohl zu dieser neuen Entwicklung sagen wird. Eigentlich möchte ich nicht so genau darüber nachdenken. Und Anna?

»Was macht Anna denn jetzt«, erkundige ich mich und Gregors Hand verharrt einen Augenblick, bevor er mich weiterstreichelt.

»Sie ist zu ihrer Mutter nach München geflogen«, antwortet er. »Sie wollte nicht zusehen, wie ich meine Sachen packe.«

»Das kann ich verstehen«, sage ich nachdenklich. Arme Anna.

»Komm, lass uns jetzt nicht davon sprechen«, meint Gregor und kuschelt sich noch enger an mich. Ich nicke zustimmend. Er hat recht. Nicht davon sprechen. Nicht darüber nachdenken.

»Wo willst du jetzt eigentlich hin?«, erkundige ich mich, als ich aus dem Badezimmer zurückkomme, und beinahe über Gregors Tasche gefallen wäre, die mitten im Flur steht.

»Wieso?«, fragt der zurück und richtet sich im Bett halb auf. »Möchtest du denn nicht, dass ich hierbleibe?«

»Hier?«, wiederhole ich ungläubig. »In meiner Wohnung?«

»Ja.« Da liegt er auf seine Unterarme gestützt und wundert sich, dass ich nicht in Jubelgeschrei ausbreche.

»Nein, das möchte ich nicht«, sage ich ganz ruhig und er sieht jetzt richtig verletzt aus.

»Aber wieso denn nicht?«

»Wieso?«, frage ich empört. »Tja, lass mich mal nachdenken: Wir haben uns vor Wochen das letzte Mal gesehen, du hast mich angelogen, was deine Frau angeht, du hattest eine weitere Affäre mit einer Frau namens Melanie, du hast mir mein Herz herausgerissen und es in tausend Stücke zerfetzt. Und jetzt tauchst du hier auf, sagst, alles ist gut und willst direkt bei mir einziehen?« Er schaut mich von unten herauf mit einem herzzerreißenden Augenaufschlag an, dann rappelt er sich auf, umschlingt meinen Bauch mit beiden Armen und nickt so eifrig, dass die wirren Locken um seinen Kopf nur so fliegen. Gegen meinen Willen muss ich lachen. Als er jedoch einstimmt, werde ich sofort wieder ernst und befreie mich aus seiner Umarmung. »Im Ernst,

Gregor. Das geht mir alles zu schnell. Lass es uns langsam angehen, okay?«

»Langsam?« Mit einem enttäuschten Gesichtsausdruck lässt er sich zurück in die Kissen fallen, verschränkt die Hände hinter dem Kopf und schiebt schmollend die Unterlippe vor. »Aber wir haben uns seit Wochen nicht gesehen.«

»Das ist nicht meine Schuld«, herrsche ich ihn an.

»Ist ja gut. Deshalb brauchst du mich nicht so anzuschreien«, antwortet er jetzt ebenfalls sauer und angelt hinter dem Bett nach seinen Boxershorts. Betreten sehe ich ihm dabei zu, wie er sich wieder anzieht.

»Ich wollte dich nicht anschreien«, sage ich, als er fix und fertig angezogen vor mir steht. »Aber du kannst hier nicht einfach auftauchen und bei mir wohnen wollen.«

»Schon gut, ich habe es ja kapiert«, gibt er noch immer verstimmt zurück.

»Jetzt sei doch nicht so«, schmeichele ich und schmiege meinen noch immer nackten Körper an ihn. »Ich brauche einfach etwas Zeit, das ist alles. Du hast mich sehr verletzt.«

»Das weiß ich. Es tut mir leid«, flüstert er, nun endlich auch weich geworden, in mein Ohr. »Dann werde ich erstmal gucken, ob ich bei nem Kumpel unterkommen kann«, beschließt er und ich nicke zustimmend.

Nachdem Gregor weg ist, fahre ich in die Schanze und markiere sämtliche Sessel, die ich für mein Café behalten möchte, mit einem großen Kreidekreuz. Heute Nachmittag wird nämlich der ganze restliche Krempel abgeholt und auch der Monstertresen herausgerissen. Nach ewigem Hin und Her mit dem Bauamt habe ich endlich meine Konzession erhalten, sodass die Renovierungsarbeiten losgehen können.

Freudestrahlend blicke ich mich in meinem zukünftigen Laden um. Natürlich liegt noch ein Haufen Arbeit vor mir, aber das wird schon. Es wird einfach großartig werden! Ich fühle mich so beschwingt wie schon lange nicht mehr, und das, wo ich noch vor wenigen Wochen gedacht habe, mein Leben sei zu Ende. So schnell kann sich das Blatt wenden. Jetzt habe ich bald mein eigenes Café und Gregor noch dazu. Dennoch beschleicht mich nach wie vor ein ungutes Gefühl, wenn ich an ihn denke. Ja, es war schön mit ihm heute, wunderschön, aber doch nicht das Gleiche wie früher. Wahrscheinlich der pure Selbstschutz. Ist doch logisch.

Mittags treffe ich mich mit Loretta zum Essen bei unserem Lieblingsitaliener. Sie sitzt schon an unserem Stammplatz in der Ecke und flirtet mit Paolo, als ich beschwingt hereinkomme.

»Hallo, Loretta, hey, Paolo«, grüße ich und drücke meiner Freundin einen Kuss auf die Wange.

»Hallo, Signorina, und was ist mit mir?«, fragt Paolo mit schwerem italienischen Akzent, funkelt mich mit seinen schwarzen Augen an und hält mir die mit einem dunklen Bartschatten überzogene Wange hin.

»Na, ich will mal nicht so sein«, sage ich leichthin und gebe ihm auch einen Schmatzer, woraufhin er sich ans Herz fasst und die Augen schwärmerisch gen Himmel rollt.

»Wie immer, Signorinas«, erkundigt er sich dann und wir nicken, während ich mich Loretta gegenüber auf die hölzerne Bank setze.

»Du siehst ja so glücklich aus«, stellt sie fest und ich nicke erneut.

»Ich war gerade eben wieder im Laden. Es wird so toll«, strahle ich und sie lächelt.

»Ich bin so froh, dass du über den Berg bist. Es war wirklich furchtbar, was dieser Kerl aus dir gemacht hat«, meint sie. Ich nicke unbehaglich und bin froh, dass Paolo in diesem Moment herankommt.

»Salute«, wünscht er und stellt uns schwungvoll jedem ein Glas Prosecco auf Eis vor die Nase.

»Nicht doch, Paolo, du weißt doch, dass ich noch arbeiten muss«, stöhnt Loretta, doch er wischt ihre Bedenken mit einer abfälligen Handbewegung vom Tisch.

»Du hast so einen traurigen Beruf, lauter zerbrochene Lieben. Ich muss dich, wie sagt man, heitern.«

»Aufheitern«, verbessere ich ihn grinsend und proste ihm zu, »du hast völlig recht, Paolo. Vielen Dank!« Mit einer angedeuteten Verbeugung zieht er sich zurück, während Loretta mit einem übertriebenen Seufzer den ersten Schluck nimmt.

»Hoffentlich hat der nicht wieder vor, uns abzufüllen. Richter Gröhn kann mich sowieso schon nicht leiden. Ach, übrigens kommt gleich noch jemand«, kündigt sie mir an und lächelt geheimnisvoll.

»Tatsächlich? Wer denn?«

»Wenn du sie wärest, dann wüsstest du es«, spricht Loretta in Rätseln.

»Häh?«

»Madame Thekla«, verkündet sie und wie auf Bestellung geht in diesem Moment die Tür auf. Suchend schaut Thekla sich um und kommt dann auf ihren hohen Absätzen auf uns zu gewackelt.

»Da seid ihr ja«, ruft sie so laut, dass alle anderen Gäste sich nach uns umdrehen, während Paolo herbeispringt, um Thekla dienstbeflissen aus ihrem knallgrünen Wintermantel zu helfen. »Danke«, ächzt sie und lässt sich dann schnaufend auf dem dritten Stuhl unseres Tisches nieder.

»Hallo, Thekla«, begrüßen wir sie wie aus einem Munde.

»Ja, ja, hallo«, gibt sie zurück.

»Wie schön, dass du da bist«, freue ich mich und es ist nicht einmal gelogen. Etwas Besseres hätte mir gar nicht passieren können, denn ich bin nicht sicher, ob ich ein Mittagessen mit Loretta überstanden hätte, ohne ihr schließlich doch meine Wiedervereinigung mit Gregor zu beichten. Und weil ich weiß, was für eine Standpauke mich dann erwartet hätte, bin ich nicht gerade scharf darauf.

»Wenn der Prophet nicht zum Berg kommt, dann muss der Berg eben zum Prophet kommen«, meint sie vorwurfsvoll.

»Ich hatte wirklich schrecklich viel zu tun«, verteidige ich mich, »ich eröffne doch bald meinen eigenen Laden.«

»Und außerdem schiebt sie Extraschichten im L'Auberge, weil ihr durch diese dumme Geschichte mit dem Unaussprechlichen doch achttausend Euro fehlen«, kommt Loretta mir zur Hilfe und ich nicke heftig, wobei ein Adrenalinstoß durch meinen Körper fährt. Natürlich, die achttausend Euro, die hatte ich ja schon wieder ganz vergessen. Was ist bloß los mit mir? Das spricht nicht unbedingt für mich als grandiose Geschäftsfrau. Andererseits hätte ich Gregor heute Morgen sowieso schlecht nach dem Geld fragen können, oder? Er hat sich gerade von seiner Frau getrennt und damit ganz andere Sorgen. Außerdem hätte er dann sicher gedacht, dass es mir nur um das Geld und nicht um ihn geht. Dennoch muss ich das Thema so schnell wie möglich ansprechen. Innerlich mache ich einen kleinen Freudentanz. Nun muss ich also doch nicht zur Bank und einen Kredit aufnehmen. Mein Leben wird tatsächlich von Stunde zu Stunde immer besser. Wenn das so weitergeht, bin ich spätestens nächste Woche der glücklichste Mensch unter der Sonne.

»Ich weiß das alles«, unterbricht Thekla diese verlockende Zukunftsaussicht und sieht bedeutungsschwanger in die Runde.

»Tatsächlich?«

»Ja«, bekräftigt sie ernsthaft nickend und beginnt, in ihrer knatschbunt-gestreiften Umhängetasche herumzuwühlen, um alsbald ein Deck Tarotkarten zutage zu fördern. »Ich bin mit meinen Studien in letzter Zeit recht gut vorangekommen und beschäftige mich jetzt mit der Kunst des Kartenlegens. Und ohne prahlen zu wollen, muss ich sagen, dass ich anscheinend eine Menge der magischen Fähigkeiten meiner Vorfahren in mir vereine. Die meisten Hexen können entweder zaubern oder Gedanken lesen oder in die Zukunft sehen. Ich habe euch doch von meiner Ururgroßmutter Amanda erzählt? Nun, sie hatte eine Tochter, meine Urgroßmutter Theodora.« Unvermittelt kichere ich los, werde aber durch einen eisigen Blick von Thekla zum Schweigen gebracht. »Theodora war zu ihrer Zeit im ganzen Land für ihre Kartenlegekunst bekannt. Und im Buch der Schatten steht sogar«, hier senkt sie die Stimme zu einem Flüstern und zwingt uns dadurch, uns zu ihr hinüberzulehnen, »dass Otto von Bismarck keine seiner Entscheidungen getroffen hat, ohne Theodora vorher zu Rate zu ziehen. Ihr braucht gar nicht so ungläubig aus der Wäsche zu gucken«, sagt sie beleidigt und verschränkt die pummeligen Arme vor ihrem imposanten Busen, »ich sage es euch, Bismarck wusste bereits zu Kriegsbeginn 1870, dass er den deutsch-französischen Krieg gewinnen und die Gebiete Elsass und Lothringen in Folge dessen zurückerhalten würde. Und von wem wusste er das?«

»Von Ururgroßmutter Theodora«, antworten Loretta und ich im Chor und versenken unsere grinsenden Gesichter in unseren Gläsern.

»So ist es«, stellt Thekla befriedigt fest. In diesem Moment bringt Paolo drei weitere Prosecco und gleich darauf zweimal Penne al Pesto mit Kirschtomaten.

»Und für Sie, Signora?«, erkundigt er sich charmant bei Thekla, die unter seinem glühenden Blick dahinschmilzt wie Butter in der Sonne.

»Ich nehme dasselbe«, beschließt sie und lächelt ihn von unten herauf an: »Und ich war nie verheiratet.« Loretta und ich sehen einander an und beißen uns fast die Lippen blutig, um nicht laut loszuprusten. Paolo dagegen bleibt ganz ernsthaft.

»Penne al Pesto für die Signorina«, wiederholt er und zwinkert Thekla zu, die daraufhin tatsächlich leicht errötet.

»Der Vater von Willi sah genauso aus, als ich ihn damals kennengelernt habe, nur in blond«, schwärmt sie vor sich hin, während wir uns über die Nudeln hermachen.

Eine halbe Stunde später lehnen wir uns schwer atmend in unseren Stühlen zurück und halten uns die voll gestopften Nudelbäuche, während Paolo die dritte Runde Prosecco an unseren Tisch bringt.

»Bitte nicht, Richter Gröhn wird mich fertigmachen, wenn er meine Fahne riecht«, jammert Loretta halbherzig, reißt dann aber das Glas doch schnell an sich, als Thekla danach greift.

»Ich wollte ja bloß helfen«, meint diese schulterzuckend und beginnt, ihre Tarotkarten zu mischen. »Wie wäre es, ihr bezahlt mein Essen und dafür lege ich euch die Karten? Das ist ein unschlagbares Angebot, das ihr nicht ablehnen solltet.« Loretta lehnt dankend ab, aber ich halte das für einen guten Handel.

»Einverstanden.« Ich nippe an meinem Prosecco, während Thekla behände zehn Karten mit dem Bild nach unten auf dem Tisch auslegt und sie dann einzeln umdreht.

»Dies ist das Keltische Kreuz, das älteste bekannte Legebild, das einen umfassenden Einblick in Vergangenheit, Gegenwart und Zukunft erlaubt«, erklärt sie und starrt dann konzentriert vor sich hin. »Hmmm«, macht sie dabei. »Hmm, interessant. Ach nein, hmmm.«

»Hmmm, hmmm, was?«, frage ich schließlich, als ich die Spannung nicht mehr ertragen kann, doch sie wirft mir nur einen kurzen Blick aus ihren klaren, grauen Augen zu und vertieft sich wieder in die Karten.

»Ich sehe eine große Liebe. Und ich sehe einen Verrat. Einen großen Verrat. Etwas ist ganz anders, als es scheint.« Misstrauisch sehe ich auf das Kartengebilde vor mir. Ein Verrat? Und von wem? In diesem Moment dreht Thekla eine weitere Karte um und streicht sacht mit dem Finger darüber. Ich neige den Kopf ein wenig, um besser sehen zu können und verziehe das Gesicht.

»Das sieht aber nicht gut aus«, sage ich voller böser Vorahnung und sie nickt knapp. Ich betrachte den Turm auf der Karte, in den oben der Blitz eingeschlagen hat. Menschen stürzen kopfüber aus dem brennenden Gebäude. Wie schrecklich! Angstvoll sehe ich Thekla an, die nun fortfährt:

»Es geht um die Auflösung festgefahrener Situationen und die Erneuerung alter Gewohnheiten. Das wird nicht ohne schmerzliche Erfahrungen vor sich gehen.«

»Und ich dachte, ich hatte in der letzten Zeit genug Schmerzen für den Rest meines Lebens«, stöhne ich auf.

»Du neigst dazu, die Augen zu verschließen vor dem Offensichtlichen. Du kapselst dich ab und willst die Dinge alleine regeln, dabei steht in den Karten, dass du deine Freunde jetzt dringender denn je brauchst. Du bist nicht aufrichtig, dadurch kommt es zu Verwirrungen.« Ein kalter Schauer rieselt mir über den Rücken, als ich Theklas Ausführungen lausche und mit einem schuldbewussten Blick sehe ich zu Loretta hinüber, die ganz entspannt in ihrem Stuhl sitzt und ihr Proseccoglas hin- und herdreht. »Dann wollen wir uns doch mal das Endergebnis ansehen«, meint Thekla und dreht ganz langsam die Karte oben rechts herum. Ein Skelett in schwarzer Ritterrüstung auf einem weißen Pferd, unter dessen Hufen reglos ein menschlicher Körper liegt. Die drei schwarzen Buchstaben springen mir ins Auge und ich schreie entsetzt auf, sodass Loretta zusammenzuckt.

»Was ist denn?«, fragt sie beunruhigt und wirft nun ebenfalls einen Blick auf die Tarotkarte, auf die ich mit zitternder Hand weise.

»Der Tod«, flüstere ich heiser, »das Endergebnis ist der Tod.« Ich greife nach meinem Proseccoglas und stürze den kläglichen Rest darin herunter.

»Schieb jetzt keine Panik«, beschwört mich Loretta, »das ist doch sowieso alles Humbug.«

»Was?«, schreit Thekla empört auf, aber ich klammere mich an diese Hoffnung wie der Ertrinkende an den Strohhalm. Dabei fällt mir ein: Wie werde ich denn sterben? Ob das auch in den Karten steht? Wird Gregor mich wieder verlassen und ich mich in die reißenden Fluten der Elbe stürzen? Oder wird mir bei den Renovierungsarbeiten ein Ziegelstein auf den Kopf fallen? Wie auch immer, ich will nicht sterben! »Ihr müsst ja nicht daran glauben, wenn ihr nicht wollt«, meint Thekla jetzt und verzieht beleidigt das Gesicht, »aber ich kann dir versichern, dass der Tod eine gute Karte ist und nicht etwa dein Ableben voraussagt.«

»Wirklich nicht?«, frage ich hoffnungsvoll, während Thekla gleichmütig die Karten wieder zusammenräumt und in ihrer Tasche verschwinden lässt. »Was bedeutet sie denn?«, versuche ich es erneut, aber sie zuckt nur mit den Achseln.

»Ist doch sowieso alles Humbug«, äfft sie Loretta nach und wirft ihr einen scheelen Seitenblick zu. »Ich glaub, ich geh dann jetzt mal. Die alte Thekla erzählt ja sowieso nur Geschichten.«

»Nein, nein, das hat Loretta doch gar nicht gemeint«, beeile ich mich zu sagen und halte Thekla am Arm fest, »das hat sie nur gesagt, weil sie mich beruhigen wollte. Stimmt doch, oder?«

»Klar, das stimmt«, lügt Loretta so wenig überzeugend, dass ich ihr einen warnenden Blick zuwerfe. Aber Thekla scheint das zu reichen, denn sie entspannt sich wieder ein wenig.

»Bitte sag mir, was die Karte zu bedeuten hat«, bettele ich sie an und schließlich lässt sie sich erweichen:

»Der Tod repräsentiert einfach das Ende eines Entwicklungsabschnittes. Dir stehen eine Menge Veränderungen ins Haus, du wirst alte Zöpfe abschneiden, dich befreien und Trennungen vollziehen. Dadurch ergeben sich ganz neue Lebensperspektiven und damit die Möglichkeit zum Neuanfang. Auf jeder Ebene des Lebens.« Ich stoße einen Seufzer der Erleichterung aus und sie tätschelt mir gutmütig die Hand.

»Ich muss also nicht sterben«, vergewissere ich mich noch einmal.

»Irgendwann schon«, antwortet sie lächelnd, »aber vermutlich nicht so bald.«

Nachdem wir uns von Thekla verabschiedet haben, begleite ich Loretta zu Fuß zurück zum Gerichtsgebäude, weil sie hofft, dass der kleine Spaziergang sie wieder ausnüchtert.

»Erinnere mich daran, dass ich nie wieder mittags zu Paolo gehe, wenn ich eine Verhandlung bei Richter Gröhn habe«, stöhnt sie, während sie die klare Herbstluft in ihre Lungen pumpt. »Mann, bin ich beschwipst, das kann ja heiter werden.«

»Du, Loretta«, fasse ich mir ein Herz, »sag mal, glaubst du wirklich, dass das alles Humbug ist?« Überrascht sieht sie mich an.

»Du etwa nicht?«

»Na ja ...« Unschlüssig wiege ich den Kopf hin und her.

»Komm schon, Luzie, das kann doch nicht dein Ernst sein«, kichert sie, »oder glaubst du etwa auch an den Weihnachtsmann?«

»Natürlich nicht«, verteidige ich mich entrüstet, »das ist doch was ganz anderes.«

»Ach ja?«, fragt Loretta und bleibt abrupt mitten auf dem Fußweg stehen. »Dann erklär mir mal, inwiefern das etwas ganz anderes ist. Und was an Theklas angeblichen Zauberkünsten auch nur im Entferntesten realistischer ist als an der Existenz des Weihnachtsmannes.« Ungläubig sehe ich sie an.

»Du glaubst wirklich gar nicht daran?«, wiederhole ich.

»Natürlich nicht. Wie sollte ich?«

»Ja, aber was ist denn mit den ganzen Unfällen?«

»Davon hat sie dir doch nur erzählt«, meint Loretta schulterzuckend und zieht mich weiter.

»Annas Unfall«, erinnere ich sie, aber sie winkt lässig ab.

»Purer Zufall, nichts weiter.« Nachdenklich stolpere ich neben meiner Freundin her.

»Und was sie über meine Zukunft gesagt hat«, starte ich einen neuen Versuch, aber auch das wird direkt wieder vom Tisch gefegt. Loretta sieht mich mit einer Mischung aus Rührung und Mitleid an und streichelt mir über die vom Wind eiskalte Wange:

»Es ist echt süß, wie naiv du bist«, grinst sie mich an, »aber das alles hätte ich dir genauso gut sagen können. Der ganze Quatsch von Neuanfang und alten Zöpfen, die ab müssen. Du startest dein eigenes Unternehmen und hast gerade eine Liebesbeziehung beendet.« Bei diesen Worten blicke ich betreten zu Boden, aber Loretta hat sich schon wieder umgedreht und strebt dem Haupteingang des Gerichtsgebäudes zu. »Ich muss mich sputen, hast du mal ein Kaugummi?« Während sie geduldig wartet, dass ich aus meiner monströsen Handtasche endlich ein zerknautschtes Doublemint hervorziehe, fährt sie fort: »Im Übrigen wärest du ganz schön in Schwierigkeiten, wenn ich Thekla glauben würde.«

»Wieso?« Erschrocken schaue ich sie an.

»Na ja, angeblich verschweigst du doch etwas. Lügst deine Freunde an«, ahmt sie Thekla mit zusammengezogenen Augenbrauen nach und droht mir scherzhaft mit dem Zeigefinger. »Wenn das wahr wäre, wäre ich schwer beleidigt.« Halbherzig stimme ich in ihr Lachen mit ein und umarme sie zum Abschied.

»Loretta«, halte ich sie auf, als sie schon die breite Treppe zum Gerichtsgebäude hinaufstöckelt, »warum treffen wir uns eigentlich mit Thekla, wenn du sie für eine Schwindlerin hältst?«

»Weil ich sie lustig finde«, antwortet sie wie aus der Pistole geschossen. »Außerdem habe ich das dumpfe Gefühl, dass die gute Frau früher oder später eine gute Anwältin braucht.«

Am nächsten Morgen erwache ich, weil mich etwas an der Nase kitzelt. Träge hebe ich die Hand an mein Gesicht und reiße erschrocken die Augen auf, als ich etwas Wolliges, Krauses spüre. Ach so, das ist Gregors Kopf, der auf meiner Brust liegt. Ich streichele durch seinen dichten Lockenkopf und liege ganz still da, lausche seinen ruhigen Atemzügen. Die Novembersonne malt helle Muster auf die blaue Bettdecke und ich höre den Wind in den Blättern des Baumes vor meinem Fenster rauschen. In diesem Moment gibt Gregor ein leicht grunzendes Geräusch von sich, schlägt die Augen auf und blinzelt mich von unten herauf an.

»Guten Morgen, mein Engel«, flüstert er und küsst mich auf den Mund. »Hast du gut geschlafen?« Ich nicke und er lächelt. »Ich habe von dir geträumt«, murmelt er, während er beginnt, unter der Decke meinen Körper zu streicheln. »Und in meinem Traum hast du dich genauso gut angefühlt wie in der Realität.« Er küsst meinen Mund, meinen Hals und verschwindet schließlich unter der Bettdecke.

»Hmmm«, seufze ich genießerisch, als das Telefon im Flur klingelt. Wer kann das denn sein? Ist nicht noch früher Morgen? Ich entscheide mich, den Anrufbeantworter drangehen zu lassen und konzentriere mich auf Gregors Lippen, die sich langsam einen Weg über meinen Körper bahnen.

»Dies ist der Anschluss von Luzie Kramer. Ich bin gerade nicht zu Hause, bitte versuchen Sie es auf meinem Handy oder hinterlassen Sie mir eine Nachricht nach dem Ton. Vielen Dank«, erklingt meine eigene Stimme aus dem Anrufbeantworter und ich erschaudere kurz. Zum einen, weil Gregors Zunge gerade meinen Bauchnabel umkreist und mich das wahnsinnig macht, zum anderen, weil ich es nach wie vor schrecklich finde, mich selber zu hören.

»Luzie, ich bin's, Loretta. Wo steckst du? Und wieso ist dein Handy ausgeschaltet? Es ist gerade mal neun Uhr morgens, du gehst doch nie vor zehn Uhr aus dem Haus. Also gehe ich mal davon aus, dass du noch schläfst. Aufwachen, aufwachen, na los«, brüllt sie, »ich bin auf dem Weg zu dir und wenn du nicht von selber aufwachst, dann …« Mit einem Satz bin ich aus dem Bett und hechte zum Telefon.

12.
Mann im Wandschrank

»Loretta, ich bin wach«, keuche ich in den Hörer und sehe zurück in mein Schlafzimmer, wo Gregor gerade mit einem verdutzten Gesichtsausdruck aus dem Deckenwust hervorlugt.

»Was …«, fragt er verwirrt, aber ich lege warnend einen Zeigefinger an die Lippen und bedeute ihm, ruhig zu sein.

»Also, was ist so wichtig zu dieser nachtschlafenden Zeit?«, erkundige ich mich und ziehe fröstelnd die Schultern hoch. »Ich hatte eine anstrengende Schicht gestern im L'Auberge.« Und danach bin ich auch lange nicht zum Schlafen gekommen, füge ich im Geiste hinzu und grinse in mich hinein.

»Tut mir leid«, entschuldigt sie sich zerknirscht, »aber ich habe gerade einen Anruf von Thekla bekommen. Sie sitzt auf dem Polizeirevier.«

»Das kann doch nicht wahr sein«, staune ich, während Gregor herankommt und mir fürsorglich die Bettdecke um die Schultern legt. Dankbar lächele ich ihn an. »Was ist denn passiert?«

»Keine Ahnung, sie war total durch den Wind und hat nur gebeten, dass wir sie abholen, weil ihr Sohn doch auf dem Föhrer Jahrmarkt rumturnt.«

»Ach so, ja«, antworte ich abgelenkt, denn gerade hat sich

Gregor vor mir auf den Knien niedergelassen, um dort weiterzumachen, wo er eben im Bett aufgehört hat.

»Was ist denn los«, fragt Loretta, als ich einen unterdrückten Schrei ausstoße und ich schiebe Gregors Kopf energisch weg. Schelmisch grinst er mich von unten herauf an.

»Ach, nichts. Ich habe nur …« So schnell fällt mir einfach keine Ausrede ein, aber da fährt Loretta auch schon fort:

»Ich biege gerade in deine Straße ein. Spring schon mal unter die Dusche, ich komme ja mit meinem Zweitschlüssel rein.« Noch bevor ich etwas erwidern kann, hat Loretta aufgelegt. Ratlos sehe ich auf Gregor herunter, dann kommt endlich Leben in mich und ich ziehe ihn auf die Füße.

»Du musst sofort verschwinden!« Hektisch sammele ich seine im Schlafzimmer verstreuten Klamotten auf und werfe sie ihm zu.

»Häh?«

»Loretta darf dich auf keinen Fall hier sehen«, erkläre ich ihm ungeduldig.

»Und warum nicht?«

»Weil ich ihr nichts davon erzählt habe, dass wir wieder zusammen sind. Weil sie mich vermutlich einweisen lassen würde, wenn sie es wüsste.« Gregor, der gerade seine Boxershorts hochgezogen hat, hält mitten in der Bewegung inne und sieht mich beleidigt an. »Jetzt guck nicht so. Wenn ich bei klarem Verstand wäre, würde ich mich vermutlich selbst einweisen«, herrsche ich ihn an. »Nun mach schon, sie ist in diesem Moment im Treppenhaus.«

»Ich komme mir ein bisschen so vor, als käme dein Ehemann vorzeitig nach Hause«, grinst Gregor und zieht sich das T-Shirt über den Kopf.

»Vielleicht solltest du keine Scherze über Ehepartner machen«, sage ich spitz und sammele in Windeseile drei aufgerissene Kondompackungen vom Boden auf. Fix und fertig angezogen steht Gregor vor mir und wirft mir einen prüfenden Blick zu:

»Du bist noch so richtig sauer auf mich«, stellt er fest.

»Können wir da ein anderes Mal drüber reden?«, bitte ich ihn und überlege dabei fieberhaft, wie ich ihn aus der Wohnung herausschmuggeln kann, ohne dass er Loretta in die Arme läuft.

»Ich liebe dich, Luzie. Was soll ich denn noch tun, damit du mir das glaubst?«, fragt Gregor und umschlingt mich mit beiden Armen. In diesem Moment dreht sich ein Schlüssel im Schloss und ich gerate in Panik.

»Ich glaube es dir, wenn du dich jetzt auf der Stelle in Luft auflöst«, wispere ich aufgeregt, aber da Gregor keine Anstalten macht, dieser Aufforderung Folge zu leisten, sehe ich mich suchend im Schlafzimmer um. Mein Blick fällt auf den Wandschrank. Was für ein Klischee, aber das kann ich jetzt auch nicht ändern. Als Gregor meine Absicht erkennt, schüttelt er heftig den Kopf:

»Das ist doch nicht dein Ernst«, stöhnt er. Draußen im Flur öffnet sich die Wohnungstür und Lorettas Pfennigabsätze klappern auf dem Laminatfußboden. Entschlossen drängele ich Gregor in den Paxnexus und muss verwundert feststellen, dass er darin noch nicht einmal aufrecht stehen kann. Da ist Ikea aber ein schwerer Fehler unterlaufen. Ob ich doch das Modell Leksvik hätte nehmen sollen?

»Kopf einziehen«, befehle ich und schließe die Schranktür gerade noch rechtzeitig, als Loretta hereinkommt.

»Du bist ja immer noch nicht unter der Dusche, jetzt aber

hopp hopp«, treibt sie mich an und umarmt mich. In diesem Moment wird mir bewusst, dass es eine schlechte Entscheidung war, Gregor im Schrank zu verstecken. Und dabei denke ich nicht an den Haltungsschaden, den er sich im Paxnexus vermutlich zuziehen wird. Aber wie konnte ich vergessen, dass Loretta für ihr Leben gerne in fremden Kleiderschränken herumwühlt? Wenn ich sie jetzt allein lasse, um unter die Dusche zu gehen, dann fliegt meine Beziehung zu Gregor sofort auf. Also:

»Ich dusche lieber, wenn wir zurück sind.«

»Ehrlich?« Zweifelnd lässt sie ihren Blick über mich wandern. »Nichts für ungut, aber deine Haare sehen hinten aus wie ein Vogelnest.« Erschrocken greife ich mir an den Hinterkopf und spüre das wattige Haarknäuel, das sich immer bildet, wenn man, nun ja, lange auf dem Rücken liegend über das Kissen schubbert. »So sehen meine Haare immer aus, wenn ich Sex hatte«, kichert Loretta und fährt sich durch ihren schwarzen Kurzhaarschnitt.

»Ich schlafe in letzter Zeit unruhig«, rede ich mich heraus, während ich heftig an meinen Haaren zerre, um die Kletten zu entwirren.

»Jetzt dusch halt schnell, so lange kann Thekla wirklich noch warten«, meint Loretta und lässt sich auf mein Bett fallen. Doch ich schüttele energisch den Kopf und steige kurz entschlossen in meine Hose von gestern Abend, die zerknüllt über dem Stuhl hängt. Die Bluse sieht auch nicht viel besser aus. Aber was soll ich machen? Etwa den Schrank auf? Na eben! Verwirrt mustert Loretta meine zerknautschte Erscheinung, als ich ihre Hand ergreife und sie aus dem Zimmer zerre.

»Du bist sicher, dass du so rausgehen willst?«, vergewissert sie sich. Ein Blick in den Garderobenspiegel verdeutlicht mir, was sie meint. Hektisch reibe ich mir mit dem angefeuchteten Zeigefinger die dunklen Schatten unter den Augen weg und zucke betont gleichgültig die Schultern, während ich mir meine braune Winterjacke überwerfe:

»Ist doch egal. Wir sind doch gleich wieder hier. Und du hast doch gesagt, dass Thekla ganz außer sich war. Wir sollten sie nicht länger warten lassen als unbedingt nötig.«

»Was kann denn bloß passiert sein?«, überlege ich laut, während ich die Sonnenblende herunterklappe und mich kritisch im Spiegel beäuge.

»Was auch immer, auf jeden Fall scheint meine Prophezeiung in Erfüllung zu gehen«, meint Loretta zufrieden. »Im Handschuhfach müsste eine Bürste sein.«

»Danke. Meinst du, jemand hat sie angezeigt? Vielleicht die Frau, die ihr Baby verloren hat? Oder die mit den gebrochenen Füßen?« Erstaunt sieht Loretta mich von der Seite an, was mich dazu nötigt, sie genauer über die merkwürdigen Unfälle aufzuklären, die sich nach Theklas Zaubereien ereignet haben. Ob der grausigen Details guckt zwar auch meine hartgesottene Freundin nun deutlich blasser aus der Wäsche, aber dennoch bleibt sie bei ihrem Standpunkt:

»Völliger Schwachsinn!« Dann beginnt sie, in sich hineinzukichern.

»Was ist so komisch?«, erkundige ich mich, während ich versuche, meinen wirren Haarschopf unter Kontrolle zu bringen.

»Nichts weiter. Ich habe mir nur gerade vorgestellt, was Richter Gröhn für ein Gesicht machen würde, wenn ihm jemand eine solche Anklageschrift vorlegen würde. Die Hexe

Thekla wird beschuldigt, durch ihre Zauberei die Fußbrüche von Frau Sowieso verursacht zu haben.«

»Er glaubt wohl nicht an Magie und sowas?« Loretta wirft mir einen Seitenblick zu und schüttelt den Kopf.

»Süße, niemand glaubt an so etwas.«

»Und warum sind wir dann hier«, frage ich aufsässig, als Loretta das Auto schwungvoll auf den Parkplatz vor dem Polizeipräsidium steuert und mit quietschenden Reifen zum Stehen bringt. Drei Uniformierte, die am Fuß der Treppe zum Haupteingang stehen, drehen sich erschrocken um und werfen uns einen missbilligenden Blick zu. Entschuldigend hebt Loretta die Hand und stellt ihr hinreißendstes Lächeln zur Schau.

»Das werden wir jetzt herausfinden«, beantwortet sie meine Frage von vorher.

»Einen wunderschönen guten Morgen«, wünscht Loretta der Beamtin am Empfang, die lustlos in ihrer Kaffeetasse rührt und so etwas Ähnliches wie einen Gruß in ihren Damenbart murmelt. »Mein Name ist Loretta Schwarz und ich wurde vor einer halben Stunde von meiner Klientin angerufen.«

»Name?«, erklingt es gelangweilt von der Polizistin, auf deren Namensschild Silke Groß steht.

»Äh, Thekla«, antwortet Loretta und wirft mir einen unsicheren Blick zu, den ich hilflos erwidere. Keine Ahnung, wie Thekla mit Nachnamen heißt. Es sei denn, Madame wäre ihr Vorname. Zum ersten Mal hebt Frau Groß den Blick und ein spöttisches Lächeln entblößt ihre gelblich verfärbten Vorderzähne.

»Thekla und weiter?«, erkundigt sie sich. Als wir ihr keine zufriedenstellende Antwort geben können, verbreitert sich ihr Grinsen noch um eine Spur. »Sie kennen zwar den Nachnamen dieser Dame nicht, aber geben sich als ihre Anwältin aus?«, vergewissert sie sich, woraufhin Loretta kläglich mit dem Kopf nickt.

»Wissen Sie etwa den Nachnamen von Madonna? Oder von Cher?«, frage ich aufsässig. Noch bevor Silke Groß ihrer Empörung über meine Frechheit Ausdruck verleihen kann, öffnet sich am hinteren Ende des langen Ganges eine der graulackierten Türen und eine uns wohlvertraute Stimme schallt zu uns herüber:

»Da seid ihr ja endlich«, ruft Thekla erfreut und winkt mit beiden Armen zu uns herüber. »Huhu, hier bin ich.« Und schon ist Loretta wieder oben auf.

»Sie entschuldigen uns«, verabschiedet sie sich knapp und geht mit entschlossenen Schritten den Gang hinunter auf Thekla zu, die ihr, einen Polizisten an der Seite, mit trippelnden Schritten entgegeneilt.

»Was für eine Aufregung, was für ein Morgen. Du kannst dir ja nicht vorstellen, was passiert ist«, beginnt Thekla auf Loretta einzureden, während ich näher komme und in dem Beamten Michael Lange erkenne, der mir entgegenlächelt.

»Das gibt es doch gar nicht«, stoße ich statt einer Begrüßung hervor, »was machst du denn hier?«

»Ich arbeite hier«, antwortet er und streckt erst mir und dann Loretta die Hand hin. »Michael Lange ist mein Name«, stellt er sich vor, woraufhin meine Freundin einen überraschten Schrei ausstößt. Gefolgt von einem Schmerzensschrei, weil mein Ellenbogen den Weg in ihre Rippen gefunden hat.

»Ach, Sie sind das. Ich bin Loretta«, keucht sie, sich die Seite haltend. »Und wenn ich das so sagen darf, Sie sehen wirklich gut aus.« Sie weicht einem weiteren Stoß von mir aus und ich merke, wie ich knallrot anlaufe, während mein Gegenüber geschmeichelt lächelt.

»Vielen Dank.«

»Gern geschehen. Und wenn ich noch etwas hinzufügen darf: Wenn Sie mir zweimal Ihre Telefonnummer aufgedrängt hätten, dann wären wir vermutlich heute Morgen nebeneinander aufgewacht.« Mit offenem Mund lausche ich den dreisten Worten meiner Freundin und betrachte Michael noch mal genau von oben bis unten. Keine Frage, er sieht wirklich gut aus. Groß, gut gebaut, mit seinen tollen, blauen Augen ist er schon ein Anblick. Im gleichen Moment fällt mir ein, dass ich selber heute Morgen alles andere als das bin. Schmerzhaft werde ich mir meines ungeschminkten Gesichts und der zerknautschten Kleider bewusst.

»Interessiert sich vielleicht auch irgendjemand dafür, dass sich heute Morgen etwas Schreckliches zugetragen hat«, mischt sich Thekla beleidigt wieder in die Unterhaltung ein.

»Oh, natürlich. Was ist geschehen?«, wendet sich Loretta endlich wieder ihrer Klientin zu, nicht ohne vorher noch einmal ihren Blick wohlwollend über Michael gleiten zu lassen. Thekla legt das Gesicht in sorgenvolle Falten und jammert:

»Ein solches Unglück. Mein Wohnmobil ist heute Nacht Opfer eines Brandanschlags geworden. Bis auf das Grundgerüst abgefackelt haben sie es. Diese Vandalen!«

»Du meine Güte, weiß man schon, wer es gewesen ist?«

»Die Strafanzeige gegen Unbekannt läuft«, erklärt Michael und tätschelt Thekla mitfühlend den Arm. »Allerdings sollten Sie sich nicht allzu große Hoffnungen machen, dass wir die Täter erwischen.«

»Was soll ich jetzt bloß tun? Meine Existenz ist ruiniert.

Was für ein Glück, dass ich aus purem Zufall das Buch der Schatten ausnahmsweise gestern Nacht mit ins Bett genommen habe, um noch etwas zu studieren. Nicht auszudenken, wenn es den Flammen zum Opfer gefallen wäre. Es ist von unschätzbarem Wert. Eigentlich unersetzbar.« Sie verdreht gewichtig die Augen und presst unter Michaels verwirrtem Blick ihre abgeschabte Aktentasche gegen den Busen.

»Das Buch der was?«, erkundigt er sich ratlos, aber da hat Loretta Thekla schon untergehakt und schleift sie in Richtung Ausgang davon.

»Nicht so wichtig. Wir müssen jetzt los. Es war wirklich nett, Sie kennengelernt zu haben.« Dabei wirft sie ihm noch einen schmachtenden Blick über die Schulter zu. Gerade will ich den beiden kopfschüttelnd folgen, als ich zurückgerufen werde:

»Luzie, eine Frage noch …«

»Ja?«, sage ich, mich zu ihm umdrehend. Plötzlich sieht er gar nicht mehr aus wie ein souveräner Held, sondern eher wie ein kleiner Junge.

»Darf ich dich ins Kino einladen? Vielleicht morgen?«, stammelt er. Ich winde mich verlegen. Nicht, dass er kein schicker Kerl wäre, aber schließlich ist Gregor nun zurück in meinem Leben. Andererseits fällt es mir schwer, ihm jetzt einfach so gnadenlos eine Abfuhr zu erteilen. Wo er doch eigentlich immer nur freundlich zu mir war.

»Da muss ich arbeiten, sorry«, flüchte ich mich in eine Ausrede.

»Dann am Freitag?«

»Kann ich auch nicht.«

»Gibt es einen Abend, an dem du Zeit hättest?«

»Nein.« Bedauernd hebe ich die Schultern.

»Oh.« Schweigend stehen wir uns gegenüber.

»Tut mir echt leid. Ich bin einfach noch nicht wieder so weit, um mich zu verabreden«, presse ich hervor und er nickt.

»Das kann ich gut verstehen. Aber ich bin sicher, dass wir uns sehr bald wieder über den Weg laufen werden.«

»Vermutlich«, grinse ich und mache mich auf den Weg zum Ausgang.

Auf Theklas Wunsch kehren wir auf den Schrecken erstmal bei Paolo ein, der uns charmant wie immer begrüßt und zu unserem Stammtisch geleitet. Die erste Runde Prosecco geht wie immer aufs Haus und Thekla stürzt ihr Glas in einem Zug herunter.

»Es ist ein Unglück, ein solches Unglück«, jammert sie dabei vor sich hin. »Was soll ich denn jetzt bloß tun? Wo soll ich hin? Und vor allem, wo soll ich meine Zauberkünste ausführen? In drei Tagen beginnt der Winterdom und nun kann ich nicht mit dabei sein. Was für ein Unglück, dabei habe ich doch nur helfen wollen. Aber ich hätte es wissen müssen, dass alles auf mich zurückfällt. Ich wollte doch nur helfen.« Ich kann mich irren, aber irgendwie kommt es mir so vor, als würde mich ein vorwurfsvoller Blick aus ihren grauen Augen treffen.

»Könntest du vielleicht mal aufhören, in Rätseln zu sprechen, Thekla? Wem wolltest du nur helfen?«

»Dir«, kommt es wie aus der Pistole geschossen zurück. Verwirrt sehe ich Loretta an, aber die zuckt nur mit den Schultern.

»Mir?«, wiederhole ich ungläubig und sie nickt heftig.

»Ja, dir. Weißt du noch, wie du mich angerufen hast wegen diesem Gregor? Du warst so böse, weil du das viele Geld wegen ihm verloren hast«, ich versuche noch, Theklas Redeschwall zu bremsen, aber zu spät, »und da sollte ich ihm sein ganzes Vermögen wegzaubern. Daran musst du dich doch noch erinnern.«

»Vage«, flüstere ich mit schuldbewusst gesenktem Kopf und schiele zu meiner Freundin hoch, die mich fassungslos ansieht.

»Du hast was?« Ich lächele ein wenig verlegen.

»Das war doch nur in der augenblicklichen Wut. Außerdem«, wende ich mich wieder an Thekla, »hast du mir damals klipp und klar gesagt, dass du das nicht tun kannst.«

»Jawoll, das habe ich gesagt. Und ich hätte auf mich hören sollen«, sagt Thekla heftig und klopft ungeduldig mit ihrem leeren Glas auf dem Tisch herum. »Habe ich aber nicht. Du hast mir so leid getan. Und außerdem«, fügt sie mit einem verschämten Lächeln hinzu, »habe ich genau an dem Tag einen sehr interessanten Eintrag im Buch der Schatten gefunden.«

»Können wir noch eine Runde Prosecco bekommen, Paolo«, ruft Loretta in diesem Moment in Richtung Tresen und wirft mir einen unmissverständlichen Blick zu, dass sie eine weitere Geschichte der Urahnen Theklas nur in Kombination mit Alkohol aushält. Richter Gröhn hin oder her.

»Meine Ururgroßtante Adelheid nämlich …«

»War das die Schwester von Ururgroßmutter Theodora«, werfe ich ein und strahle wie eine Musterschülerin, als Thekla nickt.

»Jedenfalls hatte Adelheid im Jahre 1877 ein Verhältnis mit einem verheirateten Mann aus einem altehrwürdigen Adelsgeschlecht. Zwei Jahre lang war sie seine Geliebte und dann hat er sie einfach abserviert. Im folgenden Jahr verlor der Mann sein gesamtes Hab und Gut. Wie hieß er noch gleich? Irgendwas mit W … W … Ich glaube Wilfried von Irgendwas. Na ja, sein Adelsgeschlecht hat sich jedenfalls nie wieder von Adelheids Zauber erholt und ist Mitte des letzten Jahrhunderts ausgestorben. Völlig verarmt.« Während Loretta geräuschvoll die Luft ausstößt und Paolo das Proseccoglas förmlich aus der Hand reißt, kann ich nicht umhin, mich von dieser Geschichte fesseln zu lassen. Diese Parallele zu mir und Gregor …

»Und ich dachte, das kann doch kein Zufall sein, dass du mich am selben Tag um diesen Gefallen bittest. Also habe ich es dann doch getan. Und nun fällt alles auf mich zurück. Das geschieht mir recht, es geschieht mir ganz recht«, klagt sie kopfschüttelnd, »mein Wohnwagen war alles, was ich hatte.«

»Okay, ich sehe ja ein, dass es schlimm ist, wenn alles verbrennt, was einem lieb und teuer war«, meint Loretta verständnisvoll und Thekla jault dabei auf wie eine Wölfin im Mondschein:

»Allerdings.«

»Aber wie du sagtest, das, ähm, Buch der Schatten«, der Begriff kommt ihr nur schwer über die Lippen, »ist gerettet und alles andere kann man ersetzen. Das Wohnmobil ist doch versichert, oder etwa nicht?«

»Meinst du wirklich, ich würde hier herumjammern, wenn es so einfach wäre«, erkundigt sich Thekla in einem völlig anderen Tonfall, der Loretta erstaunt aufhorchen lässt. »Natürlich bin ich versichert. Und ich habe auch schon mit der Versicherung gesprochen. Der Typ wurde sofort unverschämt und hat mir erstmal eine lange Untersuchung des Falls angekündigt, bevor ich auch nur einen Cent sehe. Falls ich überhaupt jemals Geld von ihnen bekomme, von diesen Halsabschneidern. Dieser Mensch hat nämlich durchblicken lassen, dass er mich für eine Versicherungsbetrügerin hält. Als würde ich meine Zauberstube abfackeln.« Fassungslos schüttelt sie ihr Haupt.

»Hast du?«

»Natürlich nicht«, kreischt Thekla empört auf.

»Wie genau lautete der Zauber, den du über Gregor verhängt hast«, frage ich dazwischen, bevor sie Loretta an die Gurgel gehen kann. Sie sieht mich ein wenig beleidigt an, weil ich so wenig Mitgefühl für ihre Situation aufzubringen scheine. Aber ich habe im Moment ganz andere Sorgen.

»Dass er all sein Geld verliert. So wolltest du es doch«, erwidert sie kurz und ich lasse mich in meinen Stuhl zurücksinken, während sie fortfährt, ihr Schicksal zu verfluchen:

»Was für ein Unglück! Ein solches Unglück!« Unterdessen rast es in meinem Kopf. Thekla hat Gregor verflucht. Okay, ich gebe ja zu, dass das meine Idee war. Aber ich war ja auch wütend. Verletzt. Total unzurechnungsfähig. Und mal ganz selbstsüchtig gedacht: Wie soll ich jemals an meine achttausend Euro kommen, wenn sein ganzes Geld flöten geht?

»Du musst den Fluch aufheben«, sage ich so beiläufig wie möglich in Theklas Richtung, aber die schüttelt nur betrübt ihr Haupt und sagt:

»Wozu? Das Kind ist doch schon in den Brunnen gefallen. Mein schöner Wohnwagen. Nur noch Schrott.«

Nachdem wir Thekla zu ihrem Schrebergarten zurückgefahren haben, sitze ich nachdenklich neben Loretta auf dem Beifahrersitz ihres Wagens.

»Ähm, du«, beginne ich gedehnt, »ich wollte dich noch mal was fragen.« Überrascht sieht sie mich an.

»Was ist denn mit dir los? Du kündigst doch sonst auch nicht an, wenn du was fragen willst. Du fragst einfach. Also, was ist los? Raus damit.«

»Mir macht dieser ganze Zauberkram langsam ein bisschen das Leben schwer«, beginne ich und zupfe nervös an meinen Fingernägeln herum. »Irgendwie habe ich mich da glaube ich ein bisschen reingesteigert. Könntest du mir vielleicht noch mal sagen, dass das alles Quatsch ist und dass du nicht daran glaubst?« Als ich wieder zu ihr hochgucke, bemerke ich, wie ein leichtes Lächeln die Lippen meiner Freundin umspielt. Sie wiegt ein wenig den Kopf nach links und rechts und meint:

»Tja, ganz so sicher bin ich mir meiner Sache da auch nicht mehr.« Überrascht reiße ich die Augen auf.

»Wie meinst du das?«

»Ich meine damit, dass es möglicherweise doch Dinge zwischen Himmel und Erde gibt, die man weder erklären noch belegen kann. Aber das muss nicht zwangsläufig bedeuten, dass es sie nicht gibt. So, wir sind da. Raus mit dir, ich habe es eilig.« Sie schmeißt mich vor meinem Haus aus dem Auto und fährt fröhlich winkend davon, während ich ihr konsterniert hinterhersehe. Das war ja keine große Hilfe. Langsam erklimme ich die achtundsiebzig Stufen bis zu meiner Wohnung. Im dritten Stock angelangt höre ich über mir ein lautes Poltern sowie Frau Saalbergs schrille Stimme. Ich beschleunige meine Schritte, nehme immer zwei Stufen auf einmal und sehe Sekunden später meine Nachbarin in ihrem unvermeidlichen Nicki-Trainingsanzug und mit Birkenstocklatschen an den Füßen mit Fäusten auf meine Wohnungstür einhämmern.

»Frau Kramer, wenn Sie diesen Krach nicht sofort abschalten, dann rufe ich die Polizei«, brüllt sie gegen Jon Bon Jovi an, der in meiner Wohnung lautstark von einem Bett aus Rosen singt. Mit einem Satz bin ich bei Frau Saalberg und lege ihr vorsichtig die Hand auf die Schulter:

»Ich bin hier«, mache ich sie auf mich aufmerksam, woraufhin sie erschrocken zusammenzuckt und sich theatralisch ans Herz greift.

»Sie bringen mich noch mal ins Grab«, schimpft sie gleich darauf los. »Was ist das für ein Lärm in Ihrer Wohnung? Und das, obwohl Sie gar nicht zu Hause sind. Na, mit uns kann man das ja machen, nicht wahr? Nicht mehr lange, und ich hätte die Polizei geholt.«

»Es tut mir leid«, beeile ich mich zu sagen und will gerade den Schlüssel ins Schloss stecken, als wie von Geisterhand meine Wohnungstür aufschwingt. In Boxershorts und T-Shirt steht Gregor vor uns und mampft eine Banane.

»Da bist du ja wieder«, meint er zärtlich und nickt Frau Saalberg grinsend zu: »Morgen.«

»Oh«, meint diese spitz und wirft mir einen vielsagenden Blick unter erhobenen Augenbrauen zu, »ist er wieder da?« Ich nicke, während ein unbehagliches Gefühl meine Wirbelsäule hinaufwandert. »Na, dann wollen wir doch mal sehen, für wie lange. Sie, machen Sie gefälligst die Musik leiser«, herrscht sie Gregor an, dessen Grinsen ob dieses barschen Tons ein wenig verrutscht. Dennoch trollt er sich gehorsam und dreht Jon Bon Jovi auf eine erträgliche Lautstärke herunter. Gerade will ich durch die Tür in meine Wohnung schlüpfen, als Frau Saalberg mich am Arm zurückhält. Unwillig drehe ich mich zu ihr herum und sehe in ihre braunen Augen, die mich ungewohnt sanft und sorgenvoll mustern:

»Sollte das wieder in einer Katastrophe enden, dann … nun ja, Sie können jederzeit bei mir anklopfen, wenn Sie Trost brauchen.«

»Von Ihnen?«, rutscht es mir raus, doch anstatt sofort wieder anzufangen zu zetern, nickt sie nur ernsthaft und verschwindet in ihrer Wohnung. Langsam ziehe ich die Tür zu und wende mich Gregor zu, der gerade eine neue CD in die Stereoanlage schiebt. Die samtweiche Stimme von Elvis dringt aus den Lautsprechern, der »You are always on my mind« singt, während Gregor langsam auf mich zukommt.

»Wusstest du, dass dein Schrank ziemlich gut schallisoliert ist?«, fragt er grinsend, während er mir die Jacke von den Schultern streift. »Ich saß bestimmt eine halbe Stunde zwischen deinen Winterjacken und habe mich nicht rausgetraut, weil ich die Haustüre nicht zufallen hören konnte.«

»Oh, das tut mir aber leid«, sage ich übertrieben, während er ein leidendes Gesicht aufsetzt.

»Hab's wohl verdient.«

»Allerdings«, stimme ich ihm zu. Das und noch viel mehr, füge ich in Gedanken hinzu. Während Gregor mich aus meinen Klamotten schält, überlege ich fieberhaft, wie ich das Thema unauffällig auf seine finanzielle Lage bringen kann.

»Gregor, ich kann jetzt nicht«, wehre ich ab, als er mich bei der Hand nimmt und in Richtung Schlafzimmer ziehen will.

»Warum denn nicht«, erkundigt er sich überrascht. »Es ist nicht einmal zwölf Uhr. Du musst doch erst heute Abend arbeiten.«

»Da irrst du dich aber gewaltig«, sage ich bestimmt und entwinde mich ihm. Bevor er mich erwischen kann, verschwinde ich im Badezimmer und schalte die Dusche an.

»Ich wollte nur schnell duschen und mich umziehen und dann muss ich zurück in meinen Laden. Vielleicht hast du vergessen, dass ich dabei bin, mich selbständig zu machen«, rufe ich über das Rauschen des Wassers hinweg. »Ach, wo wir gerade davon sprechen«, da ist sie ja, meine Überleitung, »kommst du mal kurz her?«

»Mit Freuden.« Keine fünf Sekunden schiebt sich mein blau-weiß-karierter Duschvorhang zur Seite und Gregor steigt splitterfasernackt zu mir unter den Wasserstrahl. Er umfängt mich mit den Armen und drückt mich gegen die Wand. Als er damit anfängt, meinen Hals zu küssen, ziehe ich kurz in Erwägung, das Thema Geld zu verschieben. Aber da fällt mir ein, dass ich jetzt wirklich keine Zeit für Sex habe, und murmele in seine nassen Haare:

»Gregor, ich bräuchte bald die achttausend Euro zurück, weißt du.« Er hält mitten in der Bewegung inne und der nachlassende Druck an meiner Hüfte lässt die Schlussfolgerung zu, dass dieses Thema nicht unbedingt lustfördernd auf ihn wirkt.

»Ach so«, meint er unbestimmt und tritt einen Schritt zurück. Befangen sehe ich ihn an und greife nach der Duschgelflasche. Konzentriert beginne ich, mich mit dem bläulichen Schaum von Kopf bis Fuß einzuseifen, während ich hastig drauflos plappere:

»Ich habe da einen Schreiner aufgetan, der macht mir den Tresen nach meinen Vorgaben zu einem Superpreis. Aber er braucht natürlich erstmal eine Anzahlung für das Material und so. Das ist aber noch nicht alles. Hast du eine Ahnung, was eine wirklich gute Kaffeemaschine kostet? Fast neuntausend Euro! Na ja, und von der Renovierung stapeln sich auch schon die ersten Rechnungen. Es ist nicht so, dass mir jetzt schon das Geld ausgeht, aber ich wäre einfach beruhigter, wenn …«

»Na klar, versteh ich doch«, nickt Gregor und steigt aus der Dusche. Ich strecke den Kopf durch den Vorhang und beobachte, wie er sich mit meinem blauen Badehandtuch abrubbelt.

»Also, kannst du mir das Geld geben?«, hake ich nach und er nickt erneut.

»Na klar. Kein Problem.«

»Super! Danke«, sage ich erleichtert. »Also hast du keine Geldprobleme?« Ruckartig hebt er den Kopf und sieht mich forschend an:

»Wie kommst du auf die Idee?« Wie ich darauf komme? Das kann ich ihm ja nun beim besten Willen nicht sagen.

»Na ja«, druckse ich herum, »ich dachte vielleicht …« Und da fällt es mir wie Schuppen von den Augen. »Habt ihr eigentlich einen Ehevertrag?«, platze ich damit heraus. Warum habe ich da nicht schon früher dran gedacht? Das hört man doch alle Nase lang, dass jemand durch seine Scheidung in den Ruin stürzt. Besorgt sehe ich Gregor an.

»Ja, wir haben einen«, beantwortet er meine Frage und mir fällt ein riesiger Stein vom Herzen. Erleichtert ziehe ich mich wieder unter die Dusche zurück und summe vor mich hin.

In den nächsten Tagen ist so viel los, dass ich gar nicht mehr weiß, wo mir der Kopf steht. Wenn ich nicht gerade im L'Auberge bediene, bin ich rund um die Uhr auf der Baustelle und überwache die Renovierungsarbeiten, während ich gleichzeitig permanent mit dem Handy in irgendwelchen Warteschleifen hänge. Lieferanten, Ämter, Druckereien, irgendwas gibt es immer noch zu klären. Ich habe mir nämlich das ehrgeizige Ziel gesetzt, am ersten Adventswochenende zu eröffnen. Wohlwollend betrachte ich den superschicken Tresen aus dunklem Nussbaumholz und fahre mit der Hand über die lackierte Oberfläche, während ich, das Handy zwischen Ohr und Schulter eingeklemmt, versuche, meinen alten Schulfreund Robert an die Strippe zu kriegen, von dem Loretta berichtet hat, dass er soeben zum dritten Mal kurz vor dem Abschluss das Studienfach gewechselt hat.

»Ja, ich habe gemerkt, dass Philosophie doch nichts für mich ist«, bestätigt er mir dies, als ich ihn endlich erreiche. »Es war echt total interessant, aber so richtig viel damit machen kann man nicht.«

»Und was studierst du jetzt?«, erkundige ich mich, während ich Knut und Peter, meine beiden studentischen Hilfskräfte, auf einen Fleck an der Wand hinterm Tresen aufmerksam mache, wo die dunkelrote Farbe nicht richtig deckt.

»Sprachen und Kulturen Austronesiens«, kommt es wie aus der Pistole geschossen zurück.

»Wow«, sage ich beeindruckt, wobei ich keine Ahnung habe, wovon er da redet. In den nächsten Minuten, in denen er von seinem neuen Studiengang schwärmt, erfahre ich immerhin, dass Austronesien anscheinend die Sammelbezeichnung für die Inselwelt des Pazifischen Ozeans ist.

»Das ist alles unheimlich interessant, es gibt so viel zu lernen, alleine die unterschiedlichen Kultursprachen wie Tonga, Filipino, Bahasa Indonesia, um nur drei zu nennen«, plaudert Robert begeistert, während ich hin und wieder ein interessiertes »Ach was?« und »Hm, das klingt ja wirklich toll«, beisteuere.

Im Großen und Ganzen verstehe ich bloß Bahnhof und Bratkartoffeln. »Sag mal, was ich fragen wollte«, beeile ich mich zu sagen, als er endlich einmal Luft holt, »arbeitest du immer noch in der Redaktion vom ›Unicum‹?« Das ist die Universitäts-Zeitschrift, die gleich zwei Vorteile in sich vereint: Zum einen wird sie vorwiegend von meiner Zielgruppe gelesen und zum zweiten könnte ich dort rein theoretisch eine kostenlose Anzeige schalten. Zumindest, wenn ich mich mit einem Redaktionsmitglied gutstelle. Und siehe da, Robert ist noch immer aktiv an der Zeitschrift beteiligt, und anscheinend mit fast ebenso viel Herzblut dabei wie beim Erlernen von pazifischem Kulturgut. Ergeben lausche ich seinen Geschichten, doch die Viertelstunde meiner kostbaren Zeit ist gut angelegt, denn beim Auflegen habe ich sein Versprechen in der Tasche, dass im Unicum selbstverständlich die Eröffnung des ‚Café Engel' eine ausgiebige Erwähnung finden wird. Für diesen Namen habe ich mich nämlich nun entschieden, nicht zuletzt deshalb, weil Gregor mich doch immer seinen Engel nennt. Zufrieden verstaue ich mein Telefon in der hinteren Tasche meiner Jeans und sehe mich im Laden um. Vor Freude beginnt mein Herz schneller zu schlagen. Es wird einfach perfekt werden, wenn es endlich fertig ist. Und auch wenn der neue Boden, auf dem dieser unerträgliche Korinthenkacker vom Bauamt bestanden hat, ein großes Loch in meine Kasse gerissen hat, muss ich doch zugeben, dass das dunkle Laminat wunderschön aussieht. Nachdenklich starre ich vor mich hin. Ob der Raum groß genug ist, um hin und wieder einen Tanzabend zu veranstalten? Vermutlich nicht. Ein Klopfen am Fenster reißt mich aus meinen Überlegungen und ich erkenne Gregor, der, eine Pudelmütze auf dem Kopf, lächelnd durch das etwa handgroße, ausgerissene

Loch im vor die Scheibe geklebten Packpapier zu mir hereinwinkt. Erfreut öffne ich ihm die Türe und lasse ihn eintreten.

»Hallo, mein Engel vom Café Engel!«, grinst er mich an.

»Das ist ja eine Überraschung, was machst du denn hier?«

»Ich wollte endlich mal sehen, warum ich dich eigentlich nur noch nachts zu Gesicht bekomme. Ah, jetzt wird mir einiges klar.« Damit wirft er einen anzüglichen Blick auf Knut, der gerade mit zwei Farbeimern aus der Küche kommt und streckt ihm die Hand zum Gruß hin, die dieser ergreift: »Hi, ich bin Gregor. Ihr Freund.«

»Knut«, erwidert dieser, »keine Sorge, ich bin schwul.«

»Ach so, ja, hm, cool«, stammelt Gregor vor sich hin, während ich seine Hand nehme und ihn kichernd zu einer Führung hinter mir herziehe. Er würdigt jeden meiner Einfälle mit einem begeisterten »Toll!«, »Super!« oder »Genial!«, bis wir schließlich im Leerzimmer stehen.

»Und das hier?«, fragt Gregor und dreht sich ein wenig ratlos im Kreis. Außer dem neuen Fußboden ist hier noch nicht viel veranstaltet worden, die hässliche, braun-orange Tapete hängt in Fetzen von den Wänden.

»Tja«, mache ich unbestimmt und stemme die Hände in die Hüften, »das weiß ich selbst noch nicht so genau. Ich war von Anfang an überzeugt davon, dass dieser Raum zu irgendetwas gut sein wird. Leider will mir aber partout nicht einfallen, wozu«, erläutere ich ihm.

»Aha.«

»Hast du vielleicht eine Idee?«, erkundige ich mich hilfesuchend und einen Moment sieht es so aus, als wollte er mit den Schultern zucken. Dann fängt er plötzlich an zu grinsen, schließt die Tür hinter sich und kommt auf mich zu.

»Ich habe eine Idee. Eine tolle Idee«, murmelt er, während er den Kopf an meinem Hals versenkt.

»Gregor, das ist doch nicht dein Ernst«, frage ich entsetzt, als seine Hände unter mein weites, blau-rot-kariertes Holzfällerhemd wandern.

»Huch, du trägst ja gar keinen BH«, stellt er erfreut fest und streichelt meine Brüste.

»Da draußen sind Leute«, wehre ich mich halbherzig, aber mal wieder dauert es keine drei Minuten, bis er mich überzeugt hat. Was soll's, denke ich, als wir gemeinsam auf den frisch verlegten Laminatboden sinken, auf den er vorher noch fürsorglich seine gefütterte, grüne Winterjacke gelegt hat, schließlich ist das mein Laden.

Nur noch mit meinem Slip bekleidet sitze ich schließlich rittlings auf Gregor, der sich ausgiebigst mit meinen Brüsten beschäftigt, während ich in seinen Haaren herumwühle, als ich plötzlich hinter meinem Rücken ein Geräusch wahrnehme und erschrocken zusammenfahre. Ein kühler Luftzug weht herein und zeigt an, dass jemand die Tür geöffnet hat und auf unsere halbnackten Leiber herunterschaut. Gregor hebt den Kopf und erstarrt ebenfalls, während ich ihn mit entsetzt aufgerissenen Augen anschaue. Schützend halte ich mir die Arme vor die Brust und wende ganz langsam den Kopf. Es ist mir sehr unangenehm, von meinen Angestellten in dieser kompromittierenden Lage erwischt zu werden, aber ich sende ein kleines Stoßgebet gen Himmel, dass er mir das kleinere Übel in Form von Knut geschickt hat, den ja bekanntlich der Anblick eines nur mit einem Tanga bekleideten Frauenhinterns eher kalt lässt. Peinlich genug wäre es mir auch vor ihm schon. Ich sehe über meine Schulter zurück und erblicke ein Paar schwarze Stiefel, die vorne spitz zusammenlaufen. Wie in Zeitlupe lasse ich meinen Blick höher wandern, über den knielangen, roséfarbenen Rock, die schwarze Bluse mit den silbernen Knöpfen, bis ich schließlich in das Gesicht meiner besten Freundin sehe, deren Augenbrauen sich über ihren funkensprühenden, dunklen Augen fast zu treffen scheinen, so finster blickt sie drein.

13.

Das ist keine Ja- oder Nein-Frage!

»Loretta«, stoße ich hervor, während sie ungläubig den Kopf schüttelt. »Ähm, ich wollte es dir schon lange sagen«, beteuere ich, steige von Gregor hinunter und grabsche mir mein Hemd vom Boden, um es überzuziehen. Doch als ich wieder hochschaue, sehe ich nur noch die leere Türöffnung vor mir und höre Lorettas klappernde Absätze eilig in Richtung Ausgang verschwinden. »Jetzt warte doch«, rufe ich und stürze ihr hinterher. Ich bekomme sie gerade noch am Arm zu fassen, bevor sie die gläserne Eingangstür erreicht. Wie eine Furie fährt sie herum und stemmt die Hände in die Hüften:

»Luzie, das kann doch nicht dein Ernst sein. Wie lange geht das schon so?«

»Ungefähr eine Woche«, antworte ich unbehaglich und sehe betreten zu Boden.

»Seit einer ganzen Woche lügst du mich an?«, regt sie sich auf.

»Es tut mir leid, ich …«, beginne ich, als sie mir das Wort abschneidet.

»Weißt du, darum geht es doch gar nicht. Auch wenn ich es enttäuschend finde, dass du mich belügst und mir nicht vertraust, Schwamm drüber. Aber dass du mit diesem Typ, ich meine, bist du denn von allen guten Geistern verlassen?

Hat er dir nicht genug angetan? Hast du ihn nicht sogar gemeinsam mit seiner Frau überführt, noch eine weitere Affäre zu haben? Wie hieß die Tussi noch?«

»Melanie«, antworte ich geknickt.

»Und das reicht dir immer noch nicht? Wie weit muss der denn noch gehen?«

»Es tut ihm leid«, beginne ich jetzt, Gregor zu verteidigen. »Und er hat auch keine andere mehr. Nur noch mich. Er liebt mich.«

»Pfffh«, kommt es höhnisch von Lorettas Lippen, »das glaubst du doch wohl selbst nicht.« Ich spüre plötzlich einen dicken Kloß im Hals.

»Doch, das glaube ich«, sage ich leise und Loretta sieht mich betroffen an. Sie geht einen Schritt auf mich zu und fasst mich am Arm.

»Süße, das geht nicht. Dieser Mann ist das reine Gift für dich, glaub mir«, sagt sie beschwörend, doch ich schüttele den Kopf.

»Wieso sagst du das?« Sie sieht mich so hilflos an, dass ich unter Tränen lächeln muss. »Mach dir keine Sorgen um mich. Es geht mir wirklich gut. Wir sind jetzt zusammen. Er hat sich endlich von Anna getrennt.«

»Er hat sich von Anna getrennt?«, echot sie ungläubig und ich nicke. In diesem Moment erscheint Gregor, inzwischen wieder angezogen, im Türrahmen und Loretta heftet ihren Blick auf ihn. »Du hast dich also von Anna getrennt«, wiederholt sie an ihn gerichtet und er nickt.

»Ja.«

»Tatsächlich?«

»Sag ich doch«, gibt er trotzig zurück. Meine Freundin holt tief Luft und wendet sich wieder an mich:

»Können wir irgendwo ungestört reden?«, erkundigt sie sich und umfasst mit einer Handbewegung sowohl Gregor als auch Knut und Peter, die mit ihren Farbrollen bewaffnet mitten im Raum stehen und mit offenen Mündern das ganze Gespräch belauscht haben, »ohne Zeugen?«

»Ja, klar.« Damit ziehe ich sie in die Küche, wo sie sich vor mir aufbaut und mich an den Händen fasst. Ihre Augen blicken so ernst drein, dass es mir kalt den Rücken hinunterläuft. »Was ist denn«, frage ich unbehaglich und trete nervös von einem Bein auf das andere.

»Luzie, du weißt, wie lieb ich dich habe, oder?« Verwundert sehe ich sie an und nicke.

»Natürlich. Ich habe dich auch lieb«, gebe ich zurück. »Vertraust du mir?«, fährt sie fort und ich nicke:

»Natürlich.«

»Dann trenn dich von Gregor. Sofort.«

»Wie bitte?« Ich fühle mich, als hätte man mir eine Faust in den Magen gerammt.

»Er ist ein Lügner und ein Betrüger. Weg mit ihm«, sagt sie, während ich ganz langsam meine Hände aus ihren ziehe.

»Er hat sich geändert.«

»Das hat er nicht«, beharrt sie.

»Woher willst du das wissen? Du kennst ihn doch gar nicht.«

»Das nicht, aber …« Wortlos stehen wir voreinander, in der halbfertigen, mattroten Küche. Die nackte Glühbirne bewegt sich schaukelnd an der Decke hin und her. Loretta sieht mich bekümmert an und schüttelt langsam den Kopf:

»Er wird dir das Herz brechen, und ich weiß nicht, ob ich dann da sein werde, um dich noch mal vom Boden aufzukratzen.« Damit macht sie auf dem Absatz kehrt und stöckelt von dannen, während ich hier fassungslos hinterherstarre. Als ich gesenkten Hauptes die Küche verlasse, stehen meine beiden Helfer noch immer in der Gegend herum und betrachten mich mit offenen Mündern.

»Was gibt es denn da zu glotzen?«, frage ich unwirsch. Peters Augen, die anzüglich auf meine nackten Beine gerichtet sind, geben mir die Antwort und ich verschwinde schnell wieder im Nebenraum, wo Gregor es sich mittlerweile wieder auf dem Fußboden gemütlich gemacht hat und mir jetzt abwartend entgegensieht.

»Machen wir weiter?«, fragt er mit einem treuherzigen Augenaufschlag, aber ich schüttele den Kopf und schlüpfe in meine Jeanshose. Mir ist die Lust vergangen. Was war das denn jetzt bitteschön? Soll das vielleicht heißen, wenn ich nicht mit Gregor Schluss mache, dann macht Loretta mit mir Schluss? Und überhaupt, was sollen diese Unkenrufe von wegen, dass er mir wieder das Herz brechen wird? Ich dachte, Loretta sei meine Freundin. In diesem Job sollte sie mir doch eigentlich unterstützend zur Seite stehen und nicht durch Schwarzmalerei meine eigenen Ängste verstärken. War anscheinend gar keine schlechte Idee, ihr die Geschichte mit Gregor zu verheimlichen, wenn sie so darauf reagiert, denke ich trotzig. Allmählich löst sich meine Ratlosigkeit in Wohlgefallen auf und was übrig bleibt ist eine dicke Wut in meinem Bauch.

»Könntest du mir einen Gefallen tun und hier für ein Stündchen die Stellung halten?«, frage ich Gregor.

»Warum nicht?«, entgegnet dieser wenig begeistert. »Was hast du vor?«

»Ich gehe zu Loretta in die Kanzlei«, erkläre ich kurz und bin schon fast auf dem Weg nach draußen, als er mich am Arm festhält.

»Warum stellt die sich denn so an?«, erkundigt er sich. Obwohl ich selber sauer bin, kann ich es doch nicht vertragen, dass er so über meine Freundin redet.

»Die heißt Loretta«, versetze ich spitz. »Und ich habe sie angelogen. Kein Wunder, dass sie sauer ist. Im Gegensatz zu dir lüge ich eher selten«, setze ich noch einen drauf, als ich seinen verständnislosen Gesichtsausdruck sehe.

»Wow«, sagt er und lässt mich abrupt los, »wie lange hast du eigentlich noch vor, mir das unter die Nase zu reiben?«

»Ziemlich lange«, fahre ich ihn an, woraufhin er nun seinerseits wütend wird.

»Vielleicht sollte ich dann lieber gehen«, meint er und greift nach seiner Jacke. Erschrocken sehe ich ihn an.

»Ist das dein Ernst?« Unschlüssig wiegt er den Kopf hin und her. »Wie meinst du denn das?«, frage ich ihn angstvoll und bereue sofort, meine Wut auf Loretta an ihm ausgelassen zu haben. Ich gehe einen Schritt auf ihn zu und fasse zaghaft nach seiner Hand: »Es tut mir leid.«

»Mir auch«, lenkt er ein und zieht mich an sich.

»Es ist nur ...«, beginne ich, aber er legt mir seinen linken Zeigefinger auf den Mund. Dabei möchte ich ihm so gerne sagen, dass ich noch immer zutiefst verunsichert bin. Dass ich ihm gerne vertrauen möchte, aber einfach nicht weiß, wie. Dass ich noch immer verletzt, traurig und wütend bin über alles, was geschehen ist. Und dass diese Gefühle immer mal wieder hochkommen werden, ohne dass es bedeutet, dass ich ihn nicht mehr liebe. Dass er Geduld mit mir haben soll.

»Schon gut«, flüstert er und küsst mich auf die Lippen. Ich hoffe, dass er meine wortlose Bitte verstanden hat.

In der Kanzlei Sidler & Strauß will ich sofort in Lorettas Büro stürmen, werde aber von einer Vorzimmerdame um die Dreißig im perfekt sitzenden Nadelstreifenkostümchen aufgehalten, die ich hier noch nie gesehen habe. Sie trägt soviel Makeup im Gesicht, dass die darunterliegenden Züge kaum mehr auszumachen sind, jedes Einzelne der zu einem im Nacken sitzenden Pferdeschwanz gebundenen blonden Haare sitzt an seinem Platz.

»Moment«, sagt sie, ohne sich von ihrem Platz zu erheben, aber ihr Tonfall ist so scharf, dass ich mitten in der Bewegung innehalte und mich ihr zuwende. »Sie wünschen?«, fragt sie und hebt den linken Mundwinkel dabei um einen halben Millimeter nach oben. Will sie damit vielleicht ein Lächeln andeuten? Doch ihr Blick, der über meinen Baustellen-Aufzug gleitet, spricht eine andere Sprache.

»Ich bin eine Freundin von Loretta Schwarz. Ihre beste Freundin«, beeile ich mich zu sagen, obwohl ich mir da nach dem eben Geschehenen gar nicht mehr so hundertprozentig sicher bin.

»Vor einer Minute ist eine Mandantin zu einem Termin gekommen. Frau Schwarz hat mich gebeten, niemanden vorzulassen«, kommt es kurz zurück und schon wendet sich das hagere Blondchen wieder dem Computermonitor zu. Eine Sekunde lang stehe ich ratlos herum, dann fällt mein Blick auf die Sitzgruppe aus hellem Leder, die um einen flachen, gläsernen Tisch im Eingangsbereich gruppiert ist.

»Na schön, dann warte ich eben«, erkläre ich achselzuckend und lasse mich in einen der weichen Sessel fallen. Die Vorzimmerdame beobachtet mich mit unbeweglicher Miene dabei, wie ich in den Zeitschriften zu wühlen beginne. Leider gibt es hier jedoch nur Fachzeitschriften für Jura und Wirtschaftswissenschaften. Vergeblich suche ich nach einer Gala, Bunten oder auch nur der Hamburger Morgenpost. Frustriert lehne ich mich zurück, verschränke die Arme vor der Brust und beobachte die hier ein- und ausgehenden Schlipsträger, die mich ihrerseits betrachten, als hätte mich die Katze von draußen reingeschleppt. Nach einer Viertelstunde demütigender Blicke stehe ich auf und schlendere erneut an den Rezeptionstresen. »Entschuldigung, Frau …«, hier werfe ich einen Blick auf das in einer Plexiglas-Halterung stehende Namensschildchen, »… Machulke, haben Sie eine ungefähre Vorstellung, wie lange dieser Termin dauern wird? Ich habe nämlich selbst auch noch eine Menge zu tun, müssen Sie wissen.« Zweifelnd blickt sie mich an. »Ob Sie es glauben oder nicht, ich werde in wenigen Wochen mein eigenes Café eröffnen«, trumpfe ich auf, doch anscheinend kann ich sie auch damit nicht beeindrucken. Ihre perfekt gezupfte, hauchdünne Augenbraue wandert in Richtung Haaransatz, während sie ein sarkastisches »Was Sie nicht sagen«, aus dem Mundwinkel tropfen lässt. Wie kann man nur so arrogant sein? Was bildet diese Schnepfe sich eigentlich ein?

»Rufen Sie Frau Schwarz an und sagen Sie ihr, dass ich hier bin«, fordere ich und grabsche über den Tresen hinweg nach dem Telefon. Es entsteht ein kleines Handgemenge, aus dem Frau Machulke siegreich hervorgeht. Allerdings nur, weil sie mir mit ihren falschen Fingernägeln empfindlich den Unterarm zerkratzt. »Sie wird doch wohl einen Anruf entgegennehmen können«, verlege ich mich aufs Betteln, mir die schmerzende Stelle reibend, aber mein Gegenüber schüttelt energisch den Kopf.

»Sie müssen warten. Ich darf sie jetzt nicht stören.«

»Wer lässt sich scheiden? Angela Merkel?«, fluche ich unterdrückt.

»Wir haben Schweigepflicht«, unterrichtet sie mich in gewichtigem Tonfall und ich sehe sie erstaunt an. Dann richte ich meinen Blick auf die hohe Tür aus schwerem Eichenholz, die zu Lorettas Büro führt. Doch nicht wirklich?

»Haha, sehr witzig«, quetsche ich hervor, als mir auffällt, dass die Dame hinterm Tresen, mit deren Humor es bis jetzt ja nun weiß Gott nicht so weit her war, amüsiert ihr kleines Näschen krauszieht. Im selben Moment bewegt sich die geschwungene Klinke und eine Sekunde später geleitet Loretta ihre Mandantin hinaus. Mit offenem Mund starre ich die Dame an ihrer Seite an. Nicht die Bundeskanzlerin. Schlimmer!

»Was machst du denn hier?«, erklingt es zeitgleich aus drei Kehlen, dann streckt mir Gregors Frau die Hand zum Gruß hin.

»Hi, Luzie, wie geht es dir?«, erkundigt sie sich, während ich mühsam um Fassung ringe.

»Ganz gut«, quetsche ich hervor. »Und dir?«

»Viel besser«, antwortet sie rätselhafterweise, bevor sie sich an Loretta wendet und ihr ebenfalls die Hand schüttelt.

»Also dann, vielen Dank.«

»Keine Ursache«, gibt Loretta zurück und wirft mir einen beschwörenden Blick zu, während Anna in ihrem todschicken, dunkelblauen Hosenanzug auf hohen Absätzen in Richtung Fahrstuhl stöckelt. Dort drückt sie auf den Knopf und dreht sich noch mal zu mir um.

»Luzie, ich wollte mich eigentlich noch mal bei dir melden, nachdem ich damals, na ja, so plötzlich abgerauscht bin, aber ich wusste nicht, ob dir das recht gewesen wäre.« Ich verziehe meinen Mund zu so etwas wie einem Lächeln, aber da fährt sie schon fort: »Es klingt vielleicht komisch, aber ...«, sie grinst ein wenig schief, » ... danke für deine Hilfe.« Mit offenem Mund starre ich ihr hinterher, während sie in den Aufzug tritt und noch einmal grüßend die Hand hebt, bevor sich die schwere Tür hinter ihr schließt. Dann wende ich ganz langsam den Kopf in Lorettas Richtung, die mich gequält ansieht.

»Ich konnte es dir nicht sagen«, sagt sie und hebt hilflos die Schultern, »und streng genommen darf ich das jetzt immer noch nicht.« Damit dreht sie sich einfach um und verschwindet wieder in ihrem Büro. Ich folge ihr, sehr zum Ärger von Frau Machulke, die angestrengt die Lauscherchen gespitzt hat, um auch ja jedes Detail dieser unglückseligen Zusammenkunft zu erhaschen. Krachend fällt die schwere Holztür hinter mir ins Schloss und ich baue mich vor Lorettas Schreibtisch auf, auf dem ein wüstes Durcheinander herrscht.

»Raus mit der Sprache«, fordere ich, als sie sich auf ihren schwarzledernen Bürosessel fallen lässt und die Gegensprechanlage drückt.

»Frau Machulke, bringen Sie uns zwei Cognac, bitte«, gibt sie ihre Anweisung, während sie mich mit der Hand auffordert, ihr gegenüber Platz zu nehmen. Meine Nerven sind zum Zerreißen gespannt, doch Loretta sitzt einfach da und sieht mich an.

»Jetzt hör auf, mich so anzuschauen und sag mir die Wahrheit«, platze ich damit heraus, kaum, dass das Vorzimmerdämchen den Raum wieder verlassen hat. Meine Freundin schluckt hörbar und atmet tief ein:

»Luzie, ich unterliege der Schweigepflicht«, sagt sie ernsthaft. »Ich darf dir nicht erzählen, was mit meiner Mandantin besprochen wurde. Das könnte mich meinen Job kosten.« Ungläubig sehe ich zu, wie sie einen Schluck der bernsteinfarbenen Flüssigkeit aus dem zarten Cognacglas nimmt. Das kann doch nicht ihr Ernst sein!

»Wenn du allerdings Dinge errätst, könnte es sein, dass ich hin und wieder rein zufällig mit dem Kopf nicke oder so.« Sie wirft mir einen vielsagenden Blick zu.

»Sag mal, willst du mich verarschen?«, frage ich heftig, aber sie schüttelt den Kopf.

»Anna ist also deine Mandantin«, ergebe ich mich in mein Schicksal und Loretta nickt. »Und ich nehme an, dass es um die Scheidung geht?« Erneutes Nicken. »Hättest du sie nicht an jemand anderen in der Kanzlei weiterleiten können?« Kopfschütteln. »Du hättest es schon gekonnt, aber du wolltest nicht«, sage ich böse. »Herrgott, Loretta, wie stellst du dir das denn vor? Diese Frau geht mit meinem Freund in den Scheidungskrieg und du stehst auf der falschen Seite.« Wieder schüttelt Loretta den Kopf. Wie soll ich das denn jetzt verstehen? »Du meinst, dass du auf der richtigen Seite bist?«, forsche ich nach und sie nickt heftig. »Und warum?« Mit großen Augen sieht sie mich an und zuckt mit den Schultern.

»Das ist keine Ja-oder-Nein-Frage«, quetscht sie hervor.

»Das weiß ich selber«, blaffe ich sie an. »Aber deine Spielchen sind mir zu blöd. Was soll das Ganze? Ja, ich weiß, vielleicht hätte ich dir sagen sollen, dass ich wieder mit Gregor zusammen bin, aber deine Reaktion hat ja eindringlich bewiesen, dass du nicht länger auf meiner Seite bist. Und damit nicht genug, dann nimmst du auch noch Anna als deine Klientin an. Meine Rivalin …«

»Vor ein paar Wochen hast du noch anders über sie gesprochen«, fällt Loretta mir jetzt heftig ins Wort. »Wenn ich dich daran erinnern darf, hast du gemeint, plötzlich mit ihr in einem Boot zu sitzen.«

»Das meine ich aber jetzt nicht mehr«, rufe ich aus.

»Und warum nicht?«

»Weil ich dann nicht mit Gregor zusammen sein könnte, darum! Und das ist, was ich will! Ich will mit ihm zusammen sein und es ist mir egal, was du oder Anna oder sonst wer darüber denken. Und wenn du noch meine Freundin bist, dann unterstützt du mich und sagst seiner Frau, dass du sie nicht länger vertreten kannst«, fordere ich, trinke meinen Cognac in einem Zug aus und knalle das Glas auf die Tischplatte. Ich spüre den Alkohol heiß meine Kehle hinunterrinnen, während Loretta sich zu mir herüberbeugt und mir in die Augen sieht.

»Das werde ich nicht tun«, sagt sie sehr betont und ich zucke zusammen.

»Wirklich nicht?«, frage ich betroffen und sie schüttelt langsam den Kopf. »Tja, dann gehe ich wohl jetzt mal«, sage ich mühsam beherrscht und erhebe mich mit zitternden Knien. Während ich in Richtung Tür wanke, rasen meine Gedanken. Das kann doch alles nicht wahr sein. Wieso stellt Loretta sich plötzlich gegen mich? Wir sind befreundet, seit wir zusammen im Sandkasten gespielt haben. Ich kann mir mein Leben ohne sie gar nicht vorstellen. Was habe ich getan, um sie dermaßen gegen mich aufzubringen? Und dann schleicht sich eine peinigende Frage in mein Bewusstsein: Was ist, wenn es mit Gregor doch schiefgeht? Und wenn Loretta dann nicht da ist, um mich aufzufangen? Zögernd drehe ich mich zu meiner Freundin um, sehe ihren kurz geschnittenen, schwarzen Haarschopf, der sich über den

Schreibtisch beugt, während sie eifrig mit dem Kugelschreiber auf einem Notizblock herumkritzelt. Schon wieder ganz in ihre Arbeit vertieft, obwohl ich noch nicht mal raus bin aus ihrem Büro. Nur mit Mühe halte ich die Tränen zurück, als Loretta ihre Notizen beendet und mit einem Ruck den Kopf hebt.

»Luzie«, sagt sie scharf und ich zucke zusammen. »Bleib noch einen Moment!« Unschlüssig bleibe ich, wo ich bin, während sie sich erhebt und um den Schreibtisch herum auf mich zukommt. Ganz dicht vor mir bleibt sie stehen, das Gesicht undurchdringlich. »Ich gehe jetzt einen Kaffee holen. Dort auf dem Zettel«, sie weist mit der Hand in Richtung Schreibtisch, »habe ich einige wichtige Fakten aufgeschrieben, die Annas und Gregors Scheidung betreffen. Damit ich sie nicht vergesse. Ich muss dich bitten, diesen Zettel nicht zu lesen, während ich weg bin.« Mit diesen Worten drückt sie sich an mir vorbei und verlässt das Büro, nicht, ohne mir vorher noch einen vielsagenden Blick zuzuwerfen. Die Tür wird vorsichtig ins Schloss gezogen und ich bin allein. Wie magisch angezogen bewege ich mich auf das weiße, mit Lorettas schnörkelloser Handschrift eng beschriebene Papier zu und greife danach.

»Anna Landahl hat sich von ihrem Mann Gregor getrennt und nicht umgekehrt«, steht dort. »Er hat sie angefleht, bei ihm zu bleiben. Sie hat ihn rausgeworfen. Sie will die Scheidung.« Ungläubig starre ich auf die Buchstaben, die sich zu diesen für mich unsinnigen Sätzen formen. »Er ruft täglich bei ihr an, um sie zurückzugewinnen und bombardiert sie per SMS mit Liebesschwüren.« Die Worte verschwimmen vor meinen Augen. Das kann nicht sein. »Gregor hat ausschließlich von Annas Geld gelebt und wird weitgehend mittellos aus der Trennung hervorgehen, weil Annas Vater bei der Eheschließung auf einem Ehevertrag bestanden hat.« Das Notizblatt rutscht mir aus den zitternden Fingern und segelt mit leichten Schwüngen auf den dunkelroten Teppich. Ich mache auf dem Absatz kehrt und stürme nach draußen, wobei ich fast mit Frau Machulke zusammenstoße, die auf ihren schwindelerregenden Absätzen bedenklich um ihr Gleichgewicht kämpft. Ich ignoriere ihren empörten Aufschrei ebenso wie Loretta, die gerade aus einem angrenzenden Raum kommt und ihre Schritte beschleunigt, als sie meiner ansichtig wird. Nichts wie weg hier. Mit einem Satz springe ich in den sich gerade schließenden Aufzug, der sich in quälender Langsamkeit in Bewegung setzt und nach unten fährt.

Keine Ahnung, wie lange ich ziellos durch die Straßen geirrt bin, aber irgendwann beruhigen sich meine Gedanken, sodass ich darüber nachdenken kann, was als Nächstes zu tun ist. Eines steht fest: Irgendjemand lügt hier, dass sich die Balken biegen. Loretta sicher nicht, bleiben Gregor oder Anna. Und wer von den beiden, das werde ich herausfinden.

Festen Schrittes betrete ich meinen Laden, in dem Gregor mir mit vorwurfsvoller Miene entgegeneilt.

»Wo warst du denn? Wolltest du nicht in einer Stunde zurück sein?«

»Es hat länger gedauert, tut mir leid«, sage ich entschuldigend und schlinge meine Arme um seinen Bauch. Nichts in meinem frisch geschminkten Gesicht weist mehr auf die Tränen hin, die ich vergossen habe, mit einem verführerischen Augenaufschlag sehe ich ihn von unten herauf an und lächele ihm besänftigend zu. Dann blicke ich mich im Café um und nicke anerkennend meinen fleißigen Helferlein zu: »Wow, da habt ihr ja richtig was geschafft heute. Sieht toll aus!«

»Ich habe ja auch geholfen«, wirft Gregor sich stolz in die Brust und ich bedanke mich bei ihm mit einem Kuss.

»Könntet ihr dann auch die Lieferung der Küchengeräte entgegennehmen«, bitte ich Knut und Peter, die eifrig nicken. »Dann bin ich ganz dein, wenn du möchtest«, säusele ich liderklappernd, worauf Gregor breit zu grinsen beginnt.

Zwanzig Minuten später liegen wir gemeinsam in meinem Bett, genauer gesagt, Gregor auf mir. Aber es ist nicht wie sonst. So sehr ich mich auch bemühe, abzuschalten und zu genießen, es will mir nicht gelingen. Die Saat des Misstrauens ist gesät. Nein, das ist falsch formuliert, denn gesät wurde sie ja leider schon vor langer Zeit. Bloß dass ihr Wachstum für eine kurze Zeitspanne durch meine Willenskraft gestoppt wurde. Und diese Pause macht sie jetzt wett, indem sie wie eine genmanipulierte Maispflanze in die Höhe schießt. Was ist, wenn das wahr ist, was Loretta geschrieben hat? Wenn Anna sich von Gregor getrennt hat? Wenn er sie noch immer zurückhaben will? In seinen braunen Augen, die mich aus halbgeschlossenen Lidern ansehen, sehe ich Irritation aufflackern.

»Was ist denn los?«, erkundigt er sich mit sanfter Stimme und hält mitten in der Bewegung inne.

»Gar nichts«, beeile ich mich zu sagen und schließe die Augen, damit er meinen argwöhnischen, vielleicht sogar hasserfüllten Blick nicht sieht.

»Wirklich nicht?«, hakt er nach, doch ich schüttele den

Kopf und umklammere ihn mit meinen Beinen, um ihn näher an mich zu ziehen.

»Nein, mach weiter«, flüstere ich ihm ins Ohr und beginne zu stöhnen. Erfreut kommt er meiner Aufforderung nach, während ich ihn mit unterdrückten Lustschreien ansporne. Aber ehrlich gesagt ist meine Lust gefaked. Ebenso wie der Orgasmus, den ich ihm wenige Augenblicke später vorspiele, damit er selber endlich zum Schluss kommt. Ich weiß, so etwas sollte man nicht tun. Und es ist auch lange her, seit ich es das letzte Mal gemacht habe. Außerdem weiß Gregor sonst ganz genau, wie er mich zum Orgasmus bringen kann. Heute könnte er jedoch anstellen, was er wollte, ich bin einfach viel zu angespannt. Also fake ich meinen Höhepunkt und erteile damit quasi Gregor die Erlaubnis, seinen eigenen zu erleben. Danach liegen wir einige Minuten nebeneinander, Gregor ganz entspannt mit geschlossenen Augen, während meine Nerven zum Zerreißen gespannt sind. Ich kraule ein wenig in seinem blonden Brusthaar herum und sage schließlich:

»Du, Gregor …«

»Hmm«, kommt es verschlafen zurück.

»Schläfst du etwa?«, frage ich empört, woraufhin er mühsam sein linkes Auge öffnet.

»Nö. Na ja, vielleicht ein bisschen«, antwortet er träge und klappt den Liddeckel wieder hinunter. Ich überlege kurz, entscheide mich dann aber doch dagegen, ihn jetzt einfach wegpennen zu lassen und mir dann sein Handy zu schnappen. Zu gefährlich. Stattdessen piekse ich ihn mit dem Zeigefinger in seinen Hüftspeck, was er zunächst nur mit einem unwilligen Grunzen quittiert. Aber ich mache weiter, bis er irgendwann die Augen aufschlägt, diesmal beide und stöhnt:

»Was willst du denn, du Nervensäge?«

»Ich will, dass du duschen gehst.« Prüfend schnuppert er an seiner Achselhöhle:

»Wieso? Stinke ich?«

»Nein, aber ...« Tja, aber was? Warum soll der gute Mann duschen gehen? Damit ich in seinem SMS-Speicher herumwühlen kann, aber es wäre vermutlich strategisch unklug, ihm das auf die Nase zu binden. In diesem Moment kommt mir die Sonne zur Hilfe, die sich zum ersten Mal an diesem grauen Tag hinter der Wolkendecke hervorschiebt und ihre Strahlen durch das Fenster in mein Schlafzimmer sendet. »Es ist so schönes Wetter, lass uns rausgehen. Spazieren«, bettele ich und schubse Gregor aus dem Bett. Auf dem Weg raus blinzelt er ein wenig zweifelnd in Richtung Himmel:

»Sieht aber ziemlich ungemütlich aus, als würde es gleich regnen«, meint er, trollt sich aber dann doch gehorsam ins Bad. Ich atme tief durch und suche den auf dem Boden aufgetürmten Klamottenberg mit den Augen ab, stürze mich dann darauf und angele nach Gregors zerknüllter Jeanshose. Gerade will ich mit der Hand in die Gesäßtasche fahren, als Gregors zerstrubbelter Kopf im Türrahmen erscheint. »Wo bleibst du denn?«, erkundigt er sich und stutzt dann bei meinem Anblick: »Und was machst du da?«

»Ich, äh«, stammele ich, »wollte unsere Klamotten noch schnell über den Stuhl legen.«

»Wozu?«, fragt er verständnislos.

»Damit sie nicht kraus werden«, antworte ich lahm, als hätten wir uns aus Abendkleid und Smoking gepellt.

»Wow, du wirst ja ein richtiges Hausfrauchen«, witzelt Gregor, kommt auf mich zu und streckt mir die Hand hin: »Nun komm schon mit unter die Dusche.« Widerwillig lasse ich mich von ihm ins Bad schleifen, wo ich ihn unter die

Brause schiebe. Doch bevor er mich ebenfalls in die Duschkabine ziehen kann, schlage ich mir mit der flachen Hand vor die Stirn:

»Warte, ich habe dieses neue Shampoo gekauft, das muss ich kurz holen.« Verwirrt hebt Gregor die fast volle Flasche »Schauma, Milch und Honig« hoch. »Das ist doof, nicht gut für meine Haare. Ich brauche das andere. Bin gleich wieder da.« Damit ziehe ich den Duschvorhang vor seiner Nase zu und stürze zurück ins Schlafzimmer. Hastig filze ich die Jeans am Boden. Fehlanzeige! Dann stürze ich mich auf die dunkelgrüne Winterjacke und werde in der Innentasche fündig. Nackt auf dem Fußboden kauernd entsperre ich die Tastatur des Handys und rufe den Nachrichtenordner auf. Der Mitteilungseingang ist leer. Komplett leer. Sehr verdächtig! Wer macht denn sowas? Ich selber jedenfalls lösche meinen SMS-Speicher immer erst, wenn mir mein Handy eindringlich zum zehnten Mal erklärt, dass es nun wirklich und endlich am Ende seiner Speicherkapazität angekommen ist. Nervös klicke ich mich zu den »Gesendeten Objekten« weiter, ohne große Hoffnung, dort fündig zu werden. Umso schneller schlägt mein Herz, als ich einen gut gefüllten Mitteilungsspeicher entdecke. Die letzten drei SMS gingen an mich. »Luzie Mobil« steht dort. Ich bekomme ein ganz schlechtes Gewissen. Habe ich Gregor unrecht getan? Was fällt mir eigentlich ein, in seinen Sachen herumzuwühlen? Ich scrolle langsam herunter und da steht es: »Anna Mobil.« Mein Herz setzt einen Schlag aus, bevor ich die Mitteilung anklicke. »Mitteilung wird geöffnet« erklärt mir das Telefon. Ja doch.

»Luzie«, ruft Gregor da aus dem Badezimmer, »kommst du?«

»Sekunde noch«, brülle ich zurück und starre wie gebannt auf das Handydisplay:

»Engel, ich flehe dich an, verlass mich nicht. Du bist die einzige Frau, die ich in meinem Leben haben möchte.«

Verständnislos lese ich wieder und wieder die Sätze, deren Bedeutung nicht bis zu meinem Gehirn vordringen wollen. Das kann nicht sein. Es kann nicht sein. Zitternd wähle ich »Status«, weil ich mich immer noch an die vage Hoffnung klammere, dass dies eine alte Nachricht ist. Eine sehr, sehr alte Nachricht. Nun, Zeit ist ja bekanntlich ein relativer Begriff, dennoch kann man sich wohl nicht darüber streiten, dass eine gestern abgeschickte Mitteilung eher in die Kategorie »Aktuell« fällt.

»Luzie, was ist denn nun?«, erschallt es aus dem Badezimmer.

»Ich kann es nicht finden«, brülle ich zurück.

»Ich bin schon ganz schrumpelig«, jammert er und ich erhebe mich.

»Ich komme«, sage ich leise. Bevor ich wie in Trance ins Badezimmer marschiere, gehe ich in die Küche und setze einen Topf mit Milch auf, denn auf den Schreck brauche ich gleich erstmal einen Kaffee. Dann steige ich zu Gregor unter die Dusche, der mich in Empfang nimmt, als käme ich gerade von einer Weltreise zurück.

»Da bist du ja endlich«, meint er zärtlich und beginnt, meinen Körper mit Duschgel einzuseifen. Verwundert nehme ich wahr, dass sich keine Brandblasen an den Stellen bilden, die er berührt. Seine Hände gleiten über meine Brüste, den Bauch, die Arme und Schenkel, als ob nichts wäre. Ich sehe ihm in die sanften, braunen Augen und er lächelt mich unbeschwert an.

»Ich liebe dich«, flüstert er mir zu und küsst mich auf den Mund. So muss sich Jesus damals gefühlt haben, fährt es mir durch den Kopf. Ob er es auch nicht glauben konnte? Irgendeine Verbindung in meinem Gehirn scheint lahmgelegt zu sein. Ich kriege diesen Mann mit den frechen Locken und dem selbstbewusst vor sich hergetragenen Bauchansatz einfach nicht zusammen mit dem Verrat, den ich eben entdeckt habe. Ganz offensichtlich hat Anna sich von ihm getrennt. Und er will sie zurück. Ob jetzt wegen ihres Geldes oder aus Liebe, sei dahingestellt. Fakt ist, dass er mich wohl fallen gelassen hätte wie eine heiße Kartoffel, wenn seine Frau ihn wieder gnädig aufnehmen würde. Aber so dumm ist Anna ja zum Glück nicht. Im Gegenteil, sie wirkte sehr entschlossen. So dumm, Gregor trotz Lügen und Vertrauensbruchs wieder aufzunehmen, so dumm war nur ich. Gedankenverloren lasse ich meinen Blick an Gregors Körper herunterwandern, während er sich die Haare shamponiert und sie dabei in die unterschiedlichsten, absurdesten Frisuren formt. Beifall heischend sieht er mich mit schief gelegtem Kopf an, von dem kreuz und quer Schaumhörnchen abstehen. Mit diesen Mätzchen konnte er mich immer zum Lachen bringen, aber heute kann ich mir nicht mal ein müdes Anheben der Mundwinkel abringen. Er zieht einen enttäuschten Flunsch, während ich meinen Blick auf seinen Penis hefte. Die Unterhaltung mit Loretta fällt mir wieder ein. Milliarden Penisse auf dieser Erde, und ich will unbedingt diesen einen? Warum? Was ist so besonders an dem Ding? Gar nichts. Es ist mehr oder weniger hässlich, wie all seine anderen Artgenossen. Und ich denke plötzlich, die Welt wäre ohne diesen speziellen Penis besser dran. In meiner rechten Hand zuckt es und ich muss gegen den plötzlichen Impuls ankämpfen, Gregor richtig wehzutun. So richtig! Vielleicht ist es sein Glück, dass die Klingen von Ladyshavern mittlerweile sicher hinter Gitter gelegt werden, in diesem Moment, in dem ich endlich begreife, dass es aus ist. Dass alle recht hatten, außer mir. Dass ich nicht aus meinen Erfahrungen gelernt habe, sondern mit Freuden erneut in mein Unglück gerannt bin. Ganz im Gegensatz zu Anna übrigens. Ich stehe unter dem prasselnden, warmen Wasserstrahl und warte, dass irgendetwas geschieht. Dass mein Herz in tausend Scherben zerspringt, aber das tut es nicht. Ich bin wütend, ja. Verletzt, auch. Und enttäuscht. Irgendwo in mir ist sogar ein klitzekleiner Teil leicht amüsiert über meine eigene Blödheit. In aller Seelenruhe wasche ich mir den Schaum vom Körper und steige gemeinsam mit Gregor aus der Dusche. Dessen kleiner Freund hat sich anscheinend schon wieder erholt und stupst jetzt auffordernd gegen meine Hüfte. Ich ignoriere ihn und rubbele mich ausgiebig mit meinem Handtuch trocken, als Gregor plötzlich den Kopf hebt und zu schnüffeln beginnt.

»Sag mal, brennt hier was?«, fragt er und ich schnuppere ebenfalls. Kein Zweifel, etwas kokelt irgendwo vor sich hin.

»Ach, das ist die Milch, die ich aufgesetzt habe, das hatte ich ja ganz vergessen«, sage ich nebenbei, öffne das Spiegelschränkchen über meinem Waschbecken und schnappe mir den Deostift. Durch die geöffnete Badezimmertür dringen jetzt neben den erwähnten Gerüchen auch noch zischende, blubbernde Geräusche. Wie es sich eben anhört, wenn die Milch schäumend überkocht und auf der heißen Herdplatte verdampft. Gregor wirkt ein wenig irritiert, dass ich so locker hier herumstehe, während nebenan meine Küche abzufackeln scheint, dann sprintet er los, während ich ihm gemächlich folge. Das Ceranfeld des Herdes ist mit einer schwarzen, angebrannten Milchkruste überzogen und noch immer schäumt es aus dem Topf, den Gregor jetzt von der glühenden Platte zieht und sich dabei die Finger verbrennt.

»Auaaa«, schreit er wehleidig auf. In mein Handtuch gehüllt lehne ich mich locker mit der Schulter gegen den Türrahmen und sehe ihm kühl in die Augen.

»Soll ich pusten«, frage ich triefend vor Sarkasmus und er schaut mich irritiert an.

»Nein, geht schon«, schmollt er und wendet sich der Bescherung wieder zu. »Was für eine Sauerei!«

»Das kannst du laut sagen«, stimme ich ihm aus vollstem Herzen zu. Und dann sieht er es. Sein Blick heftet sich auf den Milchtopf, in dem sich die sprudelnde Flüssigkeit mittlerweile abgekühlt hat. Da das meiste übergekocht ist, befindet sich nur noch eine kleine Pfütze im Topf. Und die bedeckt nicht ganz die kleine Überraschung, die ich darin für Gregor versteckt habe.

14.
Nouvelle cuisine

»Was soll das?«, schreit Gregor, nachdem er in dem schwarzen Klumpen auf dem Boden des Topfes sein Handy erkannt hat.

»Nouvelle cuisine«, antworte ich und werfe einen zufriedenen Blick auf die vor sich hinschmelzende Plastikhülle, die einen beißenden Geruch verbreitet. Instinktiv greift Gregor zu, um das gute Stück zu retten, lässt es aber eine Zehntelsekunde später mit einem Aufschrei zu Boden fallen.

»Ich glaube, jetzt hast du es kaputtgemacht«, sage ich lächelnd, während er mich fassungslos ansieht.

»Bist du von allen guten Geistern verlassen?«, fragt er mich wütend. In diesem Moment explodiere ich. Habe mich schon gewundert, dass es so lange gedauert hat. Schließlich bin ich schon wegen weit weniger total ausgerastet. Ich werfe dem nackten Mann in meiner Küche Wörter an den Kopf, von denen ich selber nicht wusste, dass ich sie kenne. Dann renne ich ins Schlafzimmer, raffe seine Sachen zusammen und eile damit in Richtung Wohnungstür.

»Warte, was soll das? Luzie!«, ruft er, als seine Klamotten in hohem Bogen ins Treppenhaus fliegen.

»Verschwinde«, brülle ich ihn an und grabsche nach seinem Arm, um ihn aus meiner Wohnung zu zerren. Was natürlich ein vergebliches Unterfangen ist. Auch wenn Wut

Bärenkräfte verleiht, schaffe ich abgebrochener Riese es natürlich nicht, den Mann auch nur ein paar Zentimeter von seinem Platz wegzubewegen. Aber er schafft es, die Arme um mich zu legen. Mich festzuhalten. »Lass mich los! Du sollst mich loslassen! Du bist ein verdammter Lügner!«, kreische ich, während mir die Tränen in Sturzbächen aus den Augen fließen. Aber er lässt mich nicht los. Er hält mich fest wie ein heulendes Kind und wiegt mich hin und her.

»Schht, ruhig, ganz ruhig«, flüstert er mir ins Ohr, während ich meinen Widerstand aufgebe und herzzerreißend schluchze.

»Du verdammter Mistkerl«, heule ich, »ich hasse dich!« Er streichelt mir beruhigend über das nasse Haar und fährt fort, auf mich einzureden wie auf ein krankes Tier.

»Beruhige dich. Mein Engel«, säuselt er, und nachdem mich seine weiche Stimme vorher eingelullt hat, dringt dieses letzte Wort wie ein Messerstich schmerzhaft in mein Bewusstsein. Vor meinem inneren Auge erscheint die Textnachricht an Anna: »Engel, ich flehe dich an, verlass mich nicht.« Ich fasse es nicht. Er nennt uns beide Engel. Der nächste Schluchzer bleibt mir im Halse stecken und mit einem Ruck hebe ich den Kopf.

»Lass mich sofort los.« Er kommt meiner Aufforderung nicht nach, aber in diesem Moment öffnet sich die gegenüberliegende Wohnungstür und hinaustritt, wie ein Racheengel, Frau Saalberg. Sie trägt, sehr passend, einen schneeweißen Trainingsanzug und hält ein gewaltiges Fleischermesser in der rechten Hand.

»Haben Sie nicht gehört?«, fragt sie drohend und kommt auf uns zu. »Lassen Sie sie los!« Überrascht sehe ich meine Nachbarin an, die mit gezückter Waffe vor uns steht, den

Blick auf Gregor geheftet, der mich nun tatsächlich freigibt und beschwichtigend die Hände hebt.

»Schon gut, schon gut«, murmelt er, während ich einen Schritt zurücktrete und das Badehandtuch fester um meinen Körper ziehe. Ich bin froh, dass ich nicht genauso splitterfasernackt hier stehe wie Gregor, der ein ziemlich dümmliches Gesicht macht.

»Ziehen Sie sich was an«, fordert Frau Saalberg ihn auf und deutet mit dem Messer auf den Kleiderberg vor ihren Füßen. Hastig greift er sich seine blau-weiß-gestreiften Boxershorts und steigt hinein. Während er auch den Rest seiner Klamotten überzieht, beobachtet ihn meine Nachbarin mit Argusaugen.

»Und jetzt verschwinden Sie und wagen Sie es nicht, noch einmal bei ihr aufzutauchen, sonst …« Sie wirft einen vielsagenden Blick zwischen seine Beine und macht eine eindeutige Bewegung mit dem riesigen Messer in ihrer Hand. »Hat er noch etwas in der Wohnung?«, erkundigt sie sich bei mir und ich gehe, um seinen Rucksack zu holen. Als ich mit dem Ding zurückkomme, steht Frau Saalberg dicht vor Gregor und obwohl sie mehr als einen ganzen Kopf kleiner ist als er, wirkt er eingeschüchtert. »Sie sollten sich was schämen«, sagt sie leise. »Luzie hat es nicht verdient, dass Sie ihr so wehtun. Sie will Sie nie wiedersehen. Also halten Sie sich daran.« Sie streckt die Hand nach dem Rucksack aus und drückt ihn dann Gregor in den Arm, der mir einen hilflosen Blick zuwirft. »Wollen Sie hier Wurzeln schlagen?«, herrscht sie ihn an. »Na los, hopphopp!« So angetrieben bleibt ihm nichts anderes übrig, als seinen Rucksack zu schultern und langsam die Treppen hinunterzusteigen, während ich Schulter an Schulter mit meiner Nachbarin dastehe und ihm hinterhersehe.

»Danke«, flüstere ich leise.

»Keine Ursache, Schätzchen.« Bevor sie wieder in ihrer Wohnung verschwindet, halte ich sie zurück.

»Frau Saalberg, wie haben Sie das gemeint, dass ich es nicht verdient habe, so behandelt zu werden? Sie kennen mich doch gar nicht.«

»Keine Frau hat das verdient, Luzie«, sagt sie ernsthaft. »Kein Mann darf eine Frau so zum Weinen bringen.« Ich nicke nachdenklich, gehe spontan auf sie zu und umarme sie. Stocksteif steht sie da und tätschelt unbeholfen meinen Rücken.

»Schon gut«, sagt sie ruppig und befreit sich aus meiner Umklammerung. »Ich muss jetzt rein. Sie und Ihr Theater haben mich mitten in meiner Lieblings-Talkshow gestört.«

Mittels eines Ceranfeld-Schabers befreie ich meinen Herd von der angebrannten Milchkruste und gebe mich dabei meinen Phantasien hin, Gregor die Haut bei lebendigem Leibe vom Körper zu kratzen, Schicht für Schicht. Danach werfe ich den ruinierten Topf mitsamt dem unansehnlichen Plastikklumpen, der einmal Gregors Handy war, in den Papierkorb. Dabei frage ich mich kurz, wieso jemand, der von seiner Frau beim Fremdgehen erwischt wurde, weil sie sein Handy durchsucht hat, beim nächsten Mal nicht besser aufpasst. Kann ein Mensch so blöd sein? Verlogen, untreu, und dazu auch noch blöd, was habe ich an ihm bloß gefunden?

»Das habe ich mich ja ehrlich gesagt schon eine ganze Weile gefragt«, kommentiert Loretta, als ich mich am nächsten Tag mit ihr und Thekla bei Paolo zum Mittagessen treffe.

»Ja, ist ja gut, ich habe es begriffen«, maule ich und stopfe mir eine Gabelvoll Spagetti in den Mund.

»Und dir geht es wirklich gut?«, erkundigt sie sich jetzt besorgt und legt ihre Hand fürsorglich auf meine.

»Wirklich«, bestätige ich und lächele sie kauend an.

»Du kannst dir nicht vorstellen, wie froh ich darüber bin«, seufzt sie erleichtert. »Ich hatte schon befürchtet, dass wir dich bald wieder zwangsernähren müssen.«

»Keine Sorge.« Konzentriert wickele ich die Nudeln um meine Gabel. Klar bin ich noch traurig. Und enttäuscht. Aber vor allem erleichtert, dass ich Gregor letzten Endes doch noch auf die Schliche gekommen bin. Sein wahres Gesicht erkannt habe. Sonst würde ich jetzt vermutlich nicht in gepflegter weiblicher Gesellschaft zu Mittag essen, sondern mich ahnungslos von einem Typen durchvögeln lassen, der mich und seine Frau und vielleicht noch ein paar andere als seinen »Engel« bezeichnet. Apropos, ich brauche dringend einen neuen Namen für mein Café, aber darüber mache ich mir später Gedanken.

»Vielen Dank noch mal«, sage ich inständig zu Loretta, die mich überrascht ansieht:

»Wofür?«

»Dafür, dass du mich über die Wahrheit aufgeklärt hast.«

»Aber das habe ich doch gar nicht«, macht sie auf verständnislos und sieht mich tadelnd an: »Oder willst du etwa sagen, dass du doch den Zettel auf meinem Schreibtisch gelesen hast? Ich hatte es dir doch verboten.«

»Schon gut«, grinse ich. »Ich weiß von nichts.«

»Paolo, sei ein Schatz und bring mir noch einen Prosecco«, trällert Thekla, die bis jetzt ausschließlich mit ihrer Pizza Tonno beschäftigt war, und hebt ihr leeres Glas in die Höhe.

»Con piacere, Signorina«, antwortet dieser charmant und bringt für uns auch gleich noch eine Runde an den Tisch.

»Und seitdem hat er sich tatsächlich nicht mehr gemeldet«, erkundigt sich Loretta nach einem tiefen Schluck und ich schüttele den Kopf.

»Der wird sich hüten. Dazu hat er viel zu viel Angst um sein bestes Stück.« Eine Weile mampfen wir schweigend vor uns hin, bis Loretta sich an Thekla wendet:

»Ganz ehrlich, Thekla, so langsam wirst du mir unheimlich. Ich habe ja an den ganzen Zauberkram nicht geglaubt, aber diese Zufälle häufen sich doch ein bisschen. Gregor wird tatsächlich all sein Geld verlieren, genau, wie du es gesagt hast.«

»Tja, leider«, kommentiere ich trocken und verziehe das Gesicht. Erschrocken sieht sie mich an:

»Richtig, die achttausend Euro. So ein Mist«, ruft sie aus. »Die wirst du wohl nicht wiedersehen.« Ich zucke nur mit den Schultern:

»Das ist wohl das Lehrgeld, das ich zu zahlen habe. Macht nichts, dann nehme ich eben doch einen Kredit auf.«

»Oder du fragst die gute alte Thekla«, schlägt diese mit vollem Mund vor. Überrascht sehe ich sie an, während sie vergnügt grinst und sich, wohl, um die Spannung zu erhöhen, in aller Seelenruhe mit der Papierserviette die Mundwinkel abtupft.

»Wie meinst du das?«, frage ich.

»Frag sie«, fordert sie mich auf.

»Wen?«

»Na, mich.«

»Wonach?«

»Wie kann man nur so begriffsstutzig sein? Nach den achttausend Euro natürlich«, meint sie kopfschüttelnd.

»Na gut«, meine ich achselzuckend, »hey, Thekla, hast du mal achttausend Euro für mich?«

»Jawoll, die habe ich«, gibt sie triumphierend zurück und weidet sich an unseren verständnislosen Gesichtern.

»Aber wieso …«

»Meine Versicherung hat den Vorwurf der vorsätzlichen Brandstiftung fallen gelassen und mir einen Scheck über nicht acht-, sondern sogar zwölftausend Euro ausgestellt«, lächelt sie, kramt in ihrer monströsen, silbernen Tasche herum und schwenkt den Scheck wie eine Siegesfahne.

»Wow! Herzlichen Glückwunsch«, strahlt Loretta.

»Und die würdest du mir leihen?«, frage ich ergriffen, worauf Thekla mich empört ansieht und den Kopf schüttelt.

»Natürlich nicht.« Was? »Ich habe kein Geld zu verleihen«, meint sie schlicht und verstaut den Scheck sorgfältig wieder in ihrer Tasche. »Ich möchte deine Teilhaberin werden. Ich spiele schon lange mit dem Gedanken, mich an einem Ort niederzulassen, um meine Künste auszuüben, anstatt mit Willi zusammen durch die Weltgeschichte zu gondeln«, erklärt sie uns gelassen und greift nach dem letzten Stück Pizza. »Was sagst du?«

»Aha«, bringe ich mit wahrscheinlich wenig intelligentem Gesichtsausdruck hervor.

»Natürlich müsste ich mir dein Ladenlokal vorher einmal anschauen, aber es wird sich wohl irgendwo ein Eckchen für mich finden, meinst du nicht?« Bevor ich ihr von dem Leerzimmer erzählen kann, fährt sie seufzend fort: »Ich werde ja nicht jünger. Auch wenn man es mir nicht ansieht«, hier senkt sie die Stimme und raunt uns verschwörerisch zu, »werde ich im nächsten Jahr achtundsechzig Jahre alt.« Beifallheischend schaut sie uns an, worauf wir uns nach einem schnellen Blickwechsel genötigt fühlen, in lautstarkes Erstaunen auszubrechen.

»Nicht möglich«, rufe ich aus und reiße die Augen auf.

»Das hätte ich nie gedacht«, beteuert auch Loretta, »achtundsechzig Jahre? Wirklich?«

»Psst«, zischelt sie ungehalten und deutet mit einem Kopfnicken in Paolos Richtung, der ganz in der Nähe einen Tisch abwischt. »Das muss ja nun wirklich nicht jeder wissen.« Wir nicken verständnisvoll und grinsen in uns hinein. Wahrscheinlich ist jetzt nicht der richtige Zeitpunkt, meiner zukünftigen Teilhaberin, die ich übrigens rein optisch keinen Tag jünger als siebenundsechzig geschätzt hätte, klarzumachen, dass sie bei dem höchstens fünfundvierzigjährigen Paolo nicht die geringste Chance hätte.

»Verstehe«, nicke ich ernsthaft und füge diplomatisch hinzu, »aber du hast schon gesehen, dass er einen Ehering am Finger trägt?«

»Das hat schon ganz andere nicht abgehalten«, kontert sie prompt, worauf ich ein beleidigtes Gesicht mache.

»Also wirklich«, schmolle ich, »da versichere ich dir glaubhaft, dass du jung aussiehst, und zum Dank schmierst du mir das aufs Brot.«

»Ich sehe schon«, sagt Loretta schnell und erhebt ihr Glas, in dem sich nur noch eine kleine Pfütze befindet, »das wird eine wundervolle Partnerschaft.«

Nun wird also das sagenumwobene Leerzimmer in meinem Café zu Theklas neuer Zauberstube. Den ganzen Weg nach Hause hüpfe und springe ich aufgeregt wie eine Siebenjährige über den Bordstein. Kein Mensch würde denken, dass ich vor nicht einmal vierundzwanzig Stunden das wahre Gesicht eines gewissen Gregor Landahl gesehen und ihn daraufhin endgültig vor die Tür gesetzt habe. Na schön, mit tatkräftiger Unterstützung von Frau Saalberg und ihrem Fleischermesser. Es ist ein gutes Gefühl, zu spüren, dass mich auch andere Dinge glücklich machen können. Solche, die nichts mit einem Mann zu tun haben und dem sehr flüchtigen Phänomen der Liebe. Was für eine sagenhafte Idee! Das wird der Knaller! Ein Szene-Café mit hauseigener Hexe, so etwas hat es noch nicht gegeben. Nach den rationalen Neunzigern sind Spiritualität und Überirdisches im Moment total »in«. Liest man ja überall.

Mit doppeltem Eifer stürze ich mich in die Verwirklichung meines Traums. Meinen Job im L'Auberge habe ich jetzt, kurz vor der Eröffnung, endlich gekündigt. Es ist ein tränenreicher Abschied:

»Ich hätte nie gedacht, dass du uns einmal verlassen würdest. Es ist ein Verlust. Ein schwerer Verlust«, hält Norbert nach meiner letzten Schicht seine Abschiedsrede und blinzelt verstohlen eine Träne weg. Gerührt stehe ich da und drehe mein Sektglas in den Händen. »Du bist ungelogen die beste Kellnerin, die ich je hatte«, trägt er dick auf und ich sehe mich unbehaglich um. Julia und Katja freuen sich verständlicherweise weniger über dieses Kompliment. »Aber«, schwenkt Norbert um, als er ihre Blicke sieht, »dieser Platz ist jetzt neu zu vergeben, also strengt euch an, Mädels.« Sollte das nett gemeint sein? Ich verdrehe die Augen, trete einen Schritt auf meinen Boss zu und stoße mit ihm an, bevor er noch die ganze Belegschaft gegen sich aufbringt.

»Danke«, bremse ich seinen Redefluss, »ihr werdet mir auch schrecklich fehlen. Ich hoffe, ihr kommt öfters mal bei mir vorbei. Auf einen Kaffee oder eine Runde Tarot.«

»Ach ja, was ich noch sagen wollte«, väterlich legt mir Norbert bei diesen Worten den Arm um die Schulter, »sollte sich herausstellen, dass deine Hexenküche doch keine so bombige Geschäftsidee war, dann kannst du jederzeit gerne zu uns zurückkommen. Wir freuen uns, nicht wahr?«, fragt er in die Runde und alle nicken. Ich sehe ihn scharf an und sage:

»Was hast du da eben gesagt?« Er macht ein ganz verdutztes Gesicht und hebt dann abwehrend die Hände in die Höhe.

»Versteh das nicht falsch, Luzie. Es ist nicht so, dass ich glaube, dass du scheitern wirst. Oder es gar hoffe.« Langsam schüttele ich den Kopf, während er panisch mit den Händen hin- und herwedelt, um seinen Fehler wieder auszubügeln: »Es sollte bloß ein nettes Angebot sein. Das du natürlich sowieso niemals in Anspruch nehmen wirst, nicht wahr? Nur ein Angebot.«

»Nein, ich …«, beginne ich, da schreit er panisch:

»Mädchen, nun versteh doch nicht alles falsch, was ein von Trauer gebeutelter, alter Mann daherredet. Ich glaube an dich, das musst du mir glauben!« Mit beiden Händen fasst er mich bei den Armen und schüttelt mich leicht: »Wie kannst du etwas anderes denken?«

»Tue ich doch gar nicht. Ich wollte doch nur wissen, was du da gerade gesagt hast. Hexenküche?«, vergewissere ich mich und er nickt verständnislos. Ein breites Grinsen stielt sich auf mein Gesicht. »Hexenküche«, wiederhole ich, mehr zu mir selbst. Logisch! Warum ich da nicht selber drauf gekommen bin? Man kann was essen und wird bezaubert! »Hexenküche. Das ist gut.«

Der Countdown läuft, bis zur Eröffnung der »Hexenküche«

sind es nur noch wenige Tage und ich weiß vor lauter Organisationskram nicht mehr, wo mir der Kopf steht. Flyer und Speisekarten müssen gedruckt, Geschirr organisiert, der beste Kaffeelieferant verpflichtet, Verträge abgeschlossen werden. Ich bekomme einen halben Nervenzusammenbruch, als ein zwei mal einen Meter großes Leuchtschild geliefert wird, das den Schriftzug »Café Engel« trägt.

»Was soll das?«, brülle ich so laut, dass der Lieferant, der sich soeben wieder auf den Sitz seines Wagens schwingen wollte, mitten in der Bewegung verharrt. Ich lasse einen Schwall von Beschimpfungen auf ihn niederregnen, bis ihm die Tränen in die Augen treten. Das bringt mich wieder ein bisschen runter. Du liebe Güte, wie alt mag er sein? Der hat vermutlich erst letztes Jahr seinen Führerschein gemacht. Ich sehe in seine feuchten, braunen Augen, während er hilflos Entschuldigungen stammelt und beteuert, dass er nur ein ahnungsloser Fahrer ist.

»Tschuldigung, das weiß ich ja«, lenke ich ein und schleppe den wie Espenlaub zitternden Jüngling an den Tresen, um ihm den allerersten Kaffee aus meiner funkelnagelneuen Hightechmaschine zu brühen.

»Und?«, erkundige ich mich aufgeregt, kaum, dass er den ersten Schluck genommen hat.

»Super«, schwärmt er, »wirklich köstlich.« Ich beginne ihm die Geschichte von meiner Odyssee durch die verschiedenen Sorten von Kaffee zu erzählen, bis ich merke, dass ihn das wahrscheinlich nicht die Bohne interessiert und helfe ihm dann, das falsche Schild wieder auf seine Ladefläche zu bugsieren. Kaum ist er damit davongebraust, hänge ich mich an die Strippe und stauche die Auftragsannahme des Schilderdienstes zusammen, die mir beteuert, dass der Fehler ganz auf ihrer Seite liegt und dass das richtige Schild morgen geliefert wird. Na also, geht doch!

»Ich bin ein solcher Vollidiot«, fluche ich unterdrückt vor mich hin, als ich mich dem unvermeidlichen Stauende nähere, das sich wie jeden Samstagvormittag etwa fünf Kilometer vor der Autobahnausfahrt Schnelsen-Nord befindet. Direkt an dieser Abfahrt befindet sich nämlich Ikea und wo verbringt der durchschnittliche Deutsche am liebsten sein Wochenende? Genau! Beim schwedischen Möbellieferanten. Nun steh ich hier, und das alles für ein paar Kerzen. Aber heute Abend ist die Eröffnung der »Hexenküche«, und die soll natürlich einladend in das warme Licht Hunderter von Teelichtern gehüllt sein. Nur blöd, wenn die Geschäftsinhaberin genau selbige zu kaufen vergessen hat. Im Schritttempo geht es voran und neben meiner Vergesslichkeit verfluche ich jetzt auch noch meinen Geiz, der mich angetrieben hat, wegen ein paar gesparter Cents den ganzen Weg nach Schnelsen rauszufahren, anstatt mich bei Karstadt um die Ecke mit den fehlenden Lichtspendern einzudecken. Um mich zu beschäftigen, rechne ich Benzinverbrauch und Ersparnis gegeneinander auf. Das Ergebnis ist niederschmetternd. Vom Zeitaufwand ganz zu schweigen. Als hätte ich nicht noch tausend andere Dinge zu erledigen, so kurz vor der Eröffnung. Was soll's? Umkehren kann ich jetzt auch nicht mehr. Der Parkplatz, auf den ich meine alte Möhre schließlich lenke, ist so weit vom Eingang entfernt, dass ich auch gleich hätte zu Fuß gehen können. Zumindest kommt es mir so vor. Im Laufschritt hetze ich durch die Markthalle, wende den Blick weder nach links noch nach rechts. He, Moment mal, die dunkelrote, sternförmige Lampe da hinten muss ich haben, die macht sich bestimmt super am Ende des Tresens. Nun aber weiter! Beim Anblick des Paxnexus-Kleiderschrankes durchzuckt mich kurz die Erinnerung an Gregor, dieser Mistkerl! Schnell verscheuche ich sein Konterfei aus meinen Gedanken. Die Treppe herunter und einen Wagen geschnappt. Ein Gemisch aus Vanille-, Erdbeer-, Apfel- und Lavendelaromen steigt mir in die Nase und schon stehe ich mitten im Kerzenparadies. Ich lade mir den Einkaufswagen mit roten Teelichtern und weißen Leuchterkerzen voll und steuere ihn durch die Menschenmassen, vorbei an Beleuchtung, Textilien & Teppiche, Dekoration und mit voller Fahrt rein in den nächsten Stau. Den an der Kasse nämlich. Leider schätze ich den Schwung, den so ein vollbeladener Einkaufswagen entwickelt, nicht richtig ein und fahre ihn der jungen Frau am Ende der Schlange mit Wucht in die Hacken. Ihr Aufschrei gellt durch die Halle und ich schreie entsetzt mit:

»Oh mein Gott, entschuldigen Sie b…!« Das Wort bleibt mir im Halse stecken, als sie sich zu mir umdreht und ich in das schmerzverzerrte Gesicht von Anna sehe. »Oh.« Mehr bringe ich nicht heraus, während sie auf einem Fuß hüpft und sich die Ferse des anderen reibt.

»Ja. Oh«, faucht sie mich an.

»Tut mir echt leid«, murmele ich betreten. Die Leute um uns herum sehen sich neugierig nach uns um.

»Setz es einfach auf die Liste der Dinge, die dir leid tun sollten«, sagt sie schnippisch und dreht mir abrupt den Rücken zu. Unendlich langsam bewegt sich die Schlange vorwärts, während ich wie hypnotisiert auf die Frau vor mir starre. Meine gute Laune ist verflogen. Was hat sie denn nur? In Lorettas Kanzlei hat sie sich doch sogar noch bei mir bedankt. Wofür, das habe ich bis heute noch nicht ganz verstanden und es ist auch nicht so, dass ich meine, ihre Dankbarkeit zu verdienen, aber … In diesem Moment wendet sich Anna mit zornesfunkelnden Augen wieder zu mir um:

»Wie ich höre, hat Gregor ja in deinem Bett gleich ein warmes Plätzchen gefunden, nachdem ich ihn rausgeworfen habe«, meint sie bissig und sieht mich herausfordernd an. Ich schlage die Augen nieder.

»Woher weißt du das?«

»Woher wohl?« Loretta, schießt es mir durch den Kopf. Wie kann sie nur? »Von Gregor natürlich«, nimmt Anna den Verdacht von ihr und ich schäme mich, dass ich meine Freundin, die es mit der Schweigepflicht ja nun wirklich genau nimmt, für eine solche Plaudertasche halte. Dann erst dringt die Information langsam zu mir durch.

»Seid ihr wieder zusammen?«, krächze ich heiser.

»Nein, bedien dich ruhig«, kommt es triefend vor Sarkasmus zurück. »Weißt du, ihr zwei verdient einander. Wirklich, ein Traumpärchen!« Sie mustert mich verächtlich von oben bis unten und beginnt dann, ihre Ware auf das Laufband zu stapeln.

»Moment mal, das ist nicht fair«, versuche ich mich zu verteidigen, »lass es mich wenigstens …«

»Ich höre dir gar nicht zu«, unterbricht sie mich feindselig und geht durch zur Kassiererin, die jetzt ein Stück nach dem anderen über den Scanner zieht.

»Anna, bitte«, flehe ich inständig, aber sie wendet sich brüsk ab. Was ich verstehen kann. Warum musste dieser verfluchte Mistkerl ihr auch davon erzählen? Aber dann muss ich zugeben, dass die Schuld ausnahmsweise nicht bei Gregor liegt. Sondern bei mir. Sie hat allen Grund, sauer auf mich zu sein. Schließlich hatte ich mich mit ihr verbrüdert.

Und mich hinterher wieder von ihrem Mann um den Finger wickeln lassen. Das ist schon ein bisschen mies. Schwamm drüber, du hast im Moment echt andere Sachen im Kopf, flüstert eine Stimme in meinem Kopf. Dann ist sie eben sauer auf dich. Das war sie doch vorher auch schon und es hat dich nicht gestört. Stimmt, hat es nicht. Aber da dachte ich ja auch noch, dass Gregor der tollste Mann der Welt ist und ich dazu bestimmt bin, ihn zu lieben bis ans Ende meiner Tage. Und dass Anna eine blöde, gefühlskalte Schnepfe ist. Aber die Frau, die mit geradem Rücken und erhobenem Kopf vor mir steht, ist alles andere als das. Sie ist meine Leidensgenossin. Sie hat den gleichen Mann geliebt wie ich und ist damit auf die Schnauze geflogen. Genau wie ich. Tja, so ein Pech aber auch, da kann man wohl nichts machen, sagt das Schicksal und lässt Anna ihre vollgestopfte Ikeatasche schultern und in Richtung Ausgang wanken.

»Das macht dann zweiundneunzig Euro und zwanzig Cent«, leiert die Kassiererin herunter und sieht mich abwartend an.

»Anna, warte«, brülle ich so laut, dass die Gerufene sich erschrocken umdreht. Ich gehe einen Schritt auf sie zu und sehe sie bittend an: »Bitte, bleib nur fünf Minuten. Ich lade dich auf einen Hotdog ein.« Angeekelt verzieht sie das Gesicht. »Oder eine Portion Köttbullar?«

»Danke, ich bin Vegetarierin«, lehnt sie kühl ab.

»Dann eine Apfelschorle. Bitte«, flehe ich, jetzt sämtliche Selbstachtung aufgebend.

»Das macht zweiundneunzig Euro und zwanzig Cent«, erklingt es erneut und in der Schlange schwillt das Gemurmel an.

»Was ist denn los da vorne?«, ruft ein Proll mit Adiletten an den Füßen. »Hammse dir ins Gehirn geschissen?«

»Nein, niemand hat so etwas Widerliches getan«, blöke ich zurück, woraufhin der Proll ein verwirrtes Gesicht aufsetzt und schweigt. Dann sehe ich wieder zu Anna hinüber. Täusche ich mich, oder zwingt sie sich dazu, ein Grinsen zu unterdrücken?

»Entschuldigen Sie«, meint da die alte Dame, die direkt hinter mir steht und eine beschichtete Pfanne samt Pfannenwender in der Hand hält, »hätten Sie etwas dagegen, mich vorzulassen? Meine Enkel kommen heute zu mir zu Besuch.«

»Das geht nicht, ich muss erst abkassieren, oder soll ich den ganzen Kram etwa stornieren?«, fragt die Frau an der Kasse mich empört.

»Nein, nein, ich mache ja schon.« Damit drücke ich ihr einen Hunderteuroschein in die Hand, lasse Anna dabei nicht aus den Augen und sage: »Stimmt so.«

»Ich darf kein Trinkgeld annehmen.« In diesem Moment fasst Anna sich ein Herz. Sie rollt zwar die Augen gen Himmel, stöhnt dann aber gottergeben:

»Von mir aus. Fünf Minuten.«

»Danke«, sage ich inbrünstig und stopfe in Windeseile die Kerzen in meine Ikeatasche.

»Was hast du denn vor?«, erkundigt sich Anna mit hochgezogenen Augenbrauen.

»Heute ist die Eröffnung meines Cafés und ich habe die Kerzen vergessen.«

»Dein Café?«

»Ja. Es heißt ›Hexenküche‹ und liegt in der Schanzenstraße. Es gibt Getränke, Essen und Zaubereien. Ach ja, Thekla kennst du ja. Die steigt mit ein. Ihr Wohnwagen ist nämlich abgefackelt«, plappere ich ohne Punkt und Komma, während wir rüber zur Snackbar gehen. »Hey, wieso kommst du nicht einfach zur Eröffnungsfeier? Um acht geht es los.« Strahlend sehe ich sie an, aber bei ihrem Gesichtsausdruck vergeht mir schnell das Lachen.

»Ich kann mich gerade noch beherrschen«, meint sie kalt. »Also, was wolltest du sagen? Ich habe nicht ewig Zeit.«

»Soll ich uns eine Apfelschorle holen?«, biete ich mit piepsiger Stimme an, aber sie schüttelt den Kopf.

»Nein. Also?« Unter dem eisigen Blick ihrer grünen Augen fühle ich mich äußerst unwohl. Ich versuche, meine Gedanken zu sammeln. Was soll ich sagen? Wie soll ich es formulieren? Mein Gegenüber gibt einen verächtlichen Laut von sich und verzieht ironisch das Gesicht: »Aha.« Doch bevor sie sich zum Gehen wenden kann, hebe ich den Blick, den ich bis jetzt auf den Boden vor meinen Fußspitzen gerichtet hatte und sehe meiner Rivalin in die Augen:

»Es tut mir leid«, sage ich inbrünstig. »Es tut mir ganz ehrlich furchtbar leid.« Noch nie in meinem Leben habe ich eine Entschuldigung so ernst gemeint wie in diesem Moment und anscheinend spürt sie das. Mitten in der Bewegung hält sie inne und sieht mich abwartend an. »Ich hätte die Finger von Gregor lassen sollen im selben Moment, als ich hörte, dass er verheiratet ist, das weiß ich jetzt. Es tut mir leid, dass ich es nicht getan habe. Und ich hätte mich nicht wieder auf ihn einlassen dürfen, nachdem du ihn rausgeworfen hast. Auch das tut mir leid. Ich kann heute nicht mehr verstehen, warum ich das getan habe. Ich war so verliebt in ihn, dass mir alles und jeder andere egal war. Ich habe noch nicht einmal mitbekommen, dass er sich wie ein Arschloch verhalten hat. Uns allen gegenüber. Ich habe einfach noch niemals jemanden so geliebt wie ihn.« Unsicher sehe ich Anna an, die noch immer mit unbeweglicher Miene vor mir steht.

»War das alles?«, fragt sie sehr ruhig und ich blinzele verlegen.

»Äh, nun, also, ja, das war es wohl«, stammele ich. Sie greift nach ihrer Tasche und schultert sie:

»Gut, dann kann ich ja jetzt gehen.« Grußlos dreht sie sich um und strebt dem Ausgang zu, während ich ihr bedröppelt hinterhersehe.

15.
Verzauberliebt

Der erste Advent. Es ist so weit. In weniger als einer halben Stunde öffnet die »Hexenküche« das erste Mal ihre Pforten. Ich stehe mitten in meinem Laden und betrachte ergriffen, was wir hier in den letzten Wochen vollbracht haben. Die gemütlichen, mit dunkelrotem Samt bezogenen Polstermöbel laden dazu ein, sich niederzulassen und so schnell nicht wieder aufzustehen. Die goldene Tapete mit den eingearbeiteten Ornamenten, der ich zunächst eher skeptisch gegenüberstand, schimmert im warmen Licht der Kerzen und ist einfach wunderschön – genau wie Loretta es mir prophezeit hat. Nervös wische ich zum wohl zehnten Mal über die frisch lackierten, dunkelbraunen Tische und den Tresen, erkundige mich in der Küche, ob alles planmäßig verläuft, checke, ob der Kühlschrank richtig temperiert, die Schnittchenplatten bereit und der Prosecco gekühlt ist. Wie ein aufgescheuchtes Huhn renne ich hin und her, bis Loretta mich irgendwann schnappt, mir ein Glas in die Hand drückt und mich in einen der Sessel schiebt.

»Jetzt beruhig dich mal, Luzie, und trinke einen Schluck, sonst kippst du um, bevor der erste Gast einen Fuß hier hereinsetzt.« Ich stürze den Prosecco mit einem Zug hinunter, was von meiner Freundin mit sorgenvollem Auge beobachtet wird. »Einen Schluck habe ich gesagt. Hast du heute überhaupt schon was gegessen?« Im selben Moment spüre ich, wie mir der Alkohol zu Kopf steigt.

»Nein«, antworte ich albern kichernd.

»Hey, Tina«, winkt Loretta meine neue Kellnerin herbei, »kannst du für deine Chefin ein paar Schnittchen und einen doppelten Espresso organisieren.«

»Logisch.« Zwei Minuten später bringt sie das Gewünschte auf einem Tablett und stellt es vor mir ab.

»Danke«, ächze ich und stopfe mir Räucherlachs mit Meerrettichsahne auf Pumpernickel in den Mund.

»Keine Ursache«, lächelt sie und fügt, an Loretta gewandt hinzu, »und ich heiße Nina.« Damit dreht sie sich schwungvoll um und wackelt auf ihren hohen Absätzen wieder in Richtung Tresen davon. Ihr knackiger Hintern bewegt sich dabei sehr anmutig von links nach rechts.

»Die wird ne Menge Trinkgeld machen«, kommentiert Loretta anerkennend.

»Ja, wenn überhaupt ein Gast kommt«, male ich schwarz und sehe hinaus auf die Straße, wo es mittlerweile stockfinster ist. Pünktlich zur Adventszeit hat es am frühen Abend wieder zu schneien begonnen, die Flocken tanzen im Schein der Straßenlaternen und bleiben als federleichte Puderzuckerdecke auf der Straße liegen. Die in Kerzenlicht getauchte Hexenküche muss von außen ein echter Anblick sein, dennoch wartet keine Schlange vor der Tür. Keine hippen Szenetypen, die lautstark Einlass begehren. »Oh Gott«, sage ich und fasse Lorettas Hand, »was mache ich denn, wenn überhaupt niemand auftaucht? Das überlebe ich nicht. Ehrlich, Loretta, ich sterbe.«

»Das wird nicht passieren. Der Laden ist doch schon fast halbvoll, wenn alle Leute kommen, die wir persönlich eingeladen haben«, redet sie auf mich ein und versucht, sich aus meinem Klammergriff zu befreien. Da hat sie natürlich recht. Vorgestern bin ich meinen Telefonspeicher durchgegangen und habe all meine Freunde und Bekannten angerufen. Die ich zugegebenermaßen bei all der Hektik der letzten Wochen total vernachlässigt habe.

»Vielleicht mögen die mich aber gar nicht mehr, weil ich mich so lange nicht gemeldet habe«, packt mich die späte Reue, »und boykottieren mich deshalb.«

»So ein Quatsch. Sie freuen sich. Entspann dich. Es wird toll werden.«

»Und wo steckt eigentlich Thekla?«, frage ich aufgeregt, ohne auf sie zu achten. »Eine Hexenküche ohne Hexe, das ist ja wie … wie … na, jedenfalls schrecklich. Sie wollte doch schon vor einer Stunde hier sein, um uns endlich in ihr Zimmer zu lassen.« Unser beider Blick fällt auf die dunkelrot lackierte Tür, um deren Rahmen sich eine künstliche Efeuranke mit dicken rosa Plastikrosen schlängelt. Niemand von uns durfte bisher einen Blick in den Raum dahinter werfen, eine Regelung, die um ein Haar zu einem Zerwürfnis zwischen Thekla und mir und damit dem Ende unserer Partnerschaft geführt hätte. Aber zum Glück nur beinahe. Schließlich bin ich dann doch eingeknickt und habe sie machen lassen. Aber jetzt würde ich dann doch ganz gerne mal einen Blick riskieren. Das ist doch nicht zu fassen! Ein Blick auf die uralte Standuhr in der Ecke bestätigt meine schlimmsten Befürchtungen.

»Verdammt, wir haben nur noch zwanzig Minuten. Wo bleibt sie denn nur? Ich hätte es wissen müssen, dass auf Thekla kein Verlass ist«, rege ich mich auf und springe von meinem Sessel hoch.

»Luzie«, beginnt Loretta, sich ebenfalls erhebend, aber ich bin nicht mehr zu bremsen.

»Ist doch wahr! Wie konnte ich mich nur darauf einlassen? Jetzt sitze ich hier und habe keine Ahnung, wo die Dame sich rumtreibt.« Ein kühler Luftzug streift meinen Nacken und gleich darauf höre ich hinter mir eine Stimme:

»Ich treibe mich nicht herum!«

»Thekla! Weißt du eigentlich, wie spät es ist?« Ich fahre herum und bleibe wie angewurzelt stehen. »Und weißt du, dass es bis Weihnachten noch fast vier Wochen sind?«

»Was soll das denn nun schon wieder heißen?«, erkundigt sie sich und rauscht an mir vorbei, den Schlüssel zum Heiligtum im Anschlag. Ungläubig betrachte ich ihre Aufmachung. Sie sieht tatsächlich aus wie ein Christbaum in ihrem weiten, dunkelgrünen, von Goldfäden durchwirkten Gewand, das bei jedem Schritt um sie herumwogt. Die plumpen Füße stecken in etwas zu engen, goldfarbigen Pumps, an jedem Finger funkelt ein Ring. Die unzähligen Ketten und Armreifen klirren bei jeder Bewegung leise vor sich hin. Die wild auftoupierte, rote Mähne und das extrem geschminkte, faltige Gesicht komplettieren den Auftritt. Hilfesuchend sehe ich zu Loretta hinüber, die sich kaum ein Lachen verbeißen kann, dann sinke ich zurück in meinen Sessel und beschließe, jetzt und hier zu sterben.

»Das kann doch nicht ihr Ernst sein«, flüstere ich, kaum dass Thekla in ihrem Reich verschwunden ist. »Die macht mich ja total lächerlich. Was hat sie sich dabei nur gedacht?«

»Ach komm, so schlimm ist es doch gar nicht«, versucht Loretta mich zu beruhigen. Höhnisch lache ich auf:

»Nicht so schlimm? Hast du Tomaten auf den Augen? Du meine Güte, und ich dachte, ich wäre overdressed.« Loretta lässt ihre Augen über mein Outfit gleiten, eine leicht transparente, rosa Bluse mit Trompetenärmeln, dazu eine knielange, schwarze Hose im Cargo-Stil mit aufgesetzten Taschen und hochhackige Stiefel.

»Du siehst super aus. Die Schuhe sind der Wahnsinn!«

»Nicht wahr? Ich habe sie erst letzte Woche gekauft und sie waren auch noch herabgesetzt«, schwärme ich, bevor mir einfällt, dass ich im Moment ganz andere Sorgen habe. »Ist ja auch egal. Was meinst du, soll ich Thekla bitten, dass sie sich umzieht?« Unsicher blicke ich meine Freundin an, die zweifelnd den Kopf hin- und herwiegt:

»Das halte ich für keine gute Idee.«

»Aber ich kann sie doch so nicht rumlaufen lassen.«

»Es wird dir nichts anderes übrig bleiben. Da kommen die ersten Gäste.« Sie nickt in Richtung Tür und ich fahre herum. Ein Adrenalinstoß durchläuft meinen Körper, als ich eine Gruppe von etwa zehn jungen Leute sehe, die gerade Anstalten machen, hereinzukommen.

»Nina, Vanessa«, brülle ich aus Leibeskräften, »da kommen die Ersten. Mach mal bitte ...« ... die Musik an, wollte ich gerade sagen, aber da erklingt schon die samtweiche Stimme von Ray Charles aus den Lautsprecherboxen. Ich werfe Nina einen dankbaren Blick zu, die sich jetzt von der Stereoanlage abwendet und mir den erhobenen Daumen entgegenreckt.

»Alles klar.«

»Super, und jetzt ...« Aber da sind meine beiden Kellnerinnen schon auf dem Weg, jeweils mit einem Tablett in den Händen.

»Schon gut, alles in Ordnung«, meint Nina, die den Prosecco trägt, gelassen. »Jetzt entspann dich mal, wir werden das Kind schon schaukeln. Vergiss nicht, auch ein bisschen Spaß auf deiner eigenen Party zu haben, okay?« Damit wendet sie sich von mir ab und geht mit strahlendem Lächeln auf die Gäste zu, die sich neugierig umschauen. Ich kralle meine Fingernägel in den Unterarm meiner Freundin, die dabei einen jammervollen Laut von sich gibt, aber brav stillhält. Kaum haben sich die ersten Gäste mit ihren Gläsern und Schnittchen in einer Sitzgruppe niedergelassen, kommen auch schon die nächsten mit lautem Hallo herein. Und ich habe die Hexenkammer immer noch nicht gesehen.

»Herzlich Willkommen! Viel Spaß! Schön, dass ihr da seid«, mache ich meine Runde. Dann trete ich zu der Tür, hinter der Thekla verschwunden ist und drücke die Klinke hinunter. Abgeschlossen. So eine Frechheit! Ich rüttele ein wenig und klopfe schließlich leise an das Holz.

»Thekla, mach auf«, wispere ich und klopfe erneut, diesmal nachdrücklicher, bis sich der Schlüssel im Schloss umdreht und die Tür einen Spaltbreit geöffnet wird.

»Ja? Was denn, Liebes?«, fragt Thekla mich mit unschuldigem Augenaufschlag, während ich in den Raum hinter ihr spähe. Ein durchdringender, aber nicht unangenehmer Geruch nach Räucherwerk schlägt mir entgegen und mein Blick fällt auf einen flachen, marmornen Tisch, um den vier zierliche, lila Sessel platziert sind.

»Wann hast du das Zeug denn hier hereingebracht?«, wundere ich mich, woraufhin Thekla den Türspalt noch etwas verkleinert.

»Du darfst alles essen, aber nicht alles wissen«, zieht sie ein Zitat aus dem Hut, das ich das letzte Mal vor zwanzig Jahren gehört habe.

»Darf ich denn vielleicht jetzt endlich mal das Zimmer

sehen?«, frage ich höflich und tue einen Schritt nach vorne. Natürlich gehe ich davon aus, dass sie mich jetzt endlich hineinlassen wird, aber sie versperrt mir den Weg. »Was soll das?«

»Ich eröffne um zehn und keine Minute früher.«

»Aber ich bin doch kein Gast, sondern deine Teilhaberin«, protestiere ich, »besser gesagt bist du meine Teilhaberin. Wir wollen ja mal nicht vergessen, wem der Großteil dieses Ladens gehört.« Aber Thekla bleibt unerbittlich.

»Sorg du nur dafür, dass die Leute genug zu trinken haben«, meint sie lächelnd und knallt mir die Tür vor der Nase zu. Na, da hört sich doch alles auf! Empört renne ich zu Loretta, um zu petzen, doch die zuckt nur gleichmütig die Schultern und kann all das gar nicht so schlimm finden.

»Lass sie doch. Ändern kannst du doch jetzt sowieso nichts mehr. Schau dich lieber mal um und freu dich über den Erfolg.« Tatsächlich, es ist gerade mal halb neun, der Laden ist schon halbvoll und immer mehr Leute treten durch den dunkelroten Samtvorhang herein. Gerade kommt die halbe Belegschaft des L'Auberge herein und mit lautem Hallo auf mich zu.

»Wie schön, dass ihr da seid«, freue ich mich und falle Julia um den Hals.

»Das ist ja toll hier«, meint sie und sieht sich begeistert um.

»Findest du wirklich?«

»Total klasse! Die anderen kommen nach Feierabend auch noch vorbei. Norbert hat uns das Versprechen abgenommen, die Party so lange am Laufen zu halten«, grinst sie vergnügt, da reißt mich schon Fabian, der Hilfskoch, in seine Arme:

»Super Laden, Luzie! Und wo gibt es was zu trinken?« Da erscheint schon Vanessa mit Prosecco-Nachschub und ich stoße mit meinen ehemaligen Kollegen an. Dann lasse ich meinen Blick durch den Raum gleiten. Die meisten Gäste sind zwischen fünfundzwanzig und fünfunddreißig und sehr hipp gekleidet. Natürlich, schließlich befinden wir uns ja auch mitten auf der Hamburger Schanze. Vor meinem inneren Auge taucht wieder Thekla, behängt wie ein Weihnachtsbaum, auf und zum ersten Mal kommen mir leise Zweifel, ob ein Café mit hauseigener Hexe wirklich eine gute Idee ist. Ich beobachte eine Gruppe junger Frauen, die gleich die riesige Couch in der Ecke mit den vergoldeten Schnitzereien mit Beschlag belegt haben. Sie liegen wie hingegossen in den weichen Polstern, nippen an ihren Getränken und rauchen eine nach der anderen. Plötzlich kann ich mir nicht vorstellen, dass diese coolen Szenetypen für Theklas Magie mehr als ein geringschätziges Lächeln übrig haben könnten. Fand ich selber unsere Aktion auf dem Dom nicht auch oberpeinlich? Vielleicht sollte ich einfach Theklas Tür verrammeln und sie erst wieder herauslassen, wenn der letzte Gast gegangen ist? Und die Hexenküche einfach nur zu einer Küche machen, ohne Hexe? In diesem Moment ertönt ein Aufschrei von Lukas, meinem Koch und ich stürze hin, um zu sehen, was passiert ist.

»Was ist los? Was ist passiert?«, frage ich aufgeregt, während er mir wehleidig entgegensieht und sich die Hüfte reibt.

»Hab mich gestoßen«, jammert er.

»Du Armer«, tröste ich ihn unbeteiligt, während mein Blick kontrollierend durch die Küche fliegt. Alles scheint in bester Ordnung. Die Arbeitsplatte ist vollgestellt mit Platten appetitlich aussehender Häppchen und auf dem Herd dampfen zwei riesige Suppentöpfe vor sich hin. »Sonst alles klar?«, erkundige ich mich, was mir einen beleidigten Blick von Lukas beschert:

»Bis auf die Tatsache, dass ich mir vielleicht die Hüfte

gebrochen habe, ist alles klar«, meint er so giftig, dass ich anfangen muss zu lachen.

»Entschuldige, ich bin einfach total nervös.«

»Ja, schon gut.« Ich schnappe mir ein Tablett, um damit eine Runde zu machen, vielleicht mit dem einen oder anderen ein wenig zu plauschen und die Stimmung abzuchecken.

»Wo ist denn nun die Hexe, die im Unicum angekündigt war?«, erkundigt sich ein rothaariges Mädchen mit schwarzumrandeten Augen und Nasenring bei mir.

»Sie ist nebenan«, gebe ich, auf Theklas Tür zeigend, Auskunft, »und wird um zehn Uhr herauskommen.«

»Bin schon voll gespannt«, meint sie und greift nach einem neuen Glas Sekt.

»Glaubst du etwa an den Mist?«, stöhnt der Mann mit Halbglatze, der sich neben ihr auf die Couch gefletzt hat, auf.

»Vielleicht ja, vielleicht nein«, meint sie grinsend und er stöhnt noch lauter.

»Ich weiß, es klingt verrückt, aber Thekla ist wirklich eine Hexe«, sage ich ernsthaft.

»Nee, is klar«, kommt es gedehnt zurück.

»Wirklich«, beharre ich. »Ich wollte es zuerst auch nicht glauben. Ehrlich gesagt wollte sie es selber nicht glauben. Dann hat sie herausgefunden, dass sie einem uralten Geschlecht mächtiger Hexen angehört.«

»Tatsächlich?« Die Rothaarige sieht mich so gespannt an, dass ich mein Tablett an Nina weitergebe, die gerade vorbeiläuft und mich hinsetze. Dann erzähle ich die ganze Geschichte und während der Typ mit dem schütteren Haar in schöner Regelmäßigkeit verächtliche Geräusche von sich gibt, hängt seine Nachbarin an meinen Lippen.

»Das ist ja unglaublich«, staunt sie und macht riesengroße Kulleraugen.

»Ja, allerdings«, betont ihr Nebenmann, woraufhin sie ihn kühl anblickt und dabei seine Hand fixiert, die in den letzten zehn Minuten auf geheimnisvolle Weise immer dichter an ihren Oberschenkel gerutscht ist.

»Mit dieser höchst langweiligen, rationalen Einstellung wirst du bei mir jedenfalls nicht landen. Und behalt deine Flossen bei dir.« Mit schamrotem Gesicht zieht er seinen Arm zurück.

»Vielleicht lasse ich dich von der Hexe verzaubern und dann bist du mein«, grinst er, nachdem er sich von der Demütigung erholt hat.

»Das wird nicht funktionieren«, nehme ich ihm diese Hoffnung. »Ein Liebeszauber kann allenfalls den Weg für die Liebe frei machen, also zum Beispiel Hindernisse ausräumen. Aber wenn kein Gefühl da ist, wird kein Zauber der Welt etwas daran ändern«, halte ich meinen Vortrag, worauf die Frau ihren Möchtegern-Freund schnippisch ansieht und sagt: »Was für ein Pech für dich.«

»Manchmal weiß man aber selber gar nicht, dass man Gefühle für eine Person hat«, werfe ich ein, weil mir der Vogel jetzt doch langsam leid tut. »Ein Zaubertrank kann sie einem ins Bewusstsein bringen.« In diesem Moment legt mir jemand die Hand auf die Schulter und als ich mich umdrehe, steht Michael Lange vor mir und grinst mich an.

»Hallo Luzie.«

»Michael«, rufe ich überrascht aus. »Entschuldigt mich«, wende ich mich an meine beiden Gesprächspartner und erhebe mich. »Was machst du denn hier?« Erst, als ich meine Arme schon um seinen Hals gelegt habe, wird mir klar, dass diese Art von Vertraulichkeit zwischen uns bislang nicht üblich war. Anscheinend habe ich ihn ziemlich überrascht, denn für eine Sekunde versteift sich sein Körper, bevor er mich sanft an sich drückt. Verlegen mache ich mich von ihm los und sehe zu ihm hoch. Was ist denn bloß in mich gefahren? Ich sollte aufhören mit dem Prosecco. Vielleicht liegt es auch daran, dass er keine Uniform trägt, sondern Jeans und einen schmalen, beigen Pullover.

»Die Spatzen pfiffen es von den Dächern«, beantwortet er meine letzte Frage.

»Thekla?«, hake ich nach und er nickt. Natürlich, das hätte ich mir ja denken können. Die alte Kupplerin!

»Die vielen Plakate an den Litfasssäulen haben allerdings ihr Übriges getan«, meint er weiter und droht mir mit dem Zeigefinger. »Ist dir klar, dass du dich damit ein wenig jenseits der Legalität bewegst?«

»Ähm, nun ja«, einen Augenblick ziehe ich in Erwägung, einfach die Dumme zu spielen, dann nicke ich aber doch. »Das ist mir klar«, gebe ich zu, »aber ich kann einfach nicht von alten Gewohnheiten lassen.« Er grinst anerkennend. »Bin ich verhaftet?«, setze ich noch einen drauf und er wiegt den Kopf hin und her, als müsste er scharf nachdenken. Leider komme ich nicht dazu, seine Antwort abzuwarten, denn in diesem Moment kommt Thekla auf mich zugeeilt und packt mich am Arm:

»Luzie, du musst sofort mitkommen. Eine Katastrophe«, keucht sie atemlos und schleppt mich unter den neugierigen Blicken aller Gäste mit sich fort.

»Um Gottes Willen, was ist denn los?«, frage ich, als sie mich durch die Türe in ihr Zimmer schubst. Wie angewurzelt bleibe ich stehen und lasse meinen Blick durch den Raum wandern. Alle Achtung! Die viertausend Differenzbetrag, die sie vom Scheck ihrer Versicherung noch übrig hatte, hat sie erstklassig angelegt.

»Thekla, das ist ja wunderschön«, flüstere ich ergriffen und taste nach ihrer Hand. Ich fühle mich wie in ein Märchen aus tausendundeiner Nacht versetzt. Edle Stoffbahnen hängen von der Decke und vermitteln den Eindruck eines Baldachins, auf den die Tapete farblich perfekt abgestimmt ist. Ich mache einen Schritt und versinke förmlich in dem flauschigen Teppich. Ein steinerner Zimmerbrunnen plätschert in einer Ecke vor sich hin, Theklas neuerworbene Zauberutensilien befinden sich in einer Vitrine an der Wand. Silberne Kerzenleuchter schenken ein sanftes Licht, von irgendwoher dringen zarte, sphärische Klänge an mein Ohr. »Einfach großartig«, jubele ich los und will Thekla um den Hals fallen, doch ihr Gesichtsausdruck lässt mich mitten in der Bewegung erstarren. »Was ist los?«, erkundige ich mich, doch sie schüttelt nur mit düsterer Miene den Kopf und lässt sich auf eins der Sesselchen fallen.

»Es ist alles aus. Aus und vorbei.«

»Wie meinst du das?«, frage ich beunruhigt und ziehe mir einen zweiten Sessel heran.

»Ich habe meine Gabe verloren«, meint sie müde.

»Du hast was?«

»Ich kann nicht mehr zaubern. Und nicht mehr Kartenlegen. Geschweige denn Gedanken lesen«, sagt sie in jammervollem Ton und fängt plötzlich an zu schluchzen: »Was machen wir jetzt bloß? Draußen warten die Leute und ich …« Hier versagt ihr die Stimme und ich tätschele ihr die Hand:

»Nun beruhig dich mal. Das kann doch nicht sein, dass du plötzlich nicht mehr zaubern kannst.«

»Natürlich kann das sein«, regt sie sich auf. »So plötzlich, wie die Gabe kam, so schnell ist sie auch wieder weg.« Hilflos schaue ich auf ihren gesenkten Kopf und die zuckenden Schultern. Meine Gedanken rasen, nun ist guter Rat teuer. Ein Blick auf die Uhr zeigt mir, dass in spätestens zehn Minuten meine Begrüßungsrede und damit auch die Ankündigung der großen Magierin Madame Thekla fällig ist.

»Na ja, dann wirst du wohl einfach so tun müssen, als ob«, meine ich pragmatisch, womit ich mir einen empörten Blick einhandele.

»Niemals«, sagt sie und presst störrisch die Lippen aufeinander.

»Wir haben aber keine andere Möglichkeit«, beschwöre ich sie, aber sie lässt sich nicht erweichen. Ratlos sitzen wir einander gegenüber. »Woher weißt du überhaupt, dass deine Kräfte nicht mehr da sind?«

»Das spüre ich.«

»Könnte es nicht einfach Lampenfieber sein«, erkundige ich mich, doch sie schüttelt energisch den Kopf.

»Sie sind weg, basta.« Damit verschränkt sie die Arme vor der Brust und verfällt in dumpfes Brüten.

»Das glaube ich nicht.« Irgendjemand muss schließlich optimistisch bleiben. Ich schnappe mir das Deck Tarotkarten und halte es Thekla hin, die darauf schaut, als hätte sie so etwas noch nie in ihrem Leben gesehen. »Na los, leg mir die Karten.«

»Ich sage doch, ich kann es nicht.«

»Versuch es doch wenigstens«, rede ich auf sie ein. »Was haben wir schon zu verlieren?« Schließlich greift sie doch nach den Karten und beginnt, diese gemächlich zu mischen. Unauffällig linse ich auf meine Armbanduhr. Fünf Minuten vor zehn und die Alte tut, als hätte sie alle Zeit der Welt. Könnte sich ruhig ein bisschen beeilen. Ich sehe wieder hoch und blicke erstaunt in zwei zornesfunkelnde, steingraue Augen. In hohem Bogen wirft sie das Kartendeck von sich.

»Das ist eine Frechheit«, faucht sie mich böse an, »leg dir deine Karten doch alleine.«

»Was ist los?«, frage ich verwirrt. »Ich habe doch gar nichts …«

»Die Alte hat keine Lust mehr, dir kostenlos ihre Künste zur Verfügung zu stellen«, meint sie beleidigt und steht auf. Einen Moment lang sehe ich sie verblüfft an, dann springe ich auf und umarme sie, ohne auf ihre Gegenwehr zu achten. »Lass mich los, was soll das?«

»Alles in Ordnung«, jubiliere ich. »Du konntest meine Gedanken lesen.«

»Aber wieso …« Sie braucht einen Moment, dann stiehlt sich ein zaghaftes Lächeln auf ihr Gesicht. »Du hast recht.«

»Na eben, sag ich doch, das pure Lampenfieber.« Zufrieden tätschele ich ihr den Arm. »Gott sei Dank, dann ist es jetzt wohl Zeit für meine Rede.« Ich bin schon auf dem Weg nach draußen, als ihre klägliche Stimme mich zurückhält:

»Und was ist, wenn ich nur noch Gedanken lesen kann, aber nicht mehr Kartenlegen?« Stumm drehe ich mich zu ihr um, verkneife mir einen vorwurfsvollen Kommentar und sammele die Tarotkarten auf, die überall auf dem Teppich verstreut herumliegen. Dann setze ich mich zu Thekla an den Tisch und sehe sie abwartend an. Konzentriert beginnt sie, die Karten auszulegen.

»Und?«, erkundige ich mich. »Kannst du was sehen?«

»Hmm«, meint sie nachdenklich und tippt mit dem Zeigefinger auf den Tisch, »ich sehe eine neue Liebe auftauchen.

Und ich sehe ein Geschenk. Ein Geschenk von großer, symbolischer Bedeutung. Einen Abschluss.«

»Aha, interessant«, sage ich und nicke. Eigentlich ist es mir im Moment egal, was immer sie mir prophezeit. Ich möchte einfach nur, dass sie ihr Selbstbewusstsein wiedererlangt und mir nicht den Abend ruiniert. »Hör zu, Thekla, ich glaube wirklich, dass dich nur das Lampenfieber gepackt hat«, versuche ich sie zu beruhigen. »Ist doch auch kein Wunder. All die Leute da draußen sind nur wegen dir hier«, trage ich dick auf. »Du kannst sie nicht enttäuschen.«

»Dann los.« Ich drücke ihr noch einmal das kalte Schwitzehändchen und gehe voran. Die Musik wird leiser gestellt, das Gemurmel verstummt und ich halte meine kurze Ansprache, in der ich mich für das zahlreiche Erscheinen der Gäste und die tatkräftige Hilfe sämtlicher Beteiligter bedanke. Ganz in meiner Nähe entdecke ich sogar den Herrn vom Bauamt, der mit rotglühender Nase auf seinem Sessel sitzt und sich auf meine Kosten volllaufen lässt. Eigentlich hat er meinen Dank nicht verdient, so schwer, wie der mir das Leben gemacht hat. Aber heute ist mir alles egal, also beziehe ich ihn in meine Rede ein, woraufhin er über das ganze Gesicht zu strahlen beginnt. »So, ich hoffe, es hat jeder ein volles Glas Prosecco in der Hand, damit wir gemeinsam anstoßen können«, beende ich meine Ansprache und erhebe mein Glas. Dutzende von Gläsern klirren aneinander. »Wir haben einen herzhaften Snack vorbereitet«, fahre ich fort, während Nina, Lukas und Vanessa die beiden Suppentöpfe nebst Geschirr herbeischleppen und neben dem Tresen aufbauen, »und danach dürft ihr euch einen Eindruck von Madame Theklas Künsten verschaffen. Heute ist alles umsonst, wir hoffen, dass ihr uns im Gegenzug weiterempfehlen werdet.«

Ich proste noch einmal in die Runde und gebe Lukas ein Zeichen, die Musik wieder lauter zu drehen. Dann flüchte ich mich schnell zu Loretta und klammere mich an ihrem Arm fest. Meine Achselhöhlen nässen unangenehm und mein Herz rast vor Aufregung.

»Ich werde nie, nie wieder eine Rede halten«, schwöre ich inbrünstig. »Das war ja schlimmer als die mündliche Abiturprüfung.«

»Du warst super«, beruhigt sie mich. »Und guck doch bloß mal, was vor der Hexenkammer los ist.« Ich drehe mich um und registriere überrascht, dass sich davor in Sekundenschnelle eine Schlange gebildet hat.

»Da stehen ja mehr Leute an als bei meiner Suppe«, staune ich und bin fast ein bisschen beleidigt, aber Loretta nickt vergnügt.

»Jetzt kann ich es ja zugeben, ich war bis eben nicht sicher, ob ein Zauber-Café wirklich so eine gute Idee ist. Aber anscheinend stehen die Leute drauf.«

»Anscheinend.«

»Hey, da ist ja dein schicker Polizist«, ruft Loretta plötzlich und winkt Michael, dem Nina gerade eine Schale Champignoncremesuppe mit Croutons reicht.

»Das ist nicht mein Polizist«, sage ich halblaut und verpasse meiner Freundin einen Rippenstoß, während Michael zu uns herüberkommt.

»Das ist ja mal eine Überraschung«, strahlt Loretta, »setzen Sie sich doch zu uns. Wie ist die Suppe? Hat Luzie gemacht. Ihr Geheimrezept«, plappert sie auf ihn ein.

»Ich habe ja noch gar nicht probiert«, meint er, lässt sich auf dem Sessel mir gegenüber nieder und balanciert die Suppentasse auf seinen Knien. Während Loretta unaufhörlich auf

Michael einredet, lasse ich meinen Blick zufrieden über die Gästeschar wandern. Man kann es nicht anders sagen: Die Eröffnung ist ein voller Erfolg. Die Stimmung ist ausgelassen und es kommen immer noch weitere Gäste herein. In diesem Moment öffnet sich die Eingangstür und wie von Geisterhand wird ein in eine graue Decke eingeschlagener Gegenstand hereingeschoben. Das Ding ist sicher ein mal zwei Meter groß und flach. Keuchend erscheint eine zierliche blonde Frau in meinem Blickfeld und ich gebe einen überraschten Laut von mir. Die Frau ist Anna.

Suchend lässt sie ihren Blick durch den Raum schweifen, während ich aufspringe und ihr entgegentrete.

»Ach, da bist du ja«, meint sie.

»Anna …« Mehr bringe ich beim besten Willen nicht raus, ich stehe nur da und starre sie an. Sie schaut zurück. Das Stimmenmeer um uns herum verebbt, kein Wunder, schließlich befinden wir uns mitten im Zentrum des Raumes und wahrscheinlich sehen wir ein bisschen aus wie das doppelte Lottchen. Und das graue Monstrum neben Anna ist auch nicht gerade unauffällig. Jetzt klopft sie mit der Hand darauf und sagt:

»Ich habe dir etwas mitgebracht. Für dein Café.« Wieder sieht sie sich suchend um, ihr Blick bleibt an der hinteren Wand hängen. »Da würde es gut hinpassen.« Damit beginnt sie, die Verschnürung um die graue Decke zu lösen und enthüllt schließlich ein mir wohlbekanntes Gemälde eines bedeutenden Hamburger Künstlers. Fassungslos starre ich auf die nackte Schönheit, die ich das letzte Mal vor vielen, vielen Wochen gesehen habe, kurz bevor ich sie unter einem Schwall rubinroter Farbe begrub. Der Restaurator hat ganze

Arbeit geleistet. Vielleicht hat ihre makellose Haut einen leichten Rosa-Stich, aber das könnte auch Einbildung sein. Erwartungsvoll sieht Anna mich an.

»Das kann ich doch nicht annehmen«, stoße ich schließlich hervor, doch sie schüttelt energisch den Kopf.

»Ich kann das Ding sowieso nicht mehr sehen. Betrachte es doch einfach als dauerhafte Leihgabe.« Mit großen Augen betrachte ich das Kunstwerk und dann Anna, die jetzt einen Schritt auf mich zukommt und mir die Hand hinstreckt.

»Du hattest keine Verpflichtung mir gegenüber. Aber Gregor«, sagt sie leise, nachdem ich sie ergriffen habe. »Er hat geschworen, mir treu zu sein, bis dass der Tod uns scheidet. Es war seine Verantwortung. Und wenn du nicht gewesen wärest, dann würde ich vermutlich immer noch denken, dass er der tollste Mann der Welt ist. Entschuldigung angenommen.«

»Danke«, sage ich und breche in Tränen aus.

Nachdem ich mich wieder einigermaßen beruhigt habe, wuchten wir das Bild gemeinsam in den hinteren Teil des Ladens und lehnen es dort an die Wand.

»Anna, ich bin wirklich, ich meine, du kannst dir gar nicht vorstellen …«, versuche ich, meine Erleichterung in Worte zu fassen, aber sie winkt lächelnd ab.

»Schon gut. Ich hol mir was zu trinken. Und dann sag ich mal meiner Anwältin guten Tag.«

»Mach das.« Ergriffen starre ich noch immer auf das Gemälde, als ich plötzlich eine Hand auf meiner Schulter spüre.

»Ach, so sah das Bild also drunter aus«, sagt Michael mit einem breiten Grinsen und reicht mir ein Glas Prosecco.

»Ach, nein, ich glaube, ich hatte genug Alkohol für heute«, lehne ich dankend ab.

»Aber du siehst ganz blass aus«, meint er.

»Vielleicht sollte ich eine Suppe essen«, überlege ich und wie auf Kommando fängt mein Magen laut und vernehmlich an zu knurren.

»Na klar, ich hole dir eine. Aber nimm trotzdem einen Schluck. Ist gut für den Kreislauf«, nötigt er mich.

»Na, schön.« Achselzuckend nehme ich ihm das Glas ab. »Aber wenn ich in einer Verkehrskontrolle lande, ist das dieses Mal nicht meine Schuld.«

»Du willst doch nicht noch fahren«, fragt er mich entsetzt.

»Keine Sorge, natürlich nicht«, antworte ich und nehme einen tiefen Schluck. »Was ist?« erkundige ich mich dann, weil Michael mich irgendwie komisch anguckt.

»Nichts, nichts«, sagt er schnell und betrachtet angelegentlich Knut Gernadings Nackte.

»Wolltest du mir nicht eine Suppe holen?«, erinnere ich ihn und er nickt.

»Ach so, ja, natürlich. Bin gleich wieder da.« Ich beobachte ihn, wie er in Richtung Tresen davongeht. Sein Hintern in diesen Jeans ist wirklich knackig. Gedankenverloren nehme ich noch einen Schluck. Irgendwie schmeckt der Prosecco nicht besonders. Ob das Glas nicht anständig gespült ist? Ich untersuche es nach eventuellen Rückständen, kann aber nichts finden. Merkwürdig. Ich probiere noch einmal, da kommt Michael schon mit einem randvollen Suppenteller auf mich zugeeiert.

»Willst du dich da hinsetzen?«, erkundigt er sich, wobei er die Suppe nicht aus den Augen lässt. Ich nicke und lasse mich auf der Couch nieder. In bester Oberkellnermanier stellt er die Suppe ab, schüttelt eine Serviette auf und legt sie mir über den Schoß. Ich schenke ihm ein Lächeln und beginne zu essen. Hmm, da habe ich mich ja mal wieder selbst übertroffen.

»Die Ehefrau scheint nicht mehr böse auf dich zu sein«, meint Michael, sich neben mir niederlassend und ich schüttele den Kopf.

»Nein. Gott sei Dank.«

»Und wer hat ihn letzten Endes gekriegt?«

»Keine. Nein, lass es mich so formulieren: Keine von uns beiden wollte ihn mehr.«

»Wie erfreulich«, kommentiert er und ich sehe ihn überrascht an. »Na ja, wohl nicht für ihn«, gibt er grinsend zu. »Aber vielleicht ja für mich?«

»Du gibst wohl nie auf, was?«, frage ich lächelnd und sehe ihm in die Augen. Sie sind wirklich unverschämt blau. Und sie werden von winzigen, nach oben zeigenden Fältchen umrahmt, als er mein Lächeln erwidert.

»Nein«, sagt er leise. »Nie.« Verlegen sehe ich zur Seite, um einen Augenblick später wieder seinen Blick zu suchen. Er sieht wirklich gut aus. Nicht nur seine strahlenden Augen, auch das markante Gesicht und die leicht geschwungenen Lippen fallen mir heute zum ersten Mal richtig auf. Wenn ich es recht bedenke, war er in den letzten Wochen mehr als einmal mein Retter in der Not. Ich weiß nicht, wie lange wir schon so dasitzen, ganz versunken in den Anblick des anderen. Die Suppe in der Schale vor mir wird kalt, aber das ist mir egal, weil Michael in diesem Moment nach meiner Hand greift. Verwundert betrachte ich seine schlanken Finger, die über meinen Handrücken streicheln. Dann legt er den anderen Arm um meine Schultern und haucht mir einen zarten

Kuss auf die Lippen, der mich erschaudern lässt. Mein Herz klopft wie verrückt. Weil ich seinem intensiven Blick nicht länger standhalten kann, weiche ich ihm aus und sehe in eine andere Richtung, um mich zu sammeln. Meine Augen treffen die von Paolo, der mir fröhlich zuwinkt. Lächelnd grüße ich zurück und sehe in diesem Moment Thekla mit zwei Proseccogläsern bewaffnet auf unseren Italiener zustürmen. In Michaels Arm gelehnt beobachte ich, wie sie Paolo das Getränk aufnötigt und mit ihm anstößt. Ihr Gesicht leuchtet dabei wie das eines frisch verliebten Backfischs.

»Die wird ihm doch keinen Liebestrank unterjubeln«, frage ich Michael grinsend und deute mit der Hand in ihre Richtung. In diesem Moment sieht Thekla sich suchend im Raum um. Ihr Blick trifft den meines Sitznachbarn und sie hebt ihr Glas. Dann wendet sie sich wieder strahlend Paolo zu, jedoch nicht ohne Michael noch einmal verschwörerisch zuzublinzeln. Ganz langsam drehe ich mich zu ihm herum, mein Blick fällt auf mein halbleeres Proseccoglas mit dem merkwürdig schmeckenden Inhalt. Er wird doch nicht …? Seine Augen leuchten blauer als je zuvor und sein Mund erscheint mir einfach unwiderstehlich. Die Frage ist nur, ist er wirklich so bezaubernd, oder bin ich bloß verzaubert? Ich zögere für den Bruchteil einer Sekunde, als er sich wieder zu mir herüberbeugt. Wollte ich meinem geschundenen Herzen nicht eigentlich eine Verschnaufpause gönnen, bevor ich mich in die nächste Liebelei mit ungewissem Ausgang stürze? Ich beschließe, es darauf ankommen zu lassen. Eine kluge Freundin von mir hat es mal so formuliert: Ich habe schließlich nur dieses eine Leben!

– ENDE –